Max Angevence

Il faut retrouver Charlie

Vérone éditions

Envois de manuscrits :
Vérone éditions – 75 boulevard Haussmann – 75008 Paris

À Paul,
à Maryvonne,
à Pierre.

Chapitre I
La Dame au Mouchoir

Chaque naissance porte en elle la promesse d'une condamnation à mort. Le premier jour peut être le dernier et chacun fait de son mieux pour mettre à profit ce temps qui s'écoule, indéfini et indéfinissable. Certains auront une vie lisse, pleine d'allégresse sans prendre tout à fait conscience des tragédies que vivent les autres. Ces autres, ceux que la vie n'épargne pas et qui, parfois, décideront du jour qui tiendra la promesse de leur naissance, et ceux que la vie épargne trop, qui jouiront du bonheur comme du malheur, s'ils connaissent la résilience.

La résilience, Louise connaît. Louise a passé sa vie à se battre, à ne rien lâcher, à être tournée et retournée comme un tournedos, rincée et essorée comme une batavia. Et Louise ne s'est pas méfiée, les heures se sont ajoutées pour faire des semaines qui, ajoutées à leur tour, se sont transformées en mois. Et tous ces mois mis bout à bout ont fini par apporter la première féerie de Noël, la première dent laissée dans le délicieux caramel, le premier baiser qui fait rougir, le premier patron qui fait bondir et les premiers soucis qui font vieillir.

C'est après que tout s'enchaîne. Trop lentement d'abord, un peu plus rapidement ensuite puis beaucoup trop vite quand la fin approche. Le manque d'inspiration pour les cadeaux des parents de grand âge, la première dent usée tombée dans le potage, le souvenir des baisers goulus, l'allocation de retraite qui diminue et les soucis qui n'ont plus que la consistance du bois vermoulu.

Petit, on souhaite être grand et rien ne va assez vite parce qu'on est trop pressé de réaliser ses rêves. La naissance apporte avec elle des promesses de bonheurs, d'aventures excitantes, tant de choses que les enfants imaginent. Puis vient la mort. De l'arrière-grand-mère qu'on a à peine connue au vieux voisin ronchon que l'on ne connaissait que trop, elle se rapproche lentement. Puis rapidement, c'est l'oncle dont le travail a épuisé le cœur, les traitements qui ont usé la belle-sœur, l'ami d'enfance auquel les années ont donné l'apparence du doyen de la faculté.

Louise sait bien tout ça et elle a eu son lot de surprises. Mais toutes ces souffrances, à quoi riment-elles ? Tous ces doutes, à quoi ont-ils servi ? Toutes ces certitudes qui l'ont poussée à agir, souvent trop tôt ; et toutes ces incertitudes qui l'ont forcée à réagir, souvent trop tard. Au bout de presque un siècle d'existence, Louise se dit que c'est allé vite, bien trop vite et que son dernier dessert l'attend. Et pourtant, sa flamme est toujours là, en sommeil. Bienveillante et tapie dans son cœur depuis soixante-seize ans, elle attend son réveil.

غ

Dans la salle d'attente, Louise contemple, fascinée, les personnes assises. Tant d'émotions s'entremêlent. Souvent dissimulées, parfois marquées, elles restent cependant perceptibles à qui sait décoder. Face à la porte, un quadragénaire large est assis sur une chaise, le gras de chaque fesse posé sur la chaise de droite et celle de gauche, cachant la mousse au pied des arbres du poster jauni. Il ronge son anxiété entre ses dents puis change de doigt et l'odeur acide de sa sueur trahit son impatience. À droite le long du mur, une jeune femme feint la tranquillité en berçant son nourrisson mais ses joues rosissent chaque fois qu'elle regarde l'heure. Se voulant montrer détendue, sa voix molle et aiguë avait laissé échapper un bonjour timide et inquiet quand Louise était entrée, pendant que son jeune enfant se défoulait sur l'image des trois ours attablés. Après avoir déchiré la seule page restée entière, il fait le tour de la petite table pour se rabattre sur le jeu de cubes incomplet.

Juste à droite de la porte, un jeune homme timide et frêle tapote frénétiquement sur son téléphone. Ses talons tapent tour à tour le sol, faisant vibrer ses bras et tout le haut de son corps. Il avait néanmoins quitté son téléphone des yeux et, après un moment d'hésitation, il s'était levé pour s'asseoir dans le coin, laissant sa place à la vieille dame. Chaque minute qui passe, le jeune garçon frotte ses mains moites, l'une après l'autre, sur son jean, les yeux rivés sur l'outil qui lui donne, du moins le pense-t-il, une contenance, le sentiment d'appartenir à la génération de la relève, celle qui veut tout, celle qui pourra tout, celle qui changera tout et ne veut rien se refuser.

Elle-même avait vécu tellement d'émotions dans ces salles d'attente. De l'ennui d'abord, dans l'antichambre de Monsieur le Comte en attendant sa mère, de la joie pour le petit cœur qui battait dans son ventre, de l'angoisse en attendant le verdict du médecin qui allait ausculter son petit Lucien, de la colère quand l'infirmier de l'hôpital était venu lui annoncer qu'il n'y avait plus rien à faire pour Gustave, de l'inquiétude en attendant les résultats des examens de Sophie. Tellement d'injustices, de frustrations et de tristesse l'avaient submergée trop de fois.

Mais le large monsieur abandonne ses ongles pour suivre le médecin et Louise pense à dimanche ; son arrière-petite-fille arrivera en début d'après-midi. Dimanche. Ce *dimanche*, qui résonne comme un mot paisible, heureux, comme le jour le plus innocent de la semaine. Et pourtant. Nous avons tous des souvenirs d'un dimanche heureux, d'une boîte à bijoux offerte pour la fête des mères, de la chasse aux œufs d'un dimanche de Pâques ou d'un pique-nique au bord de l'eau, un beau dimanche de juillet. Mais que penser de ce premier dimanche que l'on passe seul, parce que les enfants sont grands, parce que l'autre s'en est allé par-delà la vie, parce que les proches sont désormais trop loin ?

Labory, 7 août 2017

Les camions chargés de bottes de foin écument les routes de campagne et déplacent poussières et brindilles sous la chaleur épaisse d'un ciel menaçant. L'unique terrasse est prise d'assaut pendant que le comité des fêtes prépare les festivités. Dans ce village tranquille, l'avenue principale qui le traverse porte plus de cinq mille camions par jour car c'est par cet axe que le fret se fait, du nord au sud du pays. Peu de touristes flânent et chaque jour, les mêmes bobines se retrouvent dans les mêmes commerces et sur les mêmes trottoirs. Ahmed, l'épicier, coupe le jambon pour Jacqueline qui se plaint du soleil de plomb. Isaac, le boulanger, tient la boutique pendant que son épouse, Miranda, attend la monnaie du pharmacien. Youssef la lui tend avec un sourire et en profite pour lui commander ce pain de campagne façon « d'antan » que ses enfants dévorent sans la moindre pitié. Après la démission de l'ancien maire deux ans plus tôt, un nouveau maire a été élu. Ses idées racistes ont été applaudies par la majorité de la population. Néanmoins, s'ils s'accordent tous à dire que si les étrangers ne sont pas les bienvenus, Ahmed, l'épicier marocain, Isaac, le boulanger juif polonais et son épouse roumaine, le pharmacien algérien Youssef et sa concubine Yamina, irakienne, sont très différents. En quoi? Nul ne saurait le dire; peut-être seulement parce qu'ils ne sont pas ailleurs.

Dans le parc du château, des camions entrent, Jason et Tania s'affairent. Des hommes robustement bâtis, barbe molle, aisselles auréolées et casquette soudée au front vont et reviennent, descendent des cartons, des meubles, deux pianos, pour les disperser au gré des étages. Tania mène la danse et Jason court d'une suite à l'autre, d'un étage à l'autre. Ils ont acheté cette demeure à Louis, un Anglais qui s'en est séparé après y avoir laissé trop d'argent, trop de temps, trop d'espoir.

À son arrivée sept ans plus tôt, des rêves plein le cœur, il voulait faire de cet endroit un nid dans lequel tous ceux qui le souhaiteraient, viendraient passer des jours inoubliables en participant financièrement à une belle cause. Et ces vacanciers choisiraient eux-mêmes le montant à payer. Non loin de là, dans une longère bicentenaire, la petite Louise est amère.

— Je te trouve enfin, ma *Nonna*, je te cherche depuis dix minutes, que fais-tu à ton bureau?

— Rien. Tu ne devais pas partir avec Paulette et Jacqueline?

— Si, mais finalement elles prennent la camionnette, pas de place pour moi. La fête est prévue pour samedi après-midi; il nous reste donc toute la semaine. Nous ne commencerons rien avant jeudi alors tu vois, j'ai tout mon temps.

— Demande-leur quand même si tu peux les aider d'une autre manière, elles sont fatiguées, tu sais.

— J'ai compris, je leur demande.

Louise téléphone à Paulette en sillonnant le salon en long et en large.

— C’est parfait, je leur ai promis de rester pour veiller sur toi. Mais je reste fâchée contre ton « Roi Louis XIV de Château Labory », comme tu l’appelles. Il t’avait promis l’endroit pour l’occasion ! Il t’avait promis !

— Je sais, ma Nonette, je sais mais il n’y est pour rien. Tu n’imagines pas tout ce qu’il a perdu dans l’affaire. Il n’allait tout de même pas louper cette vente pour que nous puissions y faire notre fête !

— Je sais que tu as raison mais quand même, ça m’énerve. D’ailleurs, tu m’avais promis de me raconter son histoire et comme Paulette et Jacqueline passent voir une amie avant de rentrer, nous avons quatre à cinq heures devant nous.

— Je veux bien te raconter mais tu risques de trouver ça bien long !

— Tu plaisantes ? J’attends ça depuis que je suis petite et je me souviens que tu m’avais promis. Écoute, *Nonna*, c’est bientôt ta fête et tu sais que je ne prendrai jamais le risque de tout gâcher alors installe-toi et arrête de stresser, tout est sous contrôle.

— Je sais, je sais, mais…

— Pas de mais, mamie, je vais préparer du thé et ensuite, à nous les aventures de *Bisnonna* !

La petite Louise file à la cuisine, remplit la bouilloire et la met en marche. Lorsqu’elle réapparaît avec le plateau de bambou qu’elle pose sur la table, elle sert une tasse à *Nonna*, s’en sert une puis s’assoit en face d’elle, en tailleur, dans le large canapé. Son téléphone sonne, elle ne répond pas puis, toujours effarouchée, elle regarde *Nonna*. Elle a raison, il leur avait promis le château ET le parc.

— *Nonna*, il nous avait promis ; c’était peu de temps avant mes onze ans et je m’en souviens parce que j’allais entrer au collège. Je n’étais pas rassurée du tout. Tout ça me semble si loin déjà ; je ne me suis pas vue vieillir…

— Oh ! Mieux vaut entendre ça qu'être sourd, tu n'as pas encore dix-sept ans ! Mais tu ne devais pas voir Camille ?

— Si mais on a convenu de se téléphoner dans l'après-midi. J'avais l'intention de le faire mais j'ai oublié, je l'appellerai demain, c'est l'intention qui compte, non ?

— Si tu veux. Justement, je vais aller faire un tour dans le parc et je commencerai à te raconter toute l'histoire après-demain.

— Tu m'avais dit aujourd'hui, *Nonna*.

— Je sais, ma fille, j'en avais bien l'intention mais je n'en ai plus envie.

— C'est bon, j'ai compris. J'appelle Camille.

Nonna sert une deuxième tasse de thé et s'assoit pendant que Louise salue son amie.

— Tu m'as bien eue, *Nonna*.

— Écoute. Lorsque tu essaies de toutes tes forces de réaliser quelque chose que tu ne parviens pas à faire parce que des obstacles, imprévus, inévitables, se sont dressés sur ta route, ton intention compte réellement. Mais tout ne doit pas partir de là. Autrement, il suffirait d'avoir l'intention de faire de bonnes choses pour que faire le mal soit excusé.

— Je sais, *Nonna* et comme d'hab, tu as raison alors tu peux ranger tes fiches, j'ai compris et j'ai rappelé Camille, on se voit bientôt… Allez, maintenant vas-y, je t'écoute, *Nonna*.

— Ha ! Comme tu y vas ; j'ai l'impression de subir un interrogatoire. Tu sais que Louis m'avait demandé pourquoi tu m'appelais *Nonna* ? Quand je lui ai expliqué qu'en italien, *bisnonna* signifiait arrière-grand-mère, il a été surpris et charmé. C'est vrai que c'est tellement plus beau, tu n'allais pas m'appeler arrière-mémé !

— Et il a compris pour Nonnette ?

— Oui, je lui avais expliqué *fille/fillette*, *balai/balayette*, etc.

— Je trouve que ça te va tellement bien et en plus, tu sais comme j'ai gardé de bons souvenirs de cet échange scolaire. C'était génial ce séjour en Italie. Allez, ma *bisnonna*. Je t'écoute.

— D'accord, d'accord, mais je ne saurais par où commencer…

— Tu peux peut-être me raconter l'histoire de la dame au mouchoir et le monsieur au chapeau.

— Oui, la dame au mouchoir. Mais avant ça, je vais te raconter le tout début de Château Labory.

Loulou regarde ses mains, jointes entre ses genoux, et respire. Tant d'années. Tant d'histoires. Comme une cassette que l'on rembobine, elle revient au point de départ. Elle revient à l'histoire bien avant son histoire.

— Il existait à cet endroit un monastère dont je ne sais pas grand-chose puis à l'époque Directoire, fin XVIIIe, une grande propriété y a été construite. Nous l'appelons « château » mais nous devrions plutôt parler d'une maison de maître, d'architecture plutôt austère, entouré d'un parc de quatorze hectares. Dans les huit cents mètres carrés distribués sur trois étages, il y a aujourd'hui une suite et deux chambres au rez-de-chaussée et cinq suites au deuxième étage ; le dernier n'est pas exploité.

— Je me souviens de ce salon, en mezzanine à l'étage, au bout du couloir avec une moquette épaisse. Et l'immense cuisine avec ses deux cuisinières et bizarrement, un tout petit évier avec un seul bac.

— Oui, un vieil évier rectangulaire tout simple. C'est une belle cuisine mais tu as raison, l'évier n'a rien de pratique.

— Bon, au moins, il y a un lave-vaisselle.

— Heureusement car la maison peut accueillir une vingtaine de personnes. Mais à l'époque de sa construction, notre confort actuel n'était encore qu'un rêve et ces grandes maisons avaient pour but d'abriter aussi bien les membres de la famille que ceux qui en garantissaient le bon fonctionnement comme les domestiques de cuisine, les bûcherons pour le bois des cheminées, les jardiniers, etc. Et tout ce petit monde logeait sous les toits. D'anciens propriétaires ont souhaité embellir la propriété mais n'en ont pas eu le temps ou la possibilité, parce que j'ai remarqué, au pied du mur entre l'église et la maison du régisseur, quatre encorbellements en pierre taillée posés à même le sol. Manifestement ils avaient été commandés et taillés par le tailleur de pierre mais jamais posés et à ce jour, la raison de l'abandon des travaux reste inconnue.

— C'est étrange en effet. Et puisque tu parles de l'église, je me souviens aussi de cette petite chapelle, tout près de l'église.

— Oui, il s'agit d'une chapelle mortuaire décorée de belles peintures et munie d'un long vitrail, dans laquelle sont enterrés les membres de la grande famille qui a fait construire le château.

— Trop bien, ça veut dire qu'à leur mort, les propriétaires actuels pourront se faire enterrer dans cette chapelle avec leurs anciens parents.

— Eh bien non et ce, pour deux raisons. La première est que cette chapelle ne leur appartient pas et la seconde est que nul n'a le droit de se faire enterrer ailleurs que dans un cimetière aujourd'hui, c'est une question de législation.

— OK pour la loi mais pourquoi dis-tu qu'ils ne sont pas propriétaires de cette chapelle ? Ils ont acheté le château, non ?

— Oui mais une tombe, comme une chapelle mortuaire, n'est pas un bien vendable. C'est un bien hors commerce qui se transmet de génération en génération.

— Tu veux dire que ce sont les héritiers de ceux qui ont fait construire le château et la chapelle, qui en sont les propriétaires aujourd'hui encore ?

— Tu as bien compris. Leurs ancêtres y sont enterrés et personne ne peut leur retirer le titre de propriété de ce bien.

— Trop cool !

— C'est assez particulier mais pas forcément cool à mon sens car vois-tu, les actuels héritiers de cette chapelle ont l'obligation de l'entretenir sans pouvoir en user. Par ailleurs, il est évident qu'ils ne connaissent pas le quart de leurs aïeux qui y reposent.

— Je comprends, ça peut être frustrant mais d'un autre côté, ils savent où sont leurs racines.

— Et tu ne crois pas si bien dire parce que figure-toi que les derniers héritiers de cette chapelle sont remontés jusqu'à l'époque de Louis XIV dans leur arbre généalogique, XVIIe siècle donc.

— Wow ! Impressionnant !

— J'ai rencontré l'héritier actuel de cette chapelle mortuaire, Laurent Bernard de Castelnaud, et il m'a montré l'arbre généalogique de sa prestigieuse famille. On y voit le portrait de son plus vieil aïeul, Bernard Auguste Le Corbier, portant perruque et pourpoint gris-bleu.

— C'est quoi un pourpoint ?

— Eh bien, c'est une sorte de petit gilet que l'on nommerait aujourd'hui boléro, court et attaché par trois ou quatre boutons.

— Je vois. C'est dingue de se dire qu'il a le portrait d'un homme qui aurait aujourd'hui plus de trois cents ans, quand je ne connais pas le visage de ta grand-mère alors qu'elle n'aurait même pas la moitié de son âge.

— Je suis bien de ton avis. C'est d'ailleurs cet homme qui m'a raconté l'histoire de cette belle demeure car elle est restée propriété de sa famille pendant plus de cent cinquante ans, avant d'être vendue après la deuxième guerre mondiale, vers 1950.

— Il est donc un descendant de la dame au mouchoir ?

— Exactement.

— Tu me racontes, *Nonna*, tu me racontes ?

غ

Bernard Etienne est satisfait. Comme lui-même, et comme l'étaient son père et son grand-père, son fils Hubert Etienne sort diplômé de la prestigieuse École Spéciale Militaire de Saint-Cyr. Fondée par Napoléon en 1802 et ayant pour devise « Ils s'instruisent pour vaincre », Hubert Etienne est fier de pouvoir aujourd'hui se nommer « Saint-Cyrien ». Sa respectable famille a servi le pays depuis des siècles et son plus ancien ancêtre connu était Bernard

Auguste Le Corbier de Castelnaud, Lieutenant Général d'Artillerie sous Louis XIV. Son portrait trône fièrement au-dessus de la large cheminée de la grande galerie. Entre les étagères de bois sur lesquelles paradent les ouvrages ceints de cuir, il veille sur sa descendance et flatte la bibliothèque.

Envoyé en garnison dans la petite ville de Serdonne, Hubert Etienne se met en quête d'une épouse. Comme l'usage le prévoit, il trotte des heures sur les routes et les chemins environnants pour visiter les familles de son rang afin de respecter l'homogamie que lui impose sa naissance. Dimanche prochain, il se rend au Château de Labory pour déjeuner. Aidé de son palefrenier, Hubert Etienne prépare sa monture pour parcourir les vingt kilomètres qui le séparent du grand domaine terrien ; le trajet va durer deux heures.

Arrivé dans le petit village de Labory, Hubert Etienne descend de son cheval pour entrer dans la petite église. Séparée par un large mur de la propriété où l'attendent Madame et Monsieur Gabin de Labory, la porte ouverte l'appelle. Alors que ses bottes claquent les dalles de pierre calcaire, l'abbé ouvre les bras en l'apercevant. Après une prière et l'octroi de la bénédiction bienvenue, Hubert Etienne reprend sa monture, curieux de découvrir les belles de ce château que Monsieur Gabin de Labory est impatient de marier. L'aînée a déjà trente-cinq ans, la cadette, trente-trois et la benjamine, bientôt trente. Ses deux fils se sont mariés deux ans plus tôt et il espère marier Marie-Astrid cet automne, l'aînée de ses filles.

Hélios s'arrête juste avant l'épaisse muraille qui enserre le parc, Hubert Etienne a besoin de respirer et ressentir le lieu. L'allée principale de gravier bistre légèrement cuivré, bordée d'un tapis vert gourmand, pointe après une ondulation la demeure indolente. Quelques oiseaux l'accueillent d'abord puis un écureuil pressé, descendu du gravelin, détale juste devant lui pour regagner les bosquets de l'autre côté. Après la surprise, Hélios se reprend – il en a vu d'autres – et trotte en direction de la gentilhommière. Arrivés à une dizaine de mètres de la bâtisse, Hubert Etienne claque la langue et Hélios se met au pas.

Pierre Victor Gabin de Labory ruse discrètement pour mettre en avant Marie-Astrid, jeune femme instruite avec un charme discret et après l'avoir présentée, Anne-Suzanne apparaît, gaie et souriante. Ses rondeurs la rapprochent de la silhouette de son père et on lui devine un caractère joueur et dynamique. Ce n'est qu'au bout d'une demi-heure qu'Hubert Etienne rencontre la benjamine. Guidé par Pierre Victor, il entre dans la grande galerie et découvre la jeune femme assise face à son piano, main gauche sur sa cuisse. Sa main droite caresse les touches pour transformer sa lassitude en sons. Apercevant sa nuque sous un chignon lâche, le regard d'Hubert Etienne est conquis par les guiches qui flottent dans le courant d'air. Mais il est très vite tiré de sa rêverie par le bruit d'une porte qui claque.

Marie-Charlotte se lève brusquement et se retourne. Elle salue son père et l'officier qui l'accompagne et après avoir satisfait au protocole, elle rejoint sa mère. Elle est heureuse que sa sœur se marie enfin mais elle ne s'attendait pas à voir un aussi beau jeune homme. Il est si séduisant ; barbichette et fine moustache, plus fine que les hommes qu'elle a l'habitude de côtoyer, l'officier ressemble à ces beaux messieurs qu'elle avait vus à Paris, assis dans les loges luxueuses de l'Opéra Garnier, l'été dernier.

La table invitante éblouit Hubert Etienne par les mets qui affirment le respect de ses hôtes, et c'est comme si Escoffier lui-même avait dressé le menu. Le Consommé à la Royale et la Crème Saint-Germain flirtent harmonieusement avec le madère Verdelho. Hubert Etienne se délecte de ses arômes légers de caramel avec une pointe d'acidité, et sa couleur dorée lui rappelle son fidèle Hélios, lorsque les chauds reflets du soleil balaient la robe de son étalon saur. Il n'en reprend qu'un demi-verre, il lui faut rester digne, Pierre Victor l'observe. Henri, le Majordome, entre dans la salle à manger et s'approche de la prestigieuse tablée tenant une bouteille comme il tiendrait une relique délicate. Par son ventre bombé et son long col, Hubert Etienne devine que ce n'est pas un vin de Bordeaux. Tout en dégustant sa Timbale de ris de veau Talleyrand, ce merveilleux pommard, rouge profond au bouquet de myrtilles effleure ses lèvres puis glisse sur sa langue avant de se répandre dans toute son âme en se promenant dans les galeries de sa gorge.

Le jeune officier est enchanté de ce déjeuner, comme de ses hôtes et alors que le Majordome revient avec une bouteille au ventre long et col court, Hubert Etienne s'applique à maîtriser une salivation spontanée dès qu'il aperçoit l'étiquette de l'excellent saint-estèphe « Haut Marbuzet ». Charnu et complexe, ce vin aux notes de cassis et de mûres souligne avec grâce et corps la Côtelette d'agneau Choiseul. La cuisson des Asperges blanches de Touraine est parfaite et cette sauce Maltaise, suave et onctueuse, laissera sur sa langue, une sensation d'oisiveté acidulée qui soutiendra les premières bouchées de Haricots verts au beurre d'Isigny.

La Salade de cœur de Romaine suit le mouvement avec brio puis sont annoncées les gourmandises dont il raffole. Poire Impératrice, Bombe Tsarine, Petits fours, tant de couleurs, de fraîcheur, de formes variées qui s'insinuent en tout son être et donnent à son corps puissant, une légèreté angélique. Henri présente au Maître des lieux une bouteille à capsule d'or et Hubert Etienne est en apesanteur, il comprend qu'il va réjouir cette farandole de douceurs en faisant exploser sur sa langue et tout contre son palais les fines bulles de ce divin vouvray des vignes personnelles de Pierre Victor Gabin de Labory.

Fin gourmet et gourmand, Hubert Etienne se souvient davantage de ce qu'il mange que des personnes qu'il rencontre. Et par leur délicatesse, leur finesse et leur saveur équilibrée, ces mets auraient effacé des régiments entiers. Mais alors qu'il trotte tranquillement pour regagner Serdonne, ses seuls souvenirs vont vers les guiches volantes de la jolie musicienne à la mine désenchantée. Il avait pu déceler une légère mélancolie sous le plaisir qu'avait feint la jeune femme en le saluant. Lui qui a toujours été si sûr de lui, aujourd'hui il ne sait que penser. Marie-Astrid est un excellent parti et c'est une personne exquise. Ils se sont tous deux entretenus un moment sur le rôle indispensable de l'officier d'artillerie, de ses responsabilités. Mais elle avait quelque chose de trop parfait qui devenait à ses yeux, une imperfection de taille, sans pour autant savoir quoi ni comprendre pourquoi.

Il ne pouvait penser à autre chose qu'aux guiches de Marie-Charlotte, à ses mains caressant les touches du piano, à son sourire empreint de mélancolie. Elle semblait vulnérable telle une Vénus endormie mais l'officier sentait en elle un tempérament de feu ; elle était comme un volcan en sommeil qui n'attendait qu'une étincelle pour que jaillissent l'énergie et la fougue.

Les quatre dernières journées ont été longues mais aujourd'hui enfin, Hubert Etienne retrouve le Château de Labory où Pierre Victor l'attend pour une partie de chasse. L'officier sent une onde de chaleur parcourir son corps tout entier et il balaie sa cape de laine sur ses épaules. Le palefrenier de la maison vient saluer homme et monture avant de guider l'un vers le Maître et l'autre vers l'écurie où il sera nourri et bichonné. Le père de Marie-Astrid affiche un sourire fier et cordial tandis qu'il descend les marches du perron. Il regarde l'élégant officier qu'il espère voir bientôt intégrer sa noble famille.

La chasse a été fructueuse et les hommes arrivent au château, grisés par la traque. La fierté qu'ils affichent reflète la qualité de leur butin. Néanmoins, Hubert Etienne fait preuve de réserve, l'humilité est un bien héréditaire non négociable. Une collation patiente dans l'orangerie et les demoiselles s'affairent à disposer fleurs et branches dans les vases de porcelaine. Entendant la voix de son joli volcan aux guiches folles, Hubert Etienne sent sa bravoure l'abandonner. Il chasse l'image de la nuque fine et concentre son regard sur ceux qui l'ont accompagné ces trois heures durant dans cette activité musclée pour retrouver un peu de contenance.

Le jeune Capitaine qui lui avait été présenté avant de galoper derrière les lièvres abondants est sous le charme de Marie-Astrid et Hubert Etienne profite de leur rapprochement pour s'enquérir de Marie-Charlotte. Le voyant se déplacer dans sa direction, la jeune femme s'applique à dissimuler les légers tremblements de ses mains mais la roseur de ses joues trahit son émotion. La conversation est parcimonieuse, chacun tente de contrôler au mieux son empressement en prenant trop temps pour choisir ses mots.

Il est temps de partir et Hubert Etienne a bien du mal à prendre congé de Marie-Charlotte mais quand le Capitaine vient le saluer, il profite du léger trouble pour l'imiter. De manière déguisée, il avoue son espoir de retrouver ce bel endroit et Pierre Victor rebondit sur ces mots pour l'inviter à la messe de la Toussaint. Il restera pour le déjeuner et fera la connaissance de quelques notables des environs.

Hubert Etienne repart le cœur léger. Fidèle miroir de l'Homme, Hélios partage le bonheur de son maître et flotte plus qu'il ne trotte sur ces chemins de campagne. L'officier contemple la nature qui l'entoure. D'habitude si quelconque, cette nature lui semble d'une beauté toute particulière ce soir. La symphonie des oiseaux, les ondulations des arbres et le souffle du vent sur sa peau nourrissent son cœur et embaument son âme. Arrivé à quelques minutes de son campement, il fait une nouvelle pause et admire le soleil couchant. L'horizon rougeoyant se noie dans la canopée et il sourit béatement, conscient de ce qui se joue en lui. Il est amoureux.

Deux semaines éloignent Hubert Etienne de sa partie de chasse. Deux longues semaines qui lui ont fait oublier les lièvres, les sangliers, la magnifique forêt et ses compagnons de chasse. Il ne se souvient que de la mine enjouée de Marie-Charlotte, sa peau délicate, sa voix frémissante et ses jolies guiches folles flottant sous son chapeau large en duvet de castor, importé du Canada. Ils ne s'étaient pas dit grand-chose, cependant, la conversation ne lui semblait pas pour autant avoir été stérile. Il avait decelé en elle la même déchirure au moment de quitter l'orangerie.

Hubert Etienne est prêt. Gai et pétulant, il caresse Hélios en lui faisant ses recommandations. Il grimpe avec hardiesse sur sa monture et Hélios se met fièrement au pas. Ayant trotté jusqu'à mi-chemin, l'officier est assailli d'un doute qui le sort de ses rêveries. Marie-Charlotte ressent-elle vraiment la même chose que lui ou est-ce le fort désir d'y croire qui dupe son discernement ? Faisant corps avec son Maître, Hélios s'arrête et Hubert Etienne descend. L'immobilité le fixe sur ses jambes mais les clapotis qui atteignent ses oreilles l'arrachent à son engourdissement. Il invite Hélios à s'abreuver et en fait de même avant de reprendre la route.

La sérénité revenue, Hubert Etienne s'applique à ne penser qu'à Pierre Victor et à la toile qu'il lui apporte. Son père avait acheté cette peinture une quinzaine d'années auparavant lors d'une vente organisée par un proche cousin, marchand d'art à Fondettes. Eugène Auguste Le Corbier lui avait garanti un placement d'exception, Pierre Marie Adolphe Gagneux était un jeune peintre sur lequel il était bon de miser. Hubert Etienne a toujours trouvé cette peinture trop austère. Ce petit moulin en Anjou, sans couleur et presque sans lumière ne lui inspirait qu'une vie en campagne insipide et sans attrait. Il aurait aimé apporter une toile plus précieuse au père de sa bien-aimée, comme l'était une de ses œuvres favorites, *La Vocation de Saint Matthieu*, peinte par Le Caravage. Hubert Etienne avait passé – et passait encore – des heures à la regarder, à l'observer et à admirer ce brillant génie, qui maîtrisait si efficacement sa technique qu'il donnait l'impression qu'une lampe allumée était cachée derrière le tableau. Mais la famille Le Corbier ne se séparera pas de cette toile, elle est un héritage depuis trois siècles.

En grande tenue, Pierre Victor accueille l'officier et le guide vers le salon où conversent une dizaine d'hommes. Les présentations sont faites et Hubert Etienne retrouve son aplomb dans une discussion sur les inconvénients des canons de calibre 155 l. Interrompus par la nécessité de rejoindre leurs épouses, filles ou compagnes à la messe, les trois officiers chuchotent en marchant vers l'église.

L'office n'en finit pas et Hubert Etienne est très mal placé. Six rangs derrière Marie-Charlotte, les chapeaux hauts-de-forme laissent à peine deviner sa présence. La fin de la cérémonie n'est guère plus réjouissante car il est entraîné à reprendre la discussion sur les caractéristiques de l'artillerie française.

Le déjeuner lui semble interminable et les mets pourtant délicats et luxueux ne suffisent pas à égayer son humeur. Il mange, complimente, parle et donne le change mais si sa mine sourit, son cœur pleure ; la table est bien trop grande et Marie-Charlotte, bien trop loin. Suivi de deux femmes portant des plateaux d'argent garnis de tasses, la venue du Majordome lui redonne un peu d'entrain. Le café est servi au salon ; dès qu'il apercevra le fond de la tasse, il ira fumer un cigare dans le parc. Le hasard de sa promenade le mènera près de la fontaine puisque le hasard de leur dernière conversation avait conduit Marie-Charlotte à lui apprendre qu'après le déjeuner qui suivrait la messe de Toussaint, elle irait très probablement s'asseoir en face, sur le petit banc de pierre.

Pierre Victor et Hubert Etienne discutent sur le perron et lorsqu'arrivent deux hommes pour demander l'avis expert du propriétaire terrien quant à la valeur d'un domaine voisin, le jeune officier s'éclipse, cigare entre deux doigts. La démarche sereine et le pas lent, Hubert Etienne redouble de forces pour ne rien laisser paraître. Il se dirige avec une nonchalance feinte vers les grands marronniers, contourne l'écurie et presse le pas en entendant les jets d'eau de la fontaine. Debout et intimidé face à Marie-Charlotte, assise sur le banc, il remercie son cigare de lui voler un peu de temps de parole et se délecte du spectacle des doigts de la jeune femme, sautillant nerveusement sur le manche de son ombrelle. Chaque fois qu'il entame une phrase, il avance de deux pas. Il est amoureux, il est ému et il sent qu'il en va de même pour la belle âme qui s'efforce de soutenir son regard. Le rire de Marie-Astrid approche et Hubert Etienne recule. Les jeunes gens échangent quelques mots sur la fraîcheur de l'endroit, la pureté de l'eau et Hubert Etienne est pris de mélancolie, il doit repartir.

Marie-Charlotte l'accompagne jusqu'au château, lentement. Pierre Victor le remercie pour la toile et la jeune femme regarde son bien-aimé, charmée par sa silhouette élancée, sa redingote de métis qui souligne ses larges épaules et la chaînette de sa montre à gousset qui marque son goût pour l'élégance discrète. Elle le regarde enfouir ses mains dans des gants de chevreau aux broderies raffinées et son cœur se met à battre plus fort quand elle le voit se diriger vers elle. Un peu honteuse de ne pas réussir à cacher son embarras, elle est soulagée de constater que son bel officier n'est pas plus à l'aise. Face à face, sans voix, les regards se fondent et tiennent lieu de langage, ils se comprennent.

Hubert Etienne et Hélios entament la courte ligne droite face à l'entrée de la grande demeure et avant de disparaître derrière les marronniers, Hélios s'arrête et fait un quart de tour. Hubert Etienne signe une discrète révérence de la tête et son cœur s'embrase lorsqu'il aperçoit Marie-Charlotte lever le bras puis agiter légèrement son mouchoir avant de le laisser tomber sur le sol.

غ

— Dis-moi, *Nonna*, pourquoi est-ce que Marie-Charlotte laisse tomber son mouchoir ?

— Eh bien, à l'époque, lorsqu'une femme voulait informer son courtisan qu'elle éprouvait des sentiments pour lui ou si elle voulait l'encourager à lui faire la cour, agiter son mouchoir et le laisser tomber était un moyen discret et noble de le lui faire savoir.

— Ha ! D'accord. Je comprends. C'était sa manière de lui dire qu'il y avait une ouverture.

— Oui, si tu veux, on peut dire ça…

— Et est-ce qu'ils ont fini par conclure ?

— Conclure ? Quel terme affreux. Mais je pense qu'on peut considérer qu'ils ont pu *conclure* puisqu'ils se sont mariés le 2 juillet 1895.

— C'est une jolie histoire. Comme ce devait être agréable de se voir faire la cour…

— Oui et non.

— Pourquoi dis-tu ça, *Nonna* ?

— Eh bien, toutes les jeunes demoiselles n'épousaient pas l'élu de leur cœur. Le plus souvent, elles ne choisissaient pas leur époux, il était imposé en fonction de son rang, de ses biens.

— Je vois, ça signifie que si Marie-Charlotte était tombée amoureuse d'un homme du village, un paysan sans terres par exemple, elle n'aurait pas eu le droit de l'épouser.

— En effet, on peut fortement supposer que tu as raison. Cela arrivait parfois mais c'était très marginal.

— Et où ont-ils habité après leur mariage ?

— Hubert Etienne avait acheté un domaine avec un joli château à moins de trois kilomètres de Labory. Ils ont eu deux fils, Albert Félix et Pierre Bernard, et une fille, Louise Henriette.

— Tiens, notre prénom. C'est vrai qu'il est beau. Je suis tellement heureuse de porter le même prénom que toi, ma *Nonna*.

— J'en suis heureuse aussi et finalement, c'est un prénom qui ne se démode pas.

— Carrément. Mais revenons à l'histoire du Château Labory. Une fois mariée, Marie-Charlotte n'y a plus jamais vécu ?

— C'était l'usage mais elle y retournait souvent, surtout après la mort de son frère. Il avait hérité de la propriété et avait eu deux enfants mais tous deux sont morts jeunes ; son fils n'est pas revenu de la grande guerre et sa fille est morte de diphtérie.

— Mince. C'est vraiment moche. Alors qu'est devenu le château ?

— Albert Félix en a hérité de son oncle, et sa mère, Marie-Charlotte a ainsi pu retrouver sa chambre, le parc, la fontaine.

— Cool ! Elle devait aimer retourner près de la fontaine avec Hubert Etienne, là où ils s'étaient rapprochés.

— J'imagine. On dit que c'était un couple uni et aimant jusqu'à la fin.

— C'est tellement romantique. Et, 1895, c'est bien l'année de naissance de ta mère, non ?

— Exactement.

— Raconte-moi ta maman, s'il te plaît, *Nonna*.

— Eh bien, maman est née en mars, ici en Touraine, plus précisément à Cinq-Mars-la-Pile. Ses parents étaient employés dans une grande exploitation. Mon père était garde-chasse et il s'occupait de l'entretien des sites du Comte qui possédait cet immense domaine. Le territoire de chasse était vaste, dix-huit hectares, et le gibier grouillait dans les bois et les champs. Je me souviens l'avoir entendu partir en pleine nuit quelquefois ; il faisait des rondes, les braconniers n'hésitaient pas à entrer sur la propriété, la nuit, pour attraper le gibier.

— Pourquoi ? Il n'y en avait pas assez ?

— Là n'était pas le problème. Premièrement, ils abîmaient tout sur leur passage mais surtout, ils pourchassaient un animal et le blessaient mais comme il faisait sombre et qu'ils n'étaient pas équipés, ils ne le retrouvaient pas. Mon père le découvrait alors, mort, parfois des jours plus tard et souvent après avoir souffert pendant des heures. Et ça, il ne le supportait pas. Enfin, ils prenaient aussi des femelles pleines ou des jeunes bêtes et après la Grande Guerre, il fallait repeupler les forêts car pour survivre, les habitants s'étaient nourris de sangliers, lapins et cervidés. Ma mère cuisinait pour le Comte et surtout lors des grandes parties de chasse. Je me régalais quand elle préparait son cerf aux écrevisses…

— Aux écrevisses ? Plutôt étrange comme mélange, non ?

— Ha ! Tu as raison. Ce n'étaient pas des écrevisses mais pendant la Grande Guerre, des soldats allemands ont réquisitionné le château du Comte et s'y sont installés. Maman a continué à cuisiner pour le

Comte et donc, pour les soldats. L'un d'eux, qui lui avait demandé ce qui mijotait, avait compris cerf aux écrevisses. C'était en réalité du cerf aux cerises mais comme beaucoup d'entre eux ne voulaient pas manger de crustacés, maman n'a pas corrigé et ils se contentaient de pieds de cochon.

— Ha ! Tant mieux, vous gardiez le meilleur pour vous.

— Je n'ai pas de souvenir de cette période, je marchais tout juste quand la guerre s'est terminée. Mais je me souviens très bien du fumet, et des saveurs des plats de maman. Nous mangions dans la grande salle, dans la maison de chasse et le Comte tenait à ce que toute la famille soit présente. Surtout après la guerre…

— Qu'est-ce que tu veux dire ?

— Eh bien, la guerre a détruit de nombreux villages et nous-mêmes n'avions plus de logis. Le Comte avait un cœur d'or et il nous a prises, maman et moi, sous son aile.

— Et ton père aussi, Eugène.

— Eugène n'était pas encore arrivé au domaine, il n'a été embauché par le Comte que deux ans après la guerre, en février 1920.

— Qu'est-ce que tu racontes ? Tu es bien née en 1917 ?

— Oui et j'avais plus de deux ans quand maman a connu Eugène.

— Hein ? Mais alors, il n'est pas ton père. Mais, où était-il, ton vrai père ?

— Maman avait épousé Paul, le fils du boulanger. Ils s'étaient rencontrés en mars 1914, quand le père de Paul s'est installé au village pour reprendre la boulangerie de son vieil oncle qui venait de mourir. Ils avaient immédiatement senti cette vague de chaleur les envahir, au premier regard. Il est resté son seul véritable amour. Le mariage avait eu lieu en juin 1914, quelques mois avant la Grande Guerre. Mais en décembre, Paul s'est engagé pour combattre l'ennemi. Puis il a été fait prisonnier en avril 1916 avant de s'évader en novembre.

— Et pourquoi n'est-il pas rentré chez vous ?

Chapitre II
Incendie à la Boulangerie

— Il a pu rentrer quelques jours et il s'est caché mais il a été dénoncé. Il a été repris et envoyé dans les tranchées. Je suis née le 14 août mais mon père ne m'a jamais vue. Il n'est revenu des tranchées qu'en décembre, dans une caisse en bois. Ma mère m'élevait seule et le Comte nous a hébergées. Il a pris soin de nous et maman s'occupait surtout de son épouse, gravement malade.

— Je ne savais pas tout ça, j'ai toujours pensé qu'Eugène était mon arrière-grand-père.

— Et il l'était. Il a toujours été mon père.

— Mais oncle Léon alors ?

— En février 1920, le Comte a embauché un nouveau garde-chasse, Eugène, originaire de Langeais, une ville voisine. Maman et Eugène se sont mariés en mai et en mars l'année suivante, mon frère Lucien est né.

— Lucien, l'enfant mort-né ?

— Il n'est pas mort-né, il a vécu presque deux ans et demi mais il a été emporté par la diphtérie en août 1923, trois mois après la naissance de ton grand-oncle Léon, mon deuxième petit frère.

— Quelle horreur pour ta mère ; d'abord son premier amour et ensuite, son bébé…

— Oui, maman a beaucoup souffert. Mais elle était forte et n'abandonnait jamais. J'avais huit ans et je me souviens très bien de la tristesse qui n'a plus jamais quitté son regard. Pourtant, elle était toujours de bonne humeur et n'arrêtait pas de travailler. Elle a commencé dans les cuisines pour le Comte. La poliomyélite avait maintenu son épouse pendant des années dans un fauteuil roulant, puis dans son lit jusqu'à sa mort en 1926. Maman s'occupait d'elle et parfois même, surtout l'année de sa mort, elle dormait au château pour être près d'elle de nuit comme de jour. C'était une sainte femme. Le visage très pâle, des mains douces et des yeux clairs très vifs, tout ça dans un corps décharné. Elle était si fine que j'avais l'impression qu'elle était faite de plumes. J'aimais beaucoup cette dame, elle est morte avant mes douze ans. C'est à ce moment-là que le Comte nous a installés dans la maison proche du château. C'était le moulin.

— Oui, je me souviens. C'est là que ta mère a vécu jusqu'à sa mort.

— Oui, exactement. J'aimais beaucoup Monsieur le Comte, c'était un homme bien. Il était grand, frêle et assez vieux, il avait épousé sa petite cousine…

— Comment ? Sa cousine ?

— Oui, ça se faisait beaucoup en ce temps-là, les nobles se mariaient avec des nobles et quand ils manquaient de choix satisfaisant, ils épousaient des cousins, des neveux…

— C'est trop délirant.

— Je comprends que ça te choque mais à l'époque, c'était assez courant. Il avait près de trente ans de plus que son épouse et maman devait tout gérer : la cuisine, le ménage mais aussi, vers la fin, les soins du Comte, il ne quittait plus son lit. Quand le krach boursier de 1929 a fait ses ravages, il nous a installés dans la maison du moulin, derrière le château pour éviter les frais et pour que maman soit près de lui. C'est à partir de ce moment-là que j'ai quitté l'école et commencé à aider maman. Puis le Comte est mort, au printemps 1935 et le château a été vendu.

— Ses enfants n'ont pas voulu le garder ?

— Le Comte n'avait plus d'enfants. Il avait eu deux fils mais tous deux étaient morts à la Grande Guerre avant d'avoir eu le temps de fonder une famille. Pour tout parent, il n'avait qu'un lointain neveu qui vivait en Suisse depuis toujours.

— Il a repris le domaine ?

— Quelques semaines seulement, il ne s'y plaisait pas. C'était un homme de la ville, la campagne le déprimait. Il aimait les mondanités, les galas, l'opéra et Tours était trop loin.

— Trop loin ? C'est à peine à une demi-heure !

— Je te rappelle que nous n'avions pas de voiture ni de route comme aujourd'hui. La Loire coule entre Langeais et Tours et il fallait la longer pour traverser le pont, il fallait parfois quatre heures si la météo n'était pas clémente.

— C'est vrai, j'avoue, je n'y pensais pas…

— Quoi qu'il en soit, il a tout vendu en 1936. Des Anglais sont venus s'y installer, un jeune couple de confession juive, Zena et Alexandre.

— Maman m'a parlé de ces gens, je crois. Ils t'ont beaucoup aidée et tu le leur as bien rendu, c'est bien ça ?

— Oui, c'est un raccourci très réducteur mais tu es dans le vrai.
— Raconte-moi, *Nonna*. Raconte-moi.
— L'histoire va être très longue…
— Ah non ! Cette fois, je veux l'histoire. Tu m'avais promis, *Nonna*. Et puis, nous avons tout notre temps…

غ

Labory, 14 mai 1936

— Alexandre, pouvons-nous faire une halte un instant ?
— Mais il ne nous reste que quelques kilomètres, pourquoi s'arrêter maintenant, Zena ?
— J'aimerais admirer la vue, tout est si beau ! Est-ce bien notre domaine que je vois au loin ?

Alexandre donne ses instructions au cocher et les chevaux stoppent le trot. Il descend puis tend la main à sa jeune épouse qui reste d'abord sur le marchepied. Bouche bée, yeux grand ouverts, elle regarde au loin sans prendre conscience que la main de son époux est toujours dans la sienne. Sa tête va de la gauche vers la droite pour prendre le temps d'admirer ce paysage nouveau. Les yeux fermés, elle respire à pleins poumons et laisse ses guiches s'envoler au gré du vent. L'odeur de l'herbe fraîche lui rappelle les jardins du cottage de sa grand-mère où, fillette, elle passait l'été. Elle rouvre les yeux, sourit et pose lentement un pied sur la terre du chemin, comme sur le sol d'une terre sacrée. Puis lorsqu'elle pose son deuxième pied sur cette terre tant rêvée, le bonheur l'envahit. Aussi brûlant qu'une fièvre de malaria, aussi foudroyant que le tonnerre des saisons de moisson, aussi vibrant que le désir de vivre, en cet instant, Zena ne peut plus croire que la misère existe. Ailleurs. Loin, très loin désormais car à cet instant précis, son bonheur éblouit sa raison.

— Je suis tellement heureuse, Alexandre. Donnez votre main et sentez cette vie en moi, ce sera un garçon et en ces lieux, nous serons tous les trois très heureux.

— Je suis tout aussi heureux et vous voir si enjouée me comble de joie. Regardez là-bas, au loin. Voyez-vous les bois autour du château ? Ils regorgent d'animaux ; chevreuils, cerfs, sangliers, lapins et de vastes étangs. Le garde-chasse s'en occupe fort bien depuis toujours. C'est un homme honnête, un peu rustre mais loyal et efficace. Son épouse est un maître-queux admirable.

Les jeunes amoureux remontent en voiture. Alertée par le jeune Léon, Louison court vers eux et, tenant ses jupons, elle est enfin postée devant la grande porte quand la calèche arrive. Ses formes généreuses et son sourire enfantin rassurent Zena, émerveillée par l'endroit. Flanquée de deux tours, l'une aux lignes droites, à gauche et l'autre circulaire, la bâtisse centrale donne une idée d'immensité et de profondeur à la pièce qu'elle voit, alors que ses yeux regardent de l'autre côté du bâtiment, à travers les hautes fenêtres qui lui font face, côté ouest. Louison ouvre la large porte de bois massif, cintrée sous un linteau de pierre qui suit sa courbe, juste à gauche de l'imposante tour ronde du XVe siècle. Alors que Louison tient la porte ouverte, Zena entre dans le vestibule. De sa gauche part un magnifique escalier qui dessert les deux étages supérieurs. Et dans le coin, à droite de l'escalier, la pompe d'où est tirée l'eau du puits. Sur la droite, une ouverture mène dans la tour. Zena entre et admire les murs, si épais qu'ils pourraient cacher une large malle. Face à elle, une petite porte de bois plein permet une sortie sur l'ouest. Du sol au plafond, les pierres s'empilent, s'encastrent, se côtoient et se font face, robustement, soutenant avec puissance les lourdes solives de chêne qui en disent long sur l'âge avancé des arbres qu'on avait sacrifiés pour la construction. À droite de cette porte trône une large cheminée. Les jambages de pierre de taille, comme le linteau, forment un ensemble géométrique rassurant, et l'âtre repose sur deux énormes pierres de granit. Elle croit sentir encore l'odeur du gras de porc qui bouillonne et elle imagine les volutes qui s'échappent du chaudron. Les larges sillons creusés dans le sol mènent aux sorties en tournant pour passer devant la cheminée puis faire le tour de la pièce. Il est facile d'imaginer les milliers de pas qui ont foulé ce damier noir (devenu anthracite) et blanc (devenu grisâtre). Elle imagine aisément des soldats montant la garde et se réchauffant devant le feu.

Sur la gauche, un large passage au plafond voûté avait été creusé pour donner accès au long couloir paré d'une fenêtre à barreaux qui donne sur le parc et les bois, côté ouest. Ce mur extérieur est un vestige du bâtiment construit au XVIIe siècle. Côté gauche, deux portes hautes ouvrent sur des étagères et la porte suivante ramène au spacieux vestibule. Après la fenêtre à droite, toujours dans le couloir, les deux mêmes portes pour le même placard. Une porte avec serrure fait face à ce placard. Zena se tourne vers Louison, excitée et perplexe :

— Est-ce bien la cave ?

— Oui, c'est cela, dit Louison en riant.

Louison rit toujours. Zena ouvre, descend les cinq marches et découvre, bouche bée, une longue succession de caves séparées par des arches solides, les fondations des douze mille mètres carrés d'habitation qui émergent au-dessus. L'obscurité est traversée ci et là par les rais de lumière des soupiraux et elle hume l'odeur de la terre sèche, de la pierre calcaire, de ces poussières multicentenaires et du bois. Aucune trace d'humidité sur le mur et absence totale de cette odeur âcre et douceâtre du salpêtre. Son vin y sera bien.

Au bout du couloir, un salon lumineux se dresse après trois petites marches. Zena note sur la gauche, juste avant la porte à doubles battants, un passe-plat. À droite, les deux très hautes fenêtres ouvrant sur le parc et les bois côté ouest, font face à deux fenêtres identiques, côté est et cette pièce est étincelante par sa luminosité. Les murs blancs, adoucis par un plâtre lisse, embrassent le plafond tout aussi épuré dans le relief d'une moulure avant de se fondre dans la rondeur de la jonction. Dans les deux murs sans fenêtre, deux niches se font face. Hautes de près de deux mètres et juchées à un mètre du sol, elles se terminent en voûte de chapelle et Zena admire les statues qui les ornent. Au-dessus des deux portes, des fresques fleuries apaisent les pupilles dans des tons pastel. Le sol de dalles carrées de quinze centimètres de côté qui forment un motif géométrique au centre de la pièce, dessine un tapis délimité par des petits carreaux, façon mosaïque, scellés dans le sol. Zena, remarquant un carreau cuivré un peu excentré, s'approche et se baisse. Elle soulève la petite trappe qu'elle n'avait pu voir et trouve un piston. Il actionne la cloche qui retentit dans la cuisine et permet au maître des lieux d'appeler ses gens en toute discrétion, du pied, sous la table. Zena remarque une petite porte, à gauche de la première fenêtre, côté est. Elle la pousse et descend trois marches. À sa gauche, des étagères remplies d'outils et face à elle, une nouvelle porte. Ce sas la ramène au vestibule et elle s'engage dans l'escalier de chêne demi-tournant, d'une pente douce pour gravir sans effort les dix-sept marches.

Le palier se termine, à gauche, par les latrines et juste là, juste avant, un escalier plus étroit mène un demi-étage plus haut. Zena reconnaît l'arrondi de la tour et prend les sept marches. Elle ouvre la lourde porte. La pièce n'est pas apprêtée et y sont entreposés de vieilles armoires, des meubles de diverses époques et des vieilleries que chaque famille ayant vécu ici semble avoir abandonnés. Elle redescend et suit le regard de Louison qui ouvre les deux portes battantes sur un immense couloir lumineux. Doté des mêmes fenêtres qu'au rez-de-chaussée, il offre une vue imprenable sur le parc ; une succession de portes dessert les chambres. Ils ressortent et, tournant sa tête pour profiter de la vue panoramique qu'elle a sur le parc, le château et les bois, Zena respire le bel air tout autour. Envahie par une émotion étrange autant que sécurisante, elle se sent chez elle, comme si elle avait toujours appartenu à ces murs, comme s'ils n'avaient toujours attendu qu'elle.

Redescendue au rez-de-chaussée, Zena retourne dans le salon pour continuer son exploration des lieux. Deux grandes portes mènent à une grande pièce, Alexandre y installera son bureau. Elle entre ensuite dans une chambre immense baignée de lumière par des fenêtres qui se font face. Zena se laisse tomber sur le lit et joue avec les rideaux du baldaquin pendant qu'Alexandre la regarde, amoureux. La porte de gauche mène à une chambre de taille moyenne et une seconde porte scelle un petit boudoir dans lequel trône un piano. Un petit hall donne sur une salle de bains puis sur la grande cuisine d'où part un escalier qui dessert les appartements qu'avaient dû occuper les domestiques.

Alexandre a du mal à suivre sa jeune épouse qui ne cesse de monter, descendre les escaliers en se parlant à elle-même. Doux et d'un naturel calme, d'une patience dont personne n'a encore jamais réussi à atteindre les limites, Alexandre n'est pas doué pour l'énervement et sait que dans la tête bien faite de son épouse, l'esprit vif fait son œuvre : Zena organise leur vie, leur quotidien comme l'exceptionnel.

— Je ne sais où installer notre chambre, Alexandre. Qu'en pensez-vous ?

— Cela ne me tourmente guère. Vous passerez davantage de temps ici alors je ne peux que vous enjoindre à décider de la chose. C'est vous la Maîtresse des lieux, ma chère.

— Vous avez raison, mon bien-aimé. Oserai-je vous dire que vous avez fait de moi la plus heureuse des femmes ?

— Ma tendre, rien ne m'emplit autant de joie que ces fossettes que je vois se dessiner sur vos joues quand vous souriez. Et voici que vous rougissez.

— Vous vous jouez de moi, Alexandre, mais votre avis m'intéresse.

— Très bien. Voyons, pourquoi ne pas faire installer nos effets dans la grande chambre à l'étage ? Elle est proche des latrines et nous pourrons préparer la chambre de notre fils juste à côté, qu'en pensez-vous ?

— C'est une bonne idée mais avez-vous pensé à la chambre de la gouvernante ? Ne sera-t-elle pas trop loin ?

— Très juste, je n'ai pas votre bon sens pour ces questions.

— Je vais faire installer nos malles dans la grande chambre du rez-de-chaussée, celle qui jouxte votre bureau. Il y a une autre chambre, de taille plus modeste et la salle de bains est toute proche.

Zena retrouve Louison, occupée à pétrir une boule dans ses mains.

— Qu'est-ce que c'est ?

— C'est du pain, Madame, vous aimez le pain ?

— Oui, le pain français, j'adore. Vous faites du pain pour demain, pour le petit-déjeuner ?

— Oui, Madame. Il en reste encore assez pour ce soir. Je fais du pain tous les deux jours, Madame.

— Zena, appelez-moi Zena.

— Mais, Madame, ce n'est pas conforme...

— S'il vous plaît, appelez-moi Zena. Je pense que vous avez l'âge de ma mère, vous pouvez donc m'appeler par mon prénom.

— Vous me flattez beaucoup, Madame... euh... pardon, merci Zena.

— Puis-je vous demander si vous avez des enfants ?

— Oui, j'ai une fille, Louise, et un fils, Léon.

— Quel âge ont-ils ?

— Louise a dix-neuf ans et Léon, treize.

— Dix-neuf ans ? Comme moi. Enfin, bientôt, j'aurai dix-neuf ans dans quelques mois. D'ailleurs à cette occasion, j'aimerais organiser une grande réception, pourrai-je compter sur votre aide pour tout organiser ?

— Bien sûr, Zena, ce sera un plaisir pour nous tous. Nous sommes très heureux de voir ce bel endroit revivre à nouveau. C'est si triste depuis que Monsieur le Comte est parti. Nous ferons de notre mieux pour que tout vous convienne, Zena.

— Je suis si contente ! J'ai rencontré Léon mais je n'ai pas vu votre fille.

— Oui, elle est absente pour une bonne semaine encore. Elle est partie aider sa cousine qui vient d'avoir un bébé. Elle a déjà deux enfants, des jumeaux de deux ans.

— C'est très généreux de la part de votre fille ; la famille, c'est important. Je voulais vous demander autre chose, Louison, pourquoi n'êtes-vous que quatre à travailler sur un si grand domaine ?

— Ils sont tous partis sauf le palefrenier, le jardinier et nous.

— Et pourquoi ?

— Le krach boursier a été un coup rude pour l'économie de tous et Monsieur le Comte n'avait plus assez de moyens. Il leur a trouvé des emplois dans des familles des environs et depuis, nous gérons comme nous pouvons.

— Alors je sais quelle affaire traiter en priorité. Je vais trouver une femme de ménage, un majordome et il me faut aussi trouver une gouvernante pour mon bébé. Sauriez-vous me conseiller des personnes qui conviendraient pour ces postes ?

— Je vais y réfléchir. Me permettez-vous une question, Zena ?

— Bien sûr, chère Louison, je vous en prie.

— Vous parlez très bien notre langue, avez-vous des origines françaises ?

— Oui, ma grand-mère était française. Elle est allée travailler pour une riche famille anglaise et s'est mariée avec le fils des voisins. Mes parents ont tenu à ce que mon frère et moi apprenions le français avec un précepteur parisien. Quant à Alexandre, mon époux, il a appris le français à l'école parce qu'il s'était pris d'amour pour ce pays durant des vacances avec ses parents quand il n'était encore qu'un enfant.

Zena et Alexandre s'installent tranquillement et au bout d'une semaine, l'ensemble devient plus chaleureux, plus coquet. Tout était sombre, le Comte n'avait plus goût à rien. La bijouterie d'Alexandre connaît un franc succès et Zena continue de découvrir les recoins oubliés de la demeure et de ses dépendances. Ses longues promenades dans le parc lui font beaucoup de bien. Elle se ressource au contact de cette nature inviolée et des étangs, grands abreuvoirs pour les animaux sauvages. Tous les matins, au lever du jour, elle s'enfonce dans les bois pour s'asseoir, chaque jour dans un lieu différent, et contempler cette nature qui s'éveille.

Un matin, elle découvre, avec stupeur, le cadavre d'un cerf, un seize cors, derrière le tronc d'un chêne que la tempête avait déraciné.

— C'est un coup des braconniers, c'est certain !

— Mais pourquoi font-ils ça, Eugène ?

— Ils comptaient probablement l'abattre pour le manger ou le vendre mais la bête les a fuis. Regardez, là, dans son flanc droit, il a reçu deux balles. Aucune trace de pas alentour, ça signifie qu'il a réussi à s'enfuir mais n'a pas survécu à ses blessures. Il a dû agoniser deux ou trois jours.

— C'est affreux. Vous avez une idée de qui cela peut être ?

— Malheureusement, non. Ou plutôt oui mais il y a trop de possibilités et pas assez de moyens pour les trouver, et encore moins pour le prouver ! Mais c'est le premier cas depuis deux ans alors c'est déjà une bonne chose.

— Vous semblez troublé, Eugène.

— Je l'ai presque vu naître, vous savez ? Je chasse, oui, mais seulement pour nous nourrir et seulement pour réguler le nombre d'habitants de nos forêts, sans quoi, nous serions envahis. Je vais aller chercher Edmond, il m'aidera à monter la pauvre bête dans la charrette.

— Je vous accompagne.

— Je fais de mon mieux, je vous assure, mais je suis seul et je ne peux surveiller quatorze hectares de bois efficacement. Quand Monsieur le Comte m'a proposé le poste, il y a seize ans, nous étions quatre et aucun n'était de trop ! Nous faisions des rondes par deux, de jour comme de nuit. Ainsi, il y avait toujours quelqu'un et les braconniers avaient bien du mal à venir chaparder ici sans se faire pincer. Mais depuis que je suis seul à faire le tour de toute la propriété, je ne peux plus passer partout comme avant. Edmond m'aide bien un peu depuis que les chevaux ont été vendus mais ce n'est toujours pas suffisant.

— Edmond est le palefrenier, n'est-ce pas ?

— Oui.

— Je lui dirai de vous aider davantage, je sais m'occuper de mes chevaux et je tiens à le faire, je l'ai toujours fait. Il devra s'en occuper un peu tout de même car en ce moment, je ne suis plus aussi souple mais après la naissance de notre fils, je reprendrai ce rôle, j'aime m'occuper de mes chevaux et j'en ai besoin. Ensuite, j'apprendrai à mon fils à aimer et panser les chevaux.

— Vous pensez déjà à lui apprendre à monter et à s'occuper des chevaux ? Mais, il n'est pas encore né !

— Je sais, c'est peut-être un peu prématuré mais le temps passe vite.

— Vous avez raison.

— Et le jardinier, ne pourrait-il pas vous aider ?

— Il aimerait, oui et c'est un jeune homme courageux. Il n'est bien que dans la nature alors vous imaginez comme il serait heureux de sillonner ces bois ! Mais Monsieur le Comte ne pouvait plus le payer ni le loger. Il n'est ici que deux jours et le reste de la semaine, il aide le maréchal-ferrant.

Zena ralentit le pas et réfléchit.

— Pensez-vous que si je lui offre le logis et le salaire pour la semaine complète, il acceptera de travailler pour moi à temps plein ?

— J'en suis certain ! Le maréchal-ferrant est un homme dur, grognon, qui paie mal et Aimé serait ravi de quitter ce trou qui lui sert de logement ! Son épouse attend un enfant elle aussi, c'est pour le mois prochain. Elle a dû s'installer chez ses parents à cause de l'humidité. Tous deux aimaient beaucoup cet endroit ! Quand ils sont partis, Jeanne a fait ses paquets en pleurant.

— Alors c'est entendu. Pouvez-vous vous charger de ça ?

— Ce sera un grand plaisir pour moi, Madame Zena.

— Appelez-moi Zena, je vous prie. Et où habitait-il avant ?

— Il occupait quelques pièces dans l'ancienne Orangerie à droite du moulin, au fond du parc ; il était notre voisin. Derrière ces deux bâtisses, passe le Roumer, juste à l'orée du bois. C'est dans cette rivière que baigne la roue du moulin.

Arrivés à l'écurie, Eugène et Edmond équipent et attellent la charrette. Ce Suffolk Punch est doux comme un agneau et par ce beau matin d'avril, les rayons du soleil donnent à sa robe alezane des reflets ocre. Zena apprécie sa robustesse et sa puissance mais poussée par son goût du raffinement, elle s'applique à orner sa crinière dorée, en nattant des rubans quand elle part en promenade le dimanche et du raphia les jours de semaine. Ils s'enfoncent dans le bois et en ressortent deux heures plus tard, charrette vide ; l'animal a trouvé sa dernière demeure à l'ombre d'un gravelin tricentenaire dans une petite clairière.

Zena soumet une idée à Louison.

— Dites-moi, Louison, que pensez-vous de Jeanne, l'épouse du jardinier, Aimé ?

— C'est une charmante personne. Je ne connais pas de jeune femme plus douce qu'elle et elle ne rechigne devant aucune tâche. Monsieur le Comte l'aimait beaucoup mais…

— Votre époux m'a raconté, c'est bien triste pour ces braves gens.

— Jeanne est une femme courageuse. Quand elle avait terminé ses corvées, elle venait m'aider. Elle ne parle pas beaucoup mais toujours avec bienveillance. Et elle sait écouter et obéir. C'est elle qui allait me cueillir des herbes aromatiques pour la cuisine, la tisane, les remèdes et elle en connaît un rayon sur ce qui est bon et ce qu'il faut éviter.

— Pensez-vous qu'elle ferait une bonne nourrice pour mon bébé ?

— Je comptais justement vous parler d'elle, vous ne trouverez pas meilleure nourrice. Elle va elle-même avoir un bébé, vous savez ?

— Oui, Eugène me l'a dit. Pourriez-vous vous occuper de lui en faire la demande ? J'ai prié Eugène de demander à Aimé s'il voulait revenir ici pour travailler à plein temps au domaine et aider Eugène. Ils pourraient réintégrer leur logement précédent.

— Oh ! Madame Zena, vous n'imaginez pas comme vous allez les rendre heureux, rien ne leur ferait davantage plaisir. Je croise parfois Jeanne au marché et elle pleure encore quand elle me demande si les jacinthes sont sorties, si la ciboulette prend bien…

— Alors c'est entendu, j'ai hâte de la rencontrer. Et puis, j'aime l'idée de voir des enfants jouer dans ces immenses jardins. Mon bébé aura des amis, c'est important. Et aussi, nous pourrons échanger sur nos expériences de futures mamans. Mais je vous laisse, vous étiez sur le point de partir.

— Oui, je dois me préparer pour aller récupérer Louise, elle arrive par le train de 11 heures.

— Et comment vous y rendez-vous ?

— Le maréchal-ferrant propose ce service moyennant une demi-livre.

— Mes chevaux sont prêts et ils n'attendent que ça, laissez Edmond vous accompagner.

— Je ne saurais abuser de votre générosité, Madame Zena.

— S'il vous plaît, Louison, vous me feriez tant plaisir ! Cessons là ces bavardages et allez vite vous préparer. Je préviens Edmond et il vous retrouvera devant le porche dans trente minutes. Et n'oubliez pas, c'est Zena, je ne supporte pas ce « Madame », c'est triste et bien galvaudé !

غ

— Elle a vraiment l'air sympa, cette Zena, tu la kiffais, j'imagine.

— Oh oui, comme tu dis, je la kiffais. Maman me reprochait même d'avoir des paroles et un comportement trop familier vis-à-vis d'elle et d'Alexandre. Ils étaient si beaux.

— Tu les as rencontrés en arrivant au domaine ?

— Pas tout à fait… Quand je suis arrivée avec ma mère, Zena était à Tours, elle déjeunait avec Alexandre et ensuite, ils devaient se rendre chez le menuisier pour qu'il fabrique le berceau et le mobilier de la chambre de leur enfant à naître.

— Vas-y, *Nonna*, raconte !

— Je n'oublierai jamais notre première rencontre. J'étais dans le petit cellier. Tu te souviens de cette petite maison où, petite, tu allais te cacher ?

— Ah oui ! Celle au toit écroulé…

— Oui mais à l'époque, la toiture était en parfait état. Ce n'était pas vraiment une maison mais plutôt un poste de garde. Je n'y ai jamais vu de soldat ni de gardien, c'était bien avant ma naissance.

غ

— Bonjour Zena. Encore merci pour hier, Louise s'est éprise d'amour pour vos chevaux, vous savez. Et elle vous remercie de nous avoir permis cette belle promenade. Le maréchal-ferrant a une vieille charrette tellement inconfortable !

— Je vous en prie, Louison, ce n'est pas grand-chose. Et où est votre fille ?

— Je n'en sais rien, justement ! Elle devait être ici, près de moi pour vous accueillir et m'aider mais cette jeune fille croit qu'elle peut passer sa vie à s'amuser, comme si c'était une enfant !

— Elle a bien raison. Nous avons presque le même âge et j'ai parfois le sentiment de vieillir trop vite depuis que je me suis mariée.

— Le mariage fait vieillir, Zena, oui.

— Je peux vous aider à faire le pain ?

— M’aider ? Mettre vos jolies mains dans la farine ? Mais vous n’y pensez pas !

— Si, si ! J’insiste, j’ai besoin de me rendre utile. Vous savez, j’ai été élevée simplement parce que mes parents pensent qu’une femme doit être instruite et savoir tout faire. Mais nous ne faisions pas de pain comme le vôtre. Et le pain, pour nous autres anglais, c’est un peu magique alors s’il vous plaît, je vous le demande comme une faveur, apprenez-moi.

Zena ôte ses gants et à droite de Louison, elle regarde et reproduit les gestes sûrs et maîtrisés de son professeur. Après un éclat de rire, Zena est couverte de farine. Debout dans l’entrée de la cuisine, Alexandre s’amuse de ce spectacle et s’esclaffe d’un ton moqueur.

— Eh bien ! Vous voilà prête pour m’accompagner en ville !

— Mon cher Alexandre, j’apprends à faire du pain. Regardez cette pâte magnifique !

— Elle l’est, en effet, mais vous l’êtes bien davantage, ma belle. Je dois partir, le cocher m’attend. Je suppose que vous ne venez pas…

— Je suis vraiment navrée, mon très cher mais j’ai tant à faire ici, et à apprendre aussi.

— Soit. Je serai de retour pour le dîner. Profitez bien, mon amour. Louison, je vous remercie de surveiller mon épouse, elle doit se reposer.

— Partez sans crainte, Monsieur Alexandre, je veillerai sur elle.

Profitant de la douceur de l’air, Zena part en promenade dans le parc. Arrivée au bout du chemin, juste avant le mur d’enceinte, un bruit l’arrête. Il vient de ce petit bâtiment carré, tout de pierre avec un toit à quatre pans légèrement incurvés. Zena s’approche. Les bruits viennent de l’intérieur, comme de légers coups de marteau. La petite porte d’à peine un mètre cinquante de haut est ouverte. Les guirlandes de glycine courent le long du mur de chaque côté pour venir s’embrasser au-dessus du linteau. Zena réfléchit, elle n’ose pas entrer. Mais qui peut bien être là et que sont ces coups qu’elle entend ? Les bruits se sont arrêtés. Elle tend l'oreille et n'entend plus que de légers frottements. Elle se décide et cogne doucement sur la porte de bois.

— Oui, Léon, j'arrive ! Dis à maman que je serai là dans quelques minutes, s'il te plaît.

Zena entre et découvre le dos d'une jeune femme assise devant un gros bloc de pierre.

— Ce n'est pas Léon, je m'appelle Zena, je viens d'emménager au château.

Louise comprend immédiatement. Elle se lève brusquement en se retournant, replace ses cheveux sous son bonnet et essuie ses mains pleines de talc. Elle fait une révérence puis, sur un ton enfantin en baissant les yeux, elle s'adresse humblement à Zena.

— Je vous prie de bien vouloir m'excuser, Madame, je suis tellement confuse, je pensais que c'était mon petit frère, Léon, ne dites rien à ma mère et si je vous ai offensée, j'implore votre pardon.

Mais Zena sourit.

— Allons, ne soyez pas désolée et n'ayez crainte, je ne vais pas vous décapiter ! Nous, les Anglais, nous ne coupons plus les têtes depuis longtemps ! Et puis, je ne dirai rien à votre mère, ce sera notre secret. Vous êtes Louise ?

— Oui.

— Comme je suis heureuse de vous rencontrer, nous allons pouvoir passer du temps ensemble. Ma famille et mes amies me manquent alors vous voudrez bien me tenir compagnie quelquefois ?

— Mais bien sûr, j'en suis honorée.

— Plus de révérences, Louise, je vous en supplie. Vous savez que nous avons presque le même âge ?

— Vraiment ?

— Oui, vraiment. Je vais avoir dix-neuf ans le 12 septembre prochain.

— Alors je suis votre aînée.

— Que voulez-vous dire ?

— Moi aussi, je vais avoir dix-neuf ans, mais ce 14 août.

— Mon bébé doit naître fin août, après votre anniversaire.

— Eh bien, à en juger par ce que maman me dit, je parie qu'il naîtra avant…

— Que voulez-vous dire, chère Louise ?

— Je ne devrais peut-être pas vous dire cela mais maman dit que vous êtes toujours très active et que si vous ne prenez pas davantage de repos, vous serez maman avant la procession du 15 août.

Prenant les mains de Louise dans les siennes, Zena sourit.

— Vous m'amusez, Louise. Quelle joie pour moi, vous serez la sœur que je n'ai jamais eue, nous allons être de belles amies. Et que faisiez-vous ici ?

— Eh bien, c'est une de mes passions – j'en ai beaucoup – je taille cette pierre depuis quelques semaines déjà.

— Vous taillez la pierre ? Pourriez-vous m'apprendre ?

— Avec joie mais pas maintenant, je dois retrouver maman pour l'aider à préparer le repas de ce soir et je suis déjà très en retard.

— Alors allons-y ensemble. Je veux tout apprendre. Je veux savoir cuisiner à la française, je veux tailler la pierre. M'apprendrez-vous tout cela, ma chère Louise ?

— Eh bien, c'est que…

— Je vous en demande trop, je vous prie de m'excuser.

— Non, non, Madame, ne vous excusez pas. Je serai ravie de tout vous apprendre mais je dois aider ma mère, elle a beaucoup à faire, vous savez. Je vous promets néanmoins de faire de mon mieux.

Les deux jeunes femmes courent vers le château et entrent en riant. Reconnaissant le rire de sa fille, Louison sort de la cuisine, l'air renfrogné.

— Que fais-tu Louise ? Et dans quel état t'es-tu encore mise !

— Je vais très vite me changer pour venir t'aider.

— Ne la grondez pas, Louison, je vais vous aider et Alexandre ne sera pas là avant deux bonnes heures alors nous aurons tout le temps de préparer le dîner. Que mangeons-nous d'ailleurs ?

غ

— Zena était formidable. Belle, instruite, intelligente et drôle, c'était une femme courageuse et généreuse. Je lui ai appris à tailler la pierre et elle m'a enseigné à bien m'occuper des chevaux. J'aimais les panser, les caresser et j'adorais tresser leur queue, leur crinière, nous faisions même des essais, Zena et moi. Celui qu'elle montait tout le temps, Dragonfly – Libellule, en français – était incroyablement docile et il adorait qu'on s'occupe de lui. Le vendredi, Zena et moi passions des heures à le parer de rubans, de raphia ou de lanières de cuir et nous avions même le sentiment qu'il aimait vraiment ça. Nous sommes vite devenues inséparables et le 14 août, elle donna naissance à un fils, comme elle l'avait toujours prédit.

— Mais, comment savait-elle que c'était un garçon ? Il y avait déjà des échographies ?

— Non, bien sûr que non mais elle le pressentait, voilà tout. Il devait naître entre le 25 et le 30 août et nous avions fait un pari. Zena avait parié sur le 30 et moi sur le 14. Je voulais qu'il naisse le jour de mes dix-neuf ans et j'ai gagné.

— Wow ! Trop drôle. Et comment a-t-elle appelé son fils ?

— Paul, comme mon père biologique. J'avais raconté à Zena l'histoire de mon vrai père et elle en avait été profondément émue. Elle croyait en les signes et elle était convaincue que le fait de donner à son enfant le prénom d'un homme bien et droit qui avait vécu une magnifique histoire d'amour serait une protection pour son fils, que ça lui porterait chance. J'étais de son avis. Maman m'a toujours parlé de mon père comme d'un homme qui l'avait toujours protégée.

— Raconte-moi, *Nonna*, que lui est-il arrivé au juste ?

— C'est une histoire bien floue. En mars 1914, le vieux Fornier, comme on l'appelait à l'époque, est mort d'un mal que nul n'a jamais osé nommer mais si tu veux mon avis, il est mort d'une cirrhose. Celui-là buvait plus de litres de piquette qu'il fabriquait de pains !

Son neveu, boulanger lui aussi, avait vu sa boulangerie s'écrouler sous les flammes un mois plus tôt, après qu'un incendie avait dévasté la grange. On racontait que des amoureux s'y donnaient rendez-vous pour batifoler et qu'ils avaient omis d'éteindre le feu auprès duquel ils s'étaient réchauffés. La mort du vieux Fornier était arrivée à point nommé et Paul vint vivre au village avec ses six sœurs et ses parents. On racontait aussi que son père voulait à tout prix un garçon et que pour cette raison, la boulangère était chaque année en couches. Elle avait perdu trois bébés, une fille et deux garçons et Paul était le petit dernier ; l'aînée avait douze ans de plus que lui. Au village, on a continué à appeler le père de Paul le Fornier, comme son oncle. Son épouse était surnommée la Cancane, tu devines aisément pourquoi. C'était une mégère et son commerce lui donnait l'occasion d'en apprendre sur tout le monde. Elle n'était pas là depuis deux mois qu'elle savait déjà quels enfants étaient illégitimes, qui était la maîtresse du boucher, comment le vieux Marbignol aimait davantage ses chèvres que sa femme… Mais revenons à l'histoire de maman. Elle est allée chercher les casse-muses pour le Comte et…

— Les casse-muse ? C'est quoi ça ?

— La casse-muse, aussi appelée casse-museau, est une brioche garnie de fromage frais. Pour le Carnaval, on se jetait ce gâteau à la tête ; la pâte crevait et le fromage se collait au museau. La casse-muse est une spécialité tourangelle. Et même à Paris, pour la fête des fous, on se jetait la casse-muse au visage. Rabelais en parle dans *Pantagruel*.

— Mmm… ça a l'air bon, je n'en ai jamais mangé, y en a-t-il toujours ?

— Dans certaines boulangeries, oui. Ce n'est plus tout à fait la même chose ; la brioche n'est plus garnie de fromage frais et ce n'est plus du beurre que l'on mêle à la pâte, mais du fromage de chèvre. Il faut le commander mais si nous appelons dès demain matin, je pense que nous pourrons en manger dans deux ou trois jours.

— Trop bien ! Je me mets un rappel sur mon téléphone et j'appellerai demain. J'ai trop envie de goûter, j'aime tellement le fromage de chèvre. Mais on s'égare, là, *Nonna*. Continue ton histoire.

— Je ne sais plus où j'en étais…

— Ta mère était allée chercher ces casse-museau…

— Oui, c'est ça. Arrivée à la boulangerie, elle a d'abord été accueillie par la mère de Paul qui tenait la boutique. Quand maman a demandé à prendre la commande pour Monsieur le Comte, la boulangère a ouvert la porte qui menait au fournil et réclamé la commande. Et c'est là que Paul est arrivé, les bras chargés. C'était un beau jeune homme, grand et robuste. Avec ses cheveux bruns et bouclés, attachés en un catogan fouillis, il avait tout de suite séduit maman. Il était entré dans le magasin et ne l'avait d'abord pas vue quand sa mère lui intima d'être poli avec la demoiselle et de dire bonjour. Il s'était alors retourné et, voyant maman, il avait seulement réussi à bégayer un timide bonjour. L'émotion le rendit gauche et il fit tomber une partie de son chargement. Aux derniers mois de sa vie, maman me racontait souvent cette histoire. Elle se souvenait, en portant sa main devant sa bouche pour rire discrètement comme elle l'avait fait lors de cette première rencontre avec Paul. Elle voulait éviter de trop le gêner, et il lui dit bonjour. Les yeux de maman plongés dans ce regard vif et doux, elle avait senti, au son de sa voix, un millier de papillons tourbillonner dans son ventre. Elle le regardait soudain béatement, comme s'il était une apparition. Elle finit par lui rendre son bonjour et malgré le fait que la boulangère vociférait en ramassant les pains et casse-museaux, Paul et maman ne se quittaient pas du regard, un sourire tatoué sur leurs lèvres. Elle finit par sortir de sa torpeur en voyant la grosse bouche de la Cancane qui bavait et râlait à vingt centimètres de son nez, en lui tendant le panier rempli. Maman sortit et, se retournant, elle vit le jeune homme lui envoyer un nouveau sourire béat. Maman devait partir mais elle ne voulait pas le quitter. Elle disait qu'elle avait eu le sentiment que si elle ne le revoyait pas très vite, il allait disparaître, comme le sucre qu'on jette dans le café. Et tu peux me croire, à cette époque, le sucre, c'était une denrée précieuse et on ne pouvait pas se permettre de le perdre ni d'en abuser.

غ

Chapitre III
Travail contre l'Ennemi

— C'était pas un mal, finalement. Quand on voit toutes ces maladies qui apparaissent ! Mais du coup, elle a attendu longtemps pour le revoir ?

— Penses-tu ! Maman était rusée alors elle a jeté deux grosses boules de pain avant de se laisser tomber elle aussi dans une flaque de boue puis, arrivée au château, elle s'est excusée d'être tombée de vélo.

— Wow ! Ta grand-mère devait être furieuse.

— Oh oui, mais le mieux reste à venir. En guise de punition, sa mère l'a aussitôt renvoyée chercher deux autres boules de gros pain avant le déjeuner. Maman a fait semblant de faire la tête et cette fois, elle a pris la petite ruelle qui longeait le fournil sans passer devant la boutique et comme elle l'espérait, Paul était là. La grande porte sur le côté était ouverte et il sortait des gros pains dorés du four à l'aide de longues pelles. Il a marqué un petit temps d'arrêt lorsqu'il l'a vue, avant de poser sa pelle pour sortir. Face à elle, il n'avait plus de mots. Ils n'étaient restés que dix ou vingt secondes sans se parler mais maman répétait qu'ils auraient bien aimé que ce temps soit éternel. Ils se sont présentés, ont échangé quelques banalités puis, avec un élan dont Paul ne s'était jamais imaginé capable, il l'a invitée à aller se promener avec elle le lendemain.

— Non ! C'est trop dingue, cette histoire. J'ai l'impression que tu me racontes un film. Ils ont vraiment trop de chance d'avoir vécu ce genre de truc ! Moi, il ne m'arrive rien de génial.

— Ta vie commence à peine.

— Mais elle avait quel âge, ta mère, à cette époque ?

— Eh bien, c'était en mars 1914 et maman est née le 24 mars 1895 alors elle devait avoir dix-neuf ans. Le lendemain, au moment où les coquelicots se referment, ils s'étaient retrouvés à l'orée du bois. Ils étaient restés assis, à contempler les falaises sans mot dire. Puis les langues s'étaient déliées et ils se sont vus ainsi tous les soirs pendant trois semaines. Et un soir, alors qu'ils faisaient des milliers de projets d'avenir, le vieux Marbignol les a vus. Les amoureux, trop occupés à s'embrasser, ne l'avaient pas remarqué. Le vieux s'est empressé d'aller raconter l'escapade des amoureux à la Cancane qui vint aussitôt et, prenant son fils par le bras, elle accompagna Paul et maman chez mes grands-parents. Jouant l'outragée, elle expliqua le déshonneur qui allait s'abattre sur sa famille après qu'une petite traînée ait emmené son fils chéri, innocent et naïf, dans les bois. Maman et Paul s'étaient défendus, disant qu'ils étaient amoureux et voulaient se marier. Devant la gouaille de la Cancane mais surtout devant le fait que maman allait avoir vingt ans, et qu'à cet âge, les autres jeunes filles étaient déjà mariées, mes grands-parents ont accepté. C'est ainsi que trois mois plus tard, ils se mariaient. Maman disait que cela avait été le jour le plus merveilleux de sa vie. Mais leur mariage ne dura pas longtemps. La guerre éclata et mon père fut envoyé au front. Fait prisonnier en avril 1916, il avait réussi à s'évader mi-novembre et avait passé neuf jours auprès de maman. Mais la « Normande » – c'est ainsi qu'on appelait la fille du boucher qui venait de Normandie – était jalouse de maman car elle voulait Paul et n'acceptait pas leur bonheur. Elle est allée à la gendarmerie et a dénoncé la désertion de mon père qui a été repris puis arrêté le soir même. Après trois jours de prison, il a été envoyé dans les tranchées.

— Comme c'est triste, *Nonna*, j'ai encore envie de pleurer.

— Et ce n'est pas fini, ma petite. Il a souffert, comme ses compagnons d'arme, de faim, de froid et de ses blessures. Les tranchées étaient humides, boueuses et les soldats y restaient parfois des jours et des nuits. Je suis née en août et maman n'a reçu qu'une seule lettre après ma naissance. Il écrivait qu'il rentrerait bientôt et que nous serions tous les trois heureux à jamais. Je me souviens qu'un après-midi, quelques semaines avant de nous quitter, maman a exigé qu'on la laisse seule. Elle a allumé des bougies autour des photos qu'elle avait de son très cher Paul puis elle a relu toutes ses lettres, une par une, avant de les regarder se consumer, comme leur amour disait-elle, dans l'âtre de la cheminée. Nul n'a jamais su ce qui s'était réellement passé mais quelques jours avant Noël, mon père nous a été rendu dans une caisse en bois.

— C'est carrément horrible. Quelle poucave, cette Normande ! Ta mère s'est vengée, j'espère ?

— Non ! Bien sûr que non, ma chérie. La vengeance ne sert à rien et puis, la vie ne l'a pas gâtée. Après avoir mis au monde, par deux fois, des enfants morts, elle est morte en couches en même temps que son troisième.

— Tu as raison, *Nonna*, c'est triste pour elle aussi, mais elle avait choisi son karma, cheh !

— Si tu le dis…

— Ta mère a dû pleurer des litres de larmes.

— Oh ! Pour sûr. Elle l'a pleuré pendant des années. Et puis Eugène est arrivé. Amoureux et passionné de la forêt, des animaux et de la nature en général, il lui a fait la cour pendant plus d'un an. Maman n'a jamais eu qu'un seul amour dans sa vie et elle avait raconté son histoire à Eugène. Mais sous ses airs rustres, c'était un homme au cœur d'or. Il lui a promis de ne jamais lui demander de l'aimer autant ni même d'oublier Paul. Il lui avait aussi promis de faire tout ce qu'il lui serait possible de faire pour rendre sa vie plus belle, il l'aimait comme un fou et maman a fini par accepter. Certes, sa vie a été belle, Eugène la traitait comme une reine et jusqu'à la fin, il a toujours été aux petits soins pour elle. Mais le cœur de maman avait été brisé.

— Quelle histoire, Nonna, quelle histoire ! J'aurais tellement aimé entendre cette histoire de la bouche de ta mère.

— Tu sais, elle ne m'a parlé de cette histoire qu'à mes quinze ans. C'était tellement sacré qu'elle avait le sentiment de salir la mémoire de leur amour si elle en parlait. Mais je crois qu'elle en a éprouvé le besoin. Et puis, j'avais tellement insisté ! Je lui disais que je ne trouvais pas juste de ne rien savoir de mon père, de mes origines. Un soir, alors que Zena et moi contemplions le coucher du soleil, elle m'a raconté l'histoire de ses parents, de ses origines, et j'en ai fait autant. Elle a tellement pleuré que j'en étais gênée. Et je craignais qu'elle ne veuille plus me parler. J'étais si ennuyée de la voir triste, tu n'imagines pas. Mais plutôt que de m'en vouloir, elle a pris mes mains et m'a remerciée d'avoir accepté de partager cette belle histoire si intime et si douloureuse. Deux jours plus tard, elle est venue me trouver, nous devions tailler un bloc de calcaire que j'avais trouvé dans un champ. Je voyais qu'elle était préoccupée et au bout d'un moment, elle me demanda si elle pouvait me parler d'un sujet délicat. Devant mes encouragements, elle me demanda, avec un grand tact, si elle pouvait donner le nom de mon père à l'enfant qu'elle portait, à condition que ce soit bien un garçon, comme elle le pensait. J'ai été surprise quelques secondes puis je lui ai dit que ce serait un honneur pour moi et que d'où qu'il fût, mon père en serait très certainement touché.

— Et qu'en a pensé ta mère ?

— Nous avions décidé de ne rien lui dire et je ne le lui ai avoué que deux ans avant sa mort.

— Et comment l'a-t-elle pris ?

— Elle l'avait toujours su. Maman était fine et elle me connaissait bien. Elle avait compris que je n'avais pas pu tenir ma langue, Zena et moi étions devenues tellement complices. Je ne connais pas deux sœurs qui étaient aussi proches que nous l'étions l'une de l'autre.

— Chanmé ! C'est trop fou, tout ce que tu as vécu. Je suis pressée de t'entendre me raconter la suite mais avant, je vais nous préparer une autre tasse de thé, tu veux bien ?

— Écoute, puisque nous sommes seules, toi et moi, puisque nous en avons encore pour un moment et que j'ai besoin d'un petit remontant, ne serait-il pas l'heure d'un bon verre de vouvray ?

— Du vouvray ? Comme tu y vas, *Nonna* ! Et pourquoi pas ! Mais ça se boit frais, non ?

— Oui et j'en ai deux bouteilles dans le bas du réfrigérateur, le petit qui est dans la cave.

— Je file et je reviens.

— Je sors les verres.

— Non, *Nonna*, s'il te plaît, laisse-moi m'occuper de tout et reste confortablement dans ton fauteuil, tu veux bien ?

— Très bien, ma chérie, je t'attends.

Louise se laisse submerger par quelques souvenirs puis, sortant de ses rêveries, elle se lève, se dirige vers sa chambre et en ressort avec un album. Les deux verres sont servis et la petite Louise découvre avec émerveillement les photos de son arrière-grand-père, Paul. Il a vingt ans et dans son costume de mariage, il étincelle. On aperçoit, sous son chapeau haut-de-forme – presque démodé à l'époque – des anglaises sombres retomber sur ses épaules larges. Il se tient debout, à côté de Louison, bras entremêlés. Elle devine des cuisses musclées et des mollets robustes sous son pantalon haut de taille sur lequel semble apposé un gilet, solidement attaché par trois boutons argentés. D'un de ces jolis boutons part une chaînette qui court se cacher dans une petite poche dormante, sur son rein gauche. Paul y a quelques doigts engagés et de l'autre, il tient la main droite de Louison. Ils se font presque face et se regardent en souriant. Louison, main en l'air semble prendre son élan.

— Qu'ils sont beaux, *Nonna*, mais qu'ils sont beaux ! Moi aussi, je serais immédiatement tombée amoureuse de lui, il est beau comme un dieu, quel Apollon !

— Allons, allons, ma petite Louise, tu parles de mon père qui est mort il y a cent ans déjà !

— Je sais, *Nonna*, mais c'est bizarre ce qu'ils font jeunes. Et cette pose, c'est si moderne.

— Tu as raison mais tu sais, ma mère était une femme pleine de fantaisie et d'après ce que j'en sais, mon père, Paul, l'était tout autant. On raconte qu'ils s'amusaient déjà à jouer des rôles de personnages variés, voisins ou célébrités, et ne s'en cachaient pas. C'était pour beaucoup, très inconvenant à l'époque.

— J'imagine bien. Tout était tabou.

— Oui, mais finalement, je crois que comme nous étions entre nous la plupart du temps et que ce « nous » ne représentait pas plus d'une trentaine de personnes, nous arrivions à tisser plus rapidement des liens. Si on doit passer du temps avec cinq amis au cours d'une journée, chacun ne recevra pas autant d'attention que si celle-ci n'est donnée qu'à un seul. Et puis, quand on a beaucoup d'amis, on ne sait pas toujours auquel parler et on ne se souvient pas toujours de ce qu'on a dit à chacun. Je trouve que ça complique tout et même si de nombreux sujets étaient tabous, nous arrivions à en parler avec des proches, des amis, des cousins. As-tu une amie à laquelle tu peux tout dire et tout demander ? As-tu un ou une amie que tu pourrais appeler avec confiance et assurance si tu devais cacher un cadavre ?

— Quoi ? Tu me fais rire, ma *Nonna*. Pourquoi voudrais-tu que j'aie besoin de cacher un cadavre ?

— Je ne dis pas que tu en auras besoin mais la question implique plusieurs notions de la confiance. Tu dois d'abord savoir que tu peux lui téléphoner et qu'il te dira oui dans la seconde, sans hésiter et sans te demander pourquoi. Ensuite, il faut qu'il sache se taire, qu'il soit à jamais loyal envers toi car tu risquerais gros s'il parlait. Enfin, il faut qu'il soit assez fort parce qu'avec tes cinquante kilos, tu aurais du mal à le traîner et à creuser un trou assez profond !

— Tu parles ! Mais c'est pas faux ce que tu me dis là. Laisse-moi réfléchir… je ne vois pas, non. Je crois que je ne connais personne que je pourrais appeler *avec confiance et assurance*, comme tu dis, c'est trop triste.

— Non, ne t'inquiète pas, c'est seulement une question, un peu philosophique que je me pose, quand je me demande si je peux toujours compter sur mes amis.

— Et alors, tu en as, toi ?

— Oui, un. J'ai toujours pensé ça de lui. Nous n'avions pas besoin de nous voir souvent, il y avait toujours ce sentiment d'amour plein et sincère entre nous.

— Et tu es certaine qu'il aurait dit oui sans hésiter, d'emblée, sans te demander pourquoi ?

— Parfaitement, ma petite. Un garçon comme on n'en fait plus.

— Et il était assez costaud pour t'aider à porter un corps, lui ?

— Évidemment ! Il montait des tribunes et autres salles de spectacles provisoires. La vie ne l'a pas épargné, lui non plus et pourtant, il avait gardé son âme d'enfant. Tu sais, ces hommes dont on ne voit, dans leurs yeux, que l'enfant qu'ils sont toujours au plus profond d'eux-mêmes.

— Comme Papi Emile ?

— Oui, précisément. Ton grand-père était comme lui. Très bon, très généreux et toujours mélancolique. Je ne saurais te dire combien de verres comme celui-ci nous avons vidés, lui et moi, parlant des heures durant, de tout, de la vie, de nos vies, de nos mécontentements, de ce qui nous animait. Nous écoutions de la musique ou regardions des films après un bon apéro et un assortiment de grillades. Serge m'avait été présenté par une amie, il était alors son amant et je m'entendais tellement bien avec lui. Nos plus importants principes, nos principaux goûts étaient les mêmes ou alors, magnifiquement complémentaires. Nous partagions aussi le goût pour les bonnes tables, question manger et boire. Il avait treize ans de plus que moi mais nous nous comprenions super bien. Nous aimions échanger nos idées en regardant le DVD du concert de Talking Heads. Nous ne nous en lassions pas. C'était ce concert qu'ils avaient donné en hommage aux « hommes de l'ombre », tu sais, ces techniciens, les préparateurs en tous genres, les assistants, les organisateurs, tous ces gens qui montent et démontent les décors et qu'on ne voit jamais. Durant toute la vidéo du concert, on voit ces « hommes de l'ombre » passer et installer une échelle puis un peu plus tard, revenir pour l'ôter et ainsi de suite.

Il n'y a jamais eu d'ambiguïté entre nous. Serge et moi étions amis. De très, très bons amis qui s'aimaient du fond du cœur. Et nous nous le disions le plus souvent possible.

— Quoi ? Que vous vous aimiez ?

— Oui.

— Oui ? Mais comment, genre « je t'aime, Serge » ?

— Oui, genre « je t'aime, Serge ». J'ai souvent remarqué que les gens se balancent des « je t'aime » à tout bout de champ et pour autant, bon nombre d'entre eux ne sont même pas pénétrés par la chose au moment où ils le disent. Alors que nous, nous nous le disions sincèrement, avec bienveillance et attention en nous assurant que l'autre l'avait bien entendu et écouté.

— C'est trop stylé, *Nonna*. Comme tu as de la chance d'avoir eu un tel ami, je ne peux pas en dire autant.

— Tu as encore le temps. Je pense que même si on rencontre ces amis à vingt ans, on ne tisse de liens profonds qu'au bout de quelques années et aussi de quelques épreuves. J'avais vingt-cinq ans quand nous nous sommes connus, tu sais…

غ

— Puis septembre est arrivé. Et la guerre est arrivée. La deuxième que ma mère vivait, elle avait si peur pour nous. Le petit Paul avait trois ans et je passais beaucoup de temps avec lui et Zena. Alexandre avait fait fortune et après seulement un an passé en France, il possédait trois boutiques à Tours, toutes florissantes, et une à Paris où il restait trois à quatre jours par semaine.

— Et ça ne gonflait pas Zena que son mari soit absent comme ça, toutes les semaines ?

— Non, c'était un couple uni et elle savait qu'il travaillait dur pour que leur famille ait un bel avenir. Le père de Zena était médecin-chirurgien en Angleterre et il travaillait beaucoup, elle connaissait les responsabilités d'un père de famille. Elle avait appris beaucoup de son père et m'avait enseigné un tas de choses par la suite. Je savais panser toutes sortes de plaies, plaies ouvertes, brûlures et je savais prendre la tension, faire des piqûres et des prises de sang. J'aimais ce travail et j'ai pu m'entraîner avec le petit Paul. Il aimait déjà monter à cheval mais finissait souvent par terre. J'avais aussi le rôle de précepteur. Zena voulait qu'il soit bilingue alors nous lui donnions des leçons. Zena s'occupait de l'anglais et moi, du français.

— Et tu le faisais travailler ?

— Bien sûr.

— Comme avec moi quand tu m'aidais à faire mes devoirs ?

— Exactement, sauf que c'était bien plus sérieux. Les cours se faisaient par tranches de deux heures et en jouant. Quand il a su écrire, les leçons ont commencé à changer mais même si j'étais exigeante, la bonne humeur était toujours présente.

— J'imagine. Il a eu bien de la chance de t'avoir comme prof de français ! J'en ai vu tellement qui auraient mieux fait de choisir un autre métier !

— Tu exagères…

— Non, *Nonna*. Souviens-toi de cette prof qui dispensait sa leçon sans se demander si nous suivions. Même toi, tu ne l'aimais pas.

— Oui, je sais mais c'est un travail difficile.

— Je suis d'accord mais quand on aime son métier et ses élèves, tout passe à merveille. Celle-là, on avait toujours l'impression qu'elle venait en cours comme on va au bagne. Elle se fichait pas mal de nous et n'attendait que ses chèques pour aller tranquillement jusqu'à sa retraite. Quelle pourriture.

— Nonnette, ne sois pas si méchante. Tu avais de bonnes notes, non ?

— Oui, mais c'est grâce à *Mamicha* et à toi, pas à elle ! Mais bon, continue ton histoire.

— Oui. Alors septembre 39 et la guerre.

Nonna marque une pause, elle semble ailleurs. Les yeux ouverts, regardant dans le vague, la petite Louise sent bien qu'à ce moment précis, le travail du souvenir est douloureux.

— Il y avait tant de blessés, tant de morts, c'était affreux. Zena et Alexandre ont décidé de transformer le château en hospice et on y accueillait les blessés, civils et soldats, juifs, allemands, français ou étrangers. Il n'y avait aucune condition de couleur, de religion ou de statut, chaque blessé était traité et soigné à l'identique, qu'il soit riche ou sans le sou.

— Mais qui payait alors ?

— Ceux qui le pouvaient. Et pour ceux qui étaient sans le sou, Zena et Alexandre prenaient en charge tous les frais ; ils disaient que la santé n'était pas une question d'argent et ils n'auraient jamais refusé de soigner quelqu'un parce qu'il n'avait pas d'argent. D'ailleurs, cette question n'était abordée qu'après les soins.

— Wow ! Heureusement qu'ils avaient de l'argent.

— Oui, mais ils avaient surtout du cœur car des gens qui ont beaucoup d'argent, il y en a plus qu'on ne le pense. Mais des gens qui ont vraiment du cœur, c'est bien moins fréquent, malheureusement.

— J'avoue. Comme tu as eu de la chance de rencontrer ces gens et de t'en faire des amis.

— Oui et je m'entendais très bien avec Alexandre. Le dimanche après-midi, quelques semaines après leur arrivée, j'avais pris l'habitude d'aller en promenade avec Alex, à cheval. Je choisissais chaque dimanche une route différente pour lui faire découvrir le pays. Zena se reposait.

— Elle n'était pas jalouse ?

— Pourquoi l'aurait-elle été ? Son époux était fou d'elle et elle le savait. Par ailleurs, elle était ravie que lui et moi nous entendions si bien. Elle savait qu'elle n'avait rien à craindre de sa part ni de la mienne.

— Wow ! Quel chouette couple.

— C'est sûr, ils étaient extraordinaires et j'ai une chance folle d'avoir connu de si belles âmes. Et leur fils leur ressemblait. Physiquement, c'était Zena mais il avait la douceur et le tempérament posé et organisé de son père.

Louise se perd à nouveau dans ses souvenirs.

— Où es-tu, *Nonna* ?

— Je suis là, je suis bien là. Te raconter tout ça me rappelle tant de choses.

— J'imagine, oui. Mais raconte-moi, as-tu vu des soldats bien amochés ?

— Oh ! Oui. Bien trop.

Louise marque un nouveau temps d'arrêt et Nonnette imagine les images des horreurs de la guerre qui défilent probablement dans la tête de son arrière-grand-mère.

— En décembre, mon père, Eugène, a été envoyé au front. Il a été fait prisonnier en février et renvoyé dans les tranchées. Sa dépouille a été rapatriée en France en octobre 44.

— Comme ta mère a dû être triste. Mais alors, ça veut dire qu'elle a perdu ses deux maris dans les deux guerres ?

— Oui, mais en juillet 45, comme si ça ne suffisait pas, c'est mon petit frère Léon qu'on enterrait.

— Comme c'est horrible, *Nonna*, j'ai encore envie de pleurer. Que les hommes sont idiots, je n'en reviens pas. C'est tellement injuste !

— Mais tu sais, maman était une femme courageuse et elle disait qu'il y a trop de raisons pour être triste et malheureux et que, si on a l'occasion de se réjouir ou de rire, on ne doit pas se demander si c'est le moment. Elle a perdu ses deux maris et deux enfants. Mon petit frère Lucien est mort de la diphtérie l'année où le vaccin contre la diphtérie a été découvert mais c'était hélas trop tard pour lui. Je n'ai jamais vu ma mère pleurer mais je sais qu'elle a pleuré, j'ai souvent vu ses yeux gonflés. Mais elle voulait notre bonheur et elle disait que ses malheurs ne devaient pas nous atteindre.

— Quelle femme formidable. Quel dommage que je ne l'ai jamais connue.

— Elle t'aurait vraiment aimée, tu sais. Mais tout ça devient trop triste. Allez, sers-nous donc un verre.

— Très bien, *Nonna*, je m'en occupe.

Louise porte les verres à la cuisine et jette la première bouteille déjà vide dans le conteneur. Elle débouche la deuxième bouteille, remplit le verre de *Nonna* et alors qu'elle est en train de remplir le sien, Paulette et Jacqueline se garent dans la cour. Louise prévient *Nonna* et court ouvrir la porte. *Nonna* reparaît après avoir déposé l'album sur son lit.

— Alors Jacqueline, Paulette, tout s'est bien passé ?

— Oui, oui, Paulette a eu peur tout le long du trajet mais nous sommes bien rentrées.

— Bien sûr que j'ai eu peur. Jacqueline conduit la fourgonnette comme Prost sa Formule 1 ! Mais nous avons bien ri, même si j'ai plusieurs fois craint de finir dans les fossés…

— Oui, c'était très drôle. Et nous avons pu réserver toute la vaisselle, le nappage et la verrerie. Paulette dit que Paul-Hermann et Maryvonne se sont proposés pour aller les récupérer. Bon, à présent, nous allons rentrer nous reposer.

— Mais dites donc, on ne s'en fait pas, un petit vouvray !

— Et oui, ma bonne Paulette. J'ai eu envie de boire un verre avec mon arrière-petite-fille. En voulez-vous une coupe ?

— Oh non. Merci Louise. Nous avons déjà bu deux verres de chinon chez ma fille et Paulette se plaint de ne pas être couchée.

— Oh ! Celle-là. Ce n'est pas ce que j'ai dit, je disais seulement à Jacqueline que nous allions rentrer tard et que tout ce vin me monte rapidement à la tête. Je n'ai plus vingt ans !

— Je te taquine, ma Paulette. Allez, moi aussi, je vais rentrer. Merci Louise et n'abusez pas. Tu n'es pas encore majeure, toi.

— Je sais mais c'est un verre, c'est tout. Et puis, je suis avec *Nonna* et je reste dormir ici.

— Bon. Très bien. Bonne nuit à toutes les deux.

Louise et Louise regardent les deux femmes s'éloigner gaiement puis, se retournant vers *Nonna*, Nonnette pouffe de rire.

— On l'a échappé belle, *Nonna*.

— En effet.

— Et elles pensent que c'est notre premier verre. Heureusement que j'avais jeté l'autre bouteille dans le conteneur…

— Elle était vide ? Déjà ? Je dois faire attention et puis, elles ont raison, tu n'es pas majeure.

— Oh ! Ça va, *Nonna*, je ne suis plus une gamine ! Et nous ne conduisons pas, nous ne travaillons pas, nous ne faisons aucun mal.

Nous avons bu trois bons verres en quatre heures de temps, rien de trop, non ?

— Oui, non, enfin, il ne faudrait pas faire ça tous les jours.

— C'est pas toi qui me disais, il y a quelques minutes seulement, qu'il fallait savoir prendre les petits plaisirs là où ils sont et quand ils se présentent ? Que ta mère te répétait qu'il y avait déjà bien trop de raisons pour être triste et que si l'occasion de rire se présentait, on ne devait pas se demander si c'était le moment ? Tu viens de me le dire et tu sais, j'ai déjà participé à des fêtes somptueuses, avec de délicieux repas, des vins délicats et tout le protocole qui va avec mais jamais je n'ai passé une si bonne soirée. Je t'aime tellement, ma *Nonna*, si tu savais. Je suis si bien avec toi. J'ai tellement de chance de t'avoir.

— Tu es adorable, ma Nonnette et moi aussi, j'ai de la chance de t'avoir. Et tu sais, moi aussi, je passe une soirée merveilleuse. Et finalement, ça me fait du bien de ressentir toutes ces émotions restées si longtemps enfouies. Et tout ça, c'est grâce à toi car je n'ai jamais eu l'occasion de raconter toute mon histoire, ça me permet de revivre les meilleurs moments de ma vie.

— J'en suis vraiment heureuse pour toi, *Nonna*. Je crois bien que je suis un peu éméchée quand même.

— Moi aussi et justement, il est presque 8 heures alors nous allons manger un petit quelque chose. Et ça tombe bien, j'ai ce qu'il faut ; je croyais que Jacqueline et Paulette dîneraient avec nous alors nous en aurons assez.

— Cool, j'ai trop la dalle.

Louise sort une cocotte de fonte et pendant que le filet mignon chauffe, la petite Louise met la salade dans un grand bol de verre et prépare la sauce.

— Assieds-toi, *Nonna*, je m'en occupe. C'est toi qui as cuisiné ça ?

— Oui, j'ai commencé tranquillement ce matin. Tu sais, à mon âge, plus rien ne se fait simplement alors je m'organise pour espacer chaque tâche mais tu m'aurais connue à vingt ans !

— Oh ! Mais j'imagine bien, tu es encore si énergique. Et toute la famille est d'accord avec moi, tu es une vraie Cheffe.

— Pourtant, je n'ai pas toujours aimé cuisiner.

— J'aurais parié le contraire.

— Maman si, elle a toujours adoré cuisiner. C'était une excellente cuisinière. De rien, elle te faisait un festin ! Elle avait l'art de cuisiner les restes pour en faire un mets nouveau et délicieux. Moi, j'aimais manger mais je préférais tailler la pierre, aller chasser avec mon père ou me balader à cheval. C'est Zena qui m'a fait prendre conscience que j'avais une chance inouïe de pouvoir apprendre et elle a su trouver les mots. Elle me disait qu'aimer cuisiner, c'était pouvoir faire plaisir à tous ceux qu'on aime parce que manger, c'est vital. Il n'y a rien de plus chouette que d'assouvir une passion qui permet de distribuer autant de plaisir et à partir de ce moment-là, nous avons passé beaucoup de temps avec ma mère en cuisine. Quand le château est devenu un hôpital de fortune, maman a cuisiné tous les jours pour tout le monde et parfois, nous étions plus de cent.

— Wow ! Et elle avait de l'aide ?

— Oui, tout le monde aidait tout le monde. Ceux qui étaient en voie de guérison, ceux qui venaient les voir, les voisins, tout le monde participait. C'était un peu comme si nous étions tous les jours en banquet.

— C'est plutôt surprenant d'imaginer que la guerre vous a apporté l'occasion de faire la fête.

— Non, ma Nonnette, pas tout à fait. Je dis que c'était comme les jours de banquets parce qu'une dizaine de personnes travaillait en cuisine à plein temps pour préparer des repas pour une centaine de personnes. Mais tous ces banquets n'étaient pas joyeux, il ne se passait pas une semaine sans que nous devions enterrer un homme, une femme, un enfant. Parfois plusieurs personnes en même temps.

Beaucoup sont morts et nous ne pouvions pas faire grand-chose à part essayer de rendre leurs derniers jours moins pénibles, moins douloureux. Certains arrivaient avec un membre arraché, des plaies béantes au ventre, c'était affreux. Mais nous en avons sauvé beaucoup.

Nonna fait une pause et sourit.

— Et là, *Nonna*, à quoi tu penses ?

— Eh bien, je pense à Charlie.

— Charlie ? Qui est ce Charlie ? On dirait que tu rougis, non ? Quoi ? C'était ton amant, c'est ça ?

— Ma petite Nonnette, ce n'était pas mon amant. Enfin, pas tout à fait. Charlie était un soldat britannique et il avait été blessé par l'éclat d'un obus qui avait tué ses deux compagnons. C'était en janvier 1941.

— Mince. Il était triste de les avoir perdus ?

— Oui, énormément et quand il est arrivé, il avait les yeux gonflés, il avait beaucoup pleuré. Il m'a raconté qu'il avait dû les enterrer de ses mains, tous les deux.

— Mais il parlait français ?

— Non, très peu mais j'avais assisté aux cours que Zena donnait au petit Paul alors je me débrouillais plutôt bien en anglais. Je me souviens comme il m'avait fait rire en me disant qu'il savait parler français ; il ne connaissait que trois mots : pain, amour et soleil. Je lui avais répondu qu'il connaissait le principal.

— Ouh ! Je sens une histoire torride là-dessous.

— Nous nous sommes tout de suite plu et je crois que nous sommes tombés amoureux l'un de l'autre à l'instant même où nous nous sommes vus. Je l'ai soigné et je ne l'ai plus quitté. Nous avons passé de merveilleux moments. Il m'a appris à tirer au fusil et à l'arc. Il maîtrisait le tir à l'arc comme personne et ne ratait jamais une cible. Même un animal en pleine course. Il pouvait transpercer un pigeon en plein vol ! Et maman nous le cuisinait. Tu sais, maman m'a toujours protégée des mauvais agissements des hommes et nous avons dû être très vigilantes car, si la guerre apporte son lot de souffrances à tous les êtres humains, elle en apporte de plus spécifiques aux femmes. Nombreuses sont les histoires de viols, de bébés nés des abus des soldats, qu'ils soient français ou allemands ; la violence des hommes sur les femmes n'a jamais eu de couleur ni de nationalité. Mais avec Charlie, tout était simple, joyeux, respectueux et c'est moi qui l'avais mené jusqu'aux profondeurs de mes draps, quand lui n'avait jamais demandé plus que la chaleur de mes bras.

— C'est comme si tu me racontais un rêve... Mais où est-il passé, ce Charlie ? J'ai toujours pensé que tu n'avais jamais eu d'autre amour qu'Edgar.

— Oui, j'ai épousé Edgar huit ans plus tard.

— Mais ton Charlie alors ? C'était pas sérieux ?

— Oh si, si, je te raconte.

— Je suis pressée de tout savoir !

— Charlie s'est très vite remis de ses blessures et le château est également devenu le quartier général d'une cellule de résistance. Nous nous retrouvions, Charlie, Zena, Alex, Paulette et moi, dans l'immense cave du château avec d'autres résistants et nous passions notre temps à travailler contre l'ennemi.

— Pardon *Nonna* mais tu as dit « Paulette », ce n'est pas LA Paulette ?

— Si, si ! Je connais Paulette depuis près de quatre-vingt-dix ans.

— Ah bon ? J'imaginais bien que tu la connaissais depuis longtemps mais pas autant.

— Paulette est entrée dans ma vie en 1930. Ses parents étaient alsaciens mais je n'ai pas connu sa mère, elle est morte de la tuberculose. Son père ne s'occupait pas de sa fille alors le Comte l'a recueillie et maman l'a élevée. Nous avons dix ans d'écart, je me suis beaucoup occupée d'elle. Et depuis une trentaine d'années, c'est elle qui s'occupe de moi.

— C'est trop chouette ça. Franchement, c'est cool, vous avez dû en vivre des choses ensemble.

— Tu ne crois pas si bien dire. Et Paulette n'a pas eu une vie facile non plus.

— J'aimerais bien que tu me racontes mais d'abord, il faut que tu termines, que tu me racontes ce Charlie et votre « travail contre l'ennemi », ça me démange de savoir.

— Oui, je reprends. Alors, deux soldats allemands nous aidaient. Comme beaucoup d'autres jeunes allemands, ils n'étaient pas d'accord avec ce que leur demandaient leurs supérieurs et ils trahissaient leur pays pour nous aider à rendre ce monde meilleur.

— Non ! C'est dingue, la vie que tu as eue ! Jamais je n'aurais imaginé une chose pareille. Et dire que je n'en savais rien. Maman ne m'a jamais rien raconté.

— Mais tu sais, je n'en ai jamais autant dit à ta mère. Et puis, elle a toujours vécu avec Edgar qu'elle aimait beaucoup. Il le lui rendait bien alors c'était un peu compliqué pour moi de lui parler de Charlie, je ne lui ai dit que le minimum nécessaire.

— Ouais, je vois. Mais dis-moi, qu'est-ce que vous faisiez dans votre groupe de résistance ?

— Eh bien, justement, c'est là que nous revenons sur Marie-Charlotte. Tu te souviens, la « Dame au Mouchoir », comme tu dis.

— Oui, bien sûr.

— Je t'ai dit que son fils Albert Félix – nous l'appelions Félix, c'était plus rapide – avait hérité de la demeure.

— Oui et c'est même ce qui a permis à sa mère de retourner dans le château où elle était née.

— Parfaitement. Le père de Marie-Charlotte était un ami d'enfance de Monsieur le Comte et il la traitait comme sa propre fille. Maman était alors apprentie en cuisine et comme Marie-Charlotte rendait régulièrement visite au Comte, elle a pu apprécier la qualité de son travail. Quand son fils, Félix, s'est marié, c'est maman qui a supervisé le repas des noces, comme celui des fiançailles.

— Trop bien, j'aurais trop aimé goûter sa cuisine.

— Tu en as un aperçu, je te prépare souvent des plats qui étaient des recettes de maman ou qui en sont fortement inspirés. Mais revenons à nos moutons. Après avoir été grièvement blessé, Félix est rentré des Ardennes. Les médecins ne pouvaient se prononcer quant à sa survie ; il avait été touché à l'abdomen et aux poumons et il présentait de multiples petites blessures. Quand il est arrivé à Labory, il était vraiment mal en point et son épouse était désespérée. Marie-Charlotte est toujours restée en contact avec nous et pendant la guerre, nous nous entraidions tous. Elle avait entendu parler de nos soins au château et une nuit, elle est arrivée avec deux hommes massifs. Ils ont porté Félix à l'intérieur et nous avons fait de notre mieux pour le soigner.

— Comme elle devait être soulagée, sa mère.

— Elle l'était, Marie-Charlotte et sa belle-fille nous étaient tellement reconnaissantes qu'elles ont tout fait pour nous aider. Elles nous fournissaient parfois de l'argent mais surtout, elles pouvaient nous procurer des médicaments, des instruments et toutes sortes de produits pour soigner les blessés. Le beau-père de Félix était radiologue et il pratiquait pour nous quand nous avions besoin d'une radio. Et il ne nous facturait que la matière première.

— Pour elles comme pour vous, c'était une sacrée chance que vous vous connaissiez.

— Oui, c'était profitable à tout le monde. Et donc Félix s'en est sorti. Nous avons dû lui couper une phalange et recoudre quatre plaies en plus des deux importantes blessures. Zena, Paulette et moi avons travaillé pendant près de deux journées. Après les cinq premières heures, Zena est allée se reposer et nous nous sommes ainsi relayées toutes les trois, aidées par les hommes qui avaient pris l'habitude de nous assister, comme le font les infirmiers du bloc opératoire aujourd'hui. Il a quand même fallu trois semaines à Félix pour qu'il se remette de toutes ses peines mais c'était un gaillard résistant. Sa passion pour la chasse et les jeux de stratégie avait tissé des liens solides entre lui et Charlie. Ils se promenaient souvent tous les deux et un soir, alors que nous étions en train de dîner, Charlie lança l'idée de créer un groupe de résistance pour aider les armées de notre pays à repousser l'ennemi en profitant de la longue et prestigieuse expérience de Félix. C'est grâce à Charlie et Félix que nous avons pu efficacement participer à la résistance.

— J'avoue, c'était une super idée. C'est pour ça que vous avez accepté.

— Pas vraiment, non.

— Ben, tu m'as dit…

— Oui, nous avons fini par accepter mais pas immédiatement. Tu te rends compte de ce que cela signifiait pour nous tous ? Nous prenions déjà de gros risques en soignant des blessés mais surtout, en protégeant des juifs et tous ceux qui seraient partis pour les camps ou auraient tout simplement été fusillés. Et je te rappelle que Zena et Alexandre étaient juifs, il fallait absolument éviter de trop attirer l'attention sur nous et nos activités clandestines. Le châtiment pour nos actions aurait été l'exécution.

— Comme c'est horrible, je me rends compte à présent. C'était un sacré risque que de vous lancer dans une telle bataille.

— Quand Charlie a lancé l'idée, nous avons d'abord ri mais voyant qu'il ne plaisantait pas, nous avons commencé à avoir peur de ce que Félix et lui avaient imaginé. Mais ils ont su être convaincants et surtout, Félix était un véritable Maître de Guerre. Il était la neuvième génération d'officiers et le sens de la stratégie semblait couler dans ses veines.

— Quel bol pour vous que d'avoir rencontré et d'avoir été entourés de personnes aussi chouettes.

— Tout ça n'a été possible que parce que, justement, nous le connaissions tous. Nous n'aurions jamais pu donner une telle confiance à un soldat inconnu et il en allait de même pour Félix. Sa place était aussi risquée que la nôtre.

— Ce sont donc Charlie et Félix qui dirigeaient le groupe de résistants ?

— C’était surtout Félix, Charlie comptait quitter l’armée dès la fin de la guerre et ouvrir un pub. Charlie et moi avions prévu de nous marier et nous nous sommes fiancés au château. Zena et Alex avaient organisé une grande fête et toute la famille, nos amis, nos voisins et tous les patients étaient conviés.

— Attends, attends, tu vas trop vite et je veux tout savoir. Comment en êtes-vous arrivés aux fiançailles ?

غ

Comme les deux soirs précédents, une petite heure avant le dîner, Charlie retrouve Louise dans la chapelle, derrière le château. Mais cette fois, la silhouette qu’aperçoit Louise semble plus longue. Arrivé près de l’autel et éclairé par le rayon du soleil couchant à travers les vitraux, Louise comprend ; Charlie porte un chapeau haut-de-forme, celui que son père portait lui-même le jour de ses noces. Charlie lui raconte comment il est tombé sur cette relique en aidant Louison et Zena à ranger des affaires pour faire de la place. Une famille de cinq personnes était arrivée le matin même et il fallait les cacher.

— J’ai demandé à Louison si je pouvais emprunter et elle accepté.

— Accepté ? Maman a accepté de te prêter le chapeau que mon père portait le jour de leur mariage ? Son amour de toujours ?

— Elle accepté, oui. Et très joyeux !

— Et comment as-tu fait, Charlie ?

Charlie se poste droit devant elle, sort un petit papier de sa poche et y jette rapidement un œil. Puis, mettant un genou à terre, il baisse la tête un moment pour rassembler ses mots.

— Le Lieutenant Connor traduit mes mots en français, pour toi et j’espère je suis en hauteur du mission que je fixé. Tu sais je venu ici pour faire du guerre contre mon volonté ; je jamais voulu tuer personne et j’ai pas ennemis que je voudrais vu mourir. J’ai quitté mon famille, mes amis, mon pays et pourtant, tous les jours je remercie *God*, parce que c'est ici j'ai fait le plus merveilleux découverte. Et aujourd'hui je suis devant toi, dans mon uniforme soldat, avec ce chapeau sacré, pour te disez un chose très sacré aussi. Ma chère Louise, mon petit pot de miel, j'ai pas un richesse à t'offrir. J'ai pas un château pour nous habiter. Ma Loulou, j'ai pas un titre de noble mais j'ai ici, dans ce veste, un cœur qui bat que pour toi. Je veux faire de toi un femme heureux et je veux protéger toi de tous dangers que la vie donne. Ma bien-aimée, je veux mon nez respire seulement ton parfum de jacinthe toutes les jours de ma vie alors acceptes-tu de marier ?

— Charlie, je…

— Réponds pas tout de suite. Je veux nos cœurs sont toujours unis et pas besoin de mariage. Je promets toi un amour pas avec une chaîne. Je veux tu restes libre et je veux tu conserves ce fantaisie qui souvent est comme la folie. Je veux te garder comme j'ai connu toi au premier jour : une femme libre et indépendant, un femme qui tient pas en place. J'aime ça très beaucoup. J'ai tellement de l'amour à donner toi et j'ai pas besoin d'un bonne qui fait mon linge, ou un cuisinière pour me cuisiner. J'ai seulement besoin de ton chaleur, ton amour.

Louise est à la fois amusée par ses fautes et profondément troublée par sa sincérité. Lisant l'émotion dans ses yeux, Charlie saisit ses mains avant de l'embrasser. Louise se laisse aller et apprécie ces moments de douceur dans cette période tourmentée et loin des bombardements, loin des pleurs et des cris, Louise ne ressent que les caresses de Charlie. Sous ses mains, alors qu'elle a le sentiment de se perdre, elle sait qu'au plus profond d'elle-même, c'est dans ces instants intenses qu'elle se retrouve, qu'elle se sent parfaitement à sa place. Puis il sourit et lui tend son bras pour l'accompagner à la salle à manger, le dîner va être servi.

غ

— J'ai eu bien du mal à m'endormir ce soir-là.

— Tu m'étonnes. Et tu as parlé de jacinthe, c'était déjà ton parfum à l'époque ?

— Oui, ma Nonnette, oui, j'aime cette odeur, j'aime ces fleurs et je trouve leur parfum si délicat et si agréable que je n'en ai jamais admis d'autre.

— C'est vrai qu'il te va bien et chaque fois que je vois ces fleurs ou que je sens leur parfum, je pense à toi. Mais dis-moi, vous ne vous connaissiez pas très bien, ce Charlie et toi, non ?

— En effet, nous ne nous connaissions que depuis quelques semaines quand Charlie m'a fait sa demande et j'ignorais totalement ce qu'allaient en penser mes parents. Bien sûr, ils aimaient beaucoup Charlie et au domaine, personne n'était dupe. Tous savaient bien ce que nous vivions en cachette. Mais pour autant, accepteraient-ils d'officialiser cette union ? Et puis, Charlie était sans le sou, comment préparer un mariage sans argent ? Et la guerre ? La guerre était là sous nos yeux, tout autour de nous, au-dessus de nous. Le lendemain, je suis arrivée la première dans la cuisine – je savais que Zena se levait tôt – et je trépignais d'impatience à l'idée de lui raconter et surtout de lui demander conseil. Alors quand Zena est entrée, le petit Paul dans les bras, je me suis levée brusquement et j'ai raconté à mon amie l'extravagance qui me tourmentait depuis la veille. Zena s'est tout de suite réjouie pour moi, elle savait que nos sentiments étaient sincères. Elle m'a encouragée à accepter sa demande et elle a même trouvé de quoi nous aider en proposant de célébrer nos fiançailles alors j'ai saisi l'opportunité et j'en ai en parlé à mes parents. Zena et Alexandre nous offraient la grande salle de bal dans l'ancienne orangerie ainsi que le repas et toute son organisation.

— Trop bien ! Et comment ont-ils réagi, *Nonna* ?

— Eh bien, à l'annonce de la nouvelle, Eugène a ouvert grand les yeux avant de décréter que cette décision revenait à ma mère, qui a subitement perdu son sourire et affiché une mine grave. Je me souviens m'être sentie coupable d'un méfait dont j'ignorais la nature et j'attendais seulement de savoir quelle punition elle trouverait. Mais au lieu de ça, elle m'a mise en garde. Elle m'a dit que le mariage n'était pas chose à prendre à la légère, que si j'acceptais sa demande, il me faudrait me comporter désormais en épouse, en femme et plus en jeune fille désordonnée. Je me souviens qu'elle me serinait depuis longtemps déjà avec ça. Je ne devais pas tailler la pierre, je ne devais pas siffler comme les garçons, ni fumer ou boire du vin comme j'aimais le faire.

— Ta mère pensait que tu buvais trop ?

— Non ! Ou plutôt oui, mais je ne buvais que très rarement plus de deux verres de vin. Mais à cette époque, une femme qui buvait et fumait n'était pas toujours bien considérée, c'était réservé aux filles faciles, comme on les nommait alors. Après une longue tirade sur le rôle d'une épouse, ma mère accepta à condition que nous prenions le temps de nous connaître et surtout, de patienter en espérant que la guerre finirait bientôt. J'ai donc saisi l'occasion pour lui présenter l'idée de Zena et ma mère a approuvé, surtout quand je lui ai dit que cela ne nous coûterait rien, la guerre appauvrissait tout le monde. Elle était un peu gênée mais elle connaissait nos liens, Zena et moi et elle savait que c'était pour elle, une manière de me témoigner sa reconnaissance pour mon soutien et notre belle amitié toutes ces années. Zena était une femme tenace et réfléchie ; elle ne proposait jamais rien qu'elle pouvait regretter ou ne pas mener à bien.

— C'est vraiment chouette, vous vous êtes donc fiancés au château ?

— Oui, tout le monde était là. Zena avait d'abord prévu un dîner somptueux mais j'ai préféré célébrer ce jour avec tous ceux qui étaient à nos côtés ; nos familles, nos amis mais aussi tous les blessés, les juifs et les déserteurs que nous cachions. Je voulais que tous soient là, je n'aimais pas l'idée que je pourrais être en train de manger et faire la fête pendant que tous ces gens mangeraient du pain et de la soupe en écoutant les instruments au loin. Et puis, nous étions une grande famille. C'était une magnifique soirée de fiançailles et nous nous sommes couchés au petit matin. Tu aurais vu, ma Nonnette, ce mélange. Nous blaguions à la tête qu'aurait faite Hitler en voyant ça. Nul besoin d'être blanc, Français, riche ni d'avoir un titre de noblesse pour être convié et nous avions invité tous ceux qui étaient présents sur le domaine ainsi que nos voisins, nos amis, nous étions plus de cent cinquante. Pour le dîner, Eugène et Edmond avaient tiré un cerf et deux sangliers. Aimé et Jeanne nous avaient régalés des pommes de terre du potager immense dont ils s'occupaient et Zena avait ordonné qu'on monte les grosses barriques de saumur-champigny que le Comte n'avait pas eu le temps de boire. Nous avions passé des jours en cuisine, maman, Zena, Jeanne, Paulette et moi, à préparer des pains et des gâteaux. Ma cousine était venue nous aider ainsi que deux soldats allemands, les deux déserteurs dont je t'ai parlé tout à l'heure, qui voulaient apprendre la cuisine française. D'autres se sont joints à nous pour les préparatifs et ainsi nous avons mangé, bu, ri, chanté, dansé, c'était de la folie ! En ces temps difficiles, nous avions même du mal à croire que nous faisions la fête. D'ailleurs, si nous n'avions pas mangé essentiellement du pain, de la viande qu'Eugène avait tiré deux jours auparavant et des pommes de terre, si nous avions pu nous éclairer autrement qu'à la bougie, s'il n'y avait pas eu les bruits assourdissants des bombardiers qui faisaient trembler les murs, et s'il n'y avait pas eu cette odeur, si prenante, de l'éther, et ces relents âcres du sang séché sur les bandages des nombreux blessés, nous aurions eu l'impression que la guerre était terminée.

— Une belle fête mais avec ce qui se passait dehors, tout le monde ne devait pas avoir le cœur à rire.

— Tu sais, en des temps horribles, les petites joies sont importantes et des fiançailles comme les nôtres, peu de gens en ont connu. C'est très important de garder espoir, de garder le moral, et cette fête nous a fait beaucoup de bien, à tous. Même les blessés graves, qui savaient qu'ils ne s'en sortiraient pas, étaient heureux de pouvoir se réjouir autant après toutes les atrocités qu'ils avaient vues ou vécues. Bien plus qu'une fête, c'était de l'amour que nous partagions tous et pour tous ces soldats en particulier, ceux qui n'allaient jamais pouvoir retrouver leurs proches, c'était un bonheur absolu qu'ils devaient prendre.

— Tu as raison, ça a dû leur faire un bien fou.

— Oh ! Oui.

— Mais alors, que s'est-il passé ?

— Charlie a été rappelé début novembre, il devait rejoindre sa compagnie dans l'Orne pour « mettre ses papiers en ordre pour pouvoir m'épouser » disait-il. J'étais rassurée qu'il parte pour des raisons administratives et non pas pour continuer de se battre. Nous envisagions de nous marier à l'automne, l'année suivante. Il disait que de toutes les couleurs, celles de l'automne étaient les plus douces et les plus chaudes que la nature nous offrait. Mais nous ne nous sommes jamais revus. Il est parti un matin, tout était tranquille et je suis restée de longues minutes à le regarder s'éloigner, il n'était plus qu'un tout petit point et je suis restée plantée là, alors qu'il avait disparu du paysage. C'était en 1941 et je n'oublierai jamais ; il est parti et je n'ai jamais pu lui dire.

— Lui dire quoi, *Nonna* ?

غ

Chapitre IV
Les vingt-sept Mousquetaires

— Eh bien, je ne pouvais pas lui dire que je portais son enfant.

— Son enfant ? *Nonna*, tu étais enceinte de lui ?

— Oui mais quand je l'ai découvert, il était déjà parti.

— Et, *Nonna*, ça m'ennuie un peu de te demander ça mais, qu'est devenu ce bébé ?

Nonna est surprise, elle était certaine que la petite ferait le lien. Gêné d'avoir osé poser la question, le regard impatient de Nonnette interroge la vieille dame quand elle comprend qu'elle devrait comprendre.

— En 1941, *Mamicha* est née en 1941.

Louise ouvre grand la bouche et les yeux, elle comprend.
— *Mamicha* est la fille de Charlie…
Nonna acquiesce, silencieuse.
— Et Charlotte parce que…
— C'est ça, ma petite Louise, en hommage à son père.
— Trop dé-li-re. J'étais persuadée de savoir qui étaient mes grands-parents, mes arrière-grands-parents et là, j'ai l'impression de ne rien savoir sur ma famille. Mais, tu n'as pas cherché à le retrouver ?
— Bien sûr que si. J'ai passé des années à le chercher ; jusqu'à ce qu'on m'annonce que Charles Malone était mort. Je me suis même dit qu'il était peut-être reparti pour se battre et qu'il m'avait menti pour me ménager ou me protéger. Et puis, les années ont passé. Et aujourd'hui, je ne suis toujours pas convaincue qu'il soit mort. C'est absurde, je sais, mais depuis son départ, j'ai toujours l'impression qu'il m'attend, quelque part. Mais s'il est vivant, il doit avoir une famille, lui aussi, tout ça ne rimerait à rien maintenant.
— Charles Malone, c'est le vrai nom de Charlie ?
— C'est sous ce nom qu'il s'était présenté en tout cas. Je ne sais pas si c'était son vrai nom et d'ailleurs, je préfère imaginer que ça ne l'était pas puisque Charles Malone est mort en 41.
— C'est si injuste, tout ce que tu as vécu.
— Tu sais, Nonnette, la vie n'est ni juste ni injuste, la vie est brutale, la vie est magique, la vie est rude, la vie est merveilleuse, c'est comme ça, c'est tout. Et tout est question d'acceptation.
— Oui, je veux bien, *Nonna* mais quand même, tu ne méritais pas ça.
— Parce que tu penses que ceux qui vivent des tragédies les méritent ?
— Non, tu as raison mais ça me fiche le seum.
— Je comprends, ma petite mais si tu veux vivre plutôt que survivre, il te faut absolument comprendre que les épreuves que nous traversons ne sont pas une question de mérite ou de justice, ni

d'injustice. Tu dois absolument accepter ça si tu ne veux pas aller de désillusion en dépression. C'est à toi d'être juste envers toi-même. C'est à toi de reconnaître et de saisir les joies qui t'attendent pour trouver tes places, ces endroits, ces événements où tu te sentiras bien, où tu te sentiras toi.

— Mes places ?

— Oui, tes places. J'ai souvent repensé à ce que m'avait dit Charlie ce soir-là, en me faisant sa demande en mariage : *un femme qui tient pas en place*. Si pour beaucoup, le fait de ne pas tenir en place et recommencer sans cesse sa vie est signe de faiblesse, je crois que ça peut aussi être tout le contraire. Comme un acte de rébellion, c'est refuser la fatalité, c'est refuser de soumettre sa propre vie à une loi obscure ou à une croyance. Ne pas tenir en place, c'est ne pas subir sa vie en trouvant un nouvel endroit, vierge de toute émotion passée, bonne ou moins bonne, pour recommencer en mieux. C'est détruire pour mieux reconstruire, c'est repartir de zéro en ayant conscience que chaque *aujourd'hui* est le premier jour du reste de sa vie et je me suis appliquée à vivre comme ça toute ma vie ; au lieu de passer mon temps à chercher le sens de mon existence, je me suis acharnée à lui donner celui que je voulais.

— Wow ! Quelle force tu as, ça calme ! Mais quelle tragédie aussi…

Louise reste silencieuse, perdue dans sa jeunesse, perdue dans sa mélancolie. La petite Louise réfléchit puis sort *Nonna* de sa torpeur.

— Et papi Edgar, il était au courant ?

— Évidemment ! Elle avait déjà sept ans quand j'ai rencontré Edgar.

— Et il l'a toujours considérée comme sa fille ?

— Oui, et il s'est toujours très bien occupé d'elle. Il n'a d'ailleurs jamais fait de différence entre Charlotte et Gustave.

— Et tu l'as appelée Charlotte pour penser à Charlie, c'est bien ça ?

— C'était ma façon à moi de garder mon Charlie auprès de moi.

— Oh ! *Nonna*, comme je suis triste pour toi.

— Ne le sois pas, ma mignonne. Ne le sois pas. Combien de personnes ont eu la chance de vivre une histoire d'amour aussi forte et belle que la nôtre, hein ?

— Tu as raison, c'est digne d'un roman de Flaubert. Mais alors, comment as-tu rencontré Edgar ?

— Pour ça, il faut que je te raconte la fin de la guerre.

— Oui, je t'écoute, c'est toi la cheffe.

— Nous cachions des Juifs au château mais tout devenait trop dangereux pour Zena et Alexandre. Ils étaient juifs, eux aussi, je te l'ai dit ?

— Oui, *Nonna*, tu me l'as dit.

— En 1944, le château a été « visité » par les Allemands. Par chance, Zena et Alexandre étaient en ville et nous avons pu les prévenir, il valait mieux qu'ils ne reviennent pas. Félix avait des contacts au sein de la cellule de résistance parisienne et il s'est occupé de leur procurer des papiers. C'est d'ailleurs ce fabuleux Kaminsky qui s'en est chargé.

— Et qui est ce Kaminsky ?

— Adolfo Kaminsky. Un faussaire. Mais pas n'importe quel faussaire. Kaminsky n'avait que dix-sept ans quand il a intégré la résistance française et il était très doué. Il travaillait sans relâche parce qu'il savait que chaque faux papier prêt signifiait une vie de plus sauvée. Il travaillait au microscope et n'arrivait pas à s'arrêter tant que son travail n'était pas terminé. Mais il y en avait tellement que parfois, seul l'évanouissement l'arrêtait.

— Il s'évanouissait en plein travail ?

— Oui, il se forçait à continuer, seulement, quand son corps et sa tête n'en pouvaient plus, il tombait et ses camarades le réanimaient. Il en a même perdu l'usage d'un œil.

— Quel grand homme.

— Oh que oui et surtout, il n'a jamais voulu un centime pour ça, de manière à conserver sa pleine liberté. Il est longtemps resté dans l'ombre mais il y a quelques années, sa fille a sorti un livre sur sa vie. Il a été interviewé et quand on lui a demandé pourquoi il avait fait tout ça, il a simplement répondu : parce qu'il le fallait, parce que s'il pouvait sauver une vie, il devait le faire.

— Wow ! Respect. Et il est mort, ce monsieur ?

— Non, il vit toujours et je te prêterai le livre qu'a écrit sa fille si tu veux. Mais à présent, revenons-en à Zena et Alexandre. Mon père, Eugène, est allé les voir après avoir rempli quelques malles de vêtements et de vivres. Il a emmené la calèche et trois chevaux. Alexandre avait de la famille aux États-Unis et ils comptaient y aller en passant d'abord voir leurs familles en Angleterre mais ce périple s'est vite avéré trop dangereux. Alors ils se sont faits discrets et ont réussi à embarquer, moyennant une très forte somme d'argent, sur un bateau. De là, ils sont allés jusqu'en Algérie où ils ont été pris sur un paquebot en partance pour le Brésil. Après plusieurs semaines, ils ont pu regagner l'Amérique. Je recevais tous les mois des nouvelles et j'ai même une photo d'eux. Je te la montrerai quand nous retournerons au salon.

— Nous pouvons y aller, j'ai terminé. Toi aussi, *Nonna* ?

— Oui, mais reprends un peu de viande, de riz…

— Non merci, ma *Nonna*, j'ai bien assez mangé mais, je mangerais bien un petit dessert. Aurais-tu quelque chose ?

— Il y a des petits congolais sur la table de la salle à manger, tu en veux ? Ils ne sont pas frais, je les ai faits hier.

— T'inquiète, j'adore ça.

— Alors prends-en une poignée et suis-moi dans ma chambre, je voudrais te faire écouter quelque chose.

غ

Lorsque la jeune fille entre, le petit grésillement annonce la chanson. Les notes reconnaissables de Georges Brassens se font entendre, puis sa voix :

Ma mie, de grâce, ne mettons
Pas sous la gorge à Cupidon
Sa propre flèche.
Tant d'amoureux l'ont essayé
Qui de leur bonheur ont payé
Ce sacrilège.
J'ai l'honneur de ne pas te demander ta main
Ne gravons pas nos noms au bas d'un parchemin.

— J'ai écouté ce disque des centaines de fois, je l'ai acheté dès sa sortie il y a une cinquantaine d'années.

— Comme c'est beau ce qu'il dit. Il était contre le mariage, non ?

— C'est bien plus fort que ça, écoute bien les vers du dernier couplet.

De servante n'ai pas besoin
Et du ménage et de ses soins
Je te dispense. Qu'en éternelle fiancée
À la Dame de mes pensées
Toujours, je pense.

— Je comprends ce que tu veux dire et je suis carrément d'accord avec lui.

— La première fois que j'ai écouté cette chanson, elle m'a fait penser à Charlie. Nous n'avons jamais pu inscrire nos noms au bas d'un parchemin et ainsi, je reste son éternelle fiancée.

— Oh, *Nonna*, je suis si désolée pour toi.

— Non, ma fille, ne le sois pas. Allez, retournons au salon, j'ai des photos à te montrer.

Les deux femmes feuillettent l'album. Zena, Alexandre, le château, les soldats, les voisins, Louison, Eugène, tout le monde est là.

— Et ici, c'est Charlie.

— Qu'il est beau, *Nonna* ! Décidément, tu avais autant de goût que ta mère pour ce qui est de la cuisine et des beaux mecs.

— Ha ha ! Tu me fais rire. Contente qu'il te plaise.

— Mais quand même, j'aimerais bien le trouver, moi. Il est peut-être encore en vie…

— Oui, peut-être mais que veux-tu que nous fassions maintenant, à notre âge ? Si je me fie aux papiers qu'il nous a présentés, il avait trois ans de plus que moi, il aurait donc cent trois ans aujourd'hui.

— Et alors ? S'il est en vie, tu ne serais pas contente de le voir ?

— Oh que si ! Bien sûr. J'en serais heureuse mais je refuse de vivre dans le rêve et l'espoir, j'ai espéré trop longtemps et si Edgar n'avait pas tant insisté, je serais toujours en train d'attendre mon Charlie.

— C'est Eugène ici ?

— Oui.

— Et ici, on dirait Eugène mais je ne suis pas sûre.

— C'est Edgar.

— Edgar ? Mais on dirait qu'il est vieux.

— Edgar avait vingt-trois ans de plus que moi, il était de l'âge de mon père, Paul. Maman me disait qu'il lui ressemblait beaucoup.

— C'est pour ça que tu l'as choisi ?

— Non, ma Nonnette. Lors d'un dîner de la Saint Sylvestre, la fête du nouvel an si tu veux, en décembre 48, un homme fort bien mis, très élégant et aux manières un peu désuètes m'a invitée à danser et j'ai accepté. J'avoue que j'ai pris beaucoup de plaisir à retrouver les bras d'un homme, ne serait-ce que le temps d'une danse, et il ne m'a pas lâchée de la soirée. C'était un gentleman qui me traitait comme on traite une dame et je l'aimais beaucoup mais…

— Mais ce n'était pas comme ce que tu éprouvais pour Charlie…

— Tu as tout compris. J'avais beaucoup de tendresse et d'affection pour Edgar et je ne lui ai jamais rien caché. Il savait que mon cœur était pris mais il m'a fait la cour pendant des mois. Il me promettait de s'occuper de Charlotte comme de sa propre fille. Il me promettait de veiller sur maman, qu'elle n'aurait plus jamais besoin de travailler et qu'il prendrait soin de moi jusqu'au-delà de sa mort.

— Trop de chance, *Nonna*, il était vraiment bien cet Edgar. Et c'est comme ça que vous êtes allés vivre à Bordeaux ?

— Oui, nous sommes restés là-bas et Gustave est né en 1950, presque deux ans après notre mariage. Mais en 1955, Edgar est tombé gravement malade. La tuberculose. À l'époque, on ne diagnostiquait pas bien cette maladie et on la guérissait mal. J'ai repris mon rôle d'infirmière pendant plusieurs mois et en février 1956, à l'âge de soixante et un ans, il s'est éteint.

— Comme c'est triste, encore, que de tristesse dans ta vie.

— Je vais bientôt avoir cent ans alors oui, des morts, j'en ai vu mais ma vie n'a pas seulement été triste, j'ai eu beaucoup de joies aussi. Et regarde-nous, là, à parler toutes les deux et à apprécier un bon verre de vouvray, à tellement l'apprécier d'ailleurs que la bouteille ne se fait pas fière !

— Ouais et du coup, on s'en sert un dernier pour la terminer ?

— Est-ce bien raisonnable, ma fille ?

— Hé ! Qui me répète sans cesse que dans la vie, il ne faut pas être trop raisonnable, hein ?

— Très bien, ma petite, mais pas plus d'une demi-heure, je commence à être bien fatiguée.

— Bien sûr, ma *Nonna*, tu dois être épuisée, tu es couchée à cette heure-ci d'habitude. Voici ce que je te propose : je m'occupe des verres pendant que tu prépares l'histoire de Paulette, d'accord ?

— C'est entendu.

Nonna regarde par la fenêtre. Comme tous les soirs d'août, le grand-duc est fidèle au rendez-vous. *Nonna* le regarde avec tendresse et, tournant sa tête vers la fenêtre, il l'aperçoit. *Nonna* ne bouge pas. Elle lui sourit et clôt ses paupières le temps d'un souffle. Quand elle les ouvre à nouveau, elle voit le majestueux oiseau cligner ses paupières à son tour. Un instant magique, un dialogue sans mots avec ce bel animal qui lui rend visite chaque année. Elle sursaute à l'arrivée de Louise.

— Voilà *Nonna*, santé ! Et maintenant, Paulette.

— Attends que je m'installe.

— Tu regardais quoi par la fenêtre ?

— Tu devrais plutôt dire qui.

Louise se lève.

— Quoi ? Il y a quelqu'un dehors ?

— Oui, un vieil ami. C'est un grand-duc que je vois tous les ans à la même période.

— Oui ! Je le vois. Il est beau. Et qu'est-ce qu'il est grand. On dit que ce sont des oiseaux de malheur.

— Je déteste ces superstitions. Et si tu veux mon avis, s'il y a des animaux qu'on peut qualifier d'oiseaux de malheur, ce sont les humains.

— Je ne voulais pas te fâcher. Et tu as parfaitement raison. Bon, allez, raconte-moi Paulette, s'il te plaît.

— Donc, Paulette. Ma Paulette. Alors comme je te l'ai dit, nous nous connaissons depuis longtemps et nous savons tout de nos vies, l'une de l'autre. Paulette n'a jamais eu de parents mais auprès de nous, elle était heureuse…

غ

Louise a un peu plus de douze ans, en 1930, quand le Comte recueille Paulette. Son père sillonne les routes de France avec sa charrette de rémouleur. Il s'installe sur la place des villages et affûte, aiguise couteaux, feuilles, faulx et autres outils tranchants des habitants et des artisans. La tuberculose avait emporté la mère de Paulette après des mois d'agonie et la petite est livrée à elle-même. Chaque soir, son père entre dans la taverne et n'en sort qu'après avoir bu la recette du jour. Souvent nourrie par les aubergistes quand ils sont bienveillants, le reste du temps, Paulette se nourrit des déchets trouvés au gré de ses errances quotidiennes. Le Comte prend pitié de cette petite fille sale, aux cheveux longs emmêlés et pleins de poux, aux haillons tachés et après avoir demandé au rémouleur d'aiguiser une douzaine de couteaux, il lui propose de laisser Paulette chez lui.

Le père y voit immédiatement une occasion de gagner quelques sous et il accepte moyennant une prime annuelle pour le travail qu'elle allait fournir chez le Comte. La négociation ne dure pas : une journée est payée deux francs mais compte tenu du jeune âge de la petite, il sera retenu un franc. Il lui sera octroyé deux journées libres et la somme sera ainsi de vingt-cinq francs par mois, soit trois cents francs par an. Le Comte fait remarquer au père qu'il devra la nourrir, la loger et l'entretenir et il propose de diviser la somme par deux. L'ivrogne hésite quelques secondes mais la vision des cent cinquante francs que lui tend le Comte attise son regard de soiffard. Il saisit très vite l'argent et jubile en voyant le Comte lui tendre quinze francs supplémentaires pour les couteaux aiguisés. C'est assurément sa plus belle affaire commerciale : il a gagné de quoi jouir des plaisirs qu'il affectionne tant et s'est débarrassé de cette enfant inutile et gênante. Il prend l'argent, renifle et essuie d'un revers de manche la morve qui coule de son nez puis il plie bagage. Il sort le petit baluchon avec les maigres affaires de sa fille et attache ensuite son cheval de trait à l'anneau scellé dans le mur de l'auberge où il s'enferme jusqu'au bout de la nuit, profitant des chopines et des filles souriantes.

Paulette n'a pas bronché, Paulette n'a pas pleuré, il ne lui manquerait pas. Son père ne lui avait pour ainsi dire jamais parlé. Il bougonnait seulement et n'attendait jamais de réponse de sa fille. Comme tous les villageois habitués à voir la fillette et son père chaque année, le Comte la pensait muette. Mais le lendemain matin, la fillette le remercie pour avoir dormi sur une paillasse si douillette, elle qui n'avait toujours dormi que dans la carriole de son père ou dans des étables. Réservée, très discrète, elle n'a que trois ans mais semble plus mûre qu'une mère et son regard trahit la misère et les épreuves trop dures qu'elle a endurées, à un âge où les enfants ne sont qu'innocence et insouciance.

S'étant proposée pour s'occuper d'elle, Louise commence par l'emmener dans la chambre de Louison. Après avoir rempli le tub, cette large cuvette circulaire de tôle émaillée réservée à la toilette de Louise et de sa mère, elle la lave lentement avec tendresse. D'abord surprise, la fillette se laisse faire et prend peu à peu goût à la chose, n'osant plus bouger. Les cheveux posent un gros problème, ils sont trop emmêlés et Louison prend le relais ; elle décide de les couper au niveau de la nuque. Là encore, Paulette ne bronche pas et laisse faire. Une fois la petite propre, Louison tend à Louise une chemise de lin et une robe qu'elle avait portées une dizaine d'années plus tôt. Dans le reflet du grand miroir de l'immense salle à manger, la petite ne se lasse pas de se regarder.

— C'est Paulette, c'est moi…

— Oui, c'est toi, ma jolie Paulette. Tu aimes ?

— Oui, Madame.

— Ne m'appelle pas Madame, je suis une enfant comme toi et je serai ta grande sœur si tu veux, appelle-moi Louise.

En guise de réponse, la petite Paulette enserre sa taille de ses petits bras, la tête appuyée contre le ventre de Louise qui la serre à son tour. Cette première toilette signe le commencement d'une amitié indéfectible entre les deux jeunes filles. En se débarrassant de l'odeur nauséabonde de ses vieux vêtements, de sa crasse, Paulette renaît d'entre les égouts et sa vie, lavée par cette intime toilette, baignée dans l'amour d'un foyer attentionné, s'est dépouillée de toute la souillure qu'elle avait portée. Ainsi affranchie de l'infamie de ses racines et purgée des fautes de ce père fangeux, Paulette échappe à un avenir mal assuré.

Elle grandit entourée de l'affection de Louise et de sa mère mais aussi de celle du Comte qui a développé pour elle un véritable amour paternel. Il avait toujours rêvé d'avoir une fille et voici que la vie lui en apporte une. Il lui offre une éducation laïque avec un précepteur et la petite Paulette s'avère être une élève volontaire très douée. Elle obtient son certificat d'études en moins de deux ans et à douze ans, elle intègre une école de Tours. Après la Grande Guerre, les familles commencent à inscrire leurs filles à l'école mais certaines n'acceptent pas la mixité ou n'y sont pas adaptées. Mais Monsieur le Comte est Monsieur le Comte et Paulette intègre une des plus prestigieuses écoles contre une aide financière substantielle. Elle acquiert une confiance qu'elle emploie à honorer les espoirs que le Comte a mis en elle. Il ne cesse de se réjouir d'avoir pressenti dans ce petit corps frêle, dans ce regard mélancolique et intelligent, cette soif de savoir. Hélas, la guerre contraint bientôt les écoles à fermer, réquisitionnées par les soldats sous la période de l'occupation allemande.

Paulette veut étudier la médecine et la transformation du château en hospice lui fait faire un bond de géant. Épaulée et instruite par Zena et Louise, elle a le sens du diagnostic, analyse au plus juste chaque symptôme et peut passer des heures à tenter d'en découvrir la cause. À l'âge de quinze ans, elle pratique de petites opérations, suture les plaies et travaille avec précision et empathie. Les trois femmes passent beaucoup de temps ensemble et soignent les blessés tous les jours. Leur réputation est telle qu'on vient les voir de Tours, d'Orléans et même de Paris pour des blessures de guerre mais aussi pour des accidents domestiques, des accidents de travail ou des maladies. Pasteur a récemment mis en lumière l'importance du bain, de l'hygiène et plutôt que se baigner trois ou quatre fois l'an dans les rivières, pour les plus exigeants sans le sou, le château propose un bain dans un tub moyennant une participation aux travaux du domaine ou autre besoin du moment. Ainsi chacun donne ce qu'il peut contre un peu d'eau et de savon.

غ

— Vous n'aviez donc pas de douche ?

— Pardi, non. À l'époque, je ne savais même pas que ça existait. Toujours est-il qu'en 1941, nous avons vu arriver un voisin poussant une brouette de paille. Il marchait vite et courait même parfois, sur quelques mètres en regardant sans cesse à droite, à gauche et derrière lui. Zena et moi étions dehors et nous avons tout de suite compris que quelque chose clochait alors nous sommes allées à sa rencontre mais il a pris la direction de l'écurie en faisant discrètement signe de la tête, nous invitant à le suivre. Quand on a soulevé la paille, on a découvert le corps d'un soldat allemand. Nous pensions d'abord qu'il était mort mais le voisin nous a assuré qu'il respirait. Il nous a montré ses plaies ; il avait reçu deux balles, une dans le ventre et une autre dans la poitrine. Pendant que Zena et Marcel l'installaient sur une paillasse de fortune, je suis allée chercher de quoi le soigner. Paulette m'a accompagnée avec des bandages et une paire de ciseaux pour découper ses vêtements et je crois qu'elle l'a aimé dès qu'elle l'a vu, allongé, là, vulnérable, abandonné.

Il s'appelait Hermann, c'était un déserteur. Très athlétique, il n'avait pas du tout le physique typique d'un Allemand : le teint mat et les cheveux noir corbeau, il avait des yeux sombres. Nous avons réussi à extraire les balles et à stopper l'hémorragie. Il a mis des semaines à se remettre mais il était solide et il avait toute la priorité de Paulette, occupée de jour comme de nuit par son rôle d'infirmière attitrée. Son physique tranchait avec sa personnalité. D'un tempérament doux, c'était un poète et il attendait avec impatience la fin de la guerre pour pouvoir écrire son recueil de poèmes. En le déshabillant, nous avions trouvé un petit carnet dans la poche de son veston. Il y notait toutes les pensées qui lui traversaient l'esprit. Ayant repris connaissance après l'opération, il a remarqué qu'il ne portait plus son veston et il a commencé à regarder partout, inquiet. Zena a compris qu'il cherchait son carnet et elle le lui a donné en souriant. Il a souri en retour et il a rangé son petit carnet sous son oreiller. Puis, il nous a expliqué d'où venaient ses blessures.

Il voulait être écrivain et surtout, il ne voulait pas faire la guerre. Il ne voulait pas tuer ses semblables et avait déserté. Repris par le sergent de sa compagnie, il avait été fait prisonnier en attendant d'être jugé et très probablement fusillé. Un soir d'orage, alors que tout le monde dormait au camp, il avait réussi à s'échapper. Il avait ensuite couru aussi vite qu'il avait pu mais un jeune soldat zélé, qui faisait le guet une centaine de mètres plus loin, l'avait poursuivi. Il avait réussi à le toucher mais Hermann avait continué à courir jusqu'à ce qu'il aperçoive une lueur, la lanterne de la cuisine dans la ferme du voisin. Il s'était caché dans la paille en espérant que l'autre abandonnerait de le traquer. Et c'est très probablement ce qui s'est passé. Je me souviens très bien de l'orage cette nuit-là, il avait plu à torrents et tous les chemins étaient boueux. Le petit Paul s'était réveillé dans la nuit, effrayé par les coups de tonnerre et les éclairs qui faisaient apparaître, par la fenêtre de sa chambre, les silhouettes des grands arbres du parc. Nous étions dans le salon, nous regardions le plan que Charlie avait conservé. C'était un plan de la région sur lequel étaient notés les différents campements ennemis. Marcel et Félix, les têtes brûlées du groupe et aussi les chefs désignés de notre modeste cellule résistante, étaient tellement absorbés par le plan de bataille que nous tentions de mettre en place, qu'ils n'ont remarqué l'orage que lorsque Zena est entrée, en tenant Paul dans les bras.

— Tu veux dire que tu as participé à la résistance ?

— Oui, je te l'ai dit.

— Oui mais, je ne pensais pas que tu avais imaginé des plans ! Tu veux dire que tu as essayé de prendre tes ennemis dans des pièges, que tu as distribué des courriers, des documents interdits ou dangereux à d'autres résistants, comme ce qu'on voit dans les films ?

— Oui, c'est bien ça.

— Mais c'est carrément dingue, ça, *Nonna*. Tu es une héroïne de film.

— Une héroïne, non. Je faisais ce que je pouvais, comme tous les autres. Tu sais, en temps de guerre, tous ceux qui survivent sont en quelque sorte des héros. Il n'y a rien d'héroïque à faire ce qu'on peut pour protéger les siens et contrer les plans des tyrans. Chacun de nous faisait tout ce qu'il pouvait pour déjouer les pièges sordides et cruels des politiques qui, de leurs cocons, dirigeaient les hommes qui n'étaient que chair à canons et boucliers humains. De tout temps, la religion et la politique ont dressé les croyants, les nations, les uns contre les autres et bien que j'aurai vécu, dans une semaine, un siècle entier, je ne comprends toujours pas pourquoi tout cela était nécessaire et encore moins en quoi cela a été bénéfique. Mais c'est une autre histoire.

— C'est trop fou ! Je veux tout savoir, *Nonna*, comment vous y preniez-vous ?

— Eh bien, tu te souviens du script que j'ai écrit pour tes quinze ans ? Pour ton « escape game », comme tu dis.

— Oui, évidemment, comment veux-tu que j'oublie ? C'était trop cool. Ton script était tellement drôle et en même temps, c'était si palpitant. Je comprends maintenant d'où t'est venue ton inspiration.

— Oh, tu sais, j'ai toujours eu ce genre d'inspiration comme tu dis. J'ai toujours adoré inventer des histoires alors oui, j'étudiais le projet, je réfléchissais aux personnes dont nous disposions et j'essayais d'imaginer un plan d'attaque. Ensuite, en fonction des compétences, du tempérament et des capacités de chacun, j'attribuais les rôles. Enfin, je les proposais et chacun était libre de les accepter, les refuser ou les échanger.

— Et beaucoup refusaient leur rôle ou voulaient en changer ?

— Non. Il arrivait que l'un d'entre nous décline pour une raison d'indisponibilité mais jamais parce que le rôle attribué ne lui plaisait pas. Nous n'étions pas nombreux, au plus fort de notre action, nous étions vingt-sept. Mais nous voulions tous la même chose et nous étions tous très solidaires.

— Est-ce que certains ne sont pas revenus de vos batailles ?

— Ce n'étaient pas toujours des batailles, tu sais ; parfois, il fallait seulement déposer une pierre sur le coin d'un mur en guise de communication mais oui, certains ont payé de leur vie.

— Mince, ça a dû te faire de la peine.

— Chaque fois que nous perdions un Mousquetaire, la troupe en prenait un coup. Mais nous ne nous laissions pas abattre et même, nous ressentions tellement de rage que nous nous remettions de plus belle au travail.

— Wow ! Mais, c'est amusant que tu parles de Mousquetaires parce qu'à ma connaissance, ils étaient trois, ou quatre, non ?

— Tu as parfaitement raison. Ce roman d'Alexandre Dumas était le roman favori du père d'Alexandre, d'où son prénom d'ailleurs. Et quand nous avons pris la décision de transformer le château en hospice avant qu'il ne devienne le QG de notre cellule de résistance, nous avons fait le serment, Alexandre, Zena et moi, de nous soutenir sans jamais trahir l'un de nous, quoiqu'il arrive. Alex était allé chercher une bouteille de vouvray et en levant nos verres pour trinquer, il avait dit « aux trois mousquetaires ! ». Le succès de notre mission a fait que nous nous sommes passés de trois à vingt-sept Mousquetaires.

— Tu as vraiment eu une vie de folie, *Nonna*. Qu'est-ce que ça devait être excitant ! Moi, je ne vis rien d'aussi génial.

— Ne te plains pas, ma chérie, tu vis dans un pays en paix et c'est bien assez génial, n'oublie pas que même si nous nous amusions de ces petits sobriquets et d'aventures, nous risquions nos vies et perdions très régulièrement des amis, des proches. Mais quoiqu'il arrivât, nous restions unis et solidaires. Dès que l'un de nous apprenait quelque chose, surprenait une conversation, il rapportait tout ça au groupe et nous avisions.

— Que veux-tu dire ?

— Eh bien, il est toujours difficile de savoir si telle information mérite qu'on y réfléchisse, surtout en temps de guerre. Sans compter les rumeurs mais dans le doute, chaque nouvelle information était analysée. C'était simple, nous nous réunissions tous les soirs dans la cave du château et évoquions les dernières nouvelles, après quoi nous prenions les décisions adaptées. C'est comme ça qu'Hermann a joué son premier rôle ; et quel rôle ! Sans lui, la survie des quelques petits villages en aurait été chamboulée de manière tragique.

— C'est franchement sympa de sa part, raconte-moi.

— Le soir de sa rencontre avec Paulette, Hermann n'a fait que dormir, comme les deux ou trois jours qui ont suivi mais il s'est très vite remis. Après nos réunions clandestines, nous avions pris l'habitude de faire parler les nouveaux venus pour connaître leur histoire et ainsi les connaître mieux. Un soir, Hermann nous a raconté que son jeu favori était le jeu de cache-cache. Ses parents s'étaient mariés tard – sa mère, Graziela, était âgée de quarante-quatre ans lors de sa naissance – et ils n'avaient pas eu d'autre enfant après Hermann ; il est né en bonne santé après deux fausses couches. Pour la petite histoire, le père d'Hermann, Rolf avait eu une vie tumultueuse et transgressive pour l'époque, il aimait les hommes. Il était trapéziste dans un cirque et avait passé son temps sur les routes mais à l'âge de cinquante ans, il décida d'arrêter les tournées et alla s'installer dans une petite fermette à une vingtaine de kilomètres de Berlin. Il avait arrêté ses acrobaties mais continuait de suivre le cirque dans lequel il avait passé la plus grande partie de sa vie. C'est dans cette fermette qu'il rencontra celle qui allait devenir son épouse.

— Bah, comment un homo peut tomber amoureux d'une femme, se marier avec elle et lui faire un enfant, *Nonna* ?

— Alors ça, je peux te l'expliquer. Hermann a si souvent raconté cette histoire avec les détails qu'il en connaissait, que j'ai parfois le sentiment de l'avoir vécue. Rolf cherchait une lavandière pour son linge – je te rappelle qu'à l'époque, le lave-linge n'existait pas – et un voisin lui a envoyé sa fille, veuve. Son époux mort deux ans après leur mariage, elle n'avait pas d'enfants et ne s'était jamais remariée. À l'époque, il n'était pas facile pour une femme de faire accepter au reste du monde qu'elle voulait vivre seule, qu'elle ne voulait pas être la bonne ni la cuisinière d'un homme, qu'elle tenait à son indépendance. Déjà la première fois, elle s'était mariée sous la pression de ses parents qui vouaient un respect indéfectible aux conventions. Quant à Rolf, les gens auraient eu bien du mal à comprendre qu'il ne cherche pas à se marier. Chacun était pour l'autre son meilleur ami. Le mariage parut donc être la solution idéale puisque chacun y trouvait son compte. La première fois qu'elle est arrivée chez lui, la maison était vide et un tas de linge était posé sur la table.

— Je parie qu'elle l'a pris et qu'elle est rentrée pour le laver.

— Oui et non…

غ

Graziella frappe à la porte entrouverte, elle s'annonce mais la maison est vide. Elle entre et voit une pile de linge sur la table. Comme elle déteste les cancans et préfère éviter le lavoir communal, elle prend le linge et marche jusqu'à la rivière. À l'aide d'une brosse, Graziella frotte efficacement le drap de lin qu'elle plonge sans cesse dans l'eau quand un bruit lui fait tendre l'oreille, quelque chose bouge. Elle attend et c'est alors qu'elle voit arriver, à droite des rochers, un homme qui nage sur le dos en faisant voler, tour à tour, ses bras au-dessus de l'eau. Elle qui ne sait pas nager, comme beaucoup de personnes à l'époque, est époustouflée et elle ne peut s'empêcher de le regarder. Arrivé à une hauteur où il a pied, l'homme se redresse, balaie l'eau de son visage avec ses mains puis recoiffe ses cheveux en arrière et avance vers la rive. Se pensant seul, il marche tranquillement, les pieds dans l'eau et entièrement nu, en admirant les arbres et le ciel. Au sel qui parsème ses cheveux, Graziella déduit qu'ils ont probablement le même âge mais il a conservé le corps d'un jeune homme. Il continue d'avancer quand il aperçoit une silhouette. Il se fige soudain et, étant quelque peu gênés, l'un comme l'autre, ils éclatent de rire. Graziella lui tend alors le drap de lin qu'elle était en train de laver et Rolf se roule dedans. Elle lui explique que ces affaires ne lui appartiennent pas et qu'elle doit récupérer le drap dès qu'il aura retrouvé ses vêtements, de manière à terminer son travail et rapporter le tout à son nouveau client. Rolf a reconnu ses affaires mais la coïncidence l'amuse alors il la laisse tranquillement s'expliquer avant de lui révéler qu'il est le propriétaire de ce linge.

Enchanté par cette rencontre peu banale, Rolf s'assoit près d'elle et lui raconte sa vie de saltimbanque. Élevée par une mère totalement soumise et dévouée à son époux, Graziella a toujours rêvé de liberté ; elle voulait devenir comédienne, jouer dans une pièce drôle et cite le théâtre de Molière mais elle était issue d'une famille simple et son statut de femme ne lui permettait pas d'envisager un autre avenir que celui de devenir l'épouse respectable de l'homme que son père lui choisirait. Par chance, son époux était un homme réservé qui préférait fantasmer sur les éléments du tableau périodique plutôt qu'honorer sa femme et il passait presque tout son temps dans le laboratoire de l'école dans laquelle il enseignait. Rolf ne s'est jamais marié. Il aime les hommes et sa vie de nomade lui a épargné les préjugés mais en choisissant de s'installer à demeure dans ce petit village, il allait désormais devoir faire de son mieux pour cacher sa marginalité. Enchanté d'avoir rencontré une personne avec laquelle il pouvait être lui-même, Rolf invite Graziella à dîner. Elle-même était heureuse d'avoir trouvé un ami auquel elle pouvait tout confier, elle accepte ; Rolf est doux, tendre et son affection est sincère. Ils passent beaucoup de temps ensemble et se comprennent bien. Une solide confiance s'installe et très vite, le mariage est une évidence. Hermann attirait beaucoup trop l'attention sur lui, un homme sans épouse, c'était suspect et il n'était pas question d'avouer son homosexualité, tu connais cette partie de l'histoire et tu sais ce qui est arrivé à bon nombre d'homosexuels, non ?

— Oui, *Nonna*, on les considérait comme des humains dégénérés qui devaient être exterminés, comme les Juifs, les noirs, etc.

— Oui, c'est affreux de penser que des êtres humains peuvent penser ainsi. Mais revenons à Rolf et Graziella. Le mariage était la solution idéale pour Rolf et Graziella voyait aussi les importants avantages d'un tel arrangement ; elle allait enfin pouvoir vivre sans avoir à se plier à son époux ni subir les avances des vieux veufs ou les stupides commentaires des commères. Ils se marient et en 1923, Hermann naît dans la petite fermette.

— Trop cool ! C'étaient des gens plutôt modernes. Encore maintenant, beaucoup n'accepteraient pas un couple pareil.

— Oh, si tu veux mon avis, les gens se mêlent trop de la vie des autres mais oui, tu as raison, ils étaient vraiment modernes. Hermann a grandi avec des parents aimants et très joueurs. Chaque été, avec des amis, ils organisaient des fêtes au domaine avec musique, chant et théâtre. Ils passaient beaucoup de temps à préparer les décors, les costumes et tous les deux y prenaient énormément de plaisir. Rolf avait taillé des haies pour faire un petit parcours et ils faisaient des parties géantes de cache-cache. C'était le jeu favori d'Hermann quand il était enfant. Puis il s'est plongé dans la littérature et s'est découvert un amour grandissant pour la poésie. Il aimait réciter Voltaire, en particulier une chansonnette très bien faite.

— Tu peux me la chanter, *Nonna* ?

— La chanter, non mais voilà ce que je te propose. Je vais aller chercher mon livre, un recueil dans lequel tu trouveras de belles et grandes pensées écrites par différents auteurs et comme ça, tu pourras lire ce poème et beaucoup d'autres. Et ensuite, nous allons nous coucher.

— Tu ne termines pas ton histoire ce soir ?

— Il reste encore près de quatre-vingts ans d'histoire alors soit je résume tout en quatre ou cinq phrases, soit tu me laisses me reposer et je continuerai demain.

— Tu as raison, *Nonna*, mais je suis tellement pressée de savoir. Et pour le poème, tu ne veux pas me le lire avant d'aller te coucher ?
— Bon, celui-là seulement et ensuite, je vais me coucher.
— Trop cool !

غ

Revenant avec le livre, *Nonna* sourit en parcourant le poème.
— *Gaillardise*, de François-Marie Arouet dit Voltaire (1694-1778).
— Gaillardise ? Le nom sonne gourmand.
— Tu ne crois pas si bien dire, écoute plutôt.

Je cherche un petit bois touffu,
Que vous portez, Aminthe,
Qui couvre, s'il n'est pas tondu
Un gentil labyrinthe.
Tous les mois, on voit quelques fleurs
Colorer le rivage ;
Laissez-moi verser quelques pleurs
Dans ce joli bocage.

— Allez, monsieur, porter vos pleurs
Sur un autre rivage ;
Vous pourriez bien gâter les fleurs
De mon joli bocage ;
Car, si vous pleuriez tout de bon,
Des pleurs comme les vôtres
Pourraient, dans une autre saison,
M'en faire verser d'autres.

— Quoi ! vous craignez l'événement
De l'amoureux mystère ;

Vous ne savez donc pas comment
On agit à Cythère ;
L'amant, modérant sa raison,
Dans cette aimable guerre,
Sait bien arroser le gazon
Sans imbiber la terre.

— Je voudrais bien, mon cher amant,
Hasarder pour vous plaire ;
Mais dans ce fortuné moment
On ne se connaît guère.
L'amour maîtrisant vos désirs,
Vous ne seriez plus maître
De retrancher de nos plaisirs
Ce qui vous donna de l'être.

— C'est vraiment très coquin, *Nonna*. Je pense que je comprends très bien le double sens de ces mots.

— Je n'en doute pas et justement, on savoure la maîtrise que Voltaire avait des mots et de leurs multiples sens. Il savait si bien manier la langue qu'on pourrait lire ce poème à des enfants sans les choquer.

— Carrément ! Ils penseraient à des choses simples, genre, un échange sur des propos de jardinage, non ?

— C'est bien là son génie. Hermann nous racontait que ses parents, Rolf et Graziella, aimaient la chanter. La jouer, même. Graziella montait l'escalier et s'arrêtait à mi-hauteur pour se retourner vers Rolf, resté au bas des marches. Une main sur la rampe et l'autre en mouvement, chacun accompagnait les paroles de gestes légers et amusés.

— Il a eu trop de bol d'avoir des parents aussi marginaux et inventifs.

— Je te laisse ce livre si tu veux t'amuser, je vais m'allonger à présent. Bonne nuit ma Nonnette.

— Bonne nuit, ma *Nonna*. Et merci encore pour tout ça, j'adore t'écouter.

غ

Il fait encore doux ce matin mais le soleil promet de belles cloques aux étourdis. Louise coupe un morceau de baguette long de trois phalanges puis le recoupe ensuite pour séparer le dessus du dessous. Une fois grillées, les deux tartines sont enduites d'un beurre demi-sel fondant. Louise sort avec son petit plateau de bambou et s'installe à l'ombre des grands arbres. Observant les deux tartines, elle choisit de commencer, comme tous les jours, par le dessous de la baguette de manière à terminer sur sa note préférée. Elle contemple les arbres, écoute les chants des oiseaux, il n'est pas tout à fait 7 heures. Réveillée depuis une bonne heure, elle est restée dans son lit où elle savourait les caresses du vent qui se faufilait par la fenêtre restée ouverte. La petite Louise dort encore et la future centenaire profite de ce répit pour mettre de l'ordre dans ses idées.

Hier, la journée a été longue et dans sa tête, les histoires racontées la veille s'entremêlent pour former une soupe d'ingrédients qu'un chef pluri-étoilé n'aurait pas l'idée de fusionner. Elle peut encore sentir le piquant – quoique parfois, un peu désuet – de certains d'entre eux, l'amertume de beaucoup d'autres mais celles qui laissent le goût le plus fort et le plus savoureux en elle, sont une gourmandise qu'elle mâche dans sa tête, mord de tout son cœur et avale avec grand bonheur comme après une apnée trop longue dans la profondeur d'un océan intime. Cet océan de souvenirs et de sensations, c'est sa vie ; mais c'est aussi celle des absents, la vie de ceux qui n'existent plus que dans le cœur et dans l'esprit de ceux qui les ont aimés, les aiment encore et les aimeront toujours. Louise fait les comptes et organise la suite de sa narration ; il lui faudra être précise, respecter la chronologie et permettre à sa Nonnette de saisir chaque émotion sans ressentir de haine ni d'injustice face à toutes les horreurs qui ont façonné la vie de *Nonna*.

CHAPITRE V
SABORDAGE

Au loin, les tracteurs tractent, une faneuse fane et quelques moissonneuses moissonnent. Jusqu'ici, l'été a été chaud et il y aura même du regain, de quoi ravir les chèvres cet hiver et le porte-monnaie de leurs éleveurs. Les vignes se parent de billes dorées que les filets protègent des oiseaux mécontents de devoir se priver d'un si bon dessert. Le vouvray connaît un franc succès depuis quelques années et si le climat est toujours un allié déterminant, il est aussi détermineur, comme en juin 2013, lorsqu'un violent orage de grêle s'est abattu sur les ceps bien fournis, innocents et sans défense, anéantissant la quasi-totalité de la récolte. Les viticulteurs sont confiants cette année, la récolte est très prometteuse, tant en volume qu'en qualité. En hommage gourmand à ces travailleurs et travailleuses du vivant, qu'il soit en terre ou sur pattes, Louise remonte de la cave son vouvray préféré reçu d'un ami vigneron de Parçay-Meslay et une délicieuse bûche Sainte-Maure-de-Touraine. L'un restera au frais, étendu jusqu'à sa décapitation, quand l'autre attendra dans le giron du profond mur de pierre, que la douce fraîcheur caresse et adoucisse le bâton blanc qui fondra sur la langue des deux gourmandes.

— Bonjour ma *Nonna* adorée. Si tu savais ce que j'ai bien dormi ! Je kiffe trop ta maison, il y fait frais et doux en même temps. Et puis, c'est si calme.

— Bonjour ma Nonnette. Oui, j'aime beaucoup cet endroit, on s'y repose comme nulle part ailleurs. Veux-tu déjeuner ?

— Non, merci, je prendrai seulement un café.

— Pas question, tu le sais. Ici, on mange avant de boire un café. Je te l'ai déjà dit, boire un café quand on a le ventre vide…

— C'est une bombe dans l'estomac, je sais. Et je sais que tu as raison mais j'ai tellement de mal à manger le matin.

— Écoute, je te propose d'aller marcher un quart d'heure sous les arbres et ensuite, je te préparerai deux tartines et un café.

Après une vingtaine de minutes, Louise coupe la baguette, tartine et fait couler le café. Les deux Louise s'installent sous les arbres. La petite Louise mange avec entrain, nez en l'air et suit des yeux les oiseaux qui sautent, volent de branches en branches. *Nonna* la regarde en sirotant son café, souriante, satisfaite.

— Tu as raison, *Nonna*, c'est trop bon, ces tartines. Je vais acheter du beurre salé, je n'aime pas manger sucré le matin et c'est toujours ce qu'on me propose. Mais ça, c'est une tuerie !

La salle de bains est prise d'assaut tour à tour et la journée s'organise. Paulette vient prendre des nouvelles ainsi que la liste de courses, Paul-Hermann et Jibril vont à Tours et proposent de faire le plein. Une fois le café bu, elle part retrouver Jacqueline et fait promettre à *Nonna* de se ménager ; c'est sa grande fête dans cinq jours et elle doit absolument prendre un maximum de repos pour profiter de tout pendant les deux jours de folie que tous lui organisent. La cuisine est rangée, les lits sont faits et la petite Louise se lance dans la préparation d'un poulet rôti. Dans un bol, elle mélange moutarde, huile d'olive, paprika doux, romarin, thym, gingembre, poivre, sel et une bonne cuillerée de sirop d'érable. Elle badigeonne ensuite la bête en la massant généreusement de tous côtés. Quelques centilitres de vin blanc relèveront le tout et elle enfourne la volaille sous les yeux experts de *Nonna* qui supervise sans quitter sa boule de pâte des yeux. Les tomates pelées et les oignons ont bien sué et le jus qui s'en écoule à travers les fines mailles du chinois agrémentera le poulet trente minutes avant sa sortie du four, en même temps que la tarte à la tomate y entrera pour dorer.

— J'adore ta pâte, *Nonna*. Tu la fais depuis des années, non ?

— Oui ! C'est maman qui m'a appris à la faire. En même temps qu'à Zena.

— Je me souviens, vous étiez ses élèves.

— Zena vantait toujours la cuisine française.

— C'est vrai qu'on mange mal en Angleterre.

— Je t'interdis de dire ça, ce n'est pas vrai du tout. J'ai toujours très bien mangé en Angleterre et je pense surtout que les Français sont trop chauvins pour admettre que les Anglais aussi ont de bons plats. Tiens, le « roast-beef and Yorkshire pudding » par exemple, c'est vraiment dé-li-cieux.

— Je ne connais pas.

— Je t'en préparerai la semaine prochaine si tu veux. Après tout, c'est aussi mon devoir de te faire découvrir l'ensemble de tes racines, non ?

— Oh oui ! Et j'adore quand tu m'aides à découvrir et à apprécier mes racines quand elles se mangent ! À ce propos, nous pourrions continuer cette découverte avec l'histoire que tu as commencée hier. Qu'en dis-tu, *Nonna* ?

— Volontiers, ma minette. Allons dans le salon, il y fait plus frais. Mais va t'asseoir, j'arrive tout de suite. En passant, prends deux verres à vin et pose-les sur la table, tu veux bien ?

— Un peu que je veux ! Je sens que tu vas encore me gâter…

Nonna tire la petite porte de bois et sort la bûche qu'elle pose sur le plateau. Elle ouvre la bouteille de vouvray qui rejoint le fromage et dépose le tout devant Louise qui sera responsable du service.

— Nous en étions à Hermann, le fils du trapéziste et de Graziella, et tu me disais qu'il s'était impliqué dans votre combat.

— Oui, c'est ça. Je vois que tu suis bien.

— Grave ! C'est passionnant, bien plus que les cours d'histoire qu'on nous impose !

— Alors voilà. Je t'ai dit qu'Hermann était très joueur et qu'ayant des parents plutôt atypiques, surtout pour l'époque, il avait baigné dans les arts, le jeu, la littérature et le théâtre. Un soir, Léon est arrivé essoufflé, il avait couru et était pressé de nous parler mais personne ne comprenait rien. Je lui ai dit de reprendre son souffle, je lui ai servi un verre d'eau et il a pu parler. Il était allé chercher un colis chez des amis du village voisin et en rentrant, il avait aperçu, d'assez loin, une sorte de campement. Il a donc caché son vélo dans de petits buissons et marché en se cachant d'arbre en arbre, pour voir de quoi il s'agissait. C'était un campement de soldats allemands et Léon avait pu remarquer un camion chargé de grosses caisses de bois. Il ne savait pas ce qu'ils avaient prévu de faire et nous devions le découvrir. Nous en avons discuté, tentant d'échafauder des plans et nul ne trouvait de solution efficace sans prendre trop de risques. C'est alors qu'Hermann est intervenu en proposant de se rendre sur place pour essayer d'espionner ; il parlait et comprenait la langue, c'était un atout majeur. Il s'y est rendu avec Léon et les renseignements qu'il nous a apportés étaient précieux. Ils avaient prévu de faire sauter, deux jours plus tard, le viaduc de Cinq-Mars-la-Pile. C'était un pont qui nous permettait de franchir la Loire et sans ce passage, il fallait faire un détour de plusieurs dizaines de kilomètres. Un soldat devait arriver le lendemain, en début d'après-midi avec un plan précis. C'est là qu'Hermann a eu une idée de génie. Il a proposé de lui tendre un piège, quelques kilomètres avant le campement, pour capturer ce soldat et il prendrait sa place. Nous avons étudié l'affaire pendant près de deux heures et, aidé de Marcel, Félix a rédigé le plan de l'attaque.

— Marcel, c'était un ami, un voisin ?

— Marcel était un ami de mon petit frère Léon. Il adorait jouer aux petits soldats de plomb – il en avait plus d'une trentaine – et tout comme Félix, c'était un véritable chef de guerre. Tu vas pouvoir en juger par toi-même quand tu auras écouté leurs idées : Marcel, Félix et Hermann se sont postés dans une cachette que Marcel connaissait et qui permettait de voir arriver la VW82 du soldat allemand. Vêtu de son uniforme, Hermann a arrêté la voiture. Le soldat, reconnaissant un frère d'armes, en est sorti sans crainte et Félix et Marcel ont jailli du fossé sans qu'il ait le temps de comprendre ce qui se passait. Un gros coton de chloroforme l'a endormi puis Félix et Marcel l'ont emmené dans une grange où ils l'ont attaché et bâillonné. Hermann a ajusté son habit, vérifié les affaires présentes dans la voiture et étudié les documents. Sur son carnet, il a noté les dates et heures importantes ainsi que les informations utiles. Il a déchiré les pages et les a laissées sous une pierre, Félix viendrait les récupérer quelques minutes plus tard. Mettant ses mains sur le volant en soupirant longuement, il a démarré le moteur et est allé rejoindre le régiment.

— Wow ! C'était risqué, quand même, non ? Hermann ne pouvait pas être complètement certain que personne ne connaissait le soldat qu'ils attendaient, tu ne penses pas ?

— Absolument. Mais il connaissait bien les méthodes et il était suffisamment décidé pour prendre ce risque. Par ailleurs, il ne voulait pas rester sans agir. Il nous était tellement reconnaissant qu'il était déterminé à nous aider. Et il avait bien évalué la situation puisqu'à son arrivée, les hommes étaient tous affairés et les chefs se sont intéressés aux documents qu'il apportait, pas à sa personne. Il est resté en retrait et a pu observer les cargaisons. Dix-huit caisses d'explosifs, vingt caisses de munitions et divers accessoires. Il a commencé à discuter avec les autres pour recueillir un maximum d'informations. La nuit venue, il s'est porté volontaire pour faire le guet. Marcel et Félix attendaient non loin du poste de surveillance. Une fois installé, Hermann a relevé son casque, passé sa main gauche sur ses cheveux, signe qu'il attendait du monde, avant de reposer son casque sur la tête. Quelques secondes plus tard, deux soldats sont venus le voir. Ils ont fumé une cigarette ensemble, ri à quelques blagues et sont repartis. Hermann a attendu quelques minutes puis il a ôté une seconde fois son casque et recoiffé ses cheveux de sa main droite ; plus personne ne viendrait le déranger. Félix et Marcel se sont approchés et Hermann s'est éloigné de quelques pas de son abri. Après avoir noté les précieuses informations recueillies, Félix et Marcel sont retournés au QG. Descendus à la cuisine où tous les camarades de la résistance attendaient, ils ont ajouté les dernières informations récoltées : les explosifs, les munitions, quatorze hommes (Hermann compris), deux voitures, deux camions, trois motos et des vivres. Hermann a précisé dans quels véhicules se trouvaient les différents chargements et le plan s'est mis en place avec la précision d'une montre suisse, les rôles avaient été distribués.

غ

Au-dessus du petit réchaud à gaz, levé peu de temps après le soleil, Hermann prépare le café. Il le verse dans les trois bouteilles thermos et après s'être assuré que personne ne le regarde, il ajoute une dose copieuse de penthiobarbital dans deux bouteilles, les secoue et repart avec la troisième. Les soldats boiront ce café dans moins d'une heure, la synchronisation sera parfaite. Il monte dans la voiture, son camarade démarre et les deux véhicules prennent la direction du viaduc. À quelques kilomètres de là, Zena et Louise ont marqué un rapide arrêt pour déposer la canne à pêche que Félix a préparée, contre un arbre, à l'entrée du bois. Reprenant leur chemin, elles n'osent se retourner de peur que les roues du vélo qu'elles entendent venir derrière elles ne soient pas celles du vélo de Charlie. Mais Louise ne peut résister à l'envie de regarder ; et si c'était la dernière fois qu'elle le voyait ? Passé l'effroi, elle se retourne et sourit en voyant Charlie, mégot au bec, canne en main et pied sur la pédale, soulever sa casquette et lui tirer une révérence. Puis chacun reprend sa route.

Au pied du viaduc, Zena et Louise lavent des draps. Sous la pile de linge qui attend d'être plongé dans l'eau, leurs armes sont prêtes à faire feu. Cachés dans la carriole de linge à laver, Félix et Marcel sont attentifs et armés jusqu'aux dents. Tout près du campement, Charlie et Alex attendent, cachés avec trois acolytes, que les deux voitures quittent le camp. Ils sont moins nombreux mais bénéficieront de l'effet de surprise. Un peu nerveuses, Zena et Louise frottent frénétiquement les draps. Soudain, elles entendent des bourdonnements de moteur puis des claquements de portières et enfin, le bruit des bottes sur le sol sec. Elles se regardent, se concentrent, le jeu va commencer. Hermann s'approche du pont en sifflant, les deux jeunes femmes comprennent qu'elles peuvent commencer à jouer leurs rôles. Elles s'esclaffent, s'aspergent d'eau et Hermann peut commencer à jouer le sien. Tirant sur sa cigarette, il va voir ses compagnons et leur parle dans sa langue natale.

— Hé ! Deux jeunes femmes jouent en contrebas, on pourrait peut-être se joindre à elles avant la bataille, non ? Le pont ne va pas se sauver !

— Pour sûr ! Tu as raison.

— Tu crois qu'on a le droit de faire ça ?

— Bah, qui nous dénoncera, hein ?

— C'est vrai, tu as raison. Et puis, on le fera ce sale boulot mais ça peut bien attendre une petite heure…

Les soldats sont immédiatement séduits par la perspective de se donner un peu de plaisir avant les hostilités. Pleins d'entrain, Hermann en tête, ils descendent en riant, joyeux, oubliant presque ce qui les amène ici. En les voyant, Zena et Louise feignent la surprise. Elles connaissent les risques mais maîtrisent parfaitement leurs rôles alors, jouant les filles faciles, elles invitent chaleureusement ces soldats à jouer en leur envoyant de l'eau. Les cinq soldats s'avancent mais Hermann reste en retrait sur la berge. Une fois qu'ils ont les pieds dans l'eau, Hermann tape sur le bois de la carriole et Marcel et Félix bondissent. Courant vers la rivière et aidés d'Hermann, ils font feu sur les soldats qui n'ont pas le temps de réaliser ce qui est en train de se passer. C'est un carnage et quatre sont tués. Le cinquième aura tout juste le temps de tirer une balle avant de comprendre et après avoir jeté à Hermann un regard haineux, il succombe à ses blessures. Zena a reçu la balle perdue dans le bras mais la blessure est superficielle. Sans perdre de temps, les corps sont empilés dans les deux véhicules. Marcel démarre une voiture, Félix grimpe, Hermann démarre la seconde et ils filent vers le point de rendez-vous. Zena et Louise rentrent avec la carriole.

La ferme avait été un magnifique domaine mais les bombardements trop fréquents en ont mordu murs et toitures. Les trois hommes descendent, déchargent les corps des cinq soldats et s'exécutent comme des machines, sans parler. Ils restent concentrés et dangereusement efficaces. Leurs corps bougent, leurs muscles se bandent en cadence et tous trois dessinent une chorégraphie lourde de sueur et de sang, allégée par la légitimité de leur embuscade. Ils n'ont que cette évidence en tête : *c'étaient eux ou nous !* L'adrénaline inonde leurs veines, dirige leurs mouvements avec énergie et inhibe leur sensibilité. Portant les corps jusqu'à l'intérieur du plus gros bâti, ils les descendent par l'escalier de pierre bicentenaire. Gueule ouverte et margelle accueillante, le profond puits tari depuis la sécheresse de 1906 avale les jeunes allemands avec boulimie. Une fois leur sale besogne terminée, ils dissimulent les corps, non sans scrupule, sous une pluie de pierres, morceaux de bois, détritus et gravats en tous genres qu'ils glanent autour de l'abyssal tombeau à peine rassasié. Après être ressortis de ce bâtiment, ils s'arrêtent un instant pour se reconnecter au monde qui les entoure. Le soleil brille haut, les oiseaux chantent fort et le vent souligne les tempos…

Dans les bois, Charlie a retrouvé Alex auquel il a remis la canne. Ils se faufilent sans bruit ; tout est calme, ils ne voient personne. Arrivés derrière la tanière du campement, Alex pose la canne et observe Charlie qui fait le tour de l'abri. Il jette un œil sous la tente et se retourne vers ses compagnons, soulagé : les soldats dorment à poings fermés. Il lève son bras et chacun exécute sa partie du plan. Un soldat est installé sur la banquette d'un camion, un deuxième au volant. Ils installent quatre autres soldats sur le plateau à l'arrière, trois sont appuyés contre des caisses de munitions et un contre la ridelle. Les deux derniers resteront à côté du camion ; l'un assis sur le sol contre une roue et l'autre couché à côté de sa moto, après l'avoir renversée. Charlie monte à l'arrière du camion, ouvre une caisse et en sort une grenade. Hermann lui avait confié que les soldats allemands renvoyaient à leurs ennemis les grenades qu'ils réussissaient à leur confisquer. *Vous allez regretter de nous les avoir volées !* pense-t-il. Il saisit l'extrémité du fil de coton de la canne qu'Alex lui tend et dont l'hameçon est protégé par un épais tissu de lin. Tenant fermement la canne à pêche et suivi des trois autres troupiers, Alex s'éloigne lentement d'une bonne vingtaine de mètres. Gardant avec précaution l'extrémité du fil dans ses mains, Charlie regarde ses amis s'éloigner. Alex tend la canne à Pierre pendant qu'il grimpe au plus haut du bâtiment. Hermann devrait déjà être ici. Inquiet, Alex siffle et voit avec soulagement ses compagnons sortir des fourrés. Il agite le mouchoir blanc et Charlie comprend que tous vont bien, c'est le moment.

Il pose la main gauche du soldat sur la ridelle puis il la ficelle, très serrée, pour qu'elle ne tombe pas. Il sort ensuite son pot de colle de caséine et enduit généreusement l'intérieur de la main du soldat avant d'y enfermer la grenade. Après quelques secondes, elle semble tenir bon. Il saisit l'extrémité du fil de nylon relié à la canne à pêche que tient Alex au loin et passe, dans l'œillet à mouche, le fil de fer qu'il avait suspendu au passant de sa ceinture. Avec ce fil de fer, il enserre le corps de la grenade en prenant soin de bien appuyer sur la poignée puis il passe en revue son attrapoire. La grenade tient fermement dans la main du soldat, l'anneau de fil de fer bloque la poignée et le fil de nylon la sous-tend jusqu'à la canne de bois, il peut sauter du camion. Il démarre la moto, s'assure que tout est bien en place et regarde le chemin qu'il devra emprunter à toute hâte, avant de passer à l'étape la plus délicate. Il pose un pied sur la roue et appuie son flanc contre la ridelle. Il ôte ensuite avec précaution la goupille avant de sauter au sol et enfourcher la moto pour rejoindre Alex. Une fois arrivé près d'eux, les hommes se regardent et hochent la tête, ils sont prêts. Alex hésite quelques secondes, celui qui tirera sur la canne sera directement responsable de la mort de ces soldats et il aura du mal à vivre avec ce forfait, il le sait et Félix le comprend. Il s'empare de la canne – c'est lui le soldat – et regarde une dernière fois ses camarades. Après avoir obtenu leur plein consentement, il tire d'un coup sec sur la canne, faisant voler l'anneau de fil de fer qui libère la poignée de la grenade dégoupillée. Félix rejoint ses amis et s'assoit près d'eux, attendant le feu d'artifice mais rien ne se passe. Dans la stupeur générale, les hommes se regardent, incrédules.

Zena et Louise ne sont pas encore arrivées au château quand elles entendent une première explosion suivie de dizaines d'autres. Au loin, le ciel s'habille de noir et peu à peu, les bruits s'estompent. Secoués par la surprise et la puissance des déflagrations, Charlie et sa compagnie résistante sont au sol, mains sur les oreilles. Ils se relèvent et se rassemblent au pied du bâtiment, couvrant leurs visages de mouchoirs pour empêcher la fumée et l'odeur âcre et sulfureuse d'emplir leurs narines. Tandis que les oiseaux ont arrêté de chanter, ils courent jusqu'à ce qui reste de la grande écurie pour s'agglutiner au pied du mur. Le soleil brouillasse derrière l'épais rideau de fumée noire et le silence se fait. Un silence trop bruyant. Un silence aussi tenace qu'une épaisse couche de poix. Les hommes sortent peu à peu de leur torpeur et se redressent. Se ruant à bord des deux véhicules, ils retournent au campement. Les fumées denses ne permettent pas encore de distinguer précisément la situation mais les effluves macabres qui les accompagnent trahissent la réussite de leur stratagème. Partout où leurs yeux se posent, ils reconnaissent un morceau de tissu, un bouton de veste, un bout de chair. Pierre et Gaston vomissent, ils n'ont pas l'habitude des champs de bataille. La guerre a fait de ces jeunes gens leurs ennemis mais là, voyant ces puzzles de corps humains déshumanisés, leurs âmes douces ne voient que des pauvres garçons qui auraient pu vivre s'ils avaient seulement été, il y a deux jours encore, à dix kilomètres de ce cimetière ouvert. Ils ne sont que huit victimes de plus dans le grand palmarès de la folie meurtrière des hommes à travers les âges.

Devant ce spectacle pestilentiel, Pierre vacille. Gaston le tient mais ils tombent ensemble et Pierre perd connaissance. Alex le gifle et crie son nom. Peu à peu, Pierre revient à lui, blême comme un linge de Pâques et Gaston ne peut plus retenir ses larmes. Félix charge Alex de raccompagner Pierre et Gaston au château, il est inutile qu'ils en voient davantage. Il aurait aimé renvoyer Hermann mais étant le seul à comprendre la langue et à connaître les usages du pays, mieux vaut le garder près d'eux au cas où. Marcel ne quittera les lieux pour rien au monde, trop satisfait d'avoir fait la peau à ceux qu'il tient pour responsables de la mort trop précoce de son épouse et de son fils, morts sous les bombes. André est le meilleur ami de Marcel et en plus de haïr ceux qui ont viscéralement blessé son ami, il est boucher et la viande ne lui fait pas peur. Quant à Charlie, son flegme honore la réputation de sang-froid et de pragmatisme de ses compatriotes. Les cinq hommes tentent de retrouver les traces des accessoires de leur piège mais c'est un tel désordre qu'ils ont même du mal à reconnaître les lieux. Plus de fil de fer, plus de colle, plus de fil de coton, plus de camion ni même d'hommes. L'explosion a incendié le camion et fait sauter les caisses d'explosifs et de munitions pleines à craquer. Des lames de pneus et des lambeaux de peau errent ci et là, ornant le sol et vu du ciel, c'est comme si on avait saupoudré la terre de chair humaine pour régaler les charognards qui picorent déjà les restes. Bredouilles mais rassurés – s'ils ne trouvent rien juste après l'explosion, il y a fort à parier que d'autres ne trouveront pas davantage dans quelques jours – ils repartent en voiture vers le viaduc. Ils arrêtent les deux véhicules au milieu du pont et les plongent dans la Loire.

Le retour est sobre et le bruit de leurs pas résonne avec la solennité d'une marche funèbre. Cette nuit encore, chaque homme avait rêvé du moment où ils allaient pouvoir se réjouir ensemble de la réussite de leur chef-d'œuvre. Mais en cette macabre fin de matinée, aucun n'a envie de se réjouir, aucun n'a l'esprit en fête. Ils ont réussi, oui. Mais qu'ont-ils réussi ? Ils ont tué treize hommes qu'ils ne connaissaient même pas. Certains n'étaient encore que des lycéens, certains n'avaient probablement pas connu l'amour. *Que vaut la vie d'un homme s'il meurt sans avoir eu le temps de connaître l'amour ? Et que vaut sa mort* ? pense Hermann. Il ne prend pas la peine d'écrire cette pensée dans son carnet, l'instant est trop mal venu, trop moche, trop endeuillé. Et puis, le temps n'est pas encore à la réjouissance, le travail n'est pas terminé. Que doivent-ils faire de ce jeune soldat ligoté et bâillonné ? Bien qu'il se pose la question, il connaît hélas la réponse : il faudra l'abattre. Ils avaient tué des hommes mais les conditions étaient bien différentes. Ils étaient sur un champ de bataille improvisé et ces hommes étaient armés. Pour le macchabée à venir, c'était différent. Cet homme était là, dans le foin, ligoté et bâillonné, totalement sans défense. Depuis la veille, il ne cessait de pleurer et de supplier Félix, Marcel, André et Charlie de ne pas l'exécuter, il jurait que tant qu'il vivrait, il ne dirait jamais rien. Et s'il disait vrai, pensait Hermann, cela ferait d'eux des assassins, des monstres capables de tuer de sang-froid un de leurs semblables, un homme sans défense.

غ

— Quelle histoire ! Comme ça a dû être horrible de tuer ces soldats. Vous ne pouviez pas seulement voler les explosifs pour les empêcher de faire sauter le pont ?

— Bien sûr que nous aurions pu, mais ils seraient allés nous dénoncer et seraient revenus, eux ou d'autres, pour faire le travail prévu et nous exécuter.

— Évidemment, tu as raison.

— C'est aussi pour nous disculper que nous avons imaginé ce plan. Quelques jours après cette tragédie, des soldats sont venus au château. J'étais avec ma mère et Paulette. Nous leur avons expliqué que nous avions entendu des explosions mais que nous n'étions pas allées voir. Pourquoi serions-nous allées voir ? Il y avait régulièrement des explosions, des bombardements et nous restions plutôt à l'abri, nous avions trop peur.

— Et ils vous ont crus ?

— Il faut croire que oui puisqu'on ne les a jamais revus. Ils en ont conclu qu'un soldat avait été maladroit avec un explosif pendant la préparation et que tout s'était enchaîné. Ils n'ont jamais retrouvé les deux voitures que nous avions jetées dans la Loire ni les cinq hommes et c'est une aubaine pour nous.

— Tu m'étonnes ! Et ce soldat, celui que vous aviez caché dans la grange ; quelle horreur ce doit être de savoir qu'on va devoir tuer quelqu'un. Surtout quand ce quelqu'un ne vous a rien fait. Je veux dire, personnellement.

— Là était bien le problème, le dilemme, même. D'un côté, nous ne pouvions pas le laisser repartir, il nous aurait trahis mais de l'autre, même si son uniforme, sa nationalité – et la nôtre – en faisaient notre ennemi, nous n'avions aucune raison de le tuer lui, en tant qu'individu, nous ne lui voulions personnellement aucun mal.

— Mais alors, comment avez-vous fait, qui s'est chargé de ça ?

— C'est dans ces moments-là que la vie nous réserve parfois des surprises plus extravagantes que celles qu'on pourrait imaginer. Nous avons débattu du sujet pendant plus de deux jours, le laissant ligoté et ôtant son bâillon uniquement pour qu'il se nourrisse ; aucun de nous ne pouvait être certain qu'il nous dénoncerait mais nul ne pouvait affirmer le contraire. C'est alors qu'Hermann a proposé un plan. Le jeune soldat ignorait tout et ne connaissait que quatre d'entre nous : Félix, Marcel, André et Charlie. Zena et moi avions pu le voir mais il avait les yeux bandés pour éviter tout danger. *Moins il en saura sur nous, sur notre organisation et notre nombre, mieux ça vaudra !* clamait Félix. Et il avait raison. Il a proposé qu'on encourage notre prisonnier à écrire une dernière lettre avant de mourir et selon ce qu'il écrirait et à qui, nous serions éclairés sur *sa nature de cœur et d'esprit*, comme disait Hermann. Charlie lui a donc expliqué en anglais – les Allemands parlaient bien anglais et nous, français, nous ne parlions ni anglais ni allemand – que nous lui accordions la possibilité d'envoyer une lettre et une seule, à la personne de son choix. Il est resté seul dans la grange de la fin de l'après-midi jusqu'au lendemain. Au petit matin, nous étions tous animés par une excitation ambiguë, entre la satisfaction de savoir ce que nous devions faire et la peur de devoir le faire. Chacun donnait son avis ainsi que les raisons qui le poussait à penser ça plutôt qu'autre chose et quand j'y pense, ce n'est pas très loin du travail que tu as fait cette année en cours de philo. La plupart d'entre nous voulaient que le courrier nous amène à le gracier mais au fond, personne n'y croyait vraiment ; qu'aurait-il pu écrire qui nous garantirait qu'il ne nous trahirait pas ? Même s'il l'écrivait, ce serait peut-être sous le coup de la peur. Et étant le seul survivant d'un carnage, il aurait probablement été interrogé, peut-être même torturé par les hommes de son camp ; comment aurait-il alors réagi ?

— J'avoue, je n'aurais pas eu confiance non plus. Et comme tu dis, sous la torture, pas facile de ne rien dire. Et alors, qu'a-t-il écrit ?

— Attends, je reviens. Si tu veux bien profiter de cette petite pause pour aller enfourner la tarte et verser le jus des tomates dans le plat du poulet, je reviens.

Nonna se lève et entre dans sa chambre. Elle ouvre la porte de son armoire et saisit une boîte à chapeau. Elle en sort un chapeau de feutre noir dans lequel sont encastrés un chapeau de paille de même forme puis une petite boîte de chocolats qu'elle ouvre. La petite Louise comprend que le foulard de soie au décor fleuri cache un objet précieux. Protégée de toutes agressions potentielles extérieures, protégée de la curiosité malsaine comme des jugements péremptoires, la lettre dormait paisiblement dans son enveloppe jaunie depuis près de soixante-quinze ans. *Nonna* prend l'enveloppe dont elle relève délicatement le rabat et, fermant les yeux, elle respire les souvenirs qui s'en échappent. Elle sent et ressent ce passé si présent, l'odeur de la campagne printanière souillée par les bombardements, les parfums des corps qui gangrènent, pourrissent, l'odeur de l'éther, du formol, l'odeur des terres brûlées après le passage de l'ennemi mais aussi l'odeur du pain grillé, l'odeur de l'herbe fraîchement tondue, les effluves qui sortent de la cuisine de Louison, les fragrances de la peau de Charlie tout contre la sienne. L'émotion la submerge et au bout de quelques secondes, elle se remémore qu'elle n'est pas seule. Nonette peut lire l'émotion sur le visage de son aïeule, elle sait que l'instant est fort et sacré alors elle prend les deux chapeaux et fait mine de les examiner. *Nonna* rouvre les yeux et, soulagée de constater que Louise ne la regarde pas, elle considère l'enveloppe dans ses mains un instant et la lui tend. Nonette ouvre l'enveloppe et en sort la lettre.

— Quelle belle écriture. Je regrette presque de ne pas avoir appris l'allemand au collège !

— Je vais te la traduire mais je voulais que tu la voies.

— Extra, merci *Nonna*. Je t'écoute.

Mon petit Soleil,

Chaque soir je contemple le ciel comme je le contemplais quand j'étais près de toi et chaque matin je souris à la vie comme tu m'as appris à le faire, parce que tu as fait de moi un éternel heureux. Alors que j'errais, ébloui par les ténèbres de mes origines, tu m'as pris par le cœur et faisant de moi un frère, tu m'as permis de vivre en homme libre.

Quand tu liras ces mots, je ne serai plus que cendres et je m'en réjouis car ce monde ne laisse aucune place aux rêveurs. Tu m'as appris la miséricorde, la bienveillance et je sais, cher petit soleil, que tu pardonneras à mes hôtes. Nous avons eu tellement de chance de nous rencontrer, de nous aimer et de rêver ensemble. Quand j'ai quitté notre petit village, j'imaginais que je te retrouverais vite. Mais nul n'aurait pu prévoir que notre supercherie m'obligerait à tuer mes propres frères.

J'ai vu mourir trop d'innocents et chaque fois que je ferme les yeux, je revois cette femme en pleurs. Un officier l'avait choisie pour sa distraction personnelle. Je me souviens qu'elle le suppliait de laisser vivre ses deux enfants et il lui accorda le choix d'en sauver un seul. Mais elle ne pouvait choisir, comment aurait-elle pu ? L'officier les avait fusillés, tous les deux, sous les yeux de leur mère, avant de l'empoigner par les cheveux pour l'emmener avec lui.

Aujourd'hui, mon cœur est las de ne pas être entendu et meurtri du sang que j'ai vu et fait couler. Le jour est venu de payer pour mes fautes et c'est avec bonheur que je m'efface parce qu'avec toi, j'ai connu l'Amour. « La vie ne vaut rien si elle est vécue sans amour » disait un poète mais ce soir, je sais que parce que j'ai vécu aimé de toi, en t'aimant du plus profond de mon âme, ma mort aussi vaut la peine d'être vécue.

Et n'oublie pas, je suis là, même quand je ne suis pas là.

Amadeus

— Wow ! Trop beau ! Qu'est-ce qu'il écrit bien, cet Amadeus, il l'aimait vraiment. Mais justement, je n'ai pas tout compris, je crois.

— Ha ! Nous n'avions pas tout compris non plus alors j'aurais vraiment été surprise que tu comprennes à qui il écrivait et ce qu'il voulait dire.

— Ben, au départ, avec son *petit soleil*, je pensais qu'il écrivait à sa chérie mais ensuite il dit que ce soleil a fait de lui un frère alors je me dis que ça pourrait être sa sœur. Mais c'est un peu plus loin que ça devient *trash* puisqu'il parle du fait qu'ils s'aimaient, de jouissance et avec sa sœur, c'est un peu bizarre.

— Nous avons eu les mêmes réflexions et tu en oublies une.

— Oui, le fait de vivre en homme libre parce qu'il est son frère, et il parle aussi de tuer ses frères, je ne comprends pas. Vraiment pas. Est-ce qu'il essayait de noyer le poisson ? Je veux dire, est-ce qu'il essayait d'écrire une lettre que vous ne pourriez pas comprendre ?

— Eh bien, nous étions partagés. Marcel et André ne comprenaient rien au courrier et comme beaucoup de gens face à l'inconnu, l'étrange, ils proposaient d'en finir mais pour les autres, dont je faisais partie, il fallait comprendre. Surtout qu'il y a un détail que tu ne connais pas. Sur sa plaque militaire comme sur ses papiers, son nom était Hans, pas Amadeus. Hermann est finalement allé le voir. Il est resté plus d'une heure avec lui et quand il est ressorti de la grange, ses yeux étaient rouges. Ses pommettes brillaient encore des larmes qu'il avait pourtant essayé de sécher et il n'a pas pu ouvrir la bouche pendant quelques secondes. Puis il nous a expliqué. Il s'appelait Amadeus, il était juif. Sa famille avait été déportée mais il avait réussi à échapper à la Gestapo. Il était le voisin de son *petit soleil*, de son vrai prénom Gerhard.

— C'était un homme ? Il était amoureux d'un homme ?

— Oui, exactement. Gerhard vivait seul avec son vieux père, cordonnier. Quand la guerre a éclaté, le père de Gerhard est allé voir un ami et a commandé des papiers en règle pour Amadeus en changeant sa nationalité et son prénom pour Hans. Il devenait légalement le frère de Gerhard.

— Trop malin, le vieux bonhomme, il faisait d'une pierre deux coups : Amadeus ne craignait plus d'être fusillé ou envoyé aux camps en tant que juif et il pouvait poursuivre sa relation avec Gerhard sous couvert de la fratrie.

— C'est ça.

— Mais du coup, s'il était juif, il ne pouvait pas être votre ennemi ?

— C'est très juste et c'est aussi ce que nous avons déduit de ses aveux. Un juif, qui plus est homosexuel, ne pouvait faire la guerre que sous la contrainte alors après une longue discussion, Hermann lui a demandé ce qu'il ferait si nous le libérions.

— Et alors ?

— À ton avis ?

— Il voulait retrouver Gerhard ?

— Pas tout à fait. Il voulait se battre avec nous. Il avait vu trop d'horreurs, il fallait que ça cesse. Il ne voulait pas se battre mais il disait qu'il fallait bien que quelqu'un arrête ce fou.

— Wow ! Jamais je n'aurais deviné une chose pareille. Et l'horreur qu'avait vécue cette pauvre femme. Comment peut-on demander à une mère de choisir quel enfant doit mourir et quel autre doit vivre ? C'est carrément inhumain et ça me révolte !

— C'est horrible, en effet.

— Et j'imagine qu'il a fait ce qu'il voulait de cette femme ?

— Et tu imagines bien. Tu sais, de tout temps, aujourd'hui encore, beaucoup d'hommes pensent qu'ils sont plus forts que les femmes, qu'ils ont plus de valeur qu'elles et surtout, trop d'hommes ne voient encore les femmes que comme des objets visant à satisfaire leurs besoins, leurs envies, leurs fantasmes.

— Alors ça, ça me dégoûte carrément.

— Et malheureusement, dans les pires situations, être une femme ajoute une souffrance supplémentaire, je veux dire : les hommes qui devaient être fusillés l'étaient mais les femmes étaient d'abord violées. Les soldats s'en servaient avant de les tuer. Encore une chose à laquelle échappent les hommes.

— C'est en train de changer, j'ai bon espoir. Ma génération pense très différemment sur la question des rapports Homme/Femme.

— C'est aussi le sentiment que j'ai et je m'en réjouis. Mais c'est un sujet qui m'énerve trop alors revenons à Amadeus.

— Tu as raison. Tu me racontais ce que vous aviez appris de lui.

— Oui. Il nous a décrit les camps de travail forcé où étaient entassés les juifs, les noirs, les homosexuels et d'autres qui étaient emprisonnés pour des raisons que les soldats ignoraient. Il nous avait raconté les chambres à gaz, les laboratoires de fortune où les meilleurs scientifiques testaient leurs théories, étudiaient les réactions à telle plaie, tel traitement. Par exemple, un médecin avait coupé l'index gauche de deux bébés jumeaux pour voir s'ils cicatrisaient de la même manière.

— J'ai envie de vomir. Ils étaient horribles ces Allemands.

— Je sais, ma fille, c'est horrible, en effet. Mais tu sais, la plupart des Allemands n'étaient pas d'accord avec ces pratiques et pour les plus jeunes, ils étaient enrôlés et subissaient un lavage de cerveau efficace. Et les Français n'ont pas fait mieux lors d'autres guerres et si tu veux mon avis, la guerre transforme les hommes. Et quand des fous furieux détiennent le pouvoir, le pire est toujours à craindre. La nationalité n'a rien à voir là-dedans.

— Je sais, *Nonna*, je sais.

— Mais revenons à notre soldat. Nous ne voulions pas l'exécuter sans savoir ce qu'il valait et même après avoir émis des centaines d'hypothèses sur ce qu'il allait pouvoir écrire, nous étions tous persuadés que rien de ce qu'il pourrait écrire ne réussirait à nous convaincre qu'on pouvait avoir confiance en lui, et lui laisser la vie sauve.

— Et au lieu de ça, vous avez tous été profondément émus et il a même rejoint vos rangs.

— Parfaitement. Et à partir de ce moment-là, tout a été encore plus, comment dire, professionnel. Rends-toi compte, deux Allemands dans notre camp et deux Allemands lettrés qui connaissaient parfaitement les techniques, les armes et les modes de pensée de nos ennemis. Nous avons pu déjouer bon nombre de plans mortels et sauver des vies jusqu'à ce qu'arrive la fin de la guerre.

— Et qu'est-il devenu, cet Amadeus ?

— Il est resté quelques semaines après la guerre avant de retourner dans son pays. Il a ensuite fallu attendre 1949 pour qu'il revienne nous rendre visite puis chaque année, accompagné de Gerhard, il venait passer quelques semaines en France.

— Trop bien ! Vous aviez un tas de souvenirs en commun, j'imagine.

— Oh, oui. Et nous avons passé d'excellents moments tous ensemble. Quelle époque c'était, ma petite Louise, quelle époque !

— J'ai bien l'impression, oui.

— Mais dis-moi, il serait peut-être temps d'aller voir ce que raconte ton poulet, non ?

— Je vais voir et j'en profiterai pour mettre la table, tu as faim ?

— Je n'ai pas vraiment faim mais j'ai bien envie de manger ce qui flatte tant mes narines, je sens ce poulet depuis un petit moment déjà et j'en salive presque.

غ

Les deux femmes déjeunent en silence, alternant regards tendres et sourires bienveillants. Sans parler, elles se comprennent. La petite

Louise regarde son aïeule avec beaucoup de tendresse, tout en se repassant le film de l'histoire, depuis le début du récit. *Nonna* mange peu ; elle ne quitte pas son arrière-petite-fille des yeux et elle sait ce qui se joue derrière ce regard tantôt effrayé, tantôt dégoûté. A-t-elle bien fait de lui raconter toute cette histoire ? Sa petite Nonnette sera-t-elle en mesure de comprendre ce qu'elle a appris et assumer la responsabilité de *celui qui sait* ? Tant de tragédie, tant de morts, tant de souffrances pour une âme si jeune, si innocente. Mais Nonnette brise le silence, elle veut connaître la suite, elle attend l'histoire de Paulette.

— S'il te plaît, arrête ça *Nonna*.

— Que j'arrête quoi ?

— Je sais exactement à quoi tu penses. Tu te demandes si je suis assez adulte pour écouter tes récits, tu te demandes, genre, *est-ce qu'elle peut comprendre, est-ce que ça ne va pas trop la perturber ?* ce genre de truc mais tu sais, *Nonna*, je ne suis pas en sucre et oui, je suis assez grande pour ça. Tu vois, j'ai perdu ma mère et deux ans plus tard, je perdais mon père. Mais je n'en veux à personne, je veux dire, je suis en paix avec ça. J'ai vraiment peiné au départ, j'avoue. J'en voulais à la terre entière et je ne comprenais pas pourquoi je devais souffrir tout ça. Mais tu étais là. Tu as toujours été là pour moi et tu m'as redonné confiance en la vie, tu as su me redonner le sourire et tu m'as surtout donné ta force. Et tu vois ma *Nonna*, quand j'étais au fond du trou, quand j'avais le sentiment que je perdais pied et que tous mes efforts étaient vains, quand je ne croyais plus en rien, je pensais à toi et tu m'aidais à retrouver du courage. Avec ce que j'ai appris de toi, de ta vie, ces dernières heures, j'ai l'impression d'être envahie d'une telle force, d'une telle rage de vivre que j'en ai presque le vertige. Ton courage et ton optimisme exemplaires m'ont, genre, galvanisée, oui, c'est ça, galvanisée. Je sens cette espèce de protection, comme un super bouclier bienveillant tout autour de moi. C'est comme si une aura, ton aura, me protégeait tout en me donnant une puissance folle. Je me sens comme invincible. Et je me dis qu'à côté de ce que tu as vécu, ma vie a été plutôt confortable et heureuse jusqu'à présent. Je n'aurai pas assez de toute une vie pour te remercier d'exister, d'être là pour moi. Alors oui, je suis prête pour écouter la suite et je veux tout savoir. Une histoire pareille mérite d'être racontée et surtout d'être écoutée. C'est une véritable leçon de vie. Et si je me souviens bien, c'est toi qui m'as répété des dizaines de fois combien c'était important de connaître l'Histoire, le beau comme le moins doux pour qu'on n'oublie jamais les erreurs du passé. Afin de tout faire pour ne pas les reproduire. Je puise ma force en toi et je te promets d'être digne de ton récit. Et un jour, je raconterai ton histoire à mes enfants pour qu'ils sachent à quel point leur aïeule était une *warrior* !

— Wow ! C'est bien comme ça que tu dirais, non ?

— Ha ha ! Oui ! Carrément ! Wow et double wow !

— Je suis… je n'ai même pas de mots. Tu fais preuve d'une si grande maturité, d'une telle lucidité que j'ai l'impression d'être petite face à toi !

— Ha ! Quand même ! Alors c'est cool parce que ça veut dire que maintenant, tu ne peux pas arrêter de raconter.

— D'accord, tu as gagné. Donc, Hermann reste caché au château et participe à la vie du domaine en intégrant complètement le réseau de résistance où il excelle. Mais en septembre 44, il est repris et fait prisonnier par les soldats de la Wehrmacht. Envoyé en Allemagne, il attend d'être fusillé. Paulette désespère de n'avoir aucune nouvelle et aucun moyen de le contacter. La fin de la guerre réjouit tout le monde et Paulette retrouve l'espoir de revoir Hermann. Mais la liberté a un prix pour toutes celles qui ont osé tomber en amour avec l'ennemi. Et suivant la tristement célèbre tondue de Chartres, Paulette est tondue, lynchée et violée avant d'être jetée en cellule où elle attendra son exécution…

غ

Chapitre VI
Les Tricoteuses

Dans la cave du château, Louise regarde et se souvient de tous les blessés que ces galeries ont abrités, toute la vie qui grouillait à chaque coin. Désormais vide, cette cave retrouvera peu à peu son utilité première et Marcel y a déjà couché les premières récoltes de pommes de terre. Elle remonte lentement et alors qu'elle entre dans le salon, elle aperçoit une silhouette maigrichonne avancer dans l'allée principale. Louise ne reconnaît pas cette silhouette féminine mais elle sort pour aller à sa rencontre et sa première pensée est que cette jeune femme a été malmenée. Les cheveux ras sous un voile sombre, le corps et le visage contusionnés et gonflés, elle semble tout droit sortie d'une tombe. Lorsque Louise se retrouve face à cette morte-vivante, elle reconnaît Paulette. Les doigts de sa main droite sont dépourvus d'ongles et il lui manque une incisive. Passé l'effroi, Louise l'enlace et l'installe dans la grande chambre du rez-de-chaussée où elle sera soignée. Paulette n'a rien lâché, rien dévoilé et les tortures subies n'ont eu pour effet que de renforcer son admiration pour les missions que les membres de cette belle équipe ont conduites avec succès pendant ces longues années de guerre. Le Général de Gaulle se veut magnanime et l'idée de faire tuer des femmes le contrarie. C'est ainsi que bon nombre d'entre elles seront graciées et qu'après trois mois de réclusion, Paulette a été acquittée et libérée.

Le lendemain, Louise examine plus précisément l'état général de Paulette et l'informe qu'elle est enceinte. Paulette est catégorique, elle ne veut pas de cet enfant. C'est l'enfant du mal et elle ne peut se résoudre à l'idée de le mettre au monde. Élever ce bébé innocent est au-dessus de ses forces parce qu'il restera le symbole vivant de toutes les humiliations et les violences subies. Il faut trouver un moyen. Louise se documente et se rend à l'hôpital de Tours où le frère de Marcel a retrouvé son poste de chirurgien. Mais Maurice n'est pas tenté par ce genre d'intervention, c'est illégal et dangereux. Il consent néanmoins à informer Louise de tout ce qu'il sait sur la délicate manipulation ainsi que ses complications éventuelles. Là encore, l'hygiène sera d'une importance capitale.

— Vois-tu, Louise, en 1920, une loi visant à « réprimer la provocation à l'avortement et la propagande anticonceptionnelle » a été votée afin de combattre la dépopulation due à la Grande Guerre. Les peines encourues peuvent aller de six mois à deux ans d'emprisonnement et de cent à cinq mille francs d'amende. La contraception, elle-même associée à l'avortement, est considérée comme criminelle. On estime que chaque année, depuis le début du siècle, trois cents femmes meurent de ces avortements.

— Je vois. Mais dis-moi, Maurice, c'est compliqué à faire ?

— Pas vraiment, la pratique est simpliste mais hautement risquée pour les femmes qui avortent : les « faiseuses d'anges » ou « tricoteuses », utilisent des outils – souvent des aiguilles à tricoter – pour percer la poche des eaux, provoquant ainsi une fausse couche. L'opération reste délicate car il s'agit là de ne toucher aucun autre organe, cela pourrait endommager une partie du corps sans pouvoir s'en rendre compte avant l'hémorragie fatale ou autre désastre létal. C'est une très lourde responsabilité que tu prendrais si tu décidais de le faire seule.

— Je comprends, Maurice et je te remercie pour ta franchise.

— Écoute, le moyen le plus efficace consiste à faire saigner pour pouvoir être admise à l'hôpital et avoir droit à un curetage et pour ça, il faut que l'outil reste en place quelques jours jusqu'à ce que l'infection s'installe, provoquant les saignements. Dis-toi bien que près d'une femme par jour meurt des suites d'un avortement clandestin. Quant à celles qui en réchappent, elles n'en sortent pas toutes indemnes, beaucoup restent mutilées, stériles. Sous le régime de Vichy, la répression a été considérablement renforcée par la loi de 1942, l'avortement étant alors considéré comme un crime d'État passible de la peine de mort. Je me souviens très bien que pour avoir procédé à vingt-sept avortements, Marie-Louise Giraud a été guillotinée le 30 juillet 1943, tu en as forcément entendu parler, non ?

— Je sais, Maurice, je sais…

— Prenez le temps d'y réfléchir et si vous êtes décidées à franchir le cap, je serai là pour les suites.

— De quelles suites parles-tu ? Paulette a pris sa décision, tu sais.

Louise prend le temps d'écouter attentivement les recommandations du médecin et de retour au chevet de son amie, elle explique à Paulette les risques qu'elle encourt.

— Tu es prête à m'aider, Louise ?

— Oui, je suis prête mais j'ai besoin que tu sois certaine de ton choix. Moi-même, je ne peux rien te garantir sinon que je ferai tout ce qui est en mon pouvoir pour que l'intervention se passe au mieux. Mais les risques sont importants.

— Je sais, j'ai bien compris. Mais vois-tu, je ne peux envisager de mettre cet enfant au monde pour le haïr ; je sais que je ne pourrai jamais vraiment l'aimer. Et le porter pour l'abandonner à l'orphelinat est plus terrible encore. Et puis, je veux retrouver mon corps.

— Je sais, Paulette.

— C'est comme s'il m'avait confisqué mon propre corps. C'est comme si les responsables de mon malheur m'avaient dépossédée de mon corps. Ils m'en ont dépouillée et je dois le reprendre, il doit à nouveau m'appartenir. C'est un besoin impérieux. Alors si je ne peux pas faire disparaître cet enfant avant sa naissance, je préfère mourir avec lui.

— C'est si grave, ce que tu dis, ma Paulette.

— Je sais mais la situation est grave et tu me connais, ma Louise, tu sais que je suis saine d'esprit, tu sais que je n'agis jamais dans la précipitation, tu sais que je prends toujours le temps d'analyser chaque détail avant de prendre une décision importante. J'ai dix-neuf ans et je refuse de vivre dans la souffrance et la culpabilité, j'ai toute la vie devant moi.

— Je sais tout ça, Paulette et je vais t'aider mais j'ai besoin de savoir que tu mesures parfaitement les risques que nous encourons toutes les deux.

— Écoute, le seul risque que tu prends est celui de manquer de chance lors de l'intervention car nous seules savons qu'une autre vie s'est emparée de moi. Nous seules, savons de quelle manière cet être a involontairement réquisitionné mon ventre et quel qu'en soit le résultat, bon ou mauvais, je t'en serai éternellement reconnaissante. Tu es mon amie, mieux encore, tu as toujours été une sœur, une mère, un guide pour moi et j'ai une totale confiance en toi. Si des complications apparaissent, tu n'en seras pas responsable et de toute façon, personne ne fera ça mieux que toi.

— Tes mots me touchent, ma Paulette mais… bon, comme tu voudras. Je te comprends très bien et je vais t'aider. Je te demande néanmoins d'attendre quelques jours. Il faut d'abord que tu te requinques. Tu dois réhabituer ton corps à s'alimenter convenablement, tu dois te reposer, dormir, beaucoup dormir et reprendre des forces. Je vais soigner tes plaies, il faut que tu reprennes des forces avant d'encaisser cette nouvelle épreuve.

— Sache que dans ma tête, je suis prête, Louise.

— Je n'en doute pas, Paulette mais ton corps est très affaibli. Laisse seulement passer cinq jours et nous ferons ça dimanche. Le dimanche est une journée calme au domaine et ça me laissera le temps d'étudier les livres que m'a remis Maurice. J'ai ici trois ouvrages qui traitent précisément de l'anatomie du corps des femmes et surtout, des planches détaillées de l'utérus, le col et tout ce qu'il me faut connaître pour pouvoir pratiquer cette intervention dans les meilleures conditions. Tu me connais, Paulette et tu sais que j'aime savoir ce que je fais, tu sais que j'ai besoin de connaître au mieux mon sujet.

Louise et Paulette marchent dans le parc. Il fait doux et les rais du soleil traversent les feuilles. Les hêtres balancent leurs houppiers rouges, les chênes agitent leurs branches ocre et dorées et les glands craquent sous les pas des deux amies qui respirent les parfums doux des sous-bois. Paulette espère que c'est la dernière fois qu'elle promène ce ventre habité et elle est rassérénée à l'idée de le retrouver pour elle, pour elle seule. Louise suit sa main des yeux ; après avoir effleuré son ventre, Paulette envoie sa main sur son front pour replacer son foulard. Mais Louise comprend ce qui se trame derrière ce visage apparemment calme et apaisé. Paulette lutte. Elle sait ce qu'elle veut, elle sait qu'elle a pris la bonne décision mais elle ne peut se défaire de ce sentiment de culpabilité. La culpabilité d'avoir été l'objet des désirs lubriques des hommes, la culpabilité de ne pouvoir assumer la vie qui grandit en elle, la culpabilité de tuer cet être innocent, la culpabilité de devoir assumer la vie sans ce petit être. D'ailleurs, l'assumera-t-elle vraiment ? Paulette y compte bien mais en réalité, elle n'en sait rien. Elle a retourné la chose des centaines de fois dans sa tête et le choix qu'elle a fait est le seul qui lui permette d'envisager un avenir supportable.

Louise et Paulette descendent à la cave où Louise a préparé un lit. Les outils dont elle aura besoin sont posés sur une table, couverts par un linge de lin propre. Prenant le bras de son amie, Louise l'endort avec une injection en intraveineuse de thiopental. Soulevant le tissu de lin, elle découvre la longue aiguille qu'elle a soigneusement nettoyée et fait bouillir. Dans ce grand espace vide et silencieux, Louise reste concentrée. Elle ne pense qu'à ce qu'elle fait, ce qu'elle sent et tout en observant les planches anatomiques du gros livre prêté par Maurice, elle procède lentement et avec application, comme l'aurait fait une main experte. Une fois l'outil en place, Louise regarde son amie et surveille ses constantes vitales. Le pouls est régulier, la température du corps ne varie pas et Paulette semble dormir du sommeil du juste. Elle se réveillera dans moins d'une heure et Louise profite de ce temps de répit pour laver ses instruments et effacer toutes les traces de ce qui vient de se passer.

La cave est propre et Louise fait rouler le lit jusqu'au petit soupirail. Elle respire l'air frais en fermant les yeux et lorsqu'elle les ouvre, les paupières de Paulette papillonnent.

— Bonjour mon amie.

— Bonjour Louise. Alors, comment ça s'est passé ?

— Très bien, Paulette. Tout s'est passé au mieux mais maintenant, nous devons attendre, tu devras être patiente. Ne te relève pas tout de suite. L'anesthésiant est encore trop présent dans ton corps et tu dois rester allongée encore un moment avant de te relever.

— Mais j'ai soif, est-ce que je peux boire ?

— Pour ça aussi, tu dois attendre. Dans une trentaine de minutes, je te donnerai un verre d'eau et un peu plus tard, je t'aiderai à te redresser.

— Mais j'ai besoin d'aller aux toilettes.

— Ne t'inquiète pas, j'ai tout prévu, regarde.

Louise s'occupe de son amie. Paulette se remet bien de l'anesthésie, s'assoupissant parfois quelques secondes et Louise lui donne à boire. Paulette semble réagir avec plus de succès que ce que Maurice lui a décrit mais Louise n'ose encore s'en réjouir ni même confier cette remarque à son amie. Elle se contentera de lui dire que pour l'instant, tout se présente au mieux.

Dès le lendemain, les deux jeunes femmes reprennent leur promenade quotidienne dans le parc. Paulette sent la gêne de l'outil resté dans son ventre ainsi que la légère douleur que Louise lui avait décrite. Le soir venu pourtant, les couleurs du tableau ont changé. Alors qu'elle entrait dans la salle à manger pour le dîner, Paulette est tenaillée par une fulgurante douleur. Cette souffrance la plie en deux et Louise l'aide à s'asseoir sur une chaise. Une fois la violence estompée, elle accompagne Paulette jusqu'à sa chambre et l'installe sur son lit pour l'examiner. Les saignements ont commencé et les palpations montrent un ventre souple, tout est apparemment sous contrôle et parfaitement normal. Paulette avale le somnifère que lui tend Louise. À la première heure le lendemain, elles se rendent à l'hôpital où Maurice les reçoit. Il pratique alors un curetage méticuleux et demande à garder Paulette en observation jusqu'au lendemain matin. Louise refuse de laisser son amie seule et elle s'endort près d'elle, dans le fauteuil.

Quand Louise se réveille, elle voit le large et franc sourire de Maurice. Amusés, Paulette et lui la regardent émerger avec étonnement.

— Qu'est-ce qui se passe ? Pourquoi est-ce que vous me regardez comme ça ?

— Si tu voyais ta tête, toi aussi, tu rirais !

— Ha ! Comme c'est drôle ! Alors Maurice, à part te payer ma tête, que peux-tu m'annoncer de bon ?

— Eh bien, je peux t'annoncer que tu as fait du très bon travail, que VOUS avez fait du très bon travail. J'ai pu retirer l'objet, j'ai soigné l'infection et procédé au curetage. Paulette s'est très bien comportée et je pense qu'il n'y aura pas de séquelles, peut-être de petites lésions passagères.

— C'est merveilleux, Maurice, tu entends ça, ma Paulette ? Tout va bien !

— Oui, Maurice m'a expliqué tout ça pendant que tu ronflais.

— Ah ! Arrête de me taquiner et viens dans mes bras, je suis si contente, je suis si soulagée !

— Je sais, je sais. Tu as fait de ton mieux pour ne rien laisser paraître mais je sentais bien tes craintes, je ressentais les mêmes au fond de moi.

— Je ne voudrais pas jouer les Cassandre mais il est de mon devoir de vous rappeler qu'à ce stade, certaines données nous sont encore inconnues.

— Veux-tu bien développer, Maurice ?

— Bien sûr, Paulette. Tout a été retiré. Néanmoins, je ne peux affirmer que tout rentrera dans l'ordre, je veux dire, je ne sais pas si un jour, tu vois…

— Si je pouvais à nouveau être enceinte, c'est ça ?

— Oui.

— Écoute, Maurice. Louise m'a expliqué tout ça et je connaissais parfaitement les risques que je prenais alors ne t'en fais pas pour moi. Nul ne sait ce que la vie peut réserver alors j'aime l'idée que de belles surprises peuvent encore m'arriver.

— Tu es si forte, Paulette, tu es si belle ! Et tu as parfaitement raison. La guerre est terminée, TA guerre est terminée et à partir d'aujourd'hui, toi et moi, nous allons vivre, VIVRE !

غ

— Wow ! Comme elle a dû souffrir, Paulette. C'est drôle parce que je la connais depuis toujours, je savais que c'était ton amie depuis des années, bien avant ma naissance mais jamais je n'ai imaginé de choses terribles dans sa vie. Jamais je n'ai imaginé que Paulette et toi aviez traversé des épreuves pareilles. Un peu comme si les autres que *soi* ne vivaient que des banalités, comparé à ce que *soi*, on vit. Tu vois ce que je veux dire, *Nonna* ?

— Oui, très bien. Et c'est bien naturel, moi aussi j'ai ce genre de sensation. Tu vois, un de mes passe-temps favoris depuis toujours est que, quand je suis quelque part et que j'ai le temps pour ça, j'aime regarder les gens passer et imaginer leur vie. En fonction de leur allure et de ce qu'ils dégagent puis, en fonction de leur déguisement – j'appelle ça un déguisement parce que ça m'aide dans mon jeu – j'essaie de deviner qui ils sont, s'ils vivent seuls ou en communauté, en ville ou en campagne, quelles sont leurs passions, leur profession, etc. Mais le plus intéressant est quand certains m'inspirent beaucoup plus que ça. Certaines personnes ont dans le regard une mélancolie, une tristesse, un je-ne-sais-quoi qui me fait croire qu'elles ont vécu, elles aussi, des choses terriblement difficiles et qui me donnent ce sentiment d'appartenir au même « groupe » que moi, que Paulette. Il m'est souvent arrivé de parler avec des personnes pendant quelques secondes seulement et d'être parfaitement convaincue que ces personnes me comprenaient mieux que de nombreuses autres qui me côtoient tous les jours.

— Moi aussi, je connais ça. Je parle avec des gens pour la première fois et nous avons ce sentiment que nous nous connaissons tellement mieux que ça ! Comme si tu te reconnaissais en cet autre.

— C'est exactement ça, oui, presque comme si on se connaissait depuis toujours. Mais tu sais, c'est humain de penser que la vie des autres est morne ou banale. Et intrinsèquement, ça l'est puisque ce qui nous touche le plus est bien évidemment, ce que nous vivons, nous, ce que nous ressentons.

— Justement, *Nonna*, comment expliques-tu que certaines personnes soient capables de faire autant de mal à des individus qu'elles ne connaissent même pas ? Comment expliques-tu que ces personnes ne supposent jamais que l'autre ne va pas connaître une souffrance qu'il ne mérite pas ?

— Eh bien, je ne l'explique pas. Mais je pense que ces personnes sont dépourvues d'empathie, qu'elles ne se remettent probablement pas suffisamment en question. Tu sais, pour se remettre en question, il faut d'abord prendre conscience que nous n'avons pas LE savoir universel sur tout et que tout est question de point de vue. Selon l'endroit d'où tu observes un paysage, tu ne verras pas la même chose et il en va de même pour les gens.

— C'est vrai. C'est carrément vrai. Ce serait peut-être bien d'enseigner ça à l'école plutôt que la musique.

— Ne dis pas ça, ma Nonnette. La musique n'est pas toujours bien enseignée à l'école mais quand cette matière a été proposée à l'époque, j'ai trouvé ça sensationnel. Dis-toi bien que très peu de familles possédaient un tourne-disque et pour de nombreux élèves, c'était la première fois qu'ils entendaient parler réellement de musique. Alors enseigner comment la musique fonctionne, pourquoi et en quoi la musique peut émouvoir, expliquer comment on peut lire la musique, tout ça participe à l'ouverture de l'esprit et à la culture générale de chacun. Cette simple initiation a parfois provoqué, chez certains, des interrogations qui se sont muées en vocations.

— Mouais, tu as raison, j'avoue. C'est juste que les profs sont trop souvent ringards, ils ne nous font étudier que des morceaux qui ne nous parlent pas.

— Dis-toi bien qu'il en va de même pour eux. C'est peut-être difficile pour eux de trouver de quoi faire une leçon avec une chanson d'Orelsan alors que toi, tu kiffes, comme tu dis.

— Oui parce que moi, c'est un artiste qui me parle. Il parle de ce que je vis, de ce que je pense et mes amis sont comme moi. C'est comme s'il s'adressait à nous, tu vois ?

— Oh ! Oui. Je vois très bien, tu m'avais fait écouter cette chanson, *Défaite de famille*, que je n'aurais jamais su apprécier si tu ne m'avais pas dit d'en écouter attentivement les paroles. J'avais le même problème que toi il y a près d'un siècle ! Les noms des artistes changent, le vocabulaire change mais ce triste sentiment d'être incompris, lui, traverse les âges. La musique a cette fantastique faculté de nous aider à nous reconnecter à *l'autre,* cet autre que nous sommes, cet autre que nous avons été, tu comprends ? Certaines mélodies nous rappellent des moments précis de notre vie, un environnement, un âge et une façon de penser. Certaines nous effraient et nous les évitons mais d'autres nous font du bien parce qu'elles nous ramènent à un événement heureux, à un âge heureux. Et tiens, suis-moi.

Les deux Louise profitent de cette échappée pour aller faire tourner l'ancienne platine que *Nonna* conserve dans sa chambre. Fenêtre ouverte, installées sur le lit, la petite Louise se transforme en DJ et anime cette petite heure de détente-découverte. Chaque fois qu'elle prend une pochette, elle en sort le disque vinyle protégé dans sa petite housse qu'elle retire délicatement pour poser le disque sur la platine. Elle attrape le bras et pose, tout en douceur, le saphir qui susurre à l'oreille avertie, l'arrivée d'un titre au son feutré du salon d'un siècle lointain. Les sons s'envolent et les voix chaudes se succèdent.

Nonna retire une pochette enfouie sous la pile. Elle la tend à Louise qui regarde avec attention la jaquette : le visage d'un homme au regard doux et perplexe, béret sur la tête sur un fond gris bruni. En gros en haut, le nom Bourvil et dessous, le titre : *Le bal perdu.* Intriguée et curieuse, Louise le manipule avec affection et l'accordéon joue un air entraînant.

— Ce disque a bercé notre vie, Paulette et moi. Qu'est-ce que nous avons pu danser là-dessus ! Nous allions aux guinguettes, au bal et tout le monde dansait, c'était…

— Le kif total !

— C'est ça. J'en ai un autre que Paulette chantait en faisant référence à elle-même. Regarde à nouveau sous la pile, les deux disques ne se sont jamais quittés. Cette chanson s'appelle *Les crayons*.

Louise découvre la chanson, l'air tantôt amusé, tantôt choqué.

— Elle a d'abord l'air drôle, cette chanson mais au fil du texte, elle m'a vraiment donné envie de pleurer. Et toujours cet abus incessant des femmes par les hommes !

— Oui, ma petite Louise, c'est un fait qu'on retrouve tout au long de l'histoire de l'humanité. Mais j'ai confiance en votre génération, vous semblez tous, garçons et filles, tellement concernés et même consternés par tout ça que je ne peux m'empêcher de penser que l'évolution de la femme sera votre contribution majeure. Et c'est une excellente chose parce qu'il ne doit plus y avoir de Paulette ni de malheureuses vendeuses de crayons.

— Carrément ! *Nonna*, et tu sais, l'espoir que nous avons vient de vous. Connaître des histoires comme la tienne et celle de Paulette nous montre le chemin à ne pas suivre, pour ce qui est des différences, de cette intolérance. À vous deux, vous nous prouvez qu'on peut ressortir grandies d'échecs cuisants, de souffrances atroces et que si l'on s'accroche à ce qu'on veut, on ne doit jamais cesser de se battre pour l'obtenir. J'en veux pour preuve que Paulette donne toujours l'impression d'être heureuse.

— Tu as parfaitement raison, elle l'est.

— Et tiens ! C'est à moi de te faire écouter quelque chose. La petite enceinte que je t'avais donnée est toujours sur ton bureau ?

— Oui, à gauche de la lampe.

— Je suis sûre que tu connais et j'ai écouté cette chanson au lit hier soir. T'écouter me raconter ta vie m'a fait penser à cette chanson.

Louise allume la petite enceinte qu'elle connecte à son téléphone et dès le début, *Nonna* reconnaît.

— Ce tic-tac de pendule, je connais mais je ne retrouve plus leur nom. Ta mère avait probablement tous leurs albums.

— Oui ! C'est Pink Floyd. C'est l'album que je préfère : *The Dark Side of the Moon*. Et ce titre s'appelle « Time ».
— Oui, il est magnifique. Ta maman l'écoutait en boucle.

Ticking away the moments that make up a dull day
Fritter and waste the hours in an offhand way
Kicking around on a piece of ground in your hometown
Waiting for someone or something to show you the way

Tired of lying in the sunshine, staying home to watch the rain
You are young and life is long, and there is time to kill today
And then one day you find ten years have got behind you
No one told you when to run, you missed the starting gun

And you run, and you run to catch up with the sun but it's sinking
Racing around to come up behind you again
The sun is the same in a relative way but you're older
Shorter of breath and one day closer to death

— Je kiffe trop cette chanson et c'est tellement ça, la vie, non ?
— Oh si ! Et je suis bien mieux placée que toi pour en parler, vu ton jeune âge…
— Et ce rythme bluesy, c'est grave stylé !
— Grave stylé, oui, comme tu dis. Et qu'est-ce que ça t'évoque, toi ?
— Moi ? Eh bien, ça me rappelle qu'il ne faut pas seulement vivre dans ses projets futurs ou conditionnels mais qu'il faut vivre au présent pour profiter de chaque moment parce que la vie est parfois plus courte qu'on ne le pense. Comme maman, cette chanson m'a appris ça. J'ai bon ?
— Tu m'amuses, oui, tu as bon. Du moins, c'est comme ça que Charlotte, Sophie et moi l'avions comprise. Je ne dis pas qu'il ne

faut pas faire de projets. Il faut en avoir. Et tout plein ! Mais il ne suffit pas de vivre dans ses rêves. Il faut aussi savoir vivre dans son présent parce que c'est la seule chose qui existe vraiment.

— Bah, comment ça ? Mon passé n'est pas quelque chose que j'ai imaginé et mon futur va bien venir, non ?

— Oui mais ton passé n'est plus et ton futur n'est pas encore alors la seule chose qui existe vraiment, la seule chose réellement réelle, c'est ton présent, le moment que tu vis à cet instant.

— Oui, oui, je vois ce que tu veux dire. Même la phrase que je suis en train de prononcer ne sera plus qu'un souvenir quand j'aurai terminé.

— Tu as bien compris, c'est tout à fait ça. Pour moi, cette chanson dit, en gros, que le temps passe vite et que lorsqu'on s'en aperçoit, c'est souvent trop tard. Il faut donc profiter de chaque seconde qui passe et apprécier l'instant présent, c'est comme ça que je la comprends.

— Chanmé, ton interprétation, *Nonna*, chanmé ! Bon, tu n'as pas terminé de me raconter pour Hermann.

— En effet, je reprends alors.

غ

Il flotte dans l'air frais et sec des effluves sucrés et épicés aux parfums exotiques. Derrière les étals, les commerçants proposent aux passants un cornet de papier journal garni de marrons grillés et un verre épais rempli de vin chaud. C'est bientôt Noël et les vitrines décorées sont maculées, à l'extérieur, des empreintes des enfants qui regardent les automates les appeler. Paulette et Louise se rendent à la boulangerie pour les derniers achats. Ce soir, les Mousquetaires se réunissent pour fêter Noël. Ils sont en avance, Noël n'est que dans une semaine. Mais la guerre les a privés trop longtemps de ces plaisirs et ils sont de ceux qui savent que l'on peut mourir demain. Ils ne sont plus vingt-sept, plusieurs d'entre eux n'ont pas attendu que la guerre soit terminée pour s'évaporer vers le monde des invisibles. Mais la vie est ainsi faite et puisqu'ils sont invisibles, ils seront présents. Les deux femmes rentrent au château avec leurs victuailles où les attendent Félix, Marcel, André, Maurice, Pierre et Gaston. Ils prennent les courses et Marcel leur ordonne d'aller se préparer, ils savent ce qu'ils ont à faire. Les deux femmes se retirent dans la chambre de Louise pour se préparer.

— J'aimerais tellement qu'Hermann soit là !

— J'aimerais tellement que Charlie soit là !

— Que nous sommes pathétiques, ma pauvre Louise !

— Et alors ! Nous en avons bien le droit ! Je ne sais pas ce que Charlie est devenu et je ne sais même pas s'il se souvient de moi.

— Comment peux-tu dire ça ? Évidemment qu'il se souvient de toi ! C'est vrai que c'est assez étrange, cette disparition. Et pourquoi penses-tu qu'il ne t'a jamais donné de nouvelles ?

— Je ne sais pas et c'est ce qui me tue mais que veux-tu, je ne vais pas continuer à me bercer d'illusions. Je dois passer à autre chose et si nous devons nous retrouver un jour, nous nous retrouverons.

— Comme c'est beau ce que tu dis, Louise. Je ne suis pas aussi pragmatique que toi et je n'arrête pas de me poser la question. Pourquoi est-ce qu'Herman ne me contacte pas ?

Quand les deux femmes sortent, Marcel leur demande de ne pas les déranger, il est trop tôt et elles doivent retourner dans la chambre. Elles comprennent immédiatement que quelque chose se trame. Au fil de leurs missions, au fil de ces terribles années, une complicité a lié cette bande d'amis qui essaient de profiter de la liberté retrouvée pour se soutenir et embellir la vie de chacun d'entre eux. Marcel et Félix dressent la table et placent dix chaises, Louison ne va pas tarder à arriver avec la petite Charlotte. Pierre et Gaston terminent d'écailler les truites qu'ils ont pêchées pendant que Félix et Maurice préparent le gratin. Les six lurons sont particulièrement excités et d'une humeur joyeuse, tout est sous contrôle.

Louise entrouvre la porte de sa chambre et prévient qu'elle va sortir, suivie de Paulette. Pierre les prévient qu'il ne veut pas d'elles en cuisine.

— Mais, vous pouvez nous dire ce qui se passe ?

— Oui, c'est usant, on voit bien que quelque chose se trame et on veut être dans la confidence.

— Vous n'allez pas tarder à le découvrir !

— C'est bien gentil, Marcel, mais on a quand même le sentiment d'être mises à l'écart d'un événement important.

— Et c'est le cas. Vous nous avez soutenus toutes les deux, vous nous avez soignés, opérés et guéris, vous nous avez gâtés de festins préparés avec des restes et beaucoup d'imagination. Vous nous avez toujours aidés à faire face à nos états d'âme, vous avez toujours cru en nous et grâce à vous, les hommes qui sont ici ont moins de mal à supporter leurs traumatismes que la plupart des gars que nous connaissons. Et tout ça alors que vous-mêmes, vous n'étiez pas à la noce alors à notre tour, on veut vous gâter. Le repas ne sera sûrement pas aussi créatif que les vôtres mais tout est fait de bon cœur et c'est pour vous remercier d'avoir été nos sœurs, nos amies, nos mères, nos confidentes et nos guides qu'on vous prépare une soirée inoubliable.

— Oh ! Comme c'est mignon, vous êtes adorables.

— Oui, Louise, vraiment adorables et j'en suis gênée, ajoute Paulette.

— Même chose pour moi parce que vous savez, nous vous devons autant. Vous nous avez protégées, aidées et amusées, c'était un soutien et une solidarité constante et aucun d'entre nous n'aurait pu aller aussi loin sans les autres.

— Nous sommes les Mousquetaires !

— Oui, Marcel, mais sur les vingt-sept du départ, nous sommes peu nombreux ce soir.

Maurice comprend qu'il a rappelé en chacun d'eux la douleur des proches qu'ils ont perdus, quand Louison entre avec Charlotte. De son rire quasi-permanent, la chaleur se fait immédiatement sentir et les embrassades vont bon train. Pierre et Gaston l'embarquent pour la cuisine où elle enfile son tablier pour superviser la cuisson des mets. Dans la salle à manger, Paulette et Louise posent les verres et Marcel et André sortent les bouteilles.

— J'ai monté six bouteilles de saumur-champigny, deux bouteilles de nuits-saint-georges et huit bouteilles de vouvray sont au frais.

— Huit bouteilles ! Mais vous comptez vous saouler ?

— Pas forcément mais tu me connais, je n'aime pas manquer.

— Alors ça, c'est très bien jeté, Marcel ! Nous pourrons en boire une goutte avant le repas, histoire de papoter tous ensemble avant de dîner et nous pourrons encore le siroter avec le dessert.

— Bah, et de toute façon, on n'est pas obligés de tout boire. Au moins, il est là.

— Je te taquine, Marcel. C'est parfait. Vous me semblez tous aussi excités que des enfants qui vont ouvrir leurs cadeaux de Noël !

— Y'a un peu de ça, ma Paulette, y'a un peu de ça…

Louison apparaît dans l'entrée du salon et fait un signe discret à Marcel qui la rejoint pour disparaître avec elle dans la cuisine. Il ressort ensuite, enfile son manteau et sort du château. Louise et Paulette s'amusent beaucoup de cette ambiance joviale, c'est exactement ce dont ils avaient tous besoin. Piochant dans la caisse de bois, elles sortent des branches de houx qui feront de beaux et naturels chemins de table, disposent des bougies et réajustent les couverts, la table est magnifique. Zena et Alex vont manquer à la fête mais ils ont refait leur vie et ne souhaitent pas revenir trop tôt ; la haine que certains ont gardée pour les Juifs est encore trop prégnante et leur petit Paul en souffrirait. Eux-mêmes ne s'en sont pas encore remis. S'en remettront-ils jamais ?

L'effervescence est à son comble et Louison prend les commandes.

— Paulette, assieds-toi ici, Louise, là et les garçons, vous connaissez vos places. Je monte coucher la petite Charlotte, il est tard et elle a mangé.

— Je crois que Marcel s'est trouvé une fiancée, Paulette.

— Pourquoi dis-tu ça ?

— Regarde, il y a une chaise en plus et il est sorti, probablement pour aller la chercher.

— Tu as sûrement raison ! Et puis, tu as vu comme il s'est fait beau ?

— Oui, on ne peut pas ne pas le voir. Lui qui traîne toujours en guenilles, il a sorti le costume du dimanche !

Tous s'installent autour de la table, seules les deux amies continuent à deviser et à se confier leurs soupçons jusqu'à ce que Louise, restée debout, ouvre grand les yeux au moment où la porte s'ouvre. Elle tombe assise sur sa chaise et Paulette se retourne.

غ

Chapitre VII
L'aveu de *Nonna*

Envahie par un frisson qui parcourt tout son corps, Paulette se fige d'abord puis se laisse à son tour tomber sur sa chaise, une main devant la bouche, un torrent dans les yeux, figée. Bouche bée, elle se demande si elle ne rêve pas. Elle se lève, elle pense reconnaître cette belle silhouette athlétique sous l'épais manteau mais quand l'homme ôte son chapeau, elle porte les mains à ses joues et retombe sur sa chaise. Des larmes coulent, elle pleure, elle rit. Hermann la prend dans ses bras et tous deux sanglotent en se berçant. Tous sont attendris par ces retrouvailles.

L'émotion est intacte mais l'explosion du bouchon de vouvray ramène chacun à la fête. Les verres se teignent d'un liquide pâle aux reflets verdoyants. Les fines bulles virevoltent, ce cru de 1945 sera probablement côté millésime du siècle. Les Mousquetaires savourent la présence de chacun, en particulier Hermann et Paulette qui parlent plus de trente minutes avant de se remémorer que leurs amis les entourent.

Hermann est rentré dans son pays et la vie ne lui a rien épargné. Pour avoir déserté, il a été condamné à être fusillé mais il a réussi à s'évader. Il a survécu plus de sept mois avec deux autres codétenus dans une ruine au milieu de la forêt mais une patrouille soviétique les a capturés et envoyés dans un camp de travail forcé. Les trois hommes retrouvèrent, dans ces goulags, un grand nombre de civils capturés en Roumanie et en Yougoslavie. Avec la fin des hostilités, certains ont pu, comme Hermann, regagner leur pays d'origine.

Mais Hermann ne supportait plus sa vie, ses voisins, ses compatriotes, il ne se supportait plus lui-même. Il s'est alors mis en route pour gagner la France en passant par l'Autriche puis l'Italie. Ce périple, long et ardu, dura près de dix mois au cours desquels il avait exercé tous les métiers qui lui promettaient une nourriture de subsistance et un lieu de vie. Les mois d'hiver furent les plus durs, tant par le travail en extérieur que par le manque de confort de ses habitats de fortune.

— Y a-t-il eu des endroits où tu t'es senti bien ?

— Oui, Louise. Dans les fermes. Quand les fermiers le permettaient. Je dormais entre les vaches, les moutons, les chevaux, parfois aussi des cochons. Et si l'odeur dégoûte beaucoup de personnes, moi, elle me rappelle une idée précise et pure du confort. Entouré de ces bêtes, je profitais de leur chaleur. J'aimais sentir le souffle d'air chaud des nasaux des vaches car quand j'avais froid, c'était comme un vent doux, léger et chaud qui parcourait mon corps. Et aussi parce que ces bêtes me tenaient compagnie. Je leur parlais beaucoup et elles me répondaient tout autant. Surtout Paulette.

— Surtout Paulette ! Comment ça ?

— Ne te fâche pas, ma douce, j'avais une amie, une grande et belle amie, une vache aux yeux tendres et à la robe magnifique. C'était une Brune. Elle avait une belle robe brun-rouge. Elle avait des cornes majestueuses, légèrement recourbées à la manière des casques de Vikings. Elle avait un regard si doux, si bienveillant, je l'aimais vraiment. Alors comme tu me manquais et que je passais mon temps à ne penser qu'à toi, ma Paulette, comme son regard tendre, son allure de guerrière et sa belle chevelure brune me rappelaient à ton souvenir, je lui ai donné ton nom. Mais n'en sois pas blessée, j'avais besoin de te parler et je savais bien que ce n'était pas toi mais c'était comme si tu m'avais envoyé une partie de toi dans le corps de cet animal. Et c'est aussi elle qui m'a aidé à tenir le coup.

— Je ne suis pas fâchée et pour tout te dire, je suis vraiment émue par ce que tu me racontes. Je suis heureuse de m'être projetée, en partie, dans le corps de cette vache puisqu'aujourd'hui, tu es ici. Je te vois, je t'écoute, je te touche et je peux te sentir, c'est comme un rêve et j'ai peur de me réveiller demain pour me rendre compte que tout cela n'était pas réel.

— Si ! Paulette ! Il est bien là, c'est bien ton Hermann alors fêtons ça dignement, comme nous l'avons toujours fait, avec le festin que nous avons préparé. Bienvenue à toi, Hermann !

— Merci Marcel. Merci à tous, vous m'avez tant manqué !

غ

— Ouah ! Comme je suis contente d'écouter ça. Il y a tellement de surprises douloureuses, de tragédies dans tout ce que tu me racontes depuis le début que j'étais persuadée que tu allais me dire comment il avait été torturé.

— C'est surprenant ce que tu dis parce que je n'avais jamais pensé mon histoire de cette manière. Jamais je n'ai eu le sentiment d'avoir vécu une vie où je ne vivais que des horreurs.

— Eh bien tu me rassures parce que depuis que tu as commencé ton récit, je pleure à l'intérieur tellement j'ai entrevu de souffrances. Tu as vécu tant d'épreuves tristes et douloureuses !

— J'ai vécu des épreuves douloureuses, oui, des horreurs aussi, beaucoup de tristesse en effet. Mais j'ai eu de si belles joies, de si merveilleux moments que le reste importe peu. Et puis, ceux qui mènent une vie lisse, de leur naissance à leur mort, ne peuvent connaître des joies aussi fortes que celles que j'ai eu la chance de connaître. Vois-tu, si tu ressens une vive douleur, tu ressentiras une joie aussi immense quand la douleur partira. Celui qui ne souffre jamais de rien ne peut pas autant apprécier les moments de joie que celui qui a beaucoup souffert. Les expériences douloureuses donnent une saveur toute particulière à la joie. Tu m'as dit hier que tu réalisais que finalement, tu avais eu une vie plutôt sympathique alors que par le passé, tu avais eu le sentiment d'avoir eu une vie pleine de souffrances. Les mauvais moments permettent de mieux reconnaître les bons pour pouvoir les vivre pleinement.

— Je comprends ce que tu essaies de me dire et je sais que tu as raison mais…

— Je ne suis pas en train de te dire que je suis ravie d'avoir souffert, je veux seulement que tu comprennes que nous souffrons tous et la seule différence se situe dans la réaction de chacun face à ces souffrances. Moi, j'ai décidé que ce ne serait pas ce qui décrirait ma vie. J'ai décidé que je n'emporterais pas ces souvenirs avec moi mais que j'allais plutôt utiliser ces souffrances pour m'endurcir afin d'être plus vigilante. J'ai aussi décidé que, puisque je ne pouvais éviter certaines souffrances, je devais saisir chaque joie, chaque plaisir, chaque aventure qui me donnait ce sentiment d'être intensément vivante. Pour résumer, si on ne connaît pas de moments de malheur, on ne sait pas reconnaître les moments de bonheur et ils glissent sur nous comme une bise légère.

— Trop stylé, ce que tu dis, *Nonna* et je te comprends très bien. Pour autant, je ne dirai pas que j'espère connaître d'atroces moments mais ça donnerait presque envie d'avoir mal pour être bien quand ça s'arrête.

— Tu m'amuses. J'ai sorti une soupe du congélateur ce matin, va donc la faire chauffer si tu veux bien.

— Bien Cheffe ! C'est une soupe à quoi ?

— Je ne te dis rien, tu essaieras de deviner.

— Chouette ! Encore un petit jeu gourmand !

Les deux femmes mangent de bon appétit et sur la bonne douzaine d'ingrédients qui composent cette soupe, seuls deux n'ont pas été reconnus par Louise : le sirop d'érable et le tabasco. Pendant que Louise termine de ranger la cuisine, *Nonna* sort la mousse au chocolat et le bol de chantilly.

— Hum ! Mais quand as-tu fait tout ça ?

— Tu as fait un tour dans le parc pour téléphoner à ton amie Camille ce matin et ensuite, tu es partie un moment avec elle pour acheter du pain alors j'ai trouvé une occupation à ton goût.

— Et pour mon goût, oui !

— Nous irons ensuite nous asseoir au salon et je continuerai l'histoire.

— Oui, *Nonna*, oui !

Nonnette mange lentement, machinalement, les yeux dans le vague.

— Qu'y a-t-il, ma petite ?

— Rien…

— Allons, je vois bien que quelque chose te turlupine. La mousse n'est-elle pas à ton goût aujourd'hui ?

— Pas du tout, *Nonna*, non ! Elle est délicieuse, comme d'habitude.

— Alors qu'est-ce qu'il y a ?

— Eh bien, il y a une question que je me pose mais c'est délicat.

— Demande-moi, je t'en prie. Tu sais que tu peux tout me demander et je te répondrai sincèrement.

La petite Louise baisse le regard et à cet instant, *Nonna* n'est plus certaine d'avoir bien fait d'encourager son arrière-petite-fille à lui poser sa question. Elle la sait vive et spontanée alors si elle traîne tant, c'est que la chose est grave. Elle réfléchit à ce qu'elle vient d'affirmer « tu peux tout me demander… ». Louise peut tout lui demander car elle n'a rien à cacher. Pour autant, *Nonna* préférerait ne pas aborder certains propos avec un si jeune esprit. Il est toujours facile de dire la vérité quand on ne craint rien comme de mentir pour se protéger. Mais être sincère et protéger ceux qu'on aime est difficile lorsque la vérité implique un danger à celui qui l'écoute. *Nonna* baisse les yeux à son tour quand Nonnette se lance.

— As-tu déjà tué un homme ?

À l'écoute de ces mots, *Nonna* relève la tête et Nonnette est perplexe. Elle avait hésité à poser cette question, elle ne voulait pas heurter son aïeule mais *Nonna* ne semble ni heurtée ni même surprise.

— Tu t'attendais à cette question, n'est-ce pas, *Nonna* ?

— Oui et non, que veux-tu savoir exactement ?

— Eh bien, je me demandais si tu avais dû tuer, pour te protéger, pour survivre et…

— Et ?

— Et comme je pense que oui, vu les histoires que tu m'as racontées, je me demande ce que tu as ressenti.

Les deux femmes se regardent et la petite Louise sent combien *Nonna* souffre des aveux qu'elle va devoir faire. Elle réfléchit, pince ses lèvres pour accentuer sa concentration, elle va parler.

— Je vais commencer par te raconter une histoire.

غ

Toinette quitte la petite ferme de son oncle, de l'autre côté de la Loire et reprend le chemin de la maison. Ses deux frères sont au front et depuis quelques mois, son père les a rejoints. Elle vit désormais avec sa mère et sa jeune sœur. Les trois femmes s'occupent des animaux et des terres, le travail ne manque pas. La vie est rude mais l'ambiance demeure chaleureuse. Le logis est humble, les repas, frugaux, mais elles ne manquent de rien et se soutiennent.

Marie est occupée à traire leur unique vache et Hélène prépare un bouillon gras pour le déjeuner quand la porte s'ouvre. Elle ne se retourne pas et demande à Toinette si son oncle a pu lui donner suffisamment de pommes de terre. En seules réponses, les bruits de bottes sur le parquet de bois la font sursauter et Hélène se retourne. Trois hommes vêtus de haillons l'observent sans quitter des yeux le chaudron fumant.

L'aîné a perdu un œil mais on devine, malgré son âge avancé, un corps solide. Le plus grand porte une cicatrice au visage, il est répugnant mais sa force ne fait pas de doute. Cet homme lui rappelle les gargouilles de l'église Notre Dame la Riche, près de Tours. Elles lui faisaient peur jadis, quand elle suivait sa mère à la messe du dimanche. Quant au troisième, il est frêle et semble malade. Hélène ressent une pointe de peine pour cet homme mal en point, au strabisme asymétrique. Elle voudrait se débarrasser d'eux mais elle ne fera pas le poids. Et puis, elle doit protéger ses enfants.

Tentant de réfréner ses tremblements, Hélène leur propose de manger une soupe bien chaude sur une large tartine de pain. Dubitatifs, ils se regardent et éclatent de rire. D'un regard noir accompagné d'un solide signe de tête, le plus âgé stoppe leurs éclats et ils le suivent jusqu'à la table où ils s'installent. Hélène sert trois assiettes et alors qu'elle s'apprête à sortir, le plus grand attrape son bras.

— Tu vas où, Mémé ?

— Je, je vais vous chercher des œufs, je vais voir si les poules ont pondu.

— Tu restes là, j'y vais. Dis-moi où c'est.

Hélène s'exécute et le balafré sort. Les deux autres dévorent pain et bouillon et quand ils ont terminé de lécher les assiettes, ils s'étonnent de ne pas revoir leur comparse. Il met trop de temps. Ils se lèvent et sortent. Entendant des cris venant d'une grange, ils se pressent vers le bout du bâtiment.

— Elle veut pas s'laisser faire, la garce !

— Laissez-la tranquille, je vous en prie.

Le gringalet ne peut pas quitter l'enfant du regard. Huit, peut-être neuf ans, il la veut mais Hélène lutte de toutes ses forces, essayant de tirer sa fille hors des bras du bigleux. Le vieux la frappe de toutes ses forces. En tombant, Hélène se cogne violemment la tête et reste inconsciente.

Toinette s'arrête quelques mètres avant d'entrer, il lui semble entendre des voix d'homme. C'est probablement le vent et elle reprend sa marche. La porte est restée ouverte et Toinette voit les trois assiettes vides sur la table. Elle appelle sa mère, sa sœur puis comprend avec effroi. Elle sort et longe la maison pour arriver derrière la grange ; c'est de là que semblaient venir les voix. Par le petit espace sous la faîtière arrière de la grange, elle aperçoit sa sœur et comprend qu'il est trop tard. Elle recule, souffle et reprend courage, elle doit agir vite pour sauver sa mère. Elle se presse vers le puits en veillant à ne pas faire de bruit. Elle tourne la manivelle et fait remonter le seau.

Quand elle revient à elle, Hélène réprime un cri en découvrant le cadavre de son enfant, vêtements arrachés. Les trois hommes se tournent vers elle. Ils la pensaient morte, elle ne l'est pas. Hélène crie et tente de se lever mais déjà, le balafré est sur elle et après avoir assouvi leurs pulsions, les trois hommes laissent les deux corps inertes, boivent le lait encore tiède et s'apprêtent à sortir quand une fine silhouette apparaît dans l'ouverture de la porte.

Toinette n'a rien vu de ce qui s'est passé mais elle a l'âge de comprendre, et devine avec certitude. Avant qu'ils ne puissent réaliser ce qui les attend, la première balle atteint le vieux, la deuxième le bigleux, qui tombent presque simultanément. Le balafré bondit sur elle mais il est stoppé par la troisième balle. Il tombe et Toinette reste plantée là, quelques minutes, attendant qu'ils se relèvent, serrant le Ruby de toutes ses forces. Mais ils sont morts, bien morts. Elle voudrait vérifier mais elle n'ose pas. Elle se dirige vers le corps de sa sœur puis vers celui de sa mère. Elle ne peut plus rien pour elles. Elle crie, pleure puis se reprend. Avec difficulté, elle pose les deux cadavres sur la charrette qu'elle mène dans le bois, juste derrière la maison. Elle creuse un trou et il fait nuit quand la sépulture est prête. Elle traîne les deux corps, l'un après l'autre, Hélène et Marie se reposeront ensemble, pour toujours. Les efforts et les pleurs de Toinette l'épuisent, elle s'endort près du trou béant.

Réveillée par les rayons du soleil, elle se rappelle. Elle pleure, récite quelques vers, une prière et commence à recouvrir les corps de terre. Elle se souvient de l'arme et la jette avant de terminer le tombeau improvisé. Pour mémoire, elle plante un piquet et quelques pierres feront leur stèle. Elle reste assise et se souvient de son enfance, des jours heureux. Son père l'emmenait chasser et il lui avait appris à tirer. Il admirait ses performances et avant de partir pour le front, il l'avait guidée vers le puits et fait remonter une arme qui dormait là depuis plus de vingt ans. « C'est un semi-automatique et il est chargé. En cas de besoin, Ruby t'aidera. Maintenant tu sais qu'il est là. Tu auras peut-être besoin de ce pistolet pour protéger ta mère et ta sœur » lui avait-il confié. Elle reste ainsi quelques heures avant de revenir à l'autre problème, elle doit s'occuper des trois scélérats. Quand elle arrive près de l'entrée de la grange, elle ralentit le pas. Elle tente de réunir ses forces pour affronter les macchabées qui gisent sur le sol. Elle s'arrête à hauteur de l'entrée de la grange, regarde devant elle en soupirant puis tourne la tête et étouffe un cri d'horreur.

Le balafré n'est plus là, son corps a disparu. Toinette regarde autour d'elle mais ne voit personne, il a survécu. Où est-il ? Elle réfléchit promptement puis court jusqu'à la maison. Elle prend le petit tabouret de bois, le pose contre le mur, à droite de la porte de la chambre parentale et grimpe. Elle tend le bras et balaie le plancher du grenier puis tâtonne. Lorsque ses doigts heurtent le métal, elle se dresse sur la pointe des pieds et attrape l'objet. Une fois redescendue, elle étend une large toile de jute sur la table et y pose la boîte. Elle file ensuite dans la chambre qu'elle partageait avec sa sœur, s'empare de quelques vêtements et prélève trois photos de leurs cadres qu'elle glisse dans la petite boîte. Faisant le tour de la maison, elle récupère le collier et les deux alliances de ses parents puis la montre à gousset de son père, ouvre les tiroirs dont elle sort une longue cuiller d'argent et termine par un candélabre centenaire de bronze. Elle forme une bourse ventrue avec la toile qu'elle noue avec une corde solide avant de fuir prestement à toutes jambes.

La nuit est froide mais Toinette connaît bien cette forêt et elle trouve refuge dans le tronc d'un gravelin. Elle se souvient des après-midi heureux, avant la guerre. Elle se souvient des matins frais. Elle partait avec Georges et Martin, leur père les guidait. Elle se souvient du lièvre tapi au pied de l'arbre. Hélène avait félicité sa fille avant d'en faire un civet. Elle se souvient de ses victoires, tapie à son tour dans ce chêne dont elle sortait pour mettre fin à l'interminable partie de cache-cache. Elle se souvient des paniers de cèpes, girolles et trompettes-de-la-mort qu'elle et Marie rapportaient. Elle se souvient des fragrances qui embaumaient la cuisine quand les girolles accompagnaient l'omelette faite avec les œufs qu'elle s'amusait à dénicher dans le poulailler.

Les petits coups rapides et secs d'un pic-vert pénètrent ses songes lorsqu'un rai de soleil la réveille totalement. Les événements de la veille lui rappellent le danger de sa situation, elle doit reprendre la route pour se rendre chez Tante Sidonie. Privilégiant les bois épais qui entourent Saint Benoît la Forêt, Toinette se hâte, Tours est à huit heures de marche. Elle passera la nuit à Cinq-Mars-la-Pile, après avoir traversé le pont pour se retrouver du bon côté de la Loire. Là seulement, elle pourra se reposer. Elle prend soin d'éviter les bords de route et estime son trajet total à douze bonnes heures. Arrivée dans les ruines d'une ferme détruite pendant la Grande Guerre, elle rassemble quelques branches et fait une pause. Son lit est plus doux mais les récentes émotions et la fatigue de sa longue marche ont raison d'elle et elle s'endort.

Quand Toinette rouvre les yeux, le soleil commence à disparaître. Elle lutte pour se lever et profiter de l'obscurité pour avancer une heure encore mais comme son corps, sa tête s'y refuse et elle sombre à nouveau. *À toute chose, malheur est bon* ! se dit-elle puisqu'elle se réveille alerte et ragaillardie. Elle saute de sa paillasse et sort de son abri. Il fait encore sombre mais elle ne veut pas être vue et reprend sa route pour atteindre le prochain bois avant la levée complète du jour. Elle traverse les champs en alternant la marche et la course puis pénètre enfin l'immense forêt protectrice. Lorsque le soleil atteint son zénith, elle s'arrête un instant au bord d'un petit cours d'eau à l'ombre des arbres, boit abondamment et s'asperge le visage avant de repartir pour quelques heures de marche.

Perchée sur une des plus hautes branches d'un hêtre, elle distingue, au loin, la Pile et le village. Quand le soleil aura disparu derrière les grandes cimes, elle traversera le pont. Elle sursaute, quelqu'un s'approche. Toinette ne bouge plus et bloque sa respiration mais le bruit s'est arrêté. Il reprend et elle l'aperçoit. Douze cors fièrement dressés et mufle au vent, un cerf hume, tourne sa tête et, ne sentant aucun danger, il reprend sa lente marche et ronge sans culpabilité, les arbustes de chênes naissants. Toinette l'observe, émerveillée et oublie un instant sa triste condition.

Les couleurs chatoyantes et les ombres du soir ont englouti le majestueux animal. Aussi habile qu'un écureuil, Toinette dégringole et termine par un saut exercé. Elle reprend la route avant la pleine obscurité. Arrivée à mi-chemin sur le viaduc, elle s'arrête pour écouter le clapotis de l'eau. Les pupilles dilatés, elle arrive à distinguer le fleuve, tout est si calme. Elle n'aperçoit plus la Pile mais elle sait qu'elle lui fait face. Après une heure de marche, elle entend des rires, des voix et certaines odeurs lui rappellent sa faim. Son estomac la supplie, elle cède et suit les relents de soupe grasse. Elle aperçoit les lumières de l'auberge et longe le mur de pierre pour s'approcher du soupirail et regarder à l'intérieur. La guerre a dissous l'ambiance dans les foyers et beaucoup d'hommes usent de toutes les occasions pour échapper aux regards des femmes de la maison. Comme des miroirs animés, les regards des épouses renvoient à chaque homme sa propre culpabilité. Ces pantins abîmés, déformés, trahis noient leur faiblesse, leur tristesse en compagnie de leurs frères et avalent des litres d'illusions.

L'alcool s'applique ainsi à désintégrer la culpabilité qu'ils éprouvent et ils s'esclaffent, jouent aux cartes, chantent et boivent encore. Pour un père, un frère, pour un fils. L'auberge est bondée, elle pourra se fondre parmi les clients, repus de soupe et d'alcool. Assise dans un coin juste à gauche de la porte, Toinette commande un bol de bouillon et un ersatz de café. Ce mélange de graines d'avoine, de glands séchés et de racines de chicorée torréfiés n'est pas à son goût mais elle doit garder l'esprit vif et le chaud breuvage est riche et énergétique. Certains parlent, d'autres mangent, beaucoup boivent. Quelques soldats profitent de leur escale pour retrouver un semblant de vie, celle qu'ils vivaient quelques semaines avant la guerre. Les restrictions sont nombreuses mais on s'y repaît de vin de mûres et de bière de pois. Elle mange rapidement sans lever la tête et lorsqu'elle se tourne après avoir ramassé son baluchon, elle l'aperçoit.

Le balafré est là, debout, au comptoir. Leurs regards se croisent mais elle n'attend pas et se rue vers la porte. Elle court et ne s'arrête pas, ne se retourne pas. À voix haute, elle se félicite d'avoir écouté son corps, d'avoir cédé à lui en dormant tout son soûl. Elle serpente mais il fait nuit et cette forêt dense ne lui est pas familière. Elle espère qu'elle ne l'est pas davantage pour l'affreux tortionnaire et tente de filer aussi vite qu'elle le peut. Mais son courage cède à la panique lorsqu'elle se prend les pieds dans les racines tortueuses d'un vieil arbre. Elle essaie de dégager son pied mais sa cheville lui fait mal. Les cris du balafré se rapprochent et son sang se glace, elle se fige. S'il ne l'entend pas, peut-être se dirigera-t-il dans une autre direction.

Elle espère encore quand les bruits reprennent. Mais cette fois, plus question de rester immobile, il vient vers elle. Elle reprend ses efforts pour se dégager et son pied se libère enfin. Trop tard, il est déjà là. Il bondit sur elle et tente d'immobiliser ses bras. Il sort son couteau mais rate sa cible, le deuxième coup sera le bon mais Toinette sent le sang sur la poitrine de son agresseur, elle l'avait blessé à l'épaule seulement quelques jours plus tôt. Elle dégage une main et appuie de toutes ses forces sur la plaie de l'homme qui hurle de douleur. Elle profite de l'instant pour reprendre ses jambes à son cou et court droit devant elle. Arrivée sur une butte, elle stoppe un instant puis se retourne. Elle aperçoit sa silhouette, reconnaissable, un colosse. L'homme se déplace moins rapidement, elle peut se reposer quelques secondes encore.

Elle reprend son souffle, passe ses bras dans les boucles de la corde qui ferme son baluchon et le jette par-dessus ses épaules pour le porter à la manière d'un sac à dos, elle ne doit s'encoubler de rien. Elle arrive près d'une ferme et se faufile jusqu'à l'étable. Elle a veillé à zigzaguer pour échapper à toute logique, il y a peu de chances qu'il retrouve sa piste mais son trajet s'en trouve rallongé. Ahanant, elle appuie son dos contre la pierre froide et sombre. Elle se reposera auprès des trois vaches et repartira avant le lever du soleil, il fait nuit noire.

Les coqs décident du réveil de la basse-cour, les poules se soumettent et Toinette se réveille. La douleur s'éveille avec elle et elle prend conscience qu'elle n'arrivera pas chez sa tante si elle ne stoppe pas l'hémorragie. Dehors, tout est silencieux et la lune commence à saluer le soleil. La campagne est calme et Toinette se réveille en sursaut. Elle devrait déjà être loin mais elle s'est évanouie. Réunissant ses forces, elle se hisse et sursaute, un chien l'observe, tête penchée. Derrière lui, des jambes dans des bottes, Toinette vacille. La silhouette s'approche, le paysan s'approche puis s'accroupit.

— Tu ne vas pas aller bien loin comme ça, ma petite. Et d'abord, qu'est-ce que tu fiches dans mon étable ?

Visage fermé, lèvres pincées dans une grosse barbe, le rustre bonhomme bougonne en se frottant le menton et Toinette ne sait que penser.

— Bon, je vais essayer d'arranger ça mais tu dois partir. J'ai déjà sept bouches à nourrir, j'ai pas besoin d'une en plus ! Et pis, tu me causerais des problèmes ! Je veux pas de problèmes, tu comprends ce que je dis ? T'es pas une boche au moins ?

— Non, Monsieur, je vais chez ma tante, Sidonie, elle habite à deux heures d'ici mais j'ai été agressée.

— Ça, j'avais compris. Bouge pas.

Toinette hésite, elle préférerait bouger mais la souffrance due à sa blessure l'immobilise. Le fermier revient avec un large torchon de lin qu'il déchire en trois lanières. Il noue trois bandes puis fait un tampon avec la dernière qu'il pose contre la plaie. Il ceinture ensuite son ventre, serre un peu puis il aide la jeune fille à se relever. Après quelques recommandations, Toinette reprend sa route. La faim commence à la tirailler. Elle sent l'écho dans son ventre et son cœur battre dans ses tempes. Mais elle marche. Elle marche. Elle doit marcher.

Baluchon sur les épaules, elle avance jusqu'à une petite colline et une fois au sommet, elle repère la Pile de Cinq-Mars et le fleuve, à son pied. Elle se tourne, se retourne, réfléchit et repart. Elle est à bout de forces mais elle se motive, elle n'a jamais été aussi près de son but. Son estomac l'appelle, son corps a donné ce qu'il a pu et sans carburant, il n'est plus en mesure d'obéir à sa seule volonté. Elle sourit en pensant à la montre de son père. Chaque soir avant cette fichue guerre, son père la confiait tour à tour à ses enfants pour la remonter. Si seulement elle avait une petite molette sur son corps, comme cette montre. Ou encore une clef comme celle de la boîte à bijoux de Sidonie. Elle aperçoit la poivrière puis la tour ronde, elle doit tenir.

غ

Le klaxon de la Bugatti retentit, Louise sort pour accueillir Marie-Charlotte. Elle la conduit dans le salon où Paulette les rejoint. Elles ont tout juste le temps de boire une tasse de thé pendant que Marcel aide Félix à descendre les sacs de la voiture. La pause est courte pour Marie-Charlotte, Félix préfère que sa mère rentre au plus tôt. Les bombardements s'intensifient et même sur une courte distance, les routes ne sont pas sûres. Dans la cuisine, ils font un premier tri. Félix et Marcel rassemblent et comptent les colis de bandages, coton et sparadrap avant de les descendre pour les ranger dans les armoires de la cave. Louise et Paulette notent soigneusement les noms et les quantités des flacons (prontosil, pénicilline, aspirine, chloroforme, etc.) avant de les disperser dans toute la demeure. Dans chaque pièce, elles cachent les colis panachés et consignent tout sur un petit carnet. Chaque livraison nécessite beaucoup de temps et de précaution mais il en va de leur sécurité comme de leur propre vie et de celle de leurs hôtes ; en cas de dénonciation ou de fouille inattendue, les Mousquetaires espèrent ainsi protéger une partie de leur butin. Les deux jeunes femmes se retrouvent dans la cuisine et après avoir ôté quelques bûches de bois, elles retirent la lourde pierre et cachent le petit carnet dans le trou de l'épais mur. Dans un dernier effort, elles soulèvent puis insèrent la pierre à sa place et rectifient la pile de bois.

Il reste trois bûches à empiler quand quelqu'un tambourine à la grande porte. Louise termine l'empilement pendant que Paulette se dirige vers la porte. Elles jettent un dernier regard, tout est en place. Quand Paulette ouvre la porte, une jeune fille chuchote un *bonjour* avant de s'effondrer, Louise la rattrape. Aidée de Paulette, elles portent l'inconnue et l'installent sur le lit de Louison puis elles reviennent dans l'entrée. Louise ramasse le gros baluchon et Paulette referme la porte. La jeune fille est fiévreuse et son pouls est faible, elle a perdu beaucoup de sang. Paulette et Louise préparent les outils, il faut intervenir, et vite. Paulette revient avec une bassine d'eau chaude et tamponne le pansement avant de le retirer. Les bandes cèdent facilement d'abord mais lorsque Louise ôte le morceau de bande collé à la plaie, la jeune inconnue se réveille. Paulette l'endort immédiatement, elle ne supporterait pas ce qui va suivre.

Les chairs mortes sont enlevées, la plaie est dégagée et propre, Louise suture. Une fois fermée, Paulette désinfecte à nouveau et place un pansement doux avant de bander une deuxième fois le ventre vide de sa patiente. Deux heures plus tard, la fièvre commence à disparaître. La consultation les rassure, elle a surtout besoin de repos. Paulette ôte ses bottillons et commence à la déshabiller pendant que Louise tire le tiroir de la commode. Elle en sort une chemise et des médicaments. Les deux femmes ôtent ses vêtements maculés de sang et la revêtent d'une chemise de coton propre. Elles réajustent les draps et remontent la couverture. La fièvre est retombée mais elles resteront près d'elle et décident de se relayer au chevet de la malade, il faut éviter qu'elle soit seule lorsqu'elle se réveillera.

Quand elle commence à bouger, Paulette prévient Louise. La jeune inconnue semble se réveiller enfin. Les deux femmes attendent un long moment quand les paupières se lèvent. Effrayée, elle demande où est son sac et Louise le lui tend.

— J'ai de quoi payer mais vous devez m'aider, je vous en supplie…

— Chut, reste tranquille, ma petite, tu n'as rien à craindre de nous. Je m'appelle Paulette et voici mon amie Louise. Nous sommes là pour t'aider alors quand tu le pourras, quand tu seras prête, dis-nous comment nous pouvons te soulager.

— Tu peux parler en toute confiance, il n'y a personne d'autre que nous trois. Mais prends ton temps, nous serons juste à côté, tu n'auras qu'à actionner la petite clochette ici.

Paulette et Louise se dirigent vers la porte de la chambre quand la jeune femme les interpelle.

— Attendez, s'il vous plaît, je ne veux pas rester seule.

Paulette et Louise se regardent, elles connaissent cette émotion. Elle semble terrorisée et pâlit d'effroi avant de sangloter en les suppliant de rester. Louise s'assoit sur le bord du lit et dégage les cheveux du visage de l'enfant puis caresse son front avec tendresse.

— Tu n'as plus à avoir peur, tu es en sécurité et nous allons nous occuper de toi. Je vais rester avec toi le temps qu'il faudra.

Louise rapproche la bergère et prend sa main.

— J'ai pas d'argent mais je peux vous payer, quelqu'un qui m'a dit que vous faisiez des choses, c'est quelqu'un…

Louise la rassure et elle peut se reposer, elle veille sur elle.

— Ne lâchez pas ma main, s'il vous plaît. Ne lâchez pas ma main.

— Je suis là. Rendors-toi, je suis là.

— Oui, Louise. Merci Louise. Je m'appelle Toinette.

— C'est très joli.

— En réalité, c'est Antoinette mais tout le monde m'appelle Toinette.

Louise caresse sa main et chantonne une chanson comme elle le fait pour rasséréner Charlotte lorsqu'elle se réveille en pleine nuit, apeurée par les bruits des bombes. La jeune fille s'assoupit, sa main dans celle de Louise. Regardant cette enfant amaigrie, affaiblie, elle imagine ce qu'elle a pu vivre. Cet effroi qu'elle a dans le regard, Louise n'ose en imaginer la cause, ce que cette femme si jeune a pu endurer. Quand elle se réveille, une vingtaine de minutes plus tard, Louise sourit et timidement, l'inconnue esquisse un sourire furtif. Puis, comme si elle venait de se souvenir, elle se redresse et regarde avec empressement autour d'elle. Ses tempes gonflent et dégonflent suivant le rythme tambourinant de son cœur. Louise la rassure. La jeune fille se détend et demande à Louise de rester avec elle, elle veut lui parler. Elle ne peut plus garder tout ça pour elle seule.

غ

— Wow ! Quelle histoire ! Pauvre Toinette.

— Quand je l'ai rencontrée, elle avait à peine ton âge. Mais elle avait déjà pu entrevoir la noirceur de l'homme.

— Grave. Ça me révolte, *Nonna*, tu n'imagines pas !

— Je pense que si, ma fille, je pense que si.

— Oui, pardon, *Nonna*. Tu l'as forcément vue, toi aussi, cette noirceur.

Louise comprend que *Nonna* est retournée en elle-même. Elle se tait pour lui laisser le temps de revenir. Mais *Nonna* évite le regard de Louise qui comprend la déferlante d'émotions qui la traversent. Elle se lève alors et remplit la bouilloire, *Nonna* apprécie particulièrement une bonne tisane après son repas. Elle ressasse l'histoire dans sa tête et se souvient des colis de médicaments cachés. Des questions lui viennent en tête, elle veut savoir. Elle détournera l'attention de *Nonna* avec un sujet plus léger, l'idée est parfaite. Elle veut tout comprendre, tout saisir et même si elle veut connaître la fin de l'histoire, elle veut aussi les réponses aux questions qu'elle se pose. Lorsqu'elle revient avec les tasses, *Nonna* est de retour.

— Une petite tisane ?

— Oui, bonne idée !

— Tu m'as un peu fait peur, ma *Nonna*.

— Oh, je ne voulais pas, ma minette, je…

— Mais je voulais savoir. Tu as parlé de chloroforme, vous l'utilisiez pour endormir vos patients ?

— Exactement. Le chloroforme avait deux énormes avantages puisque d'une part, il permettait au patient de ne rien sentir, de ne pas souffrir donc, et d'autre part…

— Il vous permettait de travailler plus facilement.

— C'est ça. Tu sais, inciser, nettoyer une plaie des chaires mortes, extraire une balle, toutes ces interventions faisaient souffrir. Certains supportaient mieux la douleur mais la plupart criaient ou bougeaient pendant nos soins. C'était bien normal et nous le comprenions tous mais les hurlements et les mouvements involontaires compliquaient les interventions. D'ailleurs, certaines n'auraient pas pu se faire sans anesthésie. Nous devions parfois faire preuve d'une extrême précision et dans ces cas, un seul geste, même par réflexe, du patient, pouvait compromettre tout notre travail. Ou le tuer. Certains jours, les blessés arrivaient par dizaines. Il y avait ces cris, ces odeurs de sang, tellement d'hommes mutilés, un bras arraché, un œil en moins, parfois même une partie du visage avait disparu.

La petite étouffe un petit cri d'horreur derrière ses mains.

— Oh, je suis désolée, ma Nonnette, tout ça est si violent pour toi.

— Non, ne t'excuse pas, c'est moi qui t'ai demandé de ne rien me cacher. Et puis, je comprends. Mais je vois à quel point tout ça est douloureux pour moi alors que je ne fais qu'écouter une histoire ; j'imagine facilement ce que ça a dû être, ce que ça doit être d'ailleurs, pour toi, aujourd'hui encore.

— Ce sont des images que je n'oublierai jamais. Ni l'émotion qui les accompagne.

— Et cette Toinette, elle s'en est sortie comment ? Son bourreau a définitivement disparu de sa vie ? A-t-il survécu ?

— Pas si vite, Louise, pas si vite, j'y viens. Paulette et moi avons soigné Toinette, nous l'avons nourrie et elle s'est très bien remise de ses blessures. Elle a très vite cicatrisé et elle a commencé à nous aider. Un soir, elle m'a accompagnée au village. Une vieille dame était tombée et s'était ouvert le crâne. Sa petite-fille ne craignait pas pour la blessure, apparemment superficielle, mais elle voulait que je l'ausculte pour déterminer l'origine des vertiges dont elle souffrait.

— C'est à cause d'un vertige qu'elle était tombée ?

— Exactement. Paulette et moi pensions que c'était un problème de tension alors j'ai pris quelques instruments, des médicaments et Toinette m'a accompagnée.

— Elle n'était pas infirmière, pourtant ?

— Non, mais elle voulait nous aider.

— Elle n'est pas allée chez sa tante ?

— C'était bien son idée au départ. Mais quand elle a vu ce que nous faisions ici, elle s'est dit qu'elle serait plus utile auprès de nous. Et puis, personne ne l'attendait.

— Et ses frères ? Son père ?

— Ils étaient partis se battre et n'avaient aucune idée de ce qui s'était passé chez eux. À vrai dire, Toinette ne savait pas s'ils étaient toujours en vie. Et donc, Paulette et moi avons commencé à la former.

غ

Toinette sort le stéthoscope et confirme le verdict, la tension est bien trop élevée. Louise termine de suturer la plaie et donne un flacon de pilules à sa petite-fille. Un demi-cachet le matin suffira et Toinette reviendra la semaine prochaine pour vérifier. En guise de dédommagement, la jeune femme leur tend deux oies dodues plumées. Toinette enfouit un rire et Louise la remercie, ils vont se régaler.

Une fois sorties, Toinette avoue sa surprise quant au moyen de paiement mais à l'écoute des explications colorées et savoureuses de Louise, elle salive déjà. Craignant l'entre chien et loup, elles marchent d'un pas rapide pour arriver au château avant que la nuit n'entrave leur trajet. Elles papotent à voix basse et tournent dans une ruelle mais Louise a l'étrange sensation d'être suivie. Quand elle voit la porte d'une chaumière entrouverte, elle pousse Toinette à l'intérieur, s'y jette également et referme la porte. Les deux femmes se terrent sous la petite fenêtre et attendent, silencieuses. Des bruits de bottes frappent le pavé et Toinette tressaille mais Louise a une idée. Elle envoie Toinette se cacher dans l'autre pièce, elle la rejoindra vite.

Toinette s'exécute pendant que Louise cherche de quoi se défendre, dans l'obscurité d'une maison qu'elle ne connaît pas. Elle attrape un large poêlon de fonte avant de se cogner la tête. Des mains, elle suit le manche de bois et au moment où elle retire l'herminette plantée dans la poutre, elle entend un fracassement. Toinette est en danger. Louise pousse la porte et ne voit plus la jeune femme qu'elle entend seulement gémir sous le corps puissant et lourd de son assaillant. Elle assène violemment à son bourreau un coup de poêlon et celui-ci, surpris mais à peine déséquilibré, se relève d'un bond. La raison de Louise sommeille, seule sa colère l'anime. Elle ne réfléchit plus et quand l'homme est à sa portée, elle plante l'herminette dans son torse en hurlant.

La nuit retrouve son silence, la maisonnette retrouve son calme et les deux femmes restent immobiles, à la fois rassurées et apeurées, devant ce corps inerte. Des voix se font entendre au-dehors, des hommes saouls chantent et les paroles se font de plus en plus distantes. Louise tire Toinette par la main, elles doivent immédiatement quitter cet endroit.

غ

La petite Louise n'a plus de mots. *Nonna* lui sourit mais la petite a du mal à revenir dans son présent.

— Tout va bien, ma minette ?

— Oui, *Nonna*. Oui. C'est juste que…

— Je sais, je sais. C'est un peu violent, tout ça, pour toi.

— T'inquiète, *Nonna*. Je suis si contente qu'il soit mort, ce salaud ! Il le méritait bien. Et puis, va savoir, il aurait encore agressé ou tué combien de personnes, si vous ne lui aviez pas fait la peau. C'est pour toi que ça me peine. J'imagine quelle vision d'horreur ça a dû être pour Toinette et toi. Cet homme, là, avec cet outil… d'ailleurs, c'est quoi, une herminette ?

— C'est un outil de charpenterie. Les charpentiers l'utilisaient pour façonner le bois, l'équarrir, le creuser. C'est un peu comme une hache sauf que le tranchant de la lame est perpendiculaire au manche au lieu d'être dans son prolongement, tu vois ?

— Oui, quelle horreur ! Mais que tu as bien fait !

— J'aurais aimé faire autrement, crois-moi. Mais je n'ai pas eu le choix. Nous n'avions pas le choix.

— Et, est-ce que…

— Est-ce que quoi, ma Louise ? Est-ce que je regrette ? Pas le moins du monde. Bien sûr, j'aurais préféré ne jamais avoir à faire pareille chose et les premiers temps, je regrettais seulement d'avoir emmené Toinette avec moi. Parce que si j'étais partie seule, rien de tout ça n'aurait eu lieu.

— Pas faux. Mais il aurait peut-être attaqué une autre femme.

— Je vois que nous nous ressemblons profondément. C'est exactement ce que j'ai fini par me dire et je me suis finalement sentie satisfaite d'avoir emmené Toinette et d'avoir pu régler son compte à ce scélérat.

— Et, qu'est-ce que ça fait de tuer un homme, *Nonna* ?

— C'est bien difficile de décrire. Je ne connais pas la sensation de tuer un homme de sang-froid, sans raison, ça me semble horrible. Mais tuer un personnage aussi abject, aussi vil, c'est une sensation presque indescriptible. Bien sûr, l'idée d'avoir tué mon semblable me ronge encore mais ce n'est que par le fait d'avoir tué un autre humain, pas le fait de l'avoir tué, lui.

— Je comprends, je comprends très bien ce que tu veux dire, *Nonna*. Mais on ne doit plus être la même personne après ça.

— Pour être tout à fait franche, après ça, comme tu dis, chaque jour qui passait, j'essayais de retrouver celle que j'étais avant. Pendant des semaines, j'ai fait semblant d'être moi-même. Durant des mois, j'ai fait comme si j'étais encore celle que j'étais avant.

Et après toutes ces années, à faire chaque jour davantage d'efforts que la veille, à me convaincre que j'y parviendrais, j'ai fini par comprendre que ça n'arriverait pas. J'avais atteint ce point de non-retour, cette rupture avec soi qui empêche tout individu de redevenir qui il était auparavant.

— Et ça t'ennuie beaucoup ?

— Plus vraiment. Au début, oui. Quand j'étais face à mon reflet, j'oscillais entre admiration et dégoût. Mais très vite, j'ai compris la force qui m'habitait désormais. La peur m'a quittée et c'est ce qui a fait que j'ai pu contribuer à la résistance sans jamais reculer. Je savais que j'étais capable d'éliminer tous ceux qui feraient le mal autour de moi. Je n'ai jamais eu envie de tuer mais j'étais bien résolue à empêcher quiconque d'agir avec violence contre des innocents. J'avais vu tellement d'horreurs, tellement de sang. Et si la vie avait choisi de me soumettre à une épreuve similaire, je savais que je ne fuirais pas, il n'était pas question de laisser des monstres détruire la vie de bonnes gens.

— Et je te donne raison, ma *Nonna*. Carrément. T'es vraiment une *warrior*. Et je sais que tu n'as pas tué par plaisir, c'est juste évident pour moi. Tu es si bonne.

— Et si fatiguée aussi ! Je te propose de reprendre tout ça demain, il se fait tard.

— Ouais, je vais me coucher aussi. Je veux que tu saches, *Nonna*. Je t'aime profondément et rien de tout ce que tu pourras me dire ne changera ça. C'est même tout le contraire. Je suis si admirative de la femme que tu es, je suis si contente d'être de ton sang, tu es la plus fantastique des héroïnes de la planète. C'est marrant parce que depuis toujours, j'ai ce sentiment de sécurité près de toi. Quelque chose me dit que tu me protégeras toujours et que je n'ai rien à craindre. Je sais, je le sens. Je suis comme invincible !

غ

Il est presque minuit et Paulette entre dans la salle de bains. À peine sortie, le téléphone sonne.

— Louise, tu as un souci ?

— Non, non, Paulette, rassure-toi. Je suis vraiment désolée de t'appeler aussi tard mais j'avais besoin de te parler.

— Ne t'inquiète pas, je n'étais pas encore couchée. Les enfants viennent à peine de partir. Qu'est-ce qui se passe ?

— Eh bien, tu sais que je raconte l'histoire de ma vie à Nonnette ?

— Oui, oui, tout ça doit être si excitant pour elle !

— Oui, c'est certain. Elle écoute avec passion et n'en perd pas une miette ! Et justement, je, j'avais besoin de te dire que je lui avais tout raconté.

— Tout ?

— Oui, tout.

— D'accord… Je pense que tu as bien fait.

— C'est ce que je me dis aussi mais tout de même, je ne cherche pas à légitimer le meurtre.

— Je sais, et Louise le sait aussi. Elle te connaît et elle sait que si tu as fait une chose pareille, c'est que tu n'avais pas le choix. Je reste convaincue que tu as bien fait de tout lui dire. Et si tu veux mon avis, cette petite a déjà bien souffert et c'est important qu'elle se sente aimée et entourée. Et avec un récit pareil, elle se sentira encore plus en sécurité. Elle saura que quoiqu'il arrive, tu seras toujours là pour la protéger, comme tu l'avais fait pour Toinette.

— Merci, ma Paulette, ça me fait tellement de bien de t'entendre me dire tout ça, ça me rassure.

— Ne t'inquiète pas pour ça, Louise est intelligente et elle saura en tirer les bonnes leçons. Elle a ta force et ta perspicacité alors tu as eu raison de lui raconter la vérité.

غ

La nuit a été paisible et Louise ouvre les yeux. La fenêtre entrouverte laisse passer la fraîcheur du matin et le soleil éclaire la chambre silencieuse. Dans sa tête, Louise prépare le menu du jour. La petite est gourmande et chaque fois qu'elle rend visite à son arrière-grand-mère, elle sait qu'elle va être bichonnée tant par son amour que par ses plats. L'aventure qui se joue dans la bouche commence dans la cuisine et souvent même, comme ce matin, l'aventure commence dans la chambre, la tête posée sur l'oreiller. Louise fait l'inventaire des produits dont elle dispose puis elle les assemble, les mélange. Quand les saveurs apparaissent dans la tête de la vieille dame, elle valide l'approche de la recette qu'elle perfectionnera en cuisine. Mentalement, elle observe les champignons et ses pensées dérivent vers Camille, Maryvonne et Paul-Hermann.

Paul-Hermann ressemble beaucoup à son père. Tout comme Hermann, il aime se promener dans la forêt mais il se passionne davantage pour la faune que pour la flore. Entomologiste réputé dans la moitié nord du pays, il ramasse tous les cadavres d'insectes qu'il trouve pour les étudier avant de les épingler derrière des cadres de verre. Maryvonne et sa petite-fille, Camille, l'accompagnent souvent mais elles préfèrent le vivant. Avec son amie Louise, Camille suit Maryvonne avec attention, elle connaît tous les coins où se nichent les champignons. Maryvonne connaît la passion gourmande de sa voisine et vieille amie Louise à qui elle rapporte toujours bien plus de girolles, bolets, trompettes-de-la-mort et cèpes qu'elle ne peut en manger.

Louise sort une conserve de girolles qu'elle jette dans une poêle avec un peu de beurre. Une fois l'humidité rendue, les girolles sont passées au chinois. Le bouillon recueilli servira à détendre le roux au beurre salé auquel seront ajoutés eau et vin blanc. Quelques herbes et épices, un peu de Martini et le tour est joué.

Louise entre dans la cuisine en s'étirant.

— Hum… comme ça sent bon, *Nonna*, c'est quoi ?

— Un feuilleté jambon-champignons. J'ai sorti ceux que tu avais ramassés pendant ta longue balade dans la forêt avec Camille, Maryvonne et Paul-Hermann.

— Hum… Tu n'imagines pas comme ça me donne faim. C'est marrant, Maryvonne me fait penser à toi, toujours en train de penser cuisine et d'organiser les choses au mieux pour les autres. J'adore cette femme.

— Elle est formidable, en effet.

— Et en plus, je l'admire pour le fait qu'elle ait accepté sans problème l'homosexualité de Pierre, ce n'est pas courant pour des personnes de cette génération.

— Tu as raison mais tu sais, en réalité il n'y a rien à accepter. Quand un homme est amoureux d'une femme, on ne se demande pas si on doit ou si on peut l'accepter. *Accepter* implique que son fils avait le choix or, Pierre n'a pas eu le choix. Je veux dire, on ne choisit pas de qui on va tomber amoureux, c'est le cœur qui choisit et ça, ça ne se maîtrise pas. Aimer un homme plutôt qu'une femme, c'est un peu comme aimer les champignons, certains préfèrent les cèpes quand d'autres préfèrent les girolles.

— Ouais, j'adore cette image et tu as raison parce que moi, je n'ai pas choisi de préférer les girolles aux cèpes, comme je n'ai pas choisi d'être plutôt attirée par les garçons que par les filles. Et pour en revenir à Maryvonne, elle s'entend vraiment bien avec Jibril.

— C'est un homme si gentil, il ferait tout pour Pierre ; Paul-Hermann et Maryvonne l'ont immédiatement senti.

— Et Paul-Hermann, il n'a pas eu de problèmes avec l'homosexualité de son fils ?

— Du tout, il l'avait compris alors que Pierre n'était encore qu'un enfant. Il connaissait l'histoire de ses grands-parents. Ses parents, Hermann et Paulette, ne lui ont rien caché. Tous deux parlaient très librement de l'homosexualité de Rolf, le père d'Hermann.

— Oui, je m'en souviens.

— Je crois même que pour Hermann, cette ressemblance était source de joie. Il était très proche de son père et Pierre lui ressemble tellement.

— Et Camille les adore. Elle se dit chanceuse d'avoir des parents qui l'aiment tant. Quand je pense que certains fustigent les couples homos qui élèvent des enfants ! Ils sont le parfait exemple que si l'enfant est entouré d'amour et si le couple désire cet enfant plus que tout au monde, il ne sera pas plus malheureux qu'un enfant élevé par des parents hétéros. Il y a tellement d'enfants qui ont une famille, disons, dans la norme et qui sont pourtant maltraités ou négligés !

— Je sais, ma fille, je sais, beaucoup trop.

— Si tous les enfants abandonnés avaient la chance qu'a eu Camille d'avoir été adoptée par des parents tels que Pierre et Jibril – et aussi par Paul-Hermann et Maryvonne finalement – beaucoup d'enfants aimeraient voir mourir leurs parents.

— C'est un peu extrême ce que tu dis.

— Je sais mais je vois tellement de misère chez certains qui sont battus, punis ou sans cesse humiliés par leurs parents. Si ces monstres avaient un enfant homo, je n'ose pas imaginer ce qu'il devrait endurer.

— Je comprends très bien ce que tu veux dire et justement, Maryvonne est une femme intelligente et elle a un cœur énorme, elle aime tout le monde. C'est pour ça qu'elle s'entend si bien avec Louis. Nous avons passé beaucoup de temps ensemble, et avec Paulette bien sûr. Louis nous offrait des fleurs et il nous invitait dans de très bons restaurants à chacun de nos anniversaires. Et comme il voulait éviter que nous nous sentions redevables, nous devions choisir nos plats sur une carte sans prix.

— Il est chouette, Louis, j'avoue. J'étais un peu fâchée contre lui parce que nous n'aurons pas le parc comme prévu pour ton anniversaire mais je sais que je ne peux pas lui en vouloir. Il a tellement fait pour tout le monde ici.

— Oh oui ! Et toi aussi, tu peux faire beaucoup pour moi.

— Oui, tout ce que tu voudras, dis-moi, *Nonna*.

— Je dois dresser le feuilleté et le faire cuire, j'ai seulement préparé la garniture. Peux-tu éplucher et émincer un oignon ? Nous devons déjeuner à l'heure, Camille vient te voir cet après-midi.

— Ha ! Tu m'as bien eue… Bien sûr mais justement, je vais lui demander de repousser, nous aurons tout le temps de nous voir plus tard, tu n'as pas terminé de me raconter.

— Écoute, ma minette. Je te raconterai tout, promis. Mais ne change pas ton programme pour autant. Camille se fait une joie de passer du temps avec toi, Maryvonne me l'a encore dit ce matin.

— Elle est venue ?

— Oui, elle m'a apporté le pain. Camille s'est levée tôt pour aider sa grand-mère à faire la cuisine et le ménage de manière à être totalement disponible quand tu arriveras.

— Tu as raison. Et puis, j'ai hâte, nous allons bien nous marrer. Elle ne m'attend qu'à 15 heures alors il nous reste un peu de temps.

— Dans ce cas, prends ton petit-déjeuner et quand tu auras terminé dans la salle de bains, nous prendrons un petit café dehors et je reprendrai l'histoire.

— Bien, Cheffe !

غ

Louise et Paulette ont quitté le château qui allait être revendu. Paulette et Hermann se sont installés avec leur bébé dans une jolie maison à deux minutes de celle de Louise et les deux jeunes femmes se voient tous les jours. La grossesse de Paulette avait été une grande surprise pour toutes les deux car après ce qu'elle avait traversé, aucune n'était certaine que Paulette tomberait à nouveau enceinte. Puis Paul-Hermann est arrivé, un beau garçon avec les mêmes grands yeux que sa mère et la silhouette de son père. Mais ce soir, Paul-Hermann restera chez Louison avec la petite Charlotte qui joue avec lui comme avec ses poupées sous l'œil vigilant de sa grand-mère.

La France n'est plus en guerre depuis deux ans et Paulette et Hermann se préparent pour le dîner et le bal de la Saint Sylvestre avant de se rendre chez Louise. Ils partiront ensemble et retrouveront leurs fidèles compagnons, leur table est réservée.

— Que tu es belle, Louise !

— Je te retourne le compliment, ma Paulette.

— Je suis ravie que tu aies fini par accepter notre invitation, tu dois sortir.

— Je sais mais je n'en ai guère envie en ce moment.

— Je sais, je sais, tu n'en as plus envie depuis que ton Charlie a disparu mais souviens-toi de ce que tu me disais il y a deux ans.

— Je me souviens très bien, je te disais que *je devais passer à autre chose et que si nous devions nous retrouver un jour, nous nous retrouverions* mais vois-tu, Paulette, je me rends compte avec le temps que c'était bien plus facile à dire qu'à faire.

— Je ne te blâme pas, j'aimerais seulement te voir heureuse, t'amuser, profiter de la vie alors je veux que tu t'amuses ce soir. Promis ?

— Oui, promis. Tu as raison. Nous allons manger, boire, chanter, rire et danser !

— Voilà comme j'aime t'entendre parler !

Les deux femmes s'enlacent quand Hermann les appelle, il est temps de partir. Arrivés à la grande salle des fêtes, elles aperçoivent les inséparables Marcel et André, Maurice, Félix, Pierre et Gaston. Marcel les voit et leur fait signe. L'orchestre joue une petite ballade pendant que les serveurs s'affairent à poser les coupes de champagne devant chaque convive. Louise s'installe et étudie le menu.

Terrine de Foie Gras de canard
Toasts Briochés
Saumon Fumé

Pain complet
Pavé de Cerf rôti aux Girolles
Mousseline de Topinambours
Entremets Noisette, Crème de Marrons et sauce Vanille
Coupe de Vouvray Le Valmont
Vouvray Blanc sec La Haute Pierre
Hautes Côtes de Beaune Les Monts Damnés
Vin de Champagne Veuve Cliquot
Café et Gourmandises

Satisfaite, elle s'adosse à sa chaise et regarde chacun de ses amis, tour à tour. Tout le monde est là, tous les survivants. Et puisqu'ils sont tous là, Marcel propose de ne pas laisser le vouvray chauffer. Le foie gras est délicieux, le saumon onctueux et le cerf tendre à souhait. Louise raffole des girolles et la délicieuse mousseline la réconcilie avec ce tubercule qui, avec la pomme de terre, avait constitué une importante partie de son régime alimentaire pendant les années de guerre.

غ

Chapitre VIII
Louise et Louis

L'orchestre commence à jouer des airs qui donnent envie de bouger quand Louise remarque qu'un homme la regarde, essayant en vain de se faire discret. Vêtu d'un costume trop sinistre pour l'occasion, monocle collé à l'œil droit et nœud papillon serré comme la corde autour du cou du pendu, à la mode des dandys anglais du début du siècle dernier, il lui rappelle son père, Eugène. Et plus encore que la silhouette, il semble en avoir l'âge. Il va l'inviter à danser, elle le sent. Les hommes célibataires qu'elle rencontre lui font la cour mais elle n'a pas oublié Charlie et si elle accepte de passer quelques soirées avec certains, elle les refuse tous pour compagnon de vie.

L'accordéon entame *La vie en rose* d'Edith Piaf et les mousquetaires rient aux éclats à une stupide blague de Maurice quand Louise est surprise par l'homme au monocle. Droit comme un if, il est là, à sa droite, attendant qu'elle le considère avant de se manifester. Louise n'avait pas prévu d'accepter l'invitation qu'elle avait pressentie mais l'effet de surprise trouble son aplomb. Elle sourit, pose le cigare qu'elle n'avait pas eu le temps d'allumer, se lève et alors qu'elle s'éloigne de la table, elle lit l'étonnement mêlé de satisfaction dans le regard de Paulette. Son étonnement double quand elle voit Louise repartir pour une deuxième danse au lieu d'abandonner ce vieux courtisan pour revenir s'amuser avec la joyeuse tablée. Deux valses, une java et une marche ont eu raison des danseurs et l'homme au monocle rend à Louise, sa main, avec un raffinement touchant.

— Eh bien ! Je pensais que tu nous avais oubliés !

— Tu as raison, Marcel. Aurais-tu peur d'être trop vieille pour suivre le rythme d'un jeune homme sur le parquet ?

— Eh ! André, il a peut-être promis de mettre son nom au bas de son testament ?

— Arrêtez ! dit Paulette en pleurant. J'ai tellement ri que j'en ai mal au ventre !

— Oui et tu as les yeux gonflés. Je vois que vous aussi, vous vous êtes bien amusés.

— Nous avons bien ri et je te raconterai demain mais pour l'instant, je veux tout savoir.

— Nous aussi, on veut savoir ! Allez, raconte-nous, Louise.

— Il s'appelle Edgar et en effet, il n'est pas tout jeune, il a vingt-trois ans de plus que moi. Mais il est si attentionné, si doux, si délicat.

— Oh ! Je crois que notre Louise est amoureuse !

— Amoureuse, non. Tu n'y es pas du tout, Marcel. J'avoue seulement que sa sensibilité m'a touchée. Je n'ai pas oublié Charlie et je ne l'oublierai jamais. Mais comme lui, Edgar sait prendre ma main, être présent sans l'être trop, me regarder avec des yeux pleins d'amour sans me mettre mal à l'aise. Et il danse divinement bien ! Je n'avais pas dansé comme ça depuis des lustres !

— Je suis... nous sommes tous tellement heureux pour toi. Allez, il te regarde, ton Edgar alors va te faire inviter, nous te suivons. Dansons ensemble avant les douze coups de minuit !

Les chaises sursautent et la table tremble, tous se lèvent en chantonnant, en riant, en dansant et comme l'avait prédit Maurice, Edgar est déjà sur la piste. Louise pose ses doigts sur la main que lui tend Edgar et une, deux, trois, une deux, trois, ils accompagnent la valse. Les danses se succèdent et Paulette échange Hermann contre Edgar, elle veut se faire son avis à elle. Paulette est convaincue qu'on sent beaucoup de choses en touchant la main d'une personne. Louise danse et rit avec Hermann en regardant régulièrement Paulette et Edgar. La mine réjouie de son amie la rassure : Paulette apprécie cet homme. Quand débute la polka, Paulette rend Edgar à Louise, souriants et heureux de se retrouver.

Ils enchaînent polkas, javas, valses et l'orchestre les enchantent avec le bouquet de violettes de Luis Mariano. Virevoltant comme des toupies et faisant le tour du parquet de ce bal, Edgar et Louise se regardent en souriant quand la musique s'arrête. Le groupe de musiciens commence le décompte et la foule reprend en chœur neuf, huit, sept... L'ambiance est joyeuse, les couples s'embrassent et quelque peu embarrassé, Edgar porte la main de Louise à ses lèvres et l'effleure d'un doux baiser.

— Je vous souhaite tout le bonheur que vous méritez et une longue vie pleine de joie, Louise.

— Je vous remercie, Edgar et j'en fais de même.

— J'espère que vous excuserez ma demande un peu cavalière mais, accepteriez-vous que je vous rende visite dans quelques semaines ? Je repars dimanche pour Bordeaux.

— Volontiers, Edgar, j'accepte avec grand plaisir.

Edgar s'incline devant Louise avant de prendre congé quand celle-ci le retient.

— C’est moi qui vais vous paraître cavalière mais, êtes-vous libre demain après-midi ? Je veux dire vendredi, nous sommes déjà jeudi…

Edgar est troublé. Lui qui ne s’attendait pas à une réponse positive entend sa belle du réveillon lui proposer de la revoir rapidement. Il tente au mieux de dissimuler sa surprise et son grand émoi et balbutie un timide *oui, évidemment*. Chacun rejoint sa table et Louise semble ailleurs. Son trouble n’a pas échappé à Paulette qui l’observe depuis quelques minutes.

— Nous allons nous revoir.

— Ah ? Il revient quand, ton prince charmant ?

— Non, avant qu’il parte, il passe me voir vendredi après-midi pour le thé.

— Vendredi ? Tu veux dire, ce vendredi ?

— Oui, ce vendredi.

— Oh là là ! Mais c’est donc que tu l’aimes bien ! Il t’a donc tant charmée, ce professeur de physique ?

— Je ne sais pas, Paulette. Ne te moque pas mais, vois-tu, il est si attentionné, si respectueux et si tendre…

— Oui, il a l’air doux, affectueux et il a les mains d’un homme honnête.

— Je sens qu’il l’est et je me sens en sécurité avec lui. Il est réservé et pourtant, il m’a donné l’impression qu’il n’attendait que moi pour s’ouvrir. J’avais le sentiment de le connaître et je me sentais protégée.

— Peu m’importent les raisons qui te font tant l’apprécier, au point de le revoir si vite, ma Louise. Ce que je vois, moi, c’est que je t’ai vue sourire et même rire en sa compagnie et tu n’imagines pas comme je suis ravie de te voir si radieuse.

غ

Louise prépare Charlotte qui trépigne d'impatience, elle va porter sa belle robe et ses souliers vernis. Cheveux propres et coiffés d'un bandeau bleu, robe beige sur chemisier blanc, Charlotte semble plus pressée de rencontrer ce monsieur que sa mère. Louise est tendue. Revenant de la cuisine, Louison pose le plateau d'argent offert par feu Monsieur le Comte sur le guéridon avant de s'asseoir sur le canapé gondole.

— Viens t'asseoir, ma Louise et bois ce petit verre de Bénédictine.

— Mais maman, je ne vais pas boire d'alcool maintenant ?

— Mais si, mais si, viens près de moi. Vois-tu, cette liqueur de plantes vient d'un élixir très ancien. Ce sont des bénédictins qui l'ont créée dans l'ancienne Abbaye de Fécamp, en Normandie. La mélisse et l'arnica qu'elle contient apaisent la nervosité et les tensions musculaires. Et c'est exactement ce qu'il te faut. L'alcool quant à lui, te désinhibera un peu et tu te sentiras plus à ton aise.

— Maman ! Je n'en reviens pas. C'est toi qui me dis ça ?

— Écoute, ma fille. J'ai toujours fait de mon mieux pour te protéger. Je t'ai mise en garde pour éviter que tu ne tombes dans les pièges qui ont coûté beaucoup à de nombreuses femmes. J'ai toujours cherché à t'épargner la disgrâce et la tâche difficile d'élever seule un enfant. Mais le début de ta vie de femme t'a fait reproduire le début de la mienne. Je constate cependant avec grand bonheur que tu t'en sors très bien. Mieux que moi, même et j'en suis extrêmement heureuse. Mais maintenant, le temps est venu pour toi de vivre dans plus de douceur, de sécurité et surtout d'amour.

— Maman, je… je ne sais même pas quoi répondre à ceci.

— Je n'attends aucune réponse, ma fille. J'attends des actes. J'attends que tu trouves un mari qui prendra soin de toi et de notre adorable Charlotte. Elle a le droit d'avoir un père, elle a droit à une vie normale. Tu es une femme intelligente et indépendante. Tu as de merveilleux amis, une maison coquette, une vie bien remplie et je t'aide à organiser ta vie de mère mais maintenant, je veux t'aider à vivre ta vie de femme.

— Maman, que je suis chanceuse de t'avoir dans ma vie. Je suis vraiment touchée par ces magnifiques compliments et je ne sais pas si je les mérite mais je veux que tu saches que je n'aurais jamais pu accomplir tout ça sans toi. Je ne m'en serais jamais si bien sortie sans tes conseils, ton aide, ta présence, sans ton amour.

— Alors trinquons à ta future vie, à ton futur bonheur !

غ

— Alors si je comprends bien, ta mère a eu l'idée de t'enivrer pour que tu sois plus à l'aise ?

— Pas vraiment quand même, tu exagères. C'était un minuscule verre à pied de liqueur.

— Comme ces petits verres que tu as dans ton buffet et dans lesquels nous buvons le Maury ?

— Précisément, ce sont ceux-là mêmes.

— Ah ! Comme c'est étrange.

— Qu'est-ce qui est étrange ?

— Eh bien, chaque fois que j'ai bu dans ces verres avec toi, je ne ressentais rien de particulier, mis à part le fait que je savais que tu les tenais de ta mère ou de ta grand-mère. Mais je n'imaginais pas qu'ils avaient participé à l'histoire de ta vie, à son évolution, tu comprends ?

— Oui, je vois très bien. Ces verres ont appartenu à ma mère, elle les avait elle-même reçus de Monsieur le Comte avec le plateau d'argent. C'était un bien de famille et je ne saurais te dire l'âge qu'ils ont. Mais ce qui est sûr, c'est qu'ils en ont vu, des liqueurs !

— Et alors, comment s'est passée cette deuxième rencontre ?

— Très bien. Si bien que j'ai été attristée de le voir partir en sachant que je n'allais pas le revoir avant plusieurs semaines. Nous avons beaucoup parlé et alors que je pensais que ma mère resterait avec nous comme l'exigeait l'usage…

— L'usage ? Quel usage ?

— Eh bien, une femme ne restait pas seule avec un homme s'il n'était pas son époux, son père ou son frère.

— Mais alors, comment les jeunes pouvaient-ils apprendre à se découvrir, se connaître ?

— Un chaperon était nommé. Le chaperon était souvent une sœur, une tante, un frère.

— Alors si je comprends bien, un chaperon, c'était quelqu'un qu'on nommait pour tenir la chandelle, genre, un gardien ?

— Oui, si tu veux, c'est à peu près ça.

— Je trouve ça vraiment choquant.

— Je te comprends mais ça ne l'était pas à l'époque. Le contraire l'aurait été bien davantage ! Une fille qui rencontrait seule un garçon prenait le risque de voir sa réputation méchamment ternie et parfois même, son avenir s'en trouvait ruiné.

— Comme ils étaient durs, avant ! Pour ça par exemple, je préfère mon époque. Je vais au cinéma, au restaurant, au pub avec des amis, qu'ils soient garçons ou filles et j'accepterais mal que ce ne soit pas le cas.

— Oui mais quand j'avais ton âge, je ne connaissais rien d'autre et je n'y voyais aucun mal.

— Mais avec Charlie, vous arriviez pourtant à trouver des moments à vous, pour être seuls et faire ce que vous vouliez, comme ça, en soumsoum, non ?

— Soumsoum ?

— Oui, en sous-marin, quoi.

— Je vois ! Oui, tu as raison mais c'était en temps de guerre et il y avait tellement de monde au château. Je te rappelle que nous étions parfois près d'une centaine sur les lieux. Toujours est-il qu'au bout d'un quart d'heure, ma mère a proposé à Charlotte d'aller se promener dans le parc. J'ai compris qu'elle voulait nous laisser seuls. Elle connaissait très bien la famille d'Edgar, il était un ami d'Eugène et elle l'appréciait beaucoup. Elle savait aussi que j'étais suffisamment mûre pour gérer cette situation comme il le fallait.

Et elle ne se trompait pas. Edgar et moi avons beaucoup parlé puis il m'a avoué son amour. Seulement je ne l'aimais pas comme il l'aurait mérité. Pendant des mois, j'ai repoussé ses avances parce que je refusais de le rendre malheureux, il méritait une femme qui l'aimerait d'un véritable amour, plein et sincère ; ce que je n'aurais jamais pu lui donner. Mais il était quand même malheureux. Un après-midi, il m'a demandé si je le trouvais repoussant. Je ne pensais pas qu'il avait des idées pareilles !

— Pourquoi ? Ce n'était pas le cas ?

— Non ! Bien sûr que non ! Il était bien plus vieux que moi, certes, mais c'était un homme charmant et séduisant. Il était très cultivé, extrêmement bien élevé et très affectueux. Mais je ne voulais pas abuser ou tirer parti de sa bienveillance, tu comprends ?

— Oui, tu ne voulais pas qu'il t'entretienne.

— Non seulement ça mais, épouser un homme quand on en aime un autre, c'est quelque chose que je ne pouvais pas faire.

— Et du coup, tu lui as dit que tu ne le trouvais pas repoussant ?

— Oui, si on veut. Je lui ai dit qu'il avait tout, et même bien davantage pour plaire à une femme et la rendre heureuse mais que mon cœur était ailleurs. Je lui ai dit que je n'étais pas certaine de pouvoir un jour l'aimer comme lui m'aimait, et que l'épouser dans ces conditions reviendrait à le trahir. Et ça, je le refusais.

— Et alors, comment a-t-il pris ça ?

— À ma grande surprise, il a souri et paraissait même soudainement heureux. Il m'a dit qu'il avait tellement craint que je ne veuille pas de lui parce qu'il était trop vieux, pas assez drôle ou je ne sais quoi. Puis il m'a dit que jamais il ne me demanderait de lui rendre son amour ni d'oublier l'amour de ma vie ; qu'il n'attendait rien de moi que d'être sa compagne pour les années qu'il lui restait et qu'il respecterait toujours mes secrets.

— Chanmé ! Dis donc, *Nonna*, tu as vraiment connu des personnalités magnifiques ! Cet Edgar devait vraiment t'aimer pour te dire des choses pareilles. Peu de gens accepteraient de ne pas être la priorité dans le cœur de la personne qu'ils aiment.

— Et il s'est toujours comporté de cette façon. Nous nous sommes finalement mariés en septembre et nous avons emménagé à Bordeaux où il était professeur.

— Ah ! Je comprends mieux pourquoi tu connais et défends si bien le métier de professeur ! Et prof de physique, pas très passionnant…

— Tu te trompes. Edgar savait rendre la physique passionnante. Dans la cuisine, il me regardait œuvrer et me racontait comment la chimie opérait dans la poêle pour donner ce caramel à la souris d'agneau, il m'expliquait comment la crème se gonflait d'air pour donner cette saveur légère et mousseuse à la chantilly. Il s'intéressait beaucoup aux sciences de l'espace et me racontait « la physique des étoiles », comme il disait. C'était passionnant. Et il adorait manger. Qu'y a-t-il, ma Nonnette ?

— Eh bien, je voudrais te poser une question mais je ne voudrais pas t'embarrasser…

— Tu ne m'embarrasseras pas, ma Louise, pose-moi ta question.

— OK. C'est délicat. Oncle Gustave, comment est-il mort ? Maman m'a raconté qu'il avait eu un accident de voiture.

— Gustave était tombé amoureux de Jean, un jeune homme de son âge rencontré à la faculté des Beaux-Arts de Bordeaux. Gustave voulait peindre. Il passait son temps à peindre, et ce, depuis qu'il était petit. Jean étudiait la musique. Il jouait de l'accordéon, de la guitare, du piano et même de la trompette. Ces deux garçons étaient deux grands clowns et à chaque fête, chaque célébration, ils nous organisaient des spectacles fous ! Ils avaient cette passion de la vie. Ils ont vécu comme ils sont morts, en vivant pleinement sans craindre de mourir. Ils ont percuté un camion de grumes de bois dans un virage et sont morts sur le coup.

— Oh, *Nonna*, quel malheur. Je suis désolée de te rappeler tout ça.

— Me le rappeler, non, pas une journée ne passe sans que j'y pense mais vois-tu, même si la tristesse enveloppe mes pensées, c'est surtout son sourire qui me vient à l'esprit. Gustave avait un magnifique sourire. Par ailleurs, le pire dans la mort, c'est quand précisément, on ne parle plus des personnes aimées disparues. C'est justement en parlant d'eux qu'ils ne meurent jamais vraiment, parce qu'ils vivent en nos cœurs, en nos mots, en plus de vivre en nous.

Un court silence plus tard, Louise se lève et commence à débarrasser pendant que son aïeule prépare une infusion. Installées dans le salon, *Nonna* raconte le mariage de Charlotte avec Émile, un vigneron de Saint-Estèphe. Charlotte a toujours aimé le vin et sa culture, tant historique que pratique et après quelques mois d'apprentissage auprès de son époux, elle devient Maître de chai. Le 22 octobre 1969, elle donne naissance à une fille, Sophie.

— Je me souviens de maman mais je ne me souviens plus très bien de sa voix.

— Ta maman avait une voix à la fois douce et déterminée. C'était une femme très moderne. Indépendante, intelligente, elle ne se laissait dominer par personne. Elle avait du caractère, un peu comme toi. Tu lui ressembles beaucoup, tu sais, tant physiquement que de tempérament. Elle était très exigeante et davantage encore avec elle-même.

— Moi, je me souviens surtout des films que je regardais avec elle. Et tu sais, *Nonna*, quand je me sens triste et que maman me manque, je regarde *Le petit baigneur*, ce film avec Louis de Funès, parce qu'à chaque scène drôle, j'entends maman rire à côté de moi.

— Oh ! Oui, je me souviens très bien. Cette scène où le curé essaie de dire sa messe dans une chaire qui tombe.

— Oui ! Et quand il referme la porte de la chaire, le micro tourne et quand il le remet en place, le petit toit de la chaire se décroche un peu et bascule.

— Et quand il refixe ce petit toit, la porte s'ouvre. Je me souviens très bien. Petite déjà, elle adorait ce film et la dernière fois que nous l'avons regardé ensemble, elle pleurait de rire. Tu avais sept ans.

— Puis papa est mort. J'aurais aimé qu'il me raconte son métier. Vulcanologue, ça doit être passionnant.

— Ils se sont rencontrés en 1996 et en 2000, ils se sont mariés et ta maman l'a suivi pour aller vivre en Chine.

— Oui, c'est ça, à cause des séismes.

— Parfaitement. Tu imagines quelle aubaine c'était pour un vulcanologue d'étudier les volcans chinois ! Les séismes y sont fréquents. Puis tu es née.

— Oui, en 1999. *Mamicha* m'a raconté que maman avait la nostalgie du pays.

— Exact. Arsène travaillait déjà en Chine quand ils se sont rencontrés et il ne pouvait quitter sa mission. Mais dès qu'il a été libéré de son engagement, ils sont revenus en France. En 2001.

— *Mamicha* m'a dit que maman adorait passer du temps avec toi.

— Oui, je me souviens qu'elle m'avait dit, peu de temps avant de quitter le pays, qu'elle voulait profiter de ma compagnie le plus souvent possible et finalement, c'est elle qui nous a quittés. C'est un an plus tard que ta grand-mère, Charlotte, est revenue dans le coin. Émile a vendu son exploitation à son neveu et ils ont acheté une ferme tout près d'ici.

— Je me souviens, ils avaient des chèvres.

— Oui, quelques chèvres mais ils ne voulaient plus d'un travail aussi harassant que la culture du vin. Ils ont pris quelques chèvres et faisaient un excellent fromage mais ils n'étaient pas seuls. Une amie de ta grand-mère avait une exploitation similaire à moins de deux cents mètres et de cette manière, tes grands-parents pouvaient s'absenter et laisser leurs bêtes aux soins de leurs amis pendant quelques jours.

— Mais ils ont fini par vendre leurs chèvres.

— Oui, quand ta mère est tombée malade, ils se sont beaucoup occupés de toi.

— Toi aussi, je m'en souviens bien.

— Moi aussi, oui. Mais tes grands-parents ont compris que la tumeur risquait de demander beaucoup de force à leur adorable Sophie alors ils ont vendu leurs bêtes et préparé une chambre au rez-de-chaussée pour elle. La maison de tes parents était sur trois étages et ta maman n'avait plus assez de force pour les monter. Par ailleurs, ton père travaillait et il était souvent absent pour plusieurs jours, parfois des semaines complètes. Charlotte et Émile se sont occupés de ta mère comme de toi. Arsène vous retrouvait et c'était un soulagement pour lui de ne pas avoir à gérer le quotidien, il n'aurait pas tenu. Et tu étais souvent avec moi.

— Et en 2007, deux mois après mes huit ans, maman est morte. Son cancer du poumon a été plus fort.

— Ta mère a été très forte. Je n'oublierai jamais la force avec laquelle elle a subi toutes ces épreuves. Les traitements, les effets secondaires et avec quelle détermination elle s'est occupée de son décès, de la cérémonie, de la succession. Elle s'est beaucoup renseignée et a fait tout ce qu'elle pouvait pour te mettre à l'abri. Et elle a réussi. C'est un peu comme si elle refusait de partir avant d'avoir tout réglé. C'était vraiment une femme exceptionnelle, ta maman.

— Oui, je n'entends que ça et j'en suis heureuse. Je sais que tous ceux qui l'ont connue ne m'en diront que du bien. Puis c'est papa qui est parti.

— Oui, Arsène n'a pas survécu à l'infarctus. Il avait seulement quarante et un ans mais il avait une vie si décousue, si mouvante. Il vivait dans une effervescence permanente. Il parcourait la Terre entière et quand il rentrait, il n'avait pas le temps de se remettre du décalage horaire qu'il repartait à l'autre bout du monde. Il est mort jeune mais il a eu une vie excitante et heureuse ; tes parents étaient des personnes très aimantes et très aimées de leur entourage. C'est une grande richesse que beaucoup n'ont pas.

— C'est étrange…

— Qu'est-ce qui est étrange, ma minette ?

— Eh bien, tu vois, avant, quand je pensais à mes parents, j'avais tellement de peine que parfois, ça m'étouffait, c'était comme si je n'arrivais plus à reprendre mon souffle. Parfois même, j'angoissais, tellement j'avais l'impression que j'allais mourir, comme eux. Mais aujourd'hui, je me sens en paix. Je crois que d'avoir écouté ton histoire, celle de ta mère, avec toutes les peines, les souffrances que vous avez vécues, ça me réconforte. Je ne veux pas dire que mes parents me manquent moins ou que ça a moins d'importance mais, c'est comme si mes parents me cajolaient, de l'intérieur. C'est comme si le fait de te voir si forte, de savoir comme tu m'aimes, m'aidait à penser à mes parents autrement que comme des personnes qui ne sont plus là. C'est idiot mais depuis mon réveil, c'est comme si j'avais fait la paix avec ma vie. Comme si les souvenirs tristes de mes parents avaient été remplacés par des souvenirs joyeux et pleins d'amour.

— C'est tellement formidable, ma Nonnette…

— Oui, c'est génial. Et c'est à toi que je le dois. Merci, ma *Nonna*. Merci d'avoir souffert en me racontant tout ça parce que maintenant moi, je ne souffre plus autant.

غ

Louise est assise près des rosiers et le parfum qui s'en dégage embaume ses narines, elle savoure le silence du matin. Écouter les oiseaux l'enchante, c'est la seule musique qui n'a pas changé. En temps de guerre comme en temps de paix, en 1917 comme en 2017, les oiseaux chantent, ils ne peuvent s'en empêcher. C'est la mélodie qui a suivi Louise depuis toujours. La petite Louise la rejoint avec deux tasses de café.

— Le château est resté dans la famille jusqu'en 1990. Il a ensuite été vendu, tous les cinq ans environ, à des Britanniques.

— C'est amusant ! Y a-t-il une raison particulière à cela ?

— Il y en a sans doute beaucoup mais entre autres, un tel bien coûte trois fois plus cher en Angleterre et les Anglais aiment la France. C'est plus chaud, moins humide et ils aiment autant notre cuisine que nos vins !

— Quel bon sens, ces Anglais ! Et en parlant d'anglais, tu ne m'as pas encore raconté ton Roi Louis XIV de Labory.

— C'est justement ce que je m'apprêtais à faire. Alors voilà. C'était en 2010. C'était l'automne et je remplissais mon panier de petits fagots de bois.

غ

Il fait doux ce soir et Louis se tient sur les marches du château, sous la glycine. Souriant, il contemple lentement chaque espace, heureux d'avoir acquis ce sanctuaire. Il descend, passe devant la grange et traverse le verger. Les pommes sont mûres et les groseilliers n'ont déjà plus de fruits. Rebroussant chemin, il passe devant le hangar pour se rendre à l'église avant sa fermeture. Tout en marchant droit devant, il observe la maison du régisseur, cette maison sera parfaite pour ses séjours en France. Mais pour l'instant ce n'est qu'une ruine qu'il faudra rénover. Quand le château abritera les vacanciers enjoués, il lui faudra un espace privé, il devra quitter sa petite chambre du rez-de-chaussée de la grande demeure. Il refuse de troubler leur liberté autant qu'il souhaite conserver son intimité. Il se rassérène, il a fait appel à Martin, un artisan entrepreneur en maçonnerie, celui-ci vient mercredi.

La porte de l'église est entrouverte et Louis sait qu'à cette heure-ci, il y trouvera Henriette. Remontant de la crypte avec deux torchères, elle met en scène la cérémonie à venir, un enterrement aura lieu demain. Ils échangent quelques mots et après une courte prière, Louis quitte les lieux mais, une fois face au mur d'enceinte, il se ravise. Il a pris l'habitude de reprendre ce même chemin pour regagner le château mais ce soir, il contourne l'église et emprunte le trottoir, longeant les maisons construites contre le long mur d'enceinte. Il aperçoit une silhouette qui le renvoie vers son passé. Un bras dans l'anse du panier et une cane dans l'autre, il s'arrête quelques secondes pour se reconnecter avec la réalité, il ne connaît pas cette femme.

Il arrive devant la maison, personne. La maison semble avoir mangé la silhouette comme la grenouille aspire une mouche. Puis la silhouette reparaît avec un panier rempli de petites branches. Ils se saluent et Louis s'empare de son panier.

— Vous devez pas porter un panier aussi lourd, Madame, c'est pas bon pour le santé. Je suis Louis et je suis votre nouveau voisin, j'ai acheté Château Labory il y a quelques jours.

— Enchanté, Monsieur Louis, je m'appelle Louise et j'ai acheté cette maison il y a des années ! Je vis seule et je ne me charge que des fagots, des proches rentrent mon bois.

— Je vais le faire, Madame Louise.

— Appelez-moi Louise, pas Madame.

— Appelez-moi Louis, pas Monsieur.

— Vous êtes drôle…

— L'humour anglais ! Il faut vous du l'autre petit bois, Louise ?

— Un panier seulement et j'en aurai assez jusqu'au week-end.

— Alors je va le faire. Je suis plus un jeune homme aussi fort qu'avant mais je suis assez fort pour porter le panier.

— Et vous êtes bien plus jeune que moi, je pourrais être votre grand-mère !

— Oh non ! Vous êtes un jeune fille encore ! Mais vous m'avez fait penser à ma grand-mère quand je vous ai vu le première fois tout à l'heure.

— Ah ? Vous avez vu une ressemblance ?

— Oui et non. Vous avez le silhouette de mon grand-mère et comme vous, c'était une dame très charmant, toujours souriant. Elle était très bonne mais aussi elle avait du caractère. C'était une petite femme.

— Vous savez ce qu'on dit des petites femmes, mon cher Louis ?

— Non, qu'est-ce qu'on dit en France ?

— N'énervez jamais une femme de petite taille, elle peut plus facilement ramasser une pierre par terre !

— Vous avez de l'humour aussi, j'aime !

— Allez, Louis, entrez un instant, je vais vous faire découvrir une des meilleures boissons de France. Asseyez-vous, Louis.

Louise ouvre la porte de son réfrigérateur et en sort une bouteille. Louis pose le panier de fagots contre le mur et regarde Louise s'affairer dans cette cuisine chaleureuse. Il prend la première chaise à sa gauche, au bout de la grande table de ferme. Il se sent bien. Cette maison est joliment décorée et les plantes sont d'excellente humeur. Sur sa droite, une grande maie reste ouverte, Louise y range son bois, juste à côté de la cuisinière à bois. Fumant délicatement, un grand faitout fredonne un air qu'il pense reconnaître, celui de la soupe. Il suit son hôtesse du regard, à l'opposé de la pièce. Elle ouvre la porte d'un buffet et sort un verre à longue jambe et large calice, puis deux, qu'elle pose sur un plateau. Louis est attiré par les cadres posés mais il est trop loin et ne distingue pas les visages. Probablement ses enfants et petits-enfants, pense-t-il.

— Ce sont mes enfants, puis mes petits-enfants et enfin, mon arrière-petite-fille. Louise a dix ans.

— Aussi une Louise ! Vous êtes une Louise et je suis un Louis alors nous sommes en famille !

— Allez savoir ! Je vous explique, je passais beaucoup de temps avec ma petite-fille Sophie, sa maman, alors quand sa fille est née, elle l'a appelée Louise, convaincue que ça porterait chance à la petite. Sophie est décédée du cancer du poumon il y a trois ans maintenant.

— Oh non ! C'est trop triste, je vais pleurer. Et la petite Louise ?

— Elle a été élevée par sa grand-mère Charlotte – ma fille – et son époux, Émile. J'ai aussi participé à son éducation et c'est un grand bonheur, cette enfant est formidable.

— Comme vous, je suis sûr.

— Vous êtes adorable.

— Et avec Sophie, c'est son frère ?

— Non, c'est son époux, Arsène, lui aussi nous a quittés trop tôt ; il est mort l'an dernier.

— C'est affreux, quelle tragédie dans votre famille. Pauvre petite Louise. Et pauvre grande Louise parce que vous devez été très malheureux aussi.

— C'est une tragédie en effet mais je dois rester positive pour que ma petite Louise sache qu'il y a de belles choses dans la vie, pour qu'elle puisse être heureuse.

— Vous avez raison, vous êtes une femme très fort.

— Je vous remercie, Louis. Et vous, où sont vos parents ?

— Mes parents sont décédés tous les deux et ils me manquent beaucoup.

— Nos parents nous manquent toujours.

— Mon père travaillait beaucoup et ma mère, elle était une femme formidable, notre relation c'était fusionnel.

— Je vois, je comprends qu'elle vous manque. Et vous vivez seul ici ?

— Oui, je suis pas assez beau et intelligent pour avoir un femme qui me veut !

Louis et Louise rient de bon cœur pendant que le bouchon grimpe le long du goulot de la bouteille avant de bondir. Louis sursaute.

— C'est du champagne ?

— Non, du vouvray. Mais du très bon. Il vient d'un viticulteur indépendant à une quinzaine de kilomètres d'ici. C'est un jeune homme qui a repris la suite de ses parents, c'est la quatrième génération.

— C’est super et il connaît le travail.

— Oui mais surtout, il veut travailler de manière naturelle, il est très attaché à l’environnement.

— C’est un très bonne chose. Moi-même, je veux tout installer en « vert » ici, au château.

— En vert ?

— Oui, chez nous on dit « green », c’est du écolo.

— Ah oui, je vois. C’est une excellente idée. Nous avons déjà fait trop de dégâts sur cette planète. Alors trinquons à votre réussite.

— Et, vous pouvez me dire tu, ce sera plus simple.

— D’accord, Louis mais alors vous devez également me tutoyer.

غ

— Son accent m’amusait beaucoup. Il venait plusieurs fois par semaine et m’aidait à rentrer les fagots, il disait que c’était « mauvais pour mon santé ».

— Ton santé…

— Oui, il a fait quelques petites fautes d’accord de ce genre et ça m’a tout de suite plu.

— Parce qu’il te faisait penser à Charlie.

— Exactement. Il avait ce même accent quand il parlait et j’aimais ces fautes que je me gardais bien de corriger. Il m’a aidée à remplir mon panier, il l’a porté à l’intérieur et a même allumé le feu. Il ne faisait pas bien froid parce que le soleil avait brillé toute la journée mais les nuits sont parfois bien fraîches à la fin de l’été. Je l’ai alors invité au salon pour le remercier.

— Et vous avez mangé du fromage de chèvre et bu du vouvray, je parie !

— Pas tout à fait, Louis n’aime pas le fromage. Mais il a adoré la soupe ! Il m’a raconté qu’il venait d’acheter Château Labory. D’ailleurs, sais-tu que c’est lui qui l’a baptisé ainsi ? Avant, tous l’appelaient le Château de Labory et depuis Louis, tout le monde dit

Château Labory. Son grand-père avait un petit magasin, une bijouterie qui fonctionnait bien. Louis l'aimait beaucoup et il passait beaucoup de temps avec lui mais il est mort quand Louis n'avait que huit ans.

Son enfance a été tranquille et il a quitté l'école à l'âge de seize ans, il n'était pas passionné par les études et préférait être à la maison plutôt que dans le pensionnat qui était à cent cinquante kilomètres de la maison. Louis voulait être fermier et il aimait traire les vaches. Après avoir quitté l'école, il a annoncé à ses parents qu'il voulait être fermier. Comme son père avait un ami dont l'oncle était fermier, il a proposé de lui demander s'il avait besoin d'un ouvrier débutant. Ses parents étaient aimants et Louis ne manquait de rien, c'était un enfant heureux. Par ailleurs, la perspective de travailler enfin dans une ferme le comblait de joie. Mais plus il pensait à cette idée, plus il se posait de questions. Il avait vu son père abandonner son rêve d'être un jour architecte pour aider son grand-père et il avait de l'admiration pour ce geste altruiste. Il voyait combien ses parents se démenaient pour gérer leur affaire et élever leurs enfants, Louis a une grande sœur. Les affaires tournaient bien mais ils travaillaient beaucoup pour leur offrir une vie confortable. Louis prit sa décision : il ne pouvait pas abandonner ses parents et il alla voir son père pour lui dire qu'il souhaitait travailler avec eux, il était décidé. Ses parents avaient tout fait pour l'élever et lui donner tout ce dont il avait besoin. Il avait une dette envers eux et le temps était venu d'être reconnaissant et de les soulager un peu.

Louis a passé beaucoup de temps à écouter et à observer son père. Si les études n'ont pas fait de lui un élève hors pair, il a très vite appris le métier et s'est avéré très doué pour les affaires. Il avait le sens du relationnel, les clients et les fournisseurs l'appréciaient. Sans s'être particulièrement intéressé à l'économie ni au droit, il n'avait aucun mal à défendre ses biens auprès des banquiers, notaires ou autres hommes de loi. Quand il a repris l'affaire de son père, Louis a commencé par remercier ses employés pour leur fidélité et le travail qu'ils accomplissaient depuis des années en reconnaissant combien ses employés étaient indispensables, en leur rappelant que « ses cinquante employés et lui formaient une chaîne et que si un seul des maillons venait à manquer, rien n'irait plus ».

Quand j'ai rencontré Louis, il vivait en Angleterre, dans un petit village à une cinquantaine de kilomètres au sud de Londres. Un très bel appartement dans un ancien monastère avec un magnifique parc. Dans ce monastère, il ne reste plus que trois moines qui vivent au rez-de-chaussée. Louis a conservé son appartement en Angleterre.

Il avait d'abord été agent immobilier en Floride et il n'avait que vingt-quatre ans lorsqu'il a acheté son premier appartement après en avoir sévèrement négocié le prix. Il a fait de multiples bonnes affaires et il a fini par reprendre l'entreprise familiale. Sa sœur n'entendait rien aux affaires mais elle avait hérité de vingt-cinq pour cent des parts et Louis mettait tout en œuvre pour faire fructifier au mieux leur héritage commun. Grâce à son imagination et à son intuition, il a toujours su mener ses entreprises. Il supervisait la promotion de ses produits et innovait sans cesse avec des idées originales. Par exemple, il proposait aux futurs mariés qui viendraient commander leurs alliances en décembre, le remboursement du montant de leurs articles si la neige venait à tomber au 1er janvier.

Cet aspect de la profession l'amusait beaucoup mais il restait insatisfait, il rêvait d'autre chose, quelque chose de plus grand, de plus humain. Il eut une idée dont il fit part au comptable et à sa sœur lors du rendez-vous annuel pour la remise de bilan. Le résultat était très positif et il voulait organiser de grandes soldes, une liquidation pour aller s'installer sur l'île de Guernesey, un paradis fiscal. Sa sœur le regarda avec dédain et étonnement. Louis n'avait pas envisagé une autre réaction de sa part, elle le sermonnait souvent et le soutenait peu. Elle examinait la situation d'assez loin mais suffisamment près pour trouver les reproches qu'elle pourrait lui faire. Quant au comptable qui connaissait Louis depuis des années, il tenta de l'en dissuader, prétextant qu'il ne payait pas suffisamment d'impôts pour que l'affaire soit rentable. Mais surtout, il lui dit qu'il allait s'ennuyer et prédit son retour en Angleterre dans un délai de six mois. Comme toutes les fois où on l'avait sous-estimé, Louis était plus motivé encore à relever le défi.

Il mit ses boutiques en vente mais cela fut long et difficile, le prix était élevé du fait que c'était un ensemble. Par ailleurs, ses concurrents n'étaient pas franchement intéressés car ils avaient eux-mêmes des boutiques qui fonctionnaient très bien dans les villes où étaient implantées celles de Louis. Louis transforma ces objections en arguments : si cet acheteur ne saisissait pas l'occasion, un autre le ferait. Et cette autre serait peut-être un féroce concurrent. Ainsi en achetant les boutiques de Louis, l'acheteur bâtirait un monopole. Il n'avait pas informé ses salariés de peur qu'ils ne démissionnent ou que l'ambiance soit tendue. Son assiduité a fini par payer puisqu'au bout de trois ans de négociation, de communication, de soldes et autres opérations, la vente eut lieu. Les repreneurs lui proposèrent même de rester pour gérer les magasins mais Louis refusa, il ne voulait pas travailler pour un patron autre que lui-même ; il avait besoin d'agir selon ses propres convictions sans avoir à attendre la permission d'un supérieur. C'est ainsi que Louis est allé vivre sur l'île de Guernesey, gardant son appartement en Angleterre où après une heure de bateau, il revenait de temps à autre.

La vie sur l'île était paisible ; très peu de voitures, des réseaux de transport en commun efficaces, la plage et la mer, de magnifiques boutiques et des paysages épurés, Louis s'y plaisait. Cependant, il voulait réinvestir l'argent de la vente de ses bijouteries et la somme dont il avait hérité quelque temps auparavant, dans un projet ambitieux. Mais il ne savait pas quoi ni où, jusqu'à ce qu'il tombe, un vendredi après-midi, sur un article dans un magazine, qui parlait d'une personne qui avait mis en place une fondation pour aider les plus nécessiteux. Il y avait une adresse pour ceux qui souhaitaient contacter cette femme et Louis écrivit pour la féliciter pour tout ce qu'elle faisait. Le lendemain, il était invité par son ami, un notaire natif de l'île, dans sa belle demeure, pour une soirée à but caritatif. Dès son arrivée, le notaire le pria de le suivre pour lui présenter quelqu'un. Il y avait plus de cent cinquante personnes et Louis regardait une dame, de dos, qui garnissait des plats de petits-fours. Le notaire s'adressa à cette dame, lui disant qu'il souhaitait lui présenter un ami. Chacun d'eux s'est présenté et Louis s'est soudain exclamé :

— Votre visage, je le connais, je l'ai vu dans le magazine hier soir, c'était vous ?

Hannah a acquiescé mais elle devait absolument terminer ses plats de petits-fours. Louis était si enthousiasmé de rencontrer cette femme en chair et en os ! Et comme il restait penaud devant elle, gênant le passage, elle lui dit gentiment qu'elle devait vraiment terminer. Ils échangèrent leurs numéros de téléphone et dès le lendemain, Louis décida de la contacter. Ils se sont rencontrés quelques jours avant son départ, Hannah partait pour le Sri Lanka, peu de temps avant Noël. Une fois les fêtes passées, Louis est allé la retrouver sur place pour l'aider.

غ

— Chanmé, trop bien ! Enfin quelqu'un qui tient ses engagements.

— Oui, comme tu dis parce que beaucoup parlent de ce qu'ils feraient s'ils le pouvaient mais peu sont ceux qui s'exécutent vraiment quand l'occasion se présente. Tu sais, Louis a été élevé dans la simplicité, par des parents qui l'aimaient et s'il n'a manqué de rien, ils n'ont jamais fait de lui un enfant pourri et gâté. Hannah et Louis sont très vite devenus amis. Elle gérait une fondation pour aider les plus malheureux, les victimes de catastrophes, comme en 2004, après un terrible tsunami. Hannah avait créé un fonds pour aider les Malaisiens en leur reversant les bénéfices d'enchères qu'elle organisait.

— C'est une chance que de telles personnes existent et travaillent pour aider les autres.

— Oui. Louis était tranquillement chez lui quand ce 26 décembre 2004, ce terrible tsunami a détruit des milliers de villes, d'habitations. On dénombre près de cinq cent mille disparus en Malaisie, en Indonésie, en Inde, au Sri Lanka et en Thaïlande. C'est en découvrant les images d'horreur de ces pays que Louis a décidé de trouver un moyen de venir en aide aux plus malchanceux. Il répétait souvent qu'il ne cherchait pas à gagner de l'argent pour être riche mais seulement pour pouvoir en donner aux plus pauvres, aux malades.

Il a d'abord commencé par se renseigner sur les prix des appartements dans le sud de la France mais un simple petit trois pièces dans un quartier moyen coûtait horriblement cher. Puis, après une conversation avec Hannah, son rêve s'est précisé. Elle possédait un château dans la Vallée de la Loire, en France, au milieu de trente hectares de terrain et assurait Louis qu'il n'avait pas coûté plus cher qu'un bel appartement dans les quartiers privilégiés du sud de la France. Mais que ferait-il d'un château ?

غ

Louis consulte de nombreuses annonces de châteaux et, après avoir été séduit par les prix, il commence à rêver grand et vrai. Son bureau jonché de photos de biens et de listes des bâtisses qui l'intéressent, il regarde pendant des heures, compare, calcule, calcule encore quand, au beau milieu de la nuit, il voit une vente privée : le Château de Labory. C'est le coup de cœur, c'est un coup de foudre à 3 heures du matin. Il décide d'envoyer un courriel au contact chargé de la vente pour proposer un rendez-vous téléphonique. Le lendemain, les deux hommes se parlent et Louis apprend que le manoir est en vente depuis près de deux ans. Sans lui avouer qu'il est tombé amoureux de l'endroit, Louis prend rendez-vous pour une visite sur place quelques semaines plus tard. Le vendeur accepte de loger Louis et son amie, il leur préparera deux suites.

Il retrouve Hannah dans le café du centre de l'île comme ils ont l'habitude de le faire et au bout de quelques minutes, Louis l'invite à le suivre pour quelques jours vers une destination inconnue. Bien qu'elle le questionne sur la raison de ce séjour, Louis ne lâche rien, il tient à ce que le mystère perdure. Hannah est intriguée mais elle a confiance en son ami et finit par accepter ; après tout, c'est plutôt excitant de partir pour une destination inconnue en sachant qu'une personne fiable tiendra les rênes. Les préparatifs se font, les valises sont chargées et ils savourent pendant une bonne heure la traversée en ferry. Hannah connaît Saint-Malo et un séjour en France la ravit.

Les embruns caressent leurs visages et ils respirent la fraîcheur du printemps naissant. Ils traversent les départements et une trentaine de minutes avant d'arriver à Labory, Louis lui raconte son idée ; il l'emmène visiter un château qu'il veut acheter pour y installer des chambres d'hôtes. Son vœu est de reverser les bénéfices à la fondation qu'Hannah a mise en place, il veut contribuer à de belles causes. Pour avoir exercé pendant des années en tant qu'agent immobilier, elle pourra lui apporter une opinion pertinente et sait quelle attitude adopter face au vendeur.

غ

Chapitre IX
Louis XIV

Louis a passé beaucoup de temps à calculer, à réfléchir à son projet et en partant d'un taux de remplissage de soixante-cinq pour cent pour six suites, il prévoit de récolter un million pour l'association d'Hannah. Il est particulièrement content de sa dernière trouvaille : les hôtes décideront eux-mêmes du prix qu'ils paieront en quittant les lieux. Un prix pour chaque suite sera défini mais il ne sera qu'indicatif. Il est convaincu que s'il laisse chaque visiteur décider du montant qu'il donnera en ayant conscience qu'il contribuera à une « bonne cause » et non pour capitonner le portefeuille du propriétaire des lieux, le client laissera plus que le prix de référence et sur ce point, la suite prouvera qu'il avait raison ; les gens paient en moyenne quinze pour cent de plus.

Louis s'était plusieurs fois entretenu virtuellement avec Duncan, le propriétaire de Château Labory. Après une poignée de main, Louis et Duncan passent trois heures à faire le tour de la propriété. Il est le premier visiteur – et acheteur potentiel sérieux – depuis deux ans. L'endroit semble très calme et Duncan confirme. Mais en réalité, on entend le bruit de la circulation sur la nationale. Surtout l'hiver, quand les arbres sont nus, Louis le découvrira vite. Mais Duncan est désespéré et il a besoin de vendre. La visite les mène jusqu'à la maison du régisseur et il constate son état de délabrement, elle vaut à peine cinq mille euros. Comme Duncan les précède d'une cinquantaine de mètres, Louis s'enquiert de l'avis d'Hannah. Elle prend ses précautions, elle sait combien les émotions comptent dans les décisions que Louis prend mais elle lui avoue qu'elle est totalement séduite par le site. Elle n'apprécie pas Duncan mais Louis refuse de le juger, il ne connaît pas suffisamment son histoire. Et puis, s'il achète, il n'aura plus affaire à lui. Louis imagine très bien son projet prenant vie entre ces grands arbres. La piscine est un atout sérieux mais rien n'est terminé, encore une dépense que Louis n'avait pas prévue. Mais il aime profondément cet endroit, il s'y sent bien.

Duncan avait accepté la réservation de deux suites et Louis pensait que le château recevait toujours en chambres d'hôtes mais ils sont les seuls occupants. Deux chambres ont été préparées et après avoir déposé leurs affaires, Hannah et Louis sortent dîner. Tous deux sont excités par l'aventure, ils étoffent le projet initial et déjà, le plan se met en place. De retour dans sa chambre, assis sur son lit, Louis sent une angoisse monter. Posant ses mains sur la tête, il se demande dans quoi il se lance, ce projet est énorme et peut-être plus qu'il ne l'avait imaginé. Mais un bruit le sort de ses hésitations, le bruit d'une porte qui claque. Le vent souffle fort et Louis sent un courant d'air. Il sort dans le couloir et s'aperçoit que face à sa chambre, une fenêtre est restée ouverte. Il la ferme et retourne dans sa chambre. L'ambiance si magique de l'après-midi a laissé place à une atmosphère brumeuse et confuse. Son engouement pour l'endroit se trouble et ses idées s'assombrissent. Louis voit là un signe de Dieu. Peut-être essayait-il de lui faire comprendre que ce projet allait être la source de nombreux soucis.

De retour en Angleterre, Louis ne pense qu'à cet endroit. Il se couche en pensant à cette belle demeure, il en rêve la nuit, et tous les matins, il se réveille avec la ferme attention d'acheter cette magnifique propriété pour y concrétiser tous les projets qu'il a en tête. Mais à l'heure du déjeuner, un épais brouillard ébranle ses certitudes et il se dit que ce projet est bien trop grand pour lui. Puis un jour de septembre, il arrête de tergiverser et appelle Hannah ; il a pris sa décision, il tente l'aventure. Hannah pense qu'il est inconscient de se jeter dans un projet aussi fou. Qu'importe, Louis est bien décidé à faire tout ce qui devra être fait pour voir cette demeure apporter du plaisir à ses hôtes et surtout, pouvoir faire du bien aux plus nécessiteux.

Louis n'en a pas encore parlé au propriétaire mais dans sa tête, l'affaire est faite. Il prend quelques jours pour réfléchir et contacte sa comptable, en Floride. C'est là-bas qu'il vit tous les ans, du 14 novembre au 14 avril pour échapper à l'hiver. Il lui demande d'établir un prévisionnel pessimiste, il a besoin de savoir si comptablement, l'affaire est rentable. Il étudie les prix du marché immobilier de la région et à 14 h 14, il envoie un courriel avec sa proposition, trois cent mille euros en dessous du prix initialement demandé. C'est un beau rabais mais il tente, bien décidé à négocier le prix.

غ

— Ha ! Tous ces quatorze, quelle précision !

— Oui, le quatorze est un porte-bonheur pour Louis.

— Sais-tu pourquoi ?

— Oui, parce qu'il est né un 14, le 14 août 1952.

— Mais c'est aussi ta date de naissance ! Quelle coïncidence !

— Eh oui. J'avoue que c'est un détail qui a touché Louis et qui nous a beaucoup amusés lui et moi. Nous sommes devenus très proches et je lui ai raconté l'histoire de Zena, ma grande amie et la naissance de son fils, Paul, un 14 août également. Louis est persuadé que c'est un excellent signe et je ne peux qu'être d'accord avec lui.

— C'est amusant toutes ces coïncidences. Et ensuite, continue, *Nonna*.

— Ensuite, Louis a été surpris de recevoir la réponse de Duncan dix minutes plus tard avec son accord. Il a tout de même négocié en demandant à conserver tous les outils et équipements qui n'étaient pas compris dans le prix initial (tracteurs, tondeuses, mobilier, etc.) ce que Duncan a accepté. Louis était grisé par cette nouvelle aventure, il allait bientôt être le propriétaire de ce magnifique domaine de quatorze hectares de parc et champs avec une bâtisse de huit cent cinquante mètres carrés. Un rendez-vous a été pris avec le notaire pour l'achat et Duncan et Louis ont signé les documents. Louis n'a rien lu, il est dyslexique. Qui plus est, les documents étaient évidemment rédigés en français, cela lui aurait pris beaucoup trop de temps. Et puis, il était trop exalté par ces événements. Duncan a perdu beaucoup d'argent dans l'histoire et quand le notaire lui a remis le document où était développé le calcul de la taxe qu'il allait devoir payer, quinze mille euros, il s'est levé et, tapant du poing sur la table, il a crié « the fucking french ! ».

— Oh ! Il devait être bien véner. Il ne savait pas ?

— Il faut croire que non et Louis en a vraiment été gêné. Il s'est excusé auprès du notaire, honteux de voir son compatriote se comporter aussi grossièrement car le notaire était un homme charmant et poli qui ne faisait que son travail. Duncan s'était comporté de manière insultante face à cet homme. Par la suite, Louis et le notaire sont devenus de très bons amis.

— J'ai l'impression qu'il se fait très vite des amis.

— Oui, Louis est un homme très attachant et il n'a eu aucun mal à s'intégrer au sein du village.

غ

Louis a quitté son île pour venir s'installer à Labory. Il vit dans une petite cuisine, au rez-de-chaussée, qu'il a fait transformer en petite suite, la grande et belle cuisine suffirait pour son projet. Contrairement aux autres suites, il n'y a pas de baignoire, seulement une douche mais Louis s'en accommode sans souci. Le premier soir, il commence à se poser un tas de questions. Il est là, dans ce bâtiment immense, se demandant par quoi il doit commencer – il y a tant à faire – et les premiers jours de grand froid l'aident à déterminer l'ordre des priorités. Dans cette chambre, il n'y a qu'un petit radiateur et quand les nuits sont trop froides, il campe dans la cuisine où est installé un poêle. Il chauffe peu et fume beaucoup. Par ailleurs, il doit faire livrer, toutes les six semaines, trois mille euros de fuel pour les radiateurs de la salle de bains, de la chambre et du salon. Sa sœur lui fait même parvenir des sous-vêtements conçus pour les grands froids mais bien qu'enfoui dans les couvertures de son lit, il n'arrive pas à s'empêcher de trembler. Il doit impérativement faire installer un système de chauffage central.

Il dort peu et le confort de son bel appartement lui manque mais il veut rester sur place, c'est une solution idéale pour gérer les travaux. Duncan lui avait donné les coordonnées d'un Anglais qui avait déjà réalisé quelques travaux au château, la langue ne serait pas une barrière. Cet artisan lui demande de trouver un hébergement pour son équipe, quatre à six personnes, et Louis se met en quête d'un établissement. La campagne est vaste et les hôtels sont loin mais le maire du village lui parle d'une maison d'hôtes à dix minutes de là.

Internet lui fournit les coordonnées et il compose le numéro de téléphone. Une dame lui répond – en anglais – que la réservation est possible mais elle n'est pas en mesure de lui donner un prix définitif, elle et son époux doivent réfléchir au supplément chauffage. Louis trouve cela très étrange ; lorsqu'il réserve une chambre d'hôtel en hiver, aucun supplément n'est compté pour le chauffage. Il n'avait séjourné que dans le sud de la France pendant les belles saisons et il n'avait pas imaginé qu'un bon système de chauffage serait nécessaire. Louis se rend chez Hans et Grietje, les Néerlandais qui possèdent la maison d'hôtes et ils trouvent un accord. Lors des grands froids suivants, Louis loue une chambre chez eux.

Hans et son épouse vivent en France depuis des années et ils ont eux aussi dû faire bon nombre de travaux dans leur propriété. Louis leur explique qu'il veut un système de géothermie, écologique et économique. Ce type d'installation n'est pas très répandu et il découvre que deux systèmes sont envisageables ; soit il fait forer un trou de trois cents mètres de profondeur dans le parc pour trouver l'eau, soit il fait enterrer des tuyaux dans le champ juste à côté. Il décide finalement de faire travailler des artisans des environs plutôt que l'Anglais dont lui avait parlé Duncan. Il contacte deux prestataires et leur donne rendez-vous le même jour. Intéressé par l'affaire, Hans est présent et les quatre hommes se rencontrent un samedi après-midi.

Louis leur avoue qu'il attend beaucoup des deux professionnels parce qu'il ne connaît rien à la chose. Puis ils explorent la bâtisse de haut en bas et de long en large. Au bout d'une demi-heure, les deux professionnels se tutoient et Louis est ravi de constater qu'ils s'entendent bien. Il lance un clin d'œil à Hans qui acquiesce par un sourire. À la fin du rendez-vous, Louis leur propose de travailler ensemble. Selon lui, l'un peut s'occuper de la fourniture du matériel et l'autre, de l'installation. Les deux hommes estiment que l'idée mérite réflexion et décident de se voir tous les deux rapidement pour en parler.

غ

— Il a raison, c'est une bonne idée.

— Louis se disait qu'ainsi, chacun pouvait apporter ses connaissances.

— Et alors, ils ont travaillé ensemble ?

— Eh bien non. Ils n'ont pas trouvé d'accord satisfaisant et c'est Ripoff qui a obtenu le chantier.

— Ripoff ? Il est russe ?

— Non, c'est ainsi que je l'ai appelé et Louis a adopté le nom. C'est inspiré de l'expression anglaise « rip off » qui veut dire voleur ou escroc et ça lui va comme un gant, tu vas comprendre pourquoi. Ripoff lui a garanti qu'il savait et pouvait faire. Il a préparé le devis et Louis a signé. Le matériel est arrivé mais dès le début, les choses se sont compliquées. La plus grosse machine pesait trois cent cinquante kilos et elle devait être installée dans la cave. Le jour où elle a été livrée, Louis a remercié le ciel qu'elle soit passée de justesse, Ripoff n'avait pas pensé à prendre les mesures.

— Quel boloss ! Même moi, j'y aurais pensé.

— Je n'en doute pas. C'est une chance que la porte et l'escalier qui mènent à la cave soient assez larges car il n'était pas possible d'en élargir l'ouverture. Ripoff a commencé par bricoler ci et là mais il a dû attendre que son équipe soit sur place pour commencer les travaux. En attendant, Louis s'est occupé des fenêtres. Elles dataient de 1938 et à cette époque, nul ne pensait double vitrage. Louis voulait que ce soit un château « vert » comme il dit. Il voulait en faire un endroit en harmonie avec la nature et en cohérence avec les préoccupations environnementales, une bonne isolation s'imposait. Il ne pouvait envisager des fenêtres en PVC, pourtant plus faciles à entretenir et opta pour le bois. Comme nous avions pris l'habitude de boire le thé ensemble deux à trois fois par semaine, je lui ai parlé de Robert.

— Monsieur Lebon, le menuisier ?

— Oui et comme Louis est toujours pressé d'agir quand il a une idée en tête, il est allé le voir juste après avoir terminé sa tasse de thé. Quelques jours plus tard, Louis est venu me raconter…

غ

— Je dis : *Bonjour Monsieur, je suis le propriétaire de Château Labory et je veux de nouveaux fenêtres, pouvez-vous venir me voir ?* Il a accepté et un soir, à 6 heures et demie, quelqu'un frappe à mon porte. Après ouverte, j'ai vu Robert Lebon avec son chapeau. Il lève son chapeau et repose sur son tête par signe de respect. J'avais l'impression qu'il traitait moi comme un roi alors que je suis quelqu'un très simple. Il voulait regarder, j'avais compté trente et un fenêtres. J'ai guidé et il a terminé son tour pendant je préparais mon dîner. Quand il est arrivé dans le cuisine, il a dit que il pouvait pas, c'était une chantier trop gros pour lui. J'étais tellement déçu, j'aimais tellement que ce soit quelqu'un du village. Et puis, il fallait chercher un autre travailleur.

Trois jours plus tard, à 6 heures et demie, trois coups frappent à mon porte et je vois Robert Lebon. Encore un fois il fait son mouvement de chapeau et me montre le plan qu'il avait faisait pour les fenêtres. Il me dit qu'il est très occupé mais peut le faire. Il est venu avec un prix et m'a dit qu'il est pas un grand entreprise alors peut pas me donner des garanties. Mais le travail sera bien fait, six centimètres de double vitrage avec gaz pour soixante-cinq mille euros et j'ai failli avoir un attaque. Mais je dis rien. Je dis merci, je vais réfléchir. Je l'ai appelé pour donner rendez-vous un semaine plus tard. Il est arrivé, son chapeau retiré et remis et j'ai dit : *OK pour les travaux mais très vite, je veux ouvrir le Château l'an prochain.* Il a même terminé trois semaines avant le livraison prévu. Le seul artisan français qui termine ses travaux dans les délais !

غ

— Je ne suis pas surprise que Robert lui ait plu. Lui et son épouse sont adorables et surtout, il a une excellente réputation dans le coin. Est-ce que Louis connaît Marie-Jeanne ?

— Oui et justement, un jour Robert a invité Louis à dîner et Marie-Jeanne avait préparé une entrée avec du saumon sur un œuf. Louis n'aime pas le poisson mais il est bien élevé et il ne savait pas quoi faire. Il regardait son assiette et Marie-Jeanne a compris le problème. Elle a alors ôté le saumon, pensant avoir résolu le problème. Louis a essayé de manger mais il aurait pu vomir, l'odeur était trop présente. Il en était vraiment ennuyé parce qu'il ne voulait pas les blesser. Il était si gêné ! Louis a vraiment été ravi de cette première expérience de travaux importants pour son château parce que c'était du beau travail. C'était une très bonne chose pour son moral parce que la suite ne l'a pas épargné. Une dizaine de jours après l'arrivée du matériel pour l'installation du chauffage, l'équipe de Ripoff est arrivée. Louis a commencé à se poser des questions car ils venaient de Pologne et ne parlaient que polonais mais il s'est tout de même occupé de leur hébergement chez Hans et Grietje. Et comme ce n'était pas compris dans le devis, Louis devait payer s'il voulait que les travaux aient lieu.

— Non ! Quelle mauvaise surprise !

— Et ce n'était pas la pire, Louis devait également payer les ouvriers toutes les semaines, et en espèces. Ripoff ne pouvait pas disposer de ses avoirs, ses comptes bancaires étaient gelés parce qu'il était en liquidation judiciaire.

— Non ! Il aurait dû le prévenir !

— C'est ce que Louis lui a dit mais il a prétendu qu'il venait de l'apprendre mais ni Louis ni moi n'y avons cru.

— Et Louis a payé ?

— Il n'avait pas le choix ; il avait le matériel et il n'avait plus le temps de chercher un autre artisan s'il voulait que tout soit prêt pour la date fixée. Il était piégé et devait travailler avec lui s'il ne voulait pas tout perdre.

— Quelle mauvaise surprise ! Louis a dû avoir un seum de ouf.

— Oh oui. Son moral avait pris un sacré coup, surtout que les soucis ne se sont pas arrêtés là.

غ

Les six hommes arrivent sur le chantier. Ils doivent percer les murs mais l'épaisseur varie entre quatre-vingts et cent cinquante centimètres. Là encore, aucune mesure n'avait été relevée. Cependant, les trous sont faits et bientôt les gaines traversent les pièces et descendent jusqu'à la cave pour arriver à l'engin principal. Quelques jours plus tard, Louis reçoit un sourcier très réputé pour déterminer l'endroit où Ripoff devra forer. Armé de son bâton fourchu, le sourcier marche lentement quand soudain, le bâton bouge en de légers tremblements. Le sourcier trace un cercle rouge et recommence tout près. Au bout d'une vingtaine de minutes, les tremblements agitent bâton et bonhomme, c'est là qu'il faut creuser. Mais Louis doit partir, il se rend à Haïti pour affiner son projet ; ce pays, parmi les plus pauvres du monde, a subi un nouveau tremblement de terre terriblement destructeur, faisant près de trois cent mille morts et autant de blessés amputés, mutilés et traumatisés. Les premiers bénéfices de sa maison d'hôtes iront aux rescapés et il rencontre sur place les personnes avec lesquelles il travaillera.

À Labory, les travaux de forage ont commencé et tous les dix centimètres, un échantillon de terre est prélevé. Louis est à Miami où il fait une escale de deux jours. Vers 20 heures, il lit un courriel inquiétant de Ripoff. Il fait nuit en France alors il règle son réveil pour se lever à 3 heures, il sera 9 heures à Labory et il pourra contacter Ripoff. Bien que deux cent soixante mètres aient été forés, l'eau reste introuvable et la machine a atteint ses limites de profondeur de forage. Le moyen le plus rapide et le moins coûteux est de verser de l'acide pour dissoudre le calcaire et laisser l'eau remonter à la surface de la terre. L'opération coûte un peu plus de cinq mille euros pour vingt-cinq tonnes d'acide mais Louis n'a pas le choix, toute l'installation dépend de cette nappe d'eau. Et puis, il est trop près du but pour abandonner. Louis n'assistera pas à l'apparition magique de l'eau hors du trou mais, excité par cette opération peu commune, Hans se rend sur place. Il rapporte à son ami qu'avec la pression, l'eau est remontée et a jailli jusqu'à trente ou quarante mètres au-dessus de leurs têtes.

Louis est rentré et il doit s'occuper des travaux de la maison du régisseur. Un bâtiment en ruines qui commence à prendre forme. Les travaux ont déjà coûté plus de deux cent trente mille euros et l'entrepreneur en maçonnerie souhaite le voir. Depuis le début de son aventure à Labory, les mauvaises surprises se succèdent et Louis s'inquiète déjà de l'entretien à venir. Son inquiétude se confirme, Martin lui demande d'ajouter trente mille euros au devis initialement signé. Il avait passé deux heures à mesurer, observer et constater l'état désastreux de la bâtisse mais n'avait pas vu qu'une bonne partie des tuiles devait être remplacée. Louis veut la faire rénover pour y demeurer et bien qu'il soit d'un tempérament doux et conciliant, le voilà excédé.

Il fait stopper les travaux et bien que son ami notaire lui conseille de dire à l'artisan qu'il n'est qu'un voleur, Louis l'invite plutôt à une discussion le samedi suivant. Il commence par lui demander comment il procède pour établir ses devis et quelles parties sont, selon lui, les plus importantes. Surpris, Martin lui répond que les fondations, les murs et la toiture sont les points principaux qu'il a pris en compte. Louis ne pouvait espérer de réponse plus adaptée et saisissant l'occasion, il lui demande comment il était possible alors qu'il n'ait pas remarqué ce détail de trente mille euros lorsqu'il a procédé à l'évaluation des travaux à réaliser. Pris au piège, l'artisan ne sait que répondre et Louis propose de lui donner quinze mille euros supplémentaires pour la fourniture des matériaux, Martin devra prendre en charge la main-d'œuvre. C'est déjà une jolie victoire et Louis commence à entrevoir les rayons du soleil, dans trois jours, des techniciens mandatés par le fabricant du système de chauffage viennent le mettre en marche.

Louis passe des heures, des jours entiers à nettoyer, balayer et ramasser les morceaux de tuyaux ci et là dans l'ensemble du bâtiment. Chaque fois qu'il entre dans une pièce, il a envie de pleurer ; les murs sont défigurés par les trous creusés et les coups reçus lors de la pose des gaines et des radiateurs. Il n'a pas l'habitude qu'ont les promoteurs et n'avait pas prévu ces débordements. Il refuse de se lamenter, il sait que les surprises sont fréquentes avec ce type de chantier. Le lundi matin, il demande à Ripoff de régler les radiateurs de manière à être opérationnels quand le système sera en marche le lendemain. Ripoff et Louis passent dans toutes les pièces et après avoir allumé une vingtaine de radiateurs, Louis s'enquiert du fonctionnement de l'air conditionné. Ripoff lui avoue qu'il n'en sait rien, il ne s'est occupé que de la partie chauffage. Mais son ami Fabien l'a guidé pour l'achat des appareils et il sera présent dans l'après-midi.

Louis est dans la cuisine et mange, les yeux dans le vague, deux toasts grillés et un petit bol de soupe. Il est fatigué, tant par le travail qu'il fournit que par les soucis qui ruinent ses nuits. Victime d'acouphènes et de vertiges depuis l'enfance, le manque de sommeil l'épuise. Il ne veut pas se décourager et il prie en attendant la fin des misères. Quand Fabien se présente au château, il examine les installations du rez-de-chaussée pendant que Louis termine de laver sa petite vaisselle. Il va trouver l'artisan mais celui-ci semble le fuir ; il préfère voir la totalité de l'installation et attendre l'arrivée de Ripoff avant de s'entretenir avec lui. Louis retourne à ses occupations et après quelques minutes, il entend la voix de Ripoff. Ils parlent vite mais Louis comprend qu'un nouveau problème est discuté. Il s'approche d'eux et les artisans semblent gênés.

Louis cherche à savoir ce qui se passe mais ils lui demandent quelques minutes, ils doivent inspecter à nouveau certaines parties de l'installation. Quand ils reviennent dans le hall, Louis les rejoint.

Ses craintes se confirment, Ripoff n'a pas fait poser les garnitures isolantes lors du passage des gaines et d'autres détails importants ont été oubliés, rendant le système de climatisation caduc. Quand Fabien demande au responsable de l'équipe des ouvriers polonais pourquoi l'isolant n'a pas été posé, il répond simplement que Ripoff ne lui a pas dit de le faire. Fabien a envie de le frapper mais Louis le calme. Lui-même est pourtant bien dépité car pour remédier au problème, il faudrait tout retirer, élargir les forures et repasser à nouveau les gaines. Louis n'en peut plus, il n'y aura pas de climatisation. Par chance, les murs épais garantissent des températures très raisonnables, même en pleine canicule.

Il fait frais ce matin et Louis a mal dormi. Il s'est réveillé avec le sentiment d'avoir passé la nuit, la tête sous une enclume. Il chasse cette impression sous un filet d'eau revigorant et s'habille chaudement. Les travaux ne sont pas terminés mais la mise en marche du système de chauffage le ravit. C'est la plus importante dépense mais c'est aussi un investissement fondamental car sans chaleur, Louis perdrait des mois de recettes. Il compte user de ses connaissances en marketing pour faire venir des Anglais, les prospects qu'il connaît le mieux. Son érudition dans le domaine de la promotion et la valorisation de produits lui permettra de convaincre que c'est là que doivent séjourner les plus généreux, ou ceux qui cherchent simplement à alléger leurs impôts par le biais de dons aux bonnes œuvres ou encore, ceux qui ont besoin de soulager leur conscience, grâce à leur contribution volontaire pour aider des malheureux.

L'équipe de techniciens sera là dans une petite heure et Louis commence à se réjouir, il sait que dans quelques semaines, tous ses ennuis appartiendront au passé. Il se promène dans le verger et se régale déjà des pommes qui égaient les arbres. En passant devant la piscine, il se rappelle qu'il doit rappeler le maçon chargé de terminer le travail. Duncan avait bien commencé mais l'entourage n'est pas fait et autour du grand bassin, il n'y a que terre, boue et herbe. Une large margelle et une plage vont être bâties aux abords de la piscine pour permettre aux baigneurs de profiter des bains de soleil.

Il téléphone immédiatement. Christian n'avait pas oublié, il sera là lundi matin. Ce professionnel a prévu de rester trois jours sur place avec deux ouvriers pour tout faire. Au prix de ces travaux s'ajoute celui du remplacement du système d'épuration de l'eau car Louis s'oblige à une parfaite cohérence dans ses décisions. Au traditionnel chlore, il préfère le sel et en plus d'avoir un système écologique, l'eau salée rappellera les baignades en mer. Assis à la grande table de la cuisine entre les dossiers et le téléphone, Louis réfléchit. Les derniers caissons de bois ajourés qui protègent et camouflent les radiateurs seront posés d'ici vendredi, les peintres pourront donc travailler dès lundi prochain. Ils ont pour mission de repeindre toutes les pièces et combler les nombreux trous. La pose des fenêtres et l'installation du chauffage ont causé de nombreux et coûteux dégâts.

Les techniciens sont arrivés et Louis retrouve son optimisme. Toujours prompt à penser que le meilleur reste à venir, Louis a une surprenante capacité à croire en un mieux possible. Satisfait, il se dit qu'il avait bien raison de rester optimiste car le système fonctionne. Les radiateurs des étages ne sont pas encore tièdes mais ceux du rez-de-chaussée commencent à diffuser un peu de chaleur ; il faudra du temps pour que l'eau du circuit entier soit réchauffée. Les hommes se retrouvent dans la cuisine, rassurés et le cœur de Louis se fait plus léger.

Le soir venu, il se rase, prend une douche et enfile des vêtements propres, il sort dîner avec son ami Edouard, le notaire. Ils se retrouvent à l'Auberge du Lion d'Or à Serdonne, Louis est déjà un habitué du restaurant. Edouard porte un premier toast pour honorer les travaux puis Louis enchaîne et lève son verre aux améliorations que le site va apporter au quotidien des malheureuses victimes d'Haïti. Il raconte ses dernières sources d'ennuis et face à cette avalanche d'anecdotes malheureuses, Edouard ne peut s'empêcher de sourire.

— C'est tellement surprenant, tout ce qui t'est arrivé en si peu de temps, Louis ! J'ai vu de nombreux chantiers et du fait de mon métier, je connais beaucoup de personnes qui ont vu le budget alloué aux travaux de rénovation augmenter, parfois de manière surréaliste ; ce n'est pas ça qui me fait sourire. L'explosion des budgets et des délais, l'honnêteté vacillante des artisans, les mauvaises surprises et les incertitudes sont le lot de tous. Mais c'est ce cumul, Louis. Ce cumul car à toi seul, tu les réunis tous.

— Oui, je suis complètement d'accord avec toi, Edouard mais j'ai un projet très important dans mon tête et je veux ça marche. J'ai vu tant de misère, tellement de personnes qui a plus rien à manger et même pas un toit sur la tête. Des enfants qui pleurent parce qu'ils ont plus sa mère et son père, des mères qui passent les temps à toujours chercher leurs enfants, c'était horrible. Je veux que Château Labory ouvre et reçoit des gens pour donner l'argent à eux là-bas. Je peux pas rester sans rien faire dans cette grande château. Et tu dois pas inquiéter parce que je vis très simplement et j'ai pas besoin de beaucoup et pas des choses de luxe. Je pourrai pas dépenser tout avant d'être mort alors je vais profiter de cette monnaie pour aider des personnes qui en ont pas.

— Je t'admire pour ce que tu fais, Louis. Nous t'admirons tous et je te souhaite de tout cœur que ça fonctionne.

— Tu sais, dans ma vie, j'ai toujours eu beaucoup de chance et je veux faire profiter ceux qui ont pas la chance comme moi. Je pense Dieu a donné cette chance à moi pour que je fasse profiter ceux qui ont besoin. C'est comme ça que je sera heureux aussi. Mes parents ont travaillé dur pour nous élever, ma sœur et moi et je veux ils sont fiers de moi.

De retour au château, Louis fait couler l'eau dans la baignoire de la grande salle de bains du fond, il en a besoin. Il consulte sa messagerie et annonce à Hannah que les soucis ont été réglés et qu'ils vont pouvoir se concentrer sur l'équipement des chambres. Ensemble, ils avaient déjà établi une liste de ce qu'il faut acheter : mobilier de literie, linge de maison, draps, vaisselle, etc.

L'eau chaude a certes mis du temps à arriver jusqu'à la bouche du robinet mais Louis ne regrette pas son choix, il est enveloppé de chaleur. Une fois séché, il regagne sa chambre et pour la première fois depuis des semaines, il ne peine pas à trouver le sommeil. Mais sa nuit sera courte, le froid le réveille. Il se lève et touche le radiateur, il est froid. Même constat dans le couloir et dans toutes les pièces. Il descend à la cave, les machines se sont arrêtées. Tant de temps, tant de travail et tant d'argent investi et pourtant, rien ne fonctionne, Louis est atterré.

Il laisse cinq messages à Ripoff et attend son appel. Il arrête la bouilloire et verse l'eau frémissante dans sa tasse. Une cuiller de miel lui fera le plus grand bien et il retire le sachet. Il serre la tasse dans ses mains et pense à ses parents, il aimerait tellement qu'ils soient ici, avec lui. Il secoue la tête en pensant aux nouveaux soucis qui l'attendent. Il savoure sa boisson préférée et se dit qu'après tout, ce n'est peut-être pas grand-chose. Il ne va pas tarder à le savoir, une voiture avance dans le parc. Louis se redresse, c'est Ripoff.

Il ne comprend pas et sans plus attendre, il appelle les techniciens venus la veille. Par chance, ces hommes venus de Toulouse ont un autre rendez-vous à une heure de Labory et Ripoff leur avait indiqué un hôtel tout près d'ici, à Langeais. Comprenant l'urgence et le désarroi de Louis, ils seront sur place dans moins d'une heure. Ripoff monte au premier étage pour continuer à installer les caissons devant les radiateurs, il redescendra quand les techniciens seront arrivés. Louis a bien précisé aux peintres que s'ils n'étaient pas capables de trouver précisément la teinte qui se noierait dans le reste du pan de mur, ils n'avaient qu'à repeindre le mur entier car sinon, pour reprendre ses mots, autant laisser les trous apparents !

Dans la buanderie, Louis fait de la place. Il a encore le temps, les appareils ne seront livrés que dans un mois mais il a besoin de s'occuper de quelque chose de simple et positif. Par la fenêtre ouverte, il entend un véhicule s'approcher et descend accueillir les techniciens. Ripoff les rejoint et les cinq hommes descendent à la cave. Les Toulousains vérifient la programmation, les divers baromètres et autres indications affichées, tout est parfait. Le système s'est mis en sécurité et les spécialistes ne comprennent pas pourquoi. Ils contactent l'équipe d'ingénieurs qui a conçu le système en espérant qu'ils pourront leur porter secours. Louis s'inquiète en entendant l'homme donner des précisions telles que le volume des pièces à chauffer et la puissance du matériel installé. Quand il raccroche, ses craintes sont confirmées : le matériel que Ripoff a fait livrer n'a qu'un tiers de la puissance nécessaire pour chauffer une telle bâtisse, ils ne peuvent rien faire. La seule solution est de réinvestir un budget d'environ cent vingt mille euros supplémentaires pour remplacer l'engin. Le fabricant ne reprend pas le matériel alors Louis doit également s'occuper de vendre, d'occasion, l'énorme machine qui n'aura servi que quelques heures.

Louis réfléchit, calcule et contacte Hans qui lui confirme que trouver un acheteur pour ce type de matériel relève du miracle. Et même s'il le trouve, il doute que cela suffise à amortir le coût de l'engin qu'il devra acheter en remplacement, ni les heures de travail indispensables pour remonter la machine, descendre la nouvelle et tout raccorder. Pour couronner le tout, certains tuyaux devront être remplacés pour une parfaite adaptation. Louis a dépensé trois cent cinquante mille euros pour un système qui ne fonctionnera jamais.

Il consulte une avocate et expose son problème. Elle lui promet d'étudier l'affaire mais il doit avant tout constituer un dossier et le porter à la connaissance du Juge du Tribunal de Tours. Aidé d'Edouard, son ami notaire, le dossier est constitué puis déposé. Quelques semaines plus tard, Louis contacte l'avocate pour connaître l'avancée de l'affaire mais elle le dissuade de continuer. L'entreprise de Ripoff est en liquidation, le fabricant a déposé le bilan et Louis n'est qu'un petit créancier ; même s'il gagne cette procédure, il ne restera rien car les finances de Ripoff ne permettront même pas aux banques ni aux institutions à qui il doit de grosses sommes d'argent, de prélever leur dû. Pour l'instant, la constitution de ce dossier ne lui a coûté que du temps et des trajets, Louis abandonne. Il doit trouver une meilleure solution s'il veut que les travaux soient terminés avant l'ouverture de l'établissement l'été prochain. Il se sent démuni, complètement démoralisé. Il n'est pas 17 heures mais il va se coucher, « tomorrow's another day ! » pense-t-il pour se rassurer.

Si la nuit porte conseil, celle-ci lui apporte une idée. Il appelle Honoré, le premier chauffagiste qu'il avait contacté et qui avait refusé le chantier. Il ne connaît la géothermie qu'en théorie et ne prend en charge que les travaux qu'il maîtrise totalement ; il s'était contenté d'installer le système d'eau chaude. Lors de sa première visite, Louis avait apprécié cet homme au visage doux, toujours souriant, travaillant avec calme et précision. Honoré aura soixante-six ans l'an prochain et sous son costume de plombier se cache un véritable poète. Les deux hommes avaient beaucoup échangé sur les traditions françaises, la construction de l'édifice et les arbres tricentenaires du parc. Louis le contacte et son épouse promet de lui faire la commission, il sera de retour dans quelques minutes. Honoré le rappelle et considérant l'ampleur des tourments, il viendra cet après-midi même.

Louis expose sa théorie : lors de l'entretien pendant lequel le devis avait été présenté et commenté, il avait retenu que le réseau de tuyaux était le même que celui d'une installation traditionnelle de chauffage au fuel. Il veut savoir s'il ne pourrait pas tout simplement faire installer une chaudière standard. Honoré lui confirme qu'il a vu juste, l'idée est bonne. Pour chauffer un tel volume, la chaudière lui coûtera autour de quinze mille euros et moins de quatre mille pour deux citernes. Louis ne tergiverse pas, Honoré reviendra demain matin avec des modèles et Louis fera son choix. Pour les travaux en revanche, rien ne sera fait avant deux semaines. Louis en profite pour réserver un billet pour Guernesey, il doit voir Hannah pour terminer le choix des articles à commander. Les peintres auront terminé vendredi, il partira dimanche.

Hannah est peinée pour Louis, son merveilleux projet s'est transformé en une série de mésaventures coûteuses et éprouvantes. Ils sortent déjeuner dans leur café favori et Janet les accueille avec sa bonne humeur contagieuse. Louis aime passer du temps dans ce café. Janet travaille beaucoup, toujours avec plaisir et elle sait mener ses affaires. Tout la fait rire et il règne en cet endroit, une convivialité familiale. Louis l'apprécie beaucoup et il lui aurait très volontiers proposé le poste de manageuse de Château Labory si elle n'était pas déjà manageuse de ce café.

Louis regrette que les plus belles pièces, des meubles anciens, ne soient plus à leur place. Duncan et son épouse avaient pourtant promis de les laisser, ils avaient été comptés dans le prix de vente de la propriété. Mais Louis s'était résigné, il n'avait aucune envie de se lancer dans une procédure et voyait dans cette contrariété, l'occasion de meubler chaque pièce selon des critères qu'il choisira ou validera. Aidé d'Hannah, il feuillette les catalogues remis par des fournisseurs britanniques et ensemble, ils choisissent luminaires, miroirs, guéridons, fauteuils, sofas, vases, coussins et divers articles de décoration pour obtenir un devis.

Ils sélectionnent ensuite le linge de lit et le linge de toilette. Tout sera blanc et ils envoient une demande de prix pour un ensemble de quinze couettes, quinze draps-housses, quarante taies d'oreillers, quinze tapis de douche, trente petites serviettes, trente serviettes de bain et trente carrés de toilette. Ils ajoutent quinze draps de bain de couleur pour les baignades en piscine. Ils n'oublient pas la vaisselle et choisissent une porcelaine fine blanc crème, et des verres de cristal fin : larges assiettes plates, assiettes creuses, assiettes à dessert, flûtes, verres à vin, verres à jus de fruits, verres à Whisky et verres à digestif, trente pièces de chaque. Ils commandent les couverts, des plats de service, des saladiers et cinq carafes. Quand tout aura été livré, ils auront de quoi travailler.

Le lendemain, Louis va se promener sur la plage, reposante. La vue de l'horizon lui procure un apaisement dont seule la mer a le secret. Il fait frais mais le vent est faible et il se rend à pied chez Hannah avant de regagner sa chambre d'hôtel. Louis expose le sujet de son inquiétude : il ne trouve personne pour gérer les chambres d'hôtes. Il a fait paraître une annonce dans le magazine féminin *Lady* pour la recherche d'un manager. Le jour même de sa parution, un homme l'a contacté disant qu'il était intéressé par l'annonce et, surpris, Louis lui a expliqué qu'il avait choisi de faire paraître l'offre dans ce magazine parce que justement, il voulait une « lady », pas un homme… Il reçoit de nombreux appels mais aucun n'est satisfaisant. Certains couples proposent de travailler ensemble et si l'idée semble idéale – Louis a également besoin de personnel pour l'entretien du bâtiment et du parc – cette solution lui fait peur car si l'un des deux seulement est en désaccord avec son employeur et souhaite partir, c'est le couple qui partira et Louis n'aurait plus aucun responsable sur place. Hannah l'écoute raconter ses soucis de recrutement.

— Pourquoi ne demandes-tu pas à Janet ?

— Mais, elle est déjà engagée ici.

— En effet mais qui te dit qu'elle ne souhaite pas prendre part à cette aventure ?

— Tu as raison. Et puis, ça ne coûte rien de lui demander. Je lui en parlerai quand j'irai déjeuner là-bas demain.

— Janet connaît le travail et surtout, elle est courageuse, drôle et franche.

— C'est vrai, elle n'hésitera pas à me donner son avis et quand je vois comment elle gère son affaire ici, je n'ai aucune inquiétude pour son travail là-bas. Et je la sens honnête.

— J'ai le même sentiment que toi et si tu veux, je lui envoie tout de suite un mail.

— On y va !

Hannah s'exécute et trente minutes plus tard, Janet lui répond. Louis est ravi, Janet est intéressée. Bien sûr, elle a besoin d'en savoir davantage sur le poste, les conditions de travail et d'autres détails mais elle est séduite par l'aventure que Louis lui propose. Il s'entretient avec elle dès le lendemain et l'affaire est conclue, elle prend une semaine de congé et se rendra sur place avec lui. Elle devra profiter de ce séjour pour se faire une idée du poste, de ses responsabilités et décider si elle se lance dans cette entreprise inattendue.

Honoré a bien travaillé et il fait bon dans toutes les pièces. Comme Louis, Janet a le coup de foudre pour le site et elle n'arrête pas une seconde. Elle lave, astique, range, trie et cuisine. Elle n'était ici qu'en qualité d'observatrice mais elle ne veut pas rester passive, c'est dans sa nature. Et puis, il y a tellement à faire ! Ensemble, ils réorganisent la décoration, le placement des meubles, le rangement de la vaisselle et au fil des jours, l'endroit devient chaleureux et agréable à vivre. Louis lui présente Hans et Grietje ainsi que les quelques personnes qu'il connaît et elle sympathise rapidement avec tous.

غ

Un écureuil scrute du haut de sa branche tandis que les deux jeunes filles se prélassent au pied d'un chêne. Il fait chaud, il fait lourd. Elles ont écourté leur balade pour profiter de l'ombre de ce majestueux gravelin. Camille est rentrée de Paris la veille et Louise est ravie de l'entendre raconter son séjour chez sa tante. Elles y retournent à la fin du mois, ensemble pour quatre jours.

— Tu as raison de le *ghoster*, Camille, il n'en vaut pas la peine.

— Ouais, un *schlag* en moins dans mon répertoire ! Mais…

Camille semble hésiter. Elle porte la gourde d'eau fraîche à sa bouche et rassemble ses idées, elle va aborder le sujet.

— Dis-moi, que penses-tu de Louis ?

— Louis, l'Anglais du château ? Eh bien, je ne le connais pas si bien mais je l'aime bien. *Nonna* m'en a beaucoup parlé et c'est un chouette personnage.

— Pareil chez moi, tout le monde l'adore. Il m'a toujours fait rire avec son calme, sa voix douce et au départ, j'avais du mal à m'habituer au fait qu'il ne changeait presque jamais de ton. Qu'il se fâche, qu'il soit heureux ou amusé, il ne hausse jamais le ton.

— Certains trouveraient ça monotone mais moi, j'ai toujours trouvé ça rassurant.

— Grave ! Moi aussi. Tellement de personnes crient pour se faire entendre et je sais que quand je parle avec Louis, je n'aurai pas besoin de crier, il m'écoute.

— C'est ce que répète *Nonna*, elle parle de sa générosité et tu sais, elle a commencé à me raconter l'histoire de sa vie et j'ai appris beaucoup de choses sur Louis qui me font l'aimer encore plus. C'est vraiment quelqu'un de bien et je regrette de prendre conscience de ça maintenant qu'il est reparti en Angleterre. J'espère qu'il sera là samedi.

— Mouais… justement…

— Quoi, Camille ?

— Bon. Avant de continuer, tu dois me promettre de garder le secret.

— Hein ? Quel secret ? De quoi tu parles ?

— Alors voilà. Louis est venu à la maison hier, en fin d'après-midi.

— Il est déjà arrivé ? Mais pourquoi ne l'a-t-il pas dit à *Nonna* ? Elle serait si contente de le voir ! Il lui manque, tu sais ?

— Oui, oui, je sais et Louis le sait aussi mais justement, il y a une bonne raison à ça. Louis veut lui faire une grande surprise.

— Une grande surprise ? Et c'est quoi, cette surprise ?

— Il n'a rien dit. En tout cas, il dit que ce sera « le plus merveilleuse des grands surprises »

— Et il ne vous a pas dit ce que c'était ?

— Je t'assure, je ne te cache rien. Il est venu nous voir parce que nous devons l'aider.

— Mais, l'aider à faire quoi ?

— Il veut que mes parents le reçoivent demain soir, avec deux ou trois autres personnes.

— Et qui sont ces personnes ?

— Ça, il n'en a rien dit. Mais à l'entendre, c'est quelque chose d'énorme.

— Et qu'est-ce qu'il veut exactement ?

— Il a demandé à mes pères s'ils pouvaient préparer deux chambres pour deux de ses amis, des Anglais.

— Ses amis ? Il invite deux de ses amis à la fête de Louise ?

— Oui.

— Trop chelou ! Mais bon, si Louis invite ces gens, c'est parce que ma *Nonna* sera contente de les voir. Mais je ne vois pas du tout qui ça peut être.

— Je suis aussi étonnée que toi, je n'y comprends pas grand-chose.

— Et c'est tout ce qu'il veut ?

— Pas tout à fait. Il a déjà vu Paulette et elle prépare une chambre pour accueillir un autre ami de Louis, un Anglais.

— Quoi ? C'est de plus en plus étrange, tout ça…

— Et ce n'est pas tout ! Sam était avec lui et…

— Sam ? Elle est ici ? Elle n'est pas venue me voir…

— Attends, Loulou, justement, elle veut te voir.

— Quand ?

— Eh bien, quand tu pourras. Elle aimerait que tu passes la voir demain matin chez Paulette, elle y sera entre 10 heures et midi.

— Ça marche, j'irai la voir à 10 heures, je suis trop pressée de savoir ce qu'ils trament, elle et Louis. C'est si excitant, tout ça ! Et d'ailleurs, où est Louis ?

— Il est à l'Auberge du Lion d'Or, à Serdonne. Il nous a dit que Sam et lui voulaient faire une merveilleuse surprise à *Nonna*, un cadeau fabuleux pour ses cent ans. Et pour ça, elle ne doit pas savoir qu'ils sont déjà ici, tous les deux.

— C'est trop bizarre… et si génial !

— Carrément ! C'est trop stylé ! Surtout qu'on est certain que ce ne seront que des bonnes surprises. Louis m'a demandé de t'en parler mais tu ne dois vraiment rien dire à *Nonna*.

— T'inquiète, je serai aussi muette qu'un lampadaire.

— Qu'un lampadaire ? Une tombe, tu veux dire…

— Et pourquoi ? Tu as déjà entendu un lampadaire parler, toi ?

Louise et Camille se relèvent en riant, elles doivent rentrer. Camille doit aider ses parents, Jacqueline et Paulette viennent dîner ce soir. Louise retrouve *Nonna*, occupée à casser des œufs.

— Hum, des œufs brouillés, je parie.

— Et tu paries bien. Je vais ajouter du bacon et un peu de ciboulette.

— Tu ne mets pas de Comté ?

— Si ! Bien sûr, mais après avoir servi nos assiettes.

— C'est vrai, il fondra tranquillement. J'ai deux beaux mille-feuilles pour le dessert.

— Tu es allée à la boulangerie ?

— Oui. Camille devait aller chercher le gâteau que Maryvonne avait commandé pour ce soir.

— C'est vrai, Jacqueline et Paulette dînent là-bas ce soir.

— Nous avons bien fait de décliner leur invitation, je préfère être ici avec toi et t'écouter me raconter la suite. Nous avons bien une demi-heure avant de manger, je nous sers un petit verre ?

— Allez, c'est parti. Où en étions-nous ?

— Tu me racontais Janet, elle avait agréablement surpris Louis par son énergie et le travail qu'elle a fourni pendant une semaine alors qu'elle ne l'accompagnait que pour voir le lieu et décider si elle lâchait son boulot de manageuse à Guernesey pour s'installer ici et gérer Château Labory.

— Je vois que tu suis bien, c'est agréable de voir que tu écoutes bien.

— Tu rigoles ! Je n'en perdrai pas une miette ! Je veux tout savoir sur ce Louis parce que je sais qu'il compte beaucoup pour toi. J'aurais aimé mieux le connaître mais maintenant qu'il a vendu, on ne le verra pas aussi souvent alors plus tu le racontes, plus j'ai le sentiment de le connaître.

— Alors je continue, tu vas le voir bientôt.

غ

Janet a accepté et après avoir formé une jeune femme pour gérer le café du centre de l'île, elle a quitté Guernesey pour poser ses valises à Labory. Les premières semaines, Louis et Janet passent beaucoup de temps à laver, balayer et ranger dans toute la demeure. Honoré termine l'installation de la chaudière et des deux citernes. Les travaux de la maison du régisseur sont loin d'être terminés et Louis comprend qu'il devra rester dans sa petite chambre quelques mois encore mais cela lui convient. De surcroît, les choses se présentent plutôt bien. Il a réglé le problème du chauffage et de l'eau chaude, les suites sont magnifiques, le parc est accueillant et l'ensemble est dans les mains d'une professionnelle pour laquelle il a beaucoup d'affection. Le courage et l'humour de Janet le lui rendent bien.

Le mobilier et autres articles sélectionnés avec Hannah ont été livrés et tout a été installé. Hannah est venue passer quelques jours pour la touche finale ; coussins, statuettes de Bouddha, vases, luminaires, livres et jeux de société ont été distribués dans toute la demeure afin de personnaliser chaque pièce. Comme l'avait décidé Louis, chaque suite porte le nom d'une ville de Guernesey sauf la plus grande à laquelle il donne le nom de « Suite Labory ». Deux murs tapissés d'un papier fleuri aux tons verts et dorés font face à deux murs rouge grenat et confèrent à cette chambre un style très anglais. Un immense lit à baldaquin et épais rideaux rouges trône entre deux tables de chevet aux lampes d'un doux carmin. Au pied de ce lit, un sofa de type Empire, assorti aux rideaux invite les hôtes à se prélasser, les pieds enfouis dans le moelleux enveloppant d'un magnifique tapis d'Orient couleurs de flammes. Hannah a un goût très sûr, très anglais, les hôtes s'y sentiront bien.

Louis se retourne vers l'occupation qui a été son métier pendant des années : la communication. Habitué à imaginer des solutions originales et efficaces, il a mille idées. Il veut proposer des promenades en montgolfière, en hélicoptère et faire de ce site un lieu de retrouvailles pour les événements de la vie tels que les anniversaires, les célébrations et bien évidemment, les mariages. Ce dernier thème l'inspire beaucoup mais il lui faudra réfléchir à chaque phase, chaque besoin car la conception actuelle de la cuisine ne se prêtera pas aisément au labeur des traiteurs et de leur brigade. Par ailleurs, les suites devront être libérées avant la date des noces pour les préparatifs mais également parce qu'il ne peut y avoir d'autres personnes sur le site que les invités et cela pourrait parfois s'avérer très délicat à gérer. L'important pour l'heure, c'est de préparer l'accueil des premiers hôtes.

Le réseau de connaissances d'Hannah a fait son œuvre et les premières semaines sont occupées par des habitants de Guernesey. Janet gère le planning et c'est un travail énorme. Un des postes les plus compliqués à gérer est la préparation des suites. Après départ des hôtes, il faut trouver le temps de laver les sanitaires, la chambre et refaire le lit avant l'arrivée des suivants. Louis aide Janet mais cela nécessite une organisation de pointe et tous les deux travaillent sans relâche. C'est évidemment un 14 août que Château Labory ouvre ses portes aux premiers hôtes et c'est un succès. Ils repartent très satisfaits de leur séjour et font une telle publicité de l'endroit que leurs amis, leurs proches, réservent aussitôt quelques nuits. Chaque jour, le menu est établi et affiché sur un tableau d'ardoise et les vins sont sélectionnés dans la région pour une mise en valeur des produits du terroir. Janet cuisine et Louis fait le service mais personne n'est dupe, Louis n'excelle pas. Un hôte amusé et conquis, lui en fait la remarque un soir :

— Vous êtes le propriétaire des lieux ? Vous savez ce qu'il y a de vraiment insolite ici ? C'est vous. Parce qu'on voit très nettement que vous n'avez aucune idée de ce que vous faites. Vous servez par la droite puis par la gauche et les couverts sont posés au hasard, selon où vous vous trouvez ou ce que vous avez dans la main. Et justement, je vous admire pour ce que vous faites, j'ai beaucoup de respect pour vous.

Louis s'est très bien adapté à ce petit village et la grande maison s'emplit de rires et de vie. Au bout de presque deux ans, la maison du régisseur est enfin prête et Louis y emménage sans tarder. Une grande pièce à vivre avec cuisine jouxte un salon chaleureux et par les fenêtres, Louis peut profiter des chaudes couleurs d'automne dont se parent les arbres du parc. Il installe sa chambre à l'étage, dans une des deux suites spacieuses et confortables, chacune étant équipée de w.-c., douche et baignoire. Il se réjouit de retrouver enfin son intimité et sans tarder, il invite Hannah.

Albert Fouchet et Sandrine Blondeau se garent et Janet les accueille, ils souhaitent voir Louis.

— Nous aimerions te demander si tu accepterais de nous prêter le parc pour une journée, au mois d'août l'an prochain.

— Pourquoi pas, pourquoi avez-vous besoin du parc ?

— Eh bien, depuis plusieurs années, notre association organise un rassemblement de voitures anciennes et cela se passait dans le parc. Seulement Duncan est parti et nous aimerions savoir si tu serais d'accord pour continuer.

— J'aime l'idée, Sandrine, mais c'est quoi ces voitures anciens ?

— Des propriétaires de vieilles voitures viennent le dimanche matin et exposent leurs véhicules, des tractions du début du siècle dernier, des deux-chevaux, des Aronde et des voitures anglaises comme la Morgan et beaucoup d'autres. Nous n'avons besoin que du parc et nous nous occuperons de tout.

— Mais c'est génial ! Et beaucoup de monde sont en visite pour ces voitures ce jour-là ?

— Oui, de plus en plus. Nous avons eu cinq cents véhicules l'an dernier et plusieurs milliers de personnes.

— Alors c'est parfait. Je sera là aussi et si je peux aider vous, je sera content de le faire.

غ

— J'avais oublié ces réunions mais je me souviens que depuis quelques années, il y a tellement de visiteurs qu'on ne peut pas circuler à cause des embouteillages !

— Exactement. Cette manifestation a pris une ampleur que personne n'attendait et les riverains se plaignent de mettre une heure pour faire deux kilomètres afin de rentrer chez eux !

— Mais ça ne gênait pas les vacanciers ?

— Ceux qui réservaient pour la période concernée étaient prévenus et tout se passait plutôt bien.

— Je reviens à la déco, je me souviens très bien de la suite Labory, c'était magnifique et quand nous étions petites, c'était notre préférée, Camille et moi. Qu'est-ce qu'on aimait y dormir ! On avait le sentiment d'être des princesses.

— Oui, ce lit à baldaquin m'a toujours fait penser au Roi Soleil. Et avec ses habitudes et les importantes décisions qu'il a prises en fonction de ce « quatorze porte-bonheur », j'aime l'appeler « Louis XIV ».

— Et ça lui va trop bien ! Je ne savais pas que c'était lui qui avait meublé le château, je pensais que tout avait été installé par les anciens propriétaires.

— C'était le cas mais Duncan et son épouse avaient perdu beaucoup d'argent et d'espoir en ce lieu, j'imagine qu'ils ont emporté quelques belles pièces en guise de compensation. Et qu'importe, Louis a réussi à meubler et décorer le château d'une manière élégante.

— Et les vacanciers qui venaient y séjourner appréciaient.

— Oui et ils étaient plutôt sympathiques.

— Tu dis *plutôt* avec une moue qui me fait penser que certains ne l'étaient pas…

— Oui, je me souviens d'une histoire qui avait beaucoup blessé Louis : un matin, alors qu'il se rendait au verger, il a vu que deux hôtes étaient dans la piscine, des Canadiens. Bien éduqué, Louis les avait salués mais l'homme s'était fâché et lui avait répondu que l'espace leur était réservé, que ce temps qu'ils passaient dans la piscine était privé et qu'il ne voulait pas l'entendre.

— Ouah ! Je comprends qu'il ait eu le seum ! On ne traite pas les gens comme ça. Et qu'est-ce qu'il leur a dit ?

— Eh bien, il s'est excusé, précisant qu'il avait seulement agi par politesse, non par curiosité dans leur moment privé. Et le plus drôle, c'est qu'une fois leur baignade terminée, ils sont arrivés dans la cuisine et ont salué Louis comme s'il était un ami de toujours, avec bonne humeur et amitié.

— Non ! Mais comment peut-on agir comme un mufle et l'instant d'après, agir en ange ?

— Je sais, c'est très étrange mais tu sais, certaines personnes estiment que lorsqu'elles paient pour un service, elles ont tous les droits, y compris celui de bafouer les règles du savoir-vivre ou humilier ceux qui leur apportent ce service. Louis en avait été affecté mais ce couple partait le lendemain et d'autres plus sympathiques viendraient.

— Quel optimiste, ce bon Louis XIV !

— Oui, c'est une chose qu'on ne peut pas lui retirer et c'est tant mieux. L'ambiance était généralement très bonne. Ils recevaient plutôt des couples mais parfois aussi des groupes d'amis. Ils venaient pour la plupart d'Angleterre, mais aussi de Belgique, des Pays-Bas, du Canada et des États-Unis. Pendant les repas, les différentes langues se mélangeaient à table et Louis en était vraiment heureux, il aime le mélange des cultures.

— Il a bien raison, on apprend tellement de ceux qui sont différents de nous.

— Parfaitement et pour avoir plusieurs fois été invitée à partager leurs repas, j'ai pu constater comme les échanges avec les autres sont une source de pensées plus tolérantes et d'ouverture d'esprit. J'aimais ce panachage de coutumes et ce métissage de croyances, c'était aussi instructif que révélateur de certains préjugés.

— Je me souviens t'avoir accompagnée à un repas mais j'étais trop jeune pour apprécier la richesse de l'expérience.

— Oui, tu n'avais pas encore six ans. Mais tu t'étais bien amusée avec les petits anglais.

— Oui, je me souviens surtout de la piscine avec trois ou quatre autres enfants et du thé glacé avec des petits gâteaux, c'était trop bon.

— C'étaient des scones que Janet avait préparés. Elle les avait servis avec de la confiture de fraise et de la crème épaisse, une délicieuse spécialité de ce pays.

— Et donc, Louis a pu contribuer à sauver des gens au Sri Lanka et à Haïti ?

— Oui. Au début, il donnait toutes les recettes de son activité à Hannah mais il s'est rendu compte qu'il devait soustraire le budget réservé aux courses et autres frais réguliers.

— Il ne le faisait pas avant ? Alors c'est lui qui payait tout de sa poche ?

— Pendant plusieurs mois, oui, il envoyait à Hannah chaque cent qu'il percevait mais il a ensuite commencé à déduire la somme nécessaire au bon fonctionnement de l'entreprise et il lui envoyait en moyenne cent vingt mille euros par an pour six à sept mois d'ouverture, l'activité s'arrêtait en novembre pour reprendre au printemps.

— Bilan positif donc ?

— Pour Louis, oui. Il aurait aimé donner davantage mais c'était déjà génial.

— Dans ce cas, pourquoi est-ce qu'il a décidé d'arrêter les chambres d'hôtes ?

— Alors ça, c'est une autre histoire. Il n'a jamais voulu arrêter mais il n'a pas eu le choix. Louis est resté deux ans pour aider Janet puis il a recruté des personnes pour la seconder. Sa faculté à lier avec les habitants des environs lui a permis de trouver sans trop de peine. Après ces deux années, Louis est retourné en Angleterre et tout se présentait bien. Mais au bout de trois ans, Janet a décidé de quitter son poste.

— Mais pourquoi ? Elle ne se plaisait plus à Labory ?

— Si, elle adorait son travail, les clients et l'endroit. Je veux bien te raconter tout ça mais je vais d'abord faire chauffer la poêle, je te raconterai pendant le dîner.

— OK, ça marche. Je vais t'aider.

غ

CHAPITRE X
UN RÊVE À SAUVER

Louis se rend à la cuisine pour se préparer une bonne tasse de thé. Assise à la grande table, Janet est devant son ordinateur. En passant derrière elle, Louis voit le visage d'un homme d'une vingtaine d'années.

— Je veux te présenter quelqu'un, Louis. Voici Khaled.

— Bonjour Khaled…

Louis repart, il ne veut pas déranger leur conversation. Janet et Louis font les comptes, la saison touche à sa fin et le château va sommeiller. Janet en profite pour demander une semaine de congé et comme il n'y a aucune réservation, Louis accepte. Il l'emmène à la gare de Saint-Pierre-des-Corps et quelques jours plus tard, Grietje contacte Louis.

— Janet s'est mariée !

— Quoi ?

— Oui, elle s'est mariée. En Algérie.

— Mais pourquoi ne m'a-t-elle rien dit ?

— Je ne sais pas. Elle n'avait parlé à personne de ce mariage. Je l'ai appelée et elle vient de me l'apprendre.

Janet a trente-neuf ans alors quand ce beau jeune homme de vingt et un ans lui fait sa demande, elle accepte volontiers. Elle est heureuse, elle ne sera plus seule. Le samedi suivant, Louis va la chercher à la gare, Janet est de retour. Il lui demande si elle a passé de bonnes vacances, Janet répond que tout était parfait. Elle ne lui parle pas de l'événement mais Louis ne peut pas faire semblant.

— Janet, je crois que tu as quelque chose à me dire. C'est bien une alliance que je vois, à ton doigt ?

— Oui, je me suis mariée.

— Eh bien, félicitations ! Je suis heureux pour toi. Pourquoi ne m'as-tu rien dit ?

— Ce n'est pas que je ne le voulais pas mais tout cela a été si soudain. Et puis, j'étais gênée. Je suis désolée, Louis.

— Non, tu n'as pas à être désolée, tu avais parfaitement le droit de ne rien dire et ce qui compte, c'est que tu sois heureuse alors je suis très content pour toi.

Janet est restée quelques semaines de plus avant de quitter définitivement son poste pour rejoindre son jeune époux. Louis se demande ce qu'il doit faire car une demeure vide coûte et ne rapporte rien. Il réfléchit à une solution qui lui permettrait de récolter de l'argent sans avoir à trouver une personne en remplacement de Janet. Parmi ses amis, certains lui ont parlé de châteaux loués à la semaine et l'idée lui paraît adaptée. Des amis ou des familles pourraient louer le château entier pour une ou plusieurs semaines à la manière des gîtes de vacances et il en parle à Grietje. Celle-ci l'encourage et lui présente une amie qui pourrait se charger de l'entretien.

Louis rencontre Nadine et lui fait visiter l'endroit. Sa mission sera d'accueillir les groupes de vacanciers le jour de leur arrivée, d'être présente pour d'éventuelles informations ou besoins et de s'occuper du ménage après leur départ. Nadine est aidée d'une amie, Anne-Marie, et Louis leur paiera le nombre d'heures effectuées. Les deux femmes s'organisent et commencent par faire le ménage dans toute la maison. Nadine gère également l'équipe d'entretien du parc, deux frères, Fred et Clément. Ils nettoient le parc et tondent avant l'arrivée de l'hiver. La piscine est mise en hivernage et le système de chauffage de l'eau est arrêté.

Retourné en Angleterre, Louis reprend ses activités quand il reçoit un appel d'une amie dont il n'a pas eu de nouvelles depuis des années. Gemmologue, Maryam aime tout ce qui brille et son manque de simplicité contrastait un peu trop avec la vie tamisée de Louis, loin des projecteurs, loin des milieux snobs. Il s'était senti soulagé d'avoir mis un terme à leur relation.

— Bonjour Maryam.

— Bonjour Louis. Comment sais-tu que c'est moi ?

— Ton nom s'est inscrit sur mon téléphone.

— Tu n'as pas effacé mon numéro ?

— Pourquoi l'aurais-je fait ? Alors, comment vas-tu ?

— Eh bien, pas vraiment bien pour être honnête. J'ai quitté mon compagnon.

— Oh, je suis vraiment navré pour toi.

— Non, ne le sois pas, je suis heureuse de l'avoir quitté, je vais pouvoir reprendre ma vie en mains et respirer. Je ne pouvais rien faire de ce qui me tenait à cœur, j'étais comme un oiseau en cage. Il m'empêchait de sortir, de voir mes amis, il me privait même de téléphone !

— C'est trop triste mais tu vas t'en sortir.

— Je l'espère et c'est un peu pour ça que je t'appelle. L'appartement dans lequel nous vivions ensemble lui appartient et je n'ai nulle part où aller.

— Écoute, je peux justement te proposer un endroit. C'est une maison en France, près d'un château que j'ai acheté.

— Un château ? En France ?

— Oui, je t'expliquerai mais si tu veux, tu peux aller là-bas, la maison est vide.

— Je te remercie, tu es adorable mais ne serait-il pas plus simple que j'aille chez toi, en Angleterre ?

— Je préfère éviter. Tu sais, j'ai mes habitudes de vieux garçon et toi, tu as ta vie. Là-bas, tu seras autonome et tu pourras faire ce que tu veux, recevoir des amis et te reconstruire.

— Tu as raison, je te remercie, Louis. Je dois régler quelques affaires avant de quitter Dubaï et je te recontacte la semaine prochaine.

Louis n'avait pas pensé à elle depuis des siècles, il avait appris à s'en méfier. Belle et intelligente, elle savait manipuler ceux qui tombaient sous son charme, mais on ne l'y prendrait plus. Cependant, la maison du régisseur est vide et il ne saurait rester sans rien faire en sachant qu'il peut l'aider. Ils se retrouvent à Londres et Louis lui raconte ses aventures pendant le long trajet qui les mène à Labory.

Maryam est séduite par l'endroit et elle s'installe dans la maison. Louis reste quelques jours et profite de ce séjour improvisé pour l'inviter au restaurant afin de lui présenter Nadine, Hans et Grietje. C'est une belle soirée et Louis est satisfait de lui avoir proposé son aide. Maryam sera bien ici et elle pourra repartir de zéro. Sur le chemin du retour, Maryam demande quelques précisions sur la manière dont Louis compte gérer la location du château et d'un mot à l'autre, des idées germent et l'une d'elles est plus intéressante que les autres. Il réalise qu'il peut offrir un service supplémentaire, un chef qui viendrait cuisiner pour eux. Les réservations concerneront des groupes de quinze à vingt personnes et il peut s'avérer délicat de trouver une table pour tant de monde, surtout pour ceux qui ne parlent pas couramment le français. Par ailleurs, le restaurant le plus proche est à quinze minutes. Il se met en quête d'un chef qui accepterait de venir travailler sur place et parle de son idée à toutes ses connaissances. Anne-Marie pense que l'affaire pourrait intéresser Sam et Louis propose de fixer un rendez-vous. Il est en Angleterre en ce moment mais ses obligations peuvent attendre et il organise son séjour. Il partira demain pour rencontrer Sam et lui faire visiter Château Labory.

Le téléphone sonne, c'est Anne-Marie. Sam ne décroche pas. Il est à peine 8 heures, le petit-déjeuner est bientôt près et les appels d'Anne-Marie sont toujours longs. Ne voulant pas faire attendre trop longtemps son amie, Sam s'engage à l'appeler après son passage à la salle de bains. Il fait frais dehors mais les tartines sont agréablement tièdes et le café est chaud. Sam ne tarde pas et une fois ses ablutions terminées, le téléphone fait son travail. Anne-Marie lui explique, elle lui propose un job de chef au Château de Labory et Sam accepte de rencontrer le propriétaire.

Louis aperçoit une voiture rouge entrer dans l'allée, c'est Sam.

— Bonjour Sam, je suis Louis et je vais vous faire un petit visite.

— Enchantée. Je suis ravie, je ne connais que le parc. Je suis venue ici un dimanche, il y a quelques années avec mes deux plus jeunes garçons pour voir les voitures anciennes.

— Et ils étaient heureux ?

— Oui, très !

Louis guide Sam à travers la demeure et tous deux mêlent français et anglais.

— Tu parlé très bien l'anglais.

— Et toi, tu parles très bien français.

— J'essaie et j'apprends toujours beaucoup des choses. C'est bon que tu parles anglais parce que les gens qui vient ici pour le vacances parlent tous anglais et pas toujours beaucoup du français.

— Pas de souci pour moi. Ce que j'ai besoin de savoir, c'est comment tu vois les choses.

— Eh bien, j'aimerais que tu me donnes des modèles de menu que j'envoie à les personnes qui réservent. Je leur dis que tu peux cuisiner pour eux et je donne un prix. Si ils veut que tu fasses un menu pour eux, je t'envoie un e-mail des gens et tu discutes avec eux direct. C'est eux qui te payer quand tu les vois. Qu'est-ce que tu penses ?

— J'en dis que c'est parfait pour moi. Et tu as besoin des menus pour quand ?

— Quand tu veux, nous avons deux mois tranquilles. Les premiers vacanciers vient en mai. Tu dois aussi faire un menu si des enfants vient.

— Alors je t'enverrai des menus pour adultes et des menus enfants avec les prix. Est-ce que j'inclus les vins ?

— Non mais tu peux ajouter que tu peux acheter pour eux. Veux-tu boire un verre de vin ?

— Je te remercie mais je dois partir.

— Et moi je repars pour l'Angleterre demain après-midi alors j'espère tu as tout ce que te faut. Je reviens en juin seulement.

— Oui, c'est parfait pour moi. Je t'écris rapidement et nous nous verrons quand tu reviendras.

غ

Sam est excitée à l'idée de cuisiner à nouveau. Sa santé l'a contrainte à vendre son restaurant et elle pensait ne plus pouvoir travailler en tant que cheffe. L'opération du dos l'a soulagée mais elle ne peut plus rester aussi longtemps debout ni porter de poids et depuis deux ans, elle lutte contre un cancer. Le mois prochain, c'est la dernière opération et Sam sera prête pour la belle saison de cuisine qui s'annonce. Elle réfléchit, imagine des plats et rédige des menus. Après avoir réfléchi aux prix de revient, tout est fin prêt et elle envoie les menus tarifés à Louis. Elle propose deux tarifs différents selon que les menus seront préparés et servis à table ou seulement préparés et déposés, charge aux clients de réchauffer, dresser et servir. Moins de dix minutes après l'envoi, la réponse arrive. Louis est totalement satisfait et il l'informe qu'il envoie ses propositions au couple Johnson qui arrivera pour la dernière semaine de mai.

C'est un matin sans fantaisie et Maryam organise sa journée. Elle a besoin de cette confirmation, si Sam ne peut accepter la mission, il ne lui reste qu'une journée pour préparer cette importante entrevue. Philippe Demaîstre arrivera par le train en début d'après-midi et elle lui proposera de passer la nuit dans la suite Labory, la plus luxueuse de toutes.

Il est presque 9 h 30 quand Sam voit l'appel d'Anne-Marie.

— Si tu acceptes, tout ce que tu auras à faire, c'est préparer un repas de qualité pour quatre personnes. Philippe Demaîstre gère de grands hôtels luxueux et il vient ici pour donner son avis, de manière tout à fait officieuse parce que c'est une connaissance de Maryam. Il part de Nice demain pour se rendre à Paris et il a accepté l'invitation, il repartira probablement vendredi matin.

— C'est plutôt intéressant, oui, et puis, ce n'est que l'histoire d'une journée mais, quel est mon budget ?

— Et bien rien n'est défini pour le budget alors tu fais ton prix, voici les directives qui m'ont été données et dont tu dois tenir compte : il faut quatre parts (P. Demaîstre, Maryam, Nadine et moi), il faut impérativement que ce soit excellent et tu peux compter quarante à soixante euros par personne, à toi de te débrouiller pour y trouver ta marge. C'est ça qui te paiera.

— Tout ça me semble bien mais je dois savoir quel genre de repas Maryam souhaite. Faut-il axer sur la viande, le poisson, les accompagnements ? Faut-il le vin pour accompagner les plats ?

— Alors, plutôt viande, Maryam m'a dit qu'il adorait en particulier les bonnes pièces de bœuf. Et oui, occupe-toi du vin si tu veux bien ; il y en a dans la cave du château mais Maryam n'y connaît rien et moi non plus.

— Parfait alors je prépare tout ça dans ma tête et je t'enverrai quelques propositions demain ou… attends, d'ailleurs, c'est pour quand ?

— Ben justement, tu vas tiquer… c'est pour demain…

— Demain ?

— Oui, demain soir.

— Bon. Si c'est pour demain soir, ça me laisse quand même le temps de réfléchir au menu et de te le soumettre ; je ferai mes achats demain et ensuite, je préparerai le repas. En revanche, j'aimerais venir demain matin pour voir la cuisine, le matériel et la salle pour préparer la table. J'en profiterai pour faire un tour à la cave et voir les vins que vous avez sur place.

— Oui, bien sûr, à quelle heure veux-tu venir ?

— 10 heures, ça te convient ?

— Super !

Maryam est soulagée. Rien de tout ça n'était prévu, Philippe a appelé Maryam pour prendre des nouvelles et les choses se sont ainsi faites d'elles-mêmes. Nadine est arrivée et Anne-Marie sera là dans une trentaine de minutes. Ensemble, elles iront préparer le château, aérer, épousseter, préparer sa suite, son lit, etc. Tout doit être en ordre et propre mais surtout accueillant et convivial. Maryam a le sens du relationnel, des affaires et elle veut renvoyer la balle à Louis ; c'est grâce à lui qu'elle n'est pas à la rue. Philippe aura un regard professionnel et ses remarques seront constructives. Les conseils d'un homme de cette envergure sont toujours bons à écouter.

— Le parc est vraiment agréable.

— Et à cette saison, tout renaît, c'est beau et reposant…

Anne-Marie enfonce la clef dans la serrure et Sam entre dans le hall gigantesque. L'immense cuisine est spacieuse et lumineuse, Sam sourit à l'idée de travailler dans un tel endroit. Les deux amies font rapidement le tour du rez-de-chaussée en passant seulement devant chaque pièce, Sam doit choisir la manière dont elle organise le repas, où se prendra l'apéritif, le café. Son souhait est de placer cet invité très spécial dans la situation du chanceux qui louera cette merveille pour s'y ressourcer.

— L'apéritif sera servi avec les hors-d'œuvre, dans le salon à droite de l'entrée principale. Le repas sera servi dans la salle à manger qui est juste en face. Et pour le café, vous vous rendrez au salon qui fait face à la cuisine, j'aurai quelques mignardises et une surprise pour les palais fins.

— Génial, ça va être top. Regarde, Maryam arrive.

Sam aperçoit, à travers les larges fenêtres de la cuisine, Maryam suivie de Nadine. Elles arrivent d'un pas pressé. Sam ouvre les placards, les tiroirs, essaie les feux des fourneaux quand Anne-Marie arrive en courant, la mine inquiète.

— On a moins de temps que je pensais, il sera là dans dix minutes.

— Quoi ? Dix minutes ?

— Oui, il y a visiblement eu un malentendu, Maryam et Philippe ne se sont pas compris.

— Mais le repas est quand même pour ce soir ?

— Justement non ! Il reprend le train à 17 heures à la gare de Saint-Pierre-des-Corps.

— D'accord. Bon. Donc, si je comprends bien, je dois improviser un repas pour le déjeuner qui doit être parfait, pour quatre personnes et il est déjà 10 heures et demie… il faut que je réfléchisse deux secondes…

غ

— C'est drôle, comme ils se sont rencontrés, Sam et Louis. C'est amusant parce que, en les voyant tous les deux comme je les ai vus ces dernières années, je pensais qu'ils se connaissaient depuis toujours, ils ont l'air si proches !

— Ils ont beaucoup de choses en commun et ils se sont tout de suite bien entendus.

— Je ne savais pas non plus qu'elle avait cuisiné pour cet homme avant de le faire pour les vacanciers. Il devait être important.

— Eh bien, oui, c'était un ami de Maryam. Dans la discussion, Louis avait expliqué à Maryam qu'il n'avait plus personne pour tenir la maison en chambres d'hôtes et qu'il pensait louer l'endroit complet. De cette manière, il n'avait plus besoin de quelqu'un à demeure. Mariam lui a alors parlé de ce monsieur. Elle se fiait à son jugement. Depuis des années, cet homme gérait de luxueux hôtels et palaces à travers le monde et sa contribution permettrait d'améliorer l'accueil des visiteurs, et pour commencer, Louis saurait si son idée était viable.

— C'était malin de la part de Maryam et si je comprends bien, il a validé le projet ?

— Il l'a plus que validé. Il a été charmé. Je veux bien te raconter ça mais d'abord, je te propose une petite pause.

— Carrément, *Nonna*. Et si je préparais une petite infusion ?

— Bonne idée, ma fille. Et je vais te chercher quelque chose. Nous nous installerons dans ma chambre si tu veux bien.

— Ha ! Tu vas nous préparer un disque, chouette !

Louise met la bouilloire à chauffer, prépare la théière, les tasses et attend. Les bruits venant de la chambre attirent son oreille et elle jette un œil. *Nonna* est devant l'armoire, portes ouvertes et regarde l'étagère du haut.

— Tu veux un coup de main, *Nonna* ?

— Oui, je veux bien. Peux-tu prendre cette valise, là-haut ?

Louise descend une petite malle de cuir. Les bords sont râpés, les coins trahissent des transports fréquents et douloureux mais les fermetures tiennent bon. Louise pousse les deux boutons vers l'extérieur et les deux langues de métal sautent, permettant l'accès aux trésors engloutis. Elle s'écarte pour laisser à *Nonna* le soin d'ouvrir la malle et retourne dans la cuisine.

Lorsqu'elle revient avec le plateau, *Nonna* a étalé plusieurs disques sur son lit et elle en tient un dans les mains. Louise n'ose plus faire un pas, elle regarde la silhouette de son arrière-grand-mère, assise face à l'armoire ouverte, elle semble loin, dans une autre époque, un autre lieu. Dans le miroir de la porte de droite légèrement refermée, Nonnette aperçoit le reflet du visage absorbé de son aïeule. Dans son sourire empli de mélancolie, les émotions s'entremêlent. Quelques sillons marquent la peine et la souffrance mais ce qui fige Nonnette, c'est son regard, à la fois doux et rude. Comme ces odeurs qui guident notre palais et nous font saliver, il émane de ses yeux une tendresse froissée, réservée. Et comme ces odeurs qui flattent nos narines pour des mets savoureux qui ne nous sont pas réservés, cette tendresse est réservée à un autre, à ses souvenirs.

Bien qu'elle le regarde, *Nonna* ne voit pas cette pochette d'album, elle ne voit que Charlie. Elle voit ces moments de fête, elle se voit dans les bras de Charlie qui la fait tourner sur la voix chaude de Léo Marjane. Souriante, ses yeux clairs et ses pommettes enjouées naviguent entre tous les âges, exprimant l'espoir comme la résilience. Nonnette pensait d'abord reconnaître Édith Piaf dont les sourcils fins avaient cette même allure, fière et délicate. *C'était peut-être sa sœur*, pense-t-elle. Mais les regards des deux Louise se croisent et chacune sort de sa rêverie.

— Je vois que tu as trouvé un nouveau disque. Est-ce que je peux te poser la question, *Nonna* ?

— Tu veux savoir pourquoi ils ne sont pas rangés avec les autres ?

Par un timide hochement de tête, Louise admet.

— Vois-tu, dans cette chambre, dans MA chambre, je conserve soigneusement les biens auxquels je tiens plus que tout. Et ces disques, ces livres, ces bouts de papiers, de tissus et toutes les bricoles qui se trouvent dans cette malle, ce sont les trésors les plus précieux que je possède. Je sais qu'ils n'auront aucun intérêt pour personne, seulement pour moi, tu comprends.

— Je crois que je comprends très bien. Je devine même que Charlie n'est pas étranger à l'affaire, je me trompe ?

Nonna se lève et pose les disques à côté de la platine avant de s'asseoir près de Louise.

— Quand ce disque est sorti et que je l'ai entendu à la radio, j'ai été émue à l'idée qu'elle parlait à des milliers de femmes. À ce moment-là, je ne connaissais pas Charlie et je l'écoutais en ressentant de loin, la peine de ces femmes. Alors quand Charlie m'a appris qu'il devait partir mais qu'il reviendrait bientôt me retrouver, j'ai immédiatement compris que je n'avais rien compris de la souffrance qu'elles enduraient.

Les tasses se vident en silence et bien que son âge la pousse à questionner son aïeule, Louise n'en fait rien et respecte cette pause ; elle sait que *Nonna* va bientôt revenir.

— Et quelques semaines avant son départ, il m'a offert ce disque que nous avons écouté un million de fois. C'était si bon de danser dans ses bras. Nous pouvons l'écouter, si tu veux bien.

— J'attendais ton feu vert, ma *Nonna*, j'ai trop la hype… je veux dire, j'ai trop hâte de l'écouter.

Avec le soin qu'un évêque prendrait pour porter les reliques avérées de Jésus Christ, Louise sort la pochette fine de l'enveloppe cartonnée qu'elle repose sur la pile. Puis elle sort le disque noir. À l'aide du doux tissu soigneusement rangé à droite du bras, elle caresse la galette sombre, encastre le python dans le centre du disque puis, du pouce et de l'index, elle saisit la petite patte sur le côté du bras. Dès le premier centimètre, la platine se met à tourner, entraînant avec elle les sillons qui semblent soudain s'entremêler. Elle le dirige jusqu'au premier sillon, le pose, et les craquements feutrés annoncent le retour dans un temps qu'elle ne connaîtra qu'à travers les souvenirs de son arrière-grand-mère. Les violons pleurent et déjà, *Nonna* entend Charlie lui chanter ces paroles alors que leurs deux cœurs embrasés se resserrent.

Je te revois encore à la gare
Te penchant pour me dire adieu...
Je revois le train qui démarre
Et la tristesse de tes yeux...

Attends-moi, mon amour,
Avec un peu de chance
Je serai bientôt de retour
Prenons patience...
Attends-moi, mon amour,
Dans ce beau coin de France,
Qui fut témoin de tant de jours
Pleins d'insouciance...
Et comme aux heures du passé
Notre existence
Pourra, je pense
Recommencer
Attends-moi, mon amour,
Chaque jour qui commence
Peut être celui du retour...
Garde confiance

Si parfois le soir ton cœur tremble,
Repense à tous nos souvenirs...
Après tant de bonheur ensemble,
Notre amour ne peut pas finir...

La voix de Léo Marjane s'est dissipée, les violons murmurent doucement et la musique s'évapore. Il ne reste plus que le craquement du saphir sur le disque qui enchaîne les tours. Louise se lève, laissant *Nonna* en elle-même, le cœur enfoui, et retire le bras puis le disque qu'elle range soigneusement. Elle retourne auprès de *Nonna* qu'elle prend dans ses bras. Les mots sont inutiles. Sortant de leur étreinte, *Nonna* lui tend un sourire et la caresse d'un merci pâle et tourmenté. Même si les questions se pressent dans sa tête, Nonnette n'osera pas cette profanation, elle se tait et retourne s'asseoir. Elle verse une deuxième tasse de thé et accompagne du regard les yeux de *Nonna*, jetés par la fenêtre puis elle revient.

— L'autre disque, celui qui était juste sous celui-ci, est un disque que j'ai acheté un an après le départ de Charlie. J'ai beaucoup chanté cette chanson. Et bien trop souvent seule.

Nonnette se lève et, pratiquant son rituel bien rodé, elle s'assoit pour écouter, religieusement.

Je suis seule ce soir avec mes rêves,
Je suis seule ce soir sans ton amour.
Le jour tombe, ma joie s'achève,
Tout se brise dans mon cœur lourd.
Je suis seule ce soir avec ma peine,
J'ai perdu l'espoir de ton retour,
Et pourtant je t'aime encore et pour toujours
Ne me laisse pas seule sans ton amour…

— Je comprends. C'est si triste tout ça, ma *Nonna*, je ne sais pas quoi dire. J'aimerais tellement te réconforter, t'apporter… je ne sais quoi d'ailleurs. Je n'ai rien à t'offrir qui adoucirait ta peine et ça me rend folle, j'ai trop le seum.

— Non, ma petite, non, tu fais tellement pour moi.

— Mais je vois combien tout ça te fait du mal et…

— Non, la douleur m'a quittée depuis longtemps, tu sais et je m'en veux parce que c'est moi qui te fais souffrir avec toutes ces vieilles histoires.

— Non, *Nonna*. J'ai de la peine pour toi mais je suis tellement contente que tu me racontes ta vie. Je me sens tellement mieux depuis que tu as commencé et je crois que c'est exactement ce dont j'avais besoin. Tu me reconnectes à toi, à mes racines, à ma vie, tu me reconnectes à moi-même. Je… je vais te confier quelque chose, *Nonna*, j'ai un peu honte de ce que je vais te dire, mais vois-tu, après la mort de Maman, je me suis sentie abandonnée. Mais tu étais là, toi et ma grand-mère. Vous avez su adoucir ma peine mais ensuite, quand papa nous a quittées deux ans plus tard, après avoir réussi à dompter ma douleur, j'ai commencé à éprouver une terrible colère. J'avais l'impression que le sort s'acharnait à me rendre malheureuse. J'avais le sentiment qu'il n'existait pas de vie plus douloureuse que la mienne et je ne voyais pas comment me préparer à accepter un avenir dans un présent pareil. Là encore, *Mamicha* et toi avez été présentes pour moi, vous m'avez choyée, vous m'avez protégée et aimée mais surtout, vous m'avez aidée à ouvrir les yeux. Et aujourd'hui, après ces trois longues journées passées à tes côtés et au cours desquelles je t'ai écoutée, passionnée, fascinée, admirative, j'ai découvert des univers qui m'étaient parfaitement étrangers comme la guerre, l'inhumanité et l'injustice dont les femmes en particulier font les frais. Et je te vois, là, juste en face de moi, une tasse de thé à la main et je me dis que personne n'oserait imaginer, ne serait-ce qu'un instant, le millième de la souffrance que tu as subie. Et j'ai envie de crier au monde entier que tu es la femme la plus extraordinaire, et la plus forte qui existe. Je ressens même de la colère à l'idée que les gens qui te regardent ne voient qu'une vieille dame vulnérable. Et moi, *Nonna*, je ne sais pas comment l'expliquer et je ne sais pas comment c'est arrivé, mais toute cette force dont tu as fait preuve, je la sens en moi maintenant. Comme si, en me racontant tes combats, tu m'avais transmis ta force.

— Ne sois pas en colère, ma Louise adorée, ne sois pas en colère car le temps que tu passes à être en colère, c'est du temps perdu. La colère n'est utile que pour se recadrer soi-même pour redresser la barre du bateau dans une autre direction ; et à ça simplement. Elle ne sert qu'à ça. Et si tous mes récits te donnent la force, alors je n'aurai pas souffert pour rien.

La petite Louise est couchée depuis deux heures mais elle ne trouve pas le sommeil. Elle repasse dans sa tête, les milliers de mots que son aïeule a prononcés et elle cherche à déterminer quels mots ont été les plus employés. Charlie arrive d'abord en tête puis, elle se rend compte qu'au-delà des mots, des idées surtout, ont été énoncées. Des idées positives, de l'amour, du respect, de la force et de l'espoir. Elle constate à quel point tous ces mots vont bien ensemble. Elle peut en faire une seule et unique phrase qui résumerait la vie de *Nonna* : *Charlie est le point positif de sa vie, pour avoir donné et fait naître cet amour dans le respect et la force de l'espoir.* Louise s'en amuse. Elle saisit son carnet, attrape son crayon de papier et note sa phrase. Si j'écris quelque chose sur ma *Nonna*, ce sera ma punchline !

De l'autre côté du mur, *Nonna* s'est endormie. Bercée par les violons, elle danse dans sa tête. Le repos est bienvenu car dès demain, les choses vont s'accélérer. Tout le monde lui cache tout, personne ne dit rien mais plus que les détails qu'ils donnent, ceux qu'ils ne donnent pas et les silences gênés les trahissent. Bien sûr, elle ne sait pas de quoi il retourne. Évidemment, elle ne sait pas ce qu'ils lui réservent. Mais elle sent que l'affaire n'est pas prise à la légère. Nonnette devait passer la matinée avec elle mais juste avant d'aller se coucher, elle avait prévenu *Nonna* qu'elle devait se rendre chez Camille pour 10 heures.

غ

— Bonjour Sam, je suis ravie de te revoir !

— Bonjour Louise. Moi aussi, je suis super contente de te voir. Et j'ai plein de choses à te dire.

— Eh bien, c'est parfait parce que moi, j'ai plein de questions à te poser.

— Ah ? Je vois que Camille t'a raconté.

— Oui, et c'est génial. J'adore les fêtes et les surprises et surtout, j'aime tellement ma *Nonna* que vous pourrez me demander n'importe quoi, d'avance, je suis OK !

— Ça ne m'étonne pas mais je vais commencer par t'expliquer. Tu vas comprendre que nous avons absolument besoin de toi.

— Yep ! C'est parti !

Paulette sert une tasse de café avant d'aller s'installer dans la balancelle. Louise et Sam l'y rejoignent et la brochette de rebelles en paix, tout en se balançant, proposent, exposent, émettent des hypothèses, rejettent ces hypothèses et réfléchissent à haute voix. L'affaire est entendue, elles se retrouvent ce soir mais pour l'heure, Louise doit retrouver *Nonna*.

Lorsqu'elle arrive, *Nonna* l'attend et la table est prête. Elles déjeunent tranquillement et parlent des jours à venir. Louise a pour mission de préparer *Nonna* à une grande nouvelle et pour davantage d'efficacité, Louise ne sait encore rien. Sam et Paulette ont esquivé ses questions, elle le saurait très vite, plus tôt qu'elle ne le pense alors elle patiente, impatiente. Mais *Nonna* reprend le cours de l'histoire.

— Je ne sais plus où je me suis arrêtée hier.

— Eh bien, tu me racontais la rencontre de Sam et Louis.

— Oui, c'est ça. J'en étais au repas, je crois.

— Oui, tu m'as seulement dit qu'elle devait préparer un repas pour le déjeuner et qu'il lui restait peu de temps.

— Oui, ça y est, elle avait donc deux heures pour préparer un repas qui allait être soumis à un homme dont l'opinion a autant de valeur dans le monde du tourisme qu'une pièce d'or dans la bourse de Don Salustre…

غ

Chapitre XI
Panique au Château

Sam réfléchit. Un taxi longe les fenêtres de la cuisine pour se garer devant l'entrée. Philippe Demaîstre est là. Sam sait comment faire et change son programme. Décidée, elle va trouver ses hôtes dans le hall principal et les présentations se font.

— Mon souci est que j'avais prévu un dîner pour ce soir et non un déjeuner pour tout de suite. Mais ce n'est pas un problème, je sais ce que je vais faire mais j'ai tout de même besoin d'un minimum de temps. Si vous pouvez commencer par la visite de cette belle demeure puis faire un tour dans le parc pour vous ouvrir l'appétit, vous pourrez passer au salon dans deux heures, c'est-à-dire pour 13 heures, est-ce que cela vous convient ?

— Bien sûr, oui, pour moi c'est parfait.

— Alors si c'est bon pour toi, Philippe, c'est bon pour nous aussi, n'est-ce pas Anne-Marie ? Nadine ?

— Vous aussi, Sam, j'aimerais que vous vous joigniez à nous, vous pourrez ainsi nous commenter chaque plat…

— Très bien, Philippe, attendez-vous quand même à me voir souvent quitter la table, je ne peux pas être à table et en cuisine !

Puis, se tournant vers Anne-Marie,

— Veux-tu bien venir avec moi ? J'ai quelques bricoles à voir avec toi.

Les deux femmes se dirigent vers la cuisine et mettent au point un plan d'attaque :

— Je vais aller voir Arnaud, mon gendre, dans sa belle boutique, je suis certaine de trouver de beaux fruits et de beaux légumes qui m'inspireront ainsi que de bonnes bouteilles pour accompagner les plats. De ton côté, peux-tu aller à la boucherie et leur demander cinq beaux tournedos ? S'ils n'ont pas de tournedos, demande-leur cinq belles pièces de bœuf, assez épaisses, cent cinquante grammes l'unité. Ensuite, passe chez moi récupérer ce que j'ai noté sur cette liste : la bouteille qui est dans la porte du réfrigérateur en bas à droite, avec une étiquette violette, le pot de foie gras, le chutney de figues et le confit d'oignon, tout ça est dans le réfrigérateur. Ensuite tu verras, dans ma cuisine, des pots de verre. Prends le pot de pignons de pin, le pot de pralin et celui d'amandes effilées. Tu verras, à droite de ces pots, une grande boîte rouge, il me la faudra. Prends aussi, dans le vaisselier, le lot de six assiettes rectangulaires et sur la table de la salle à manger, l'assiette de petits sablés que j'ai faits hier. Et juste avant de repartir, prends la boîte de crème glacée « Bapamanga » dans le congélateur, voici la clef. On se retrouve ici dans une heure pour la préparation. Tu peux te charger du pain ?

— Ça marche, mais dis-moi, c'est quoi ce Bapamanga ?

— C’est de la crème glacée banane-papaye-mangue, c’est extra !

Par chance, il n’y a qu’une dame à la caisse, occupée à payer ses courses quand Sam entre dans la boutique de son gendre. Elle parcourt du regard les étals de fruits, de légumes et combine les différents produits dans sa tête. Mentalement, elle épluche, pèle, coupe, tronçonne et écrase les différents produits avant de les rôtir, saisir, griller ou seulement agrémenter. Quand Arnaud arrive, elle lui explique son urgence et lui demande expressément de choisir ses plus belles pièces. Il garnit les paniers et prépare le plateau de fromage.

— Le Stilton, c’est une excellente idée et je vais prendre un petit Langres, un morceau de Comté, une pyramide de Valençay et une part d’Abondance. Mets aussi deux cents grammes de pistoles chocolat, un pot de crème d’Isigny, quelques herbes et quelques épices, basilic, coriandre, ciboulette, cumin. Je vais également prendre deux bouteilles de saint-géron, j’aime cette eau pétillante et la bouteille est élégante.

Après avoir réglé, Sam reprend sa voiture et file directement au château. En entendant des voix à l’étage, elle est soulagée de constater qu’ils n’ont pas encore terminé la visite du bâtiment. La demeure est vaste et par chance, il reste le parc. Elle descend d’abord à la cave et choisit un saint-émilion de 2005 qu’elle débouche aussitôt en cuisine. Elle se met au travail. Pour commencer, les fruits et les légumes sont lavés et pour certains, épluchés ou pelés. Anne-Marie commence à les couper en suivant les directives de Sam qui s’occupe des hors-d’œuvre : un poêlon avec un fin quartier de poire rôtie, nappé de Comté et une pointe de cumin, une verrine de chantilly à la coriandre avec de petits dés de gravlax et une framboise fraîche, un canapé de foie gras et son chutney de figue et un canapé de Stilton habillé d’une noix, pour chaque convive.

— Nous gagnerons encore une demi-heure pendant qu’ils dégusteront ces petites choses en buvant une coupe de champagne. C’est Maryam qui a proposé l’idée, elle adore le champagne.

Carotte, courgette, poivron jaune, navet et oignon rouge, coupés en brunoise, rôtissent séparément tandis que Sam prépare une sauce au Whisky. Anne-Marie a coupé les fraises, rincé les framboises, les myrtilles et les groseilles. Sam entre dans le salon et dépose, devant chaque hôte, un plateau sur lequel se dressent les petites gourmandises apéritives. Après avoir bu quelques gorgées et mangé la poire au Comté et la chantilly coriandre, elle retourne aux fourneaux. Anne-Marie et Nadine dressent la table et disposent les bouteilles d'eau et de vin.

Revenue au salon, Sam termine ses amuse-bouche, sa coupe de champagne et remercie Philippe pour ses compliments. Avant de passer à table, elle regagne la cuisine. Elle saisit les tournedos, ravie que tous préfèrent la cuisson à point, cela lui laissera le temps de rassembler les légumes dans la poêle où ils crépiteront avec joie dans le beurre demi-sel. Elle dresse ensuite les assiettes : légumes surmontés de trois brins de ciboulette et une tranche fine de fraise, un dôme de mélange de riz de Camargue, Basmati et riz brun garni d'une petite feuille de menthe et d'une demi-tomate cocktail puis enfin, la viande avec une pincée de fleur de sel et un peu de poivre concassé. La crème au Whisky sera servie dans une saucière.

Sam ne prête pas beaucoup d'attention à ce qu'elle mange, trop occupée à observer les expressions sur le visage de Philippe. Elle est très vite rassérénée, il apprécie. Il se délecte de ce repas et lui en fait part.

— Je suis étonné de la rapidité avec laquelle vous avez imaginé un tel repas. C'est beau, c'est bon et c'est si léger. Ces légumes ont vraiment du goût et cette sauce ! Je sens un alcool mais je ne saurais dire lequel.

— C'est du Whisky.

— Du Whisky ? C'est original. Vous savez, je gère plusieurs centaines d'hôtels à travers le monde et je connais beaucoup de chefs. Beaucoup d'entre eux sont étoilés et ils me font découvrir des choses inimaginables. Mais ils disposent de nombreuses heures, d'un millier d'ustensiles et de condiments pour préparer leurs plats. Et surtout, ils n'improvisent rien quand ils me reçoivent. Vous, vous avez dû aller acheter les produits, les préparer, les faire cuire et même avec toutes ces contraintes, vous avez réussi à me surprendre et à me combler au-delà de mes attentes. Vous m'avez bluffé, je suis sous le charme.

— Eh bien j'en suis ravie. Mais mon travail n'est pas encore terminé. Savourez ces fromages et je reviendrai avec le dessert pour finir sur une note que j'espère tout aussi positive.

— Je n'en doute pas une seconde !

Sam plonge les fruits rouges dans un sirop, ajoute le basilic frais finement ciselé avant de détailler l'ananas Victoria en tranches fines. Elle fouette ensuite la crème qu'elle agrémente puis elle garnit les verrines de couches des différents fruits, séparés par une couche fine de crème fouettée. Elle mixe quelques myrtilles en un joli coulis. Les mi-cuits au chocolat sont prêts à être enfournés et les amandes grillent dans la poêle. Quand Nadine revient avec le plateau de fromage, Sam l'envoie débarrasser les convives. Anne-Marie la suit et dispose les couverts à dessert. Sam place cinq assiettes rectangulaires sur le plan de travail qu'elle saupoudre partiellement de cannelle. Sur la gauche, elle pose une verrine de fruits coiffée d'une feuille de basilic puis trace une virgule de coulis de myrtilles. Elle dépose ensuite un petit sablé et au centre de l'assiette, elle laisse l'espace pour le mi-cuit au chocolat qu'elle sortira au dernier moment. Elle parsème le tour du vide laissé d'amandes effilées grillées et jette, à l'extrémité droite de l'assiette, quelques pincées de paillettes dorées. Elle sort les mi-cuits du four et forme de petites boules de crème glacée qu'elle dépose dans chaque assiette.

— Nadine, Anne-Marie, vous voudrez bien porter ces assiettes en salle dès que j'aurai posé le mi-cuit ?

— Pas de souci, vas-y.

Sam s'exécute et elle portera son assiette elle-même. Des « oh » accueillent les plats, elle est satisfaite de voir les regards gourmands des convives. Heureuse aussi de constater que durant tout le repas, lorsque les assiettes sont posées devant les hôtes, ils parlent moins, c'est bon signe.

— Eh bien, Sam, vous m'avez conquis. Je ne sais que dire, c'était tout simplement parfait. De bout en bout. Vos hors-d'œuvre, c'était si fin. Après ça, j'étais confiant sur le reste du repas. D'ailleurs, cette chantilly… était-ce bien de la coriandre ?

— Tout à fait, vous avez du palais.

— Et cette framboise sur la verrine de gravlax, quelle bonne idée !

— J'aime beaucoup cette pointe acidulée, cette fraîcheur comme vous dites, ça relève et ça allège…

— Oui, c'est exactement ce que je veux dire, ça allège, je me suis régalé. Et pour être tout à fait franc, je m'attendais à un petit repas simple compte tenu du peu de temps que vous aviez et vous m'avez servi un menu hors normes.

— Je vous remercie pour ces compliments…

— Votre poêlée de légumes, c'était si ensoleillé. Chaque petit cube avait si bien conservé son goût, c'était délicieux. Et que dire de cette sauce au Whisky, je ne m'en remets pas.

— Vous êtes amateur de Whisky ?

— Pas du tout, justement. Mais je vais en acheter pour mes sauces, j'aime cuisiner. Mais contrairement à vous, je ne fais rien d'extraordinaire.

— Oh ! Vous me flattez, je ne fais rien d'extraordinaire.

— Si ! Bien au contraire ! C'est extraordinaire, vous avez su trouver des idées innovantes, en travaillant avec des contraintes de dernière minute. Extraordinaire aussi, le fait que vous ayez su vous adapter de telle manière que j'avais l'impression que vous m'attendiez depuis des jours et que tout était prêt en cuisine. Vos mélanges sont exquis et j'ose vous poser la question, quelle est votre méthode pour ces si heureux mariages ?

— Eh bien, en réalité, je n'ai pas de méthode particulière. Je regarde, je vois des fruits, des légumes, des herbes et dans ma tête, je compose, je mélange et j'imagine les goûts parce que j'ai la chance de pouvoir savourer un mélange d'ingrédients dans ma tête. Mon atout majeur est que c'est pour moi un amusement.

— Eh bien, continuez à vous amuser, Sam, et quand je passerai dans le coin, je viendrai jouer avec vous !

— Ce sera avec grand plaisir, Philippe mais pour l'heure, vous devez goûter ça.

— Hum, ce vin a une robe dense, pourpre, il est épais et quel bouquet !

Son verre en l'air, Sam ne boit pas, elle regarde Philippe qui porte le sien à ses lèvres, elle ne veut rien louper.

— C'est excellent ! Et si surprenant ! Je ne m'attendais pas à boire un vin aussi doux.

— Oui, c'est un vin du Sud-Ouest. J'adore ce vin en fin de repas parce que j'ai toujours du mal à apprécier un vin avec un dessert mais celui-ci…

— Celui-ci se marie si bien avec le chocolat.

— Avec le foie gras aussi, je vous le garantis.

— Je ne connaissais pas. Merci pour toutes ces surprises, Sam, c'était un plaisir de vous rencontrer.

Le taxi emmène Philippe, Maryam félicite Sam et lui assure qu'elle transmettra à Louis, les compliments de Philippe quant au repas et à la propriété. Nadine et Anne-Marie débarrassent le salon et la salle à manger, Sam préfère s'occuper seule de la cuisine. Elle aime ce moment où les hôtes sont partis ; dans sa tête, elle repasse les meilleurs moments, les instants de stress, les rires, les goûts et chaque fois qu'elle lave, essuie ou range un bol, une poêle, un couteau, elle savoure à nouveau le repas. Elle notera chaque remarque dans un coin de sa tête. Un dossier accueillera les points à améliorer de manière à mieux appréhender la prochaine fois et dans un autre, les remarques positives pour les reproduire et les optimiser à l'infini. Louis est ravi des commentaires de Philippe comme de ceux de Maryam, il va garder cette cheffe. Il envoie un courriel à Sam pour la féliciter et la remercier.

La famille Johnson est arrivée et Sam fait les achats pour le repas qu'ils ont réservé. Bientôt son cancer ne sera plus qu'un mauvais souvenir mais l'opération, il y a moins d'un mois, réduit ses capacités de mouvements. Elle ne peut soulever de poids et elle doit ménager les efforts qu'elle impose à ses bras. Pour le repas, son fils et sa belle-fille viennent l'aider. Ils épluchent, lavent et coupent les aliments, nettoient et rangent les ustensiles, Sam supervise dans une ambiance joyeuse et détendue, tout sera prêt pour demain. Ils seront d'ailleurs ses aides en cuisine. Et au service, son plus jeune fils mettra en pratique ses connaissances acquises au Lycée Hôtelier.

Sam et sa sympathique équipe arrivent au château et pendant que les produits sont déchargés du véhicule, Sam inspecte la cuisine pour s'organiser au mieux ; ils seront vingt convives à table ce soir. Elle ouvre les grands placards, observe l'intérieur des fours, rien n'est propre. Pis encore, tout est très sale. Pourtant, Nadine s'est occupée de tout nettoyer. Sam distribue les tâches pour la préparation du menu et charge son fidèle Pompon, un ancien voisin devenu son ami, de laver ce qu'il peut en prenant soin auparavant de photographier chaque détail dégoûtant.

Tout se passe à merveille et le repas est un succès. Cependant, Sam n'est pas satisfaite. Attachée à l'hygiène qui doit régner dans une cuisine, elle déplore le manque d'entretien de l'ensemble. Les personnes qui ont réservé repartent samedi et le château restera vide jusqu'à début juillet. Elle doit parler de ce problème à Nadine, elle refuse de travailler dans une cuisine si elle ne répond pas aux critères d'hygiène adaptés.

Louis lui donne rendez-vous pour un appel vidéo afin de recueillir ses impressions sur cette première expérience. De son côté, Louis a reçu des compliments du couple Johnson quant au repas et Sam est ravie de le voir satisfait de son travail. Elle décide alors de lui parler du souci de propreté et lui demande si elle peut garder le jeu de clefs afin d'aller laver la cuisine, elle tient à ce que les prochains arrivants n'aient rien à redire sur le sujet. La cuisine, c'est son domaine et même si elle n'est pas responsable de son état, les vacanciers n'en savent rien. Tout ce qu'ils verront, c'est une cheffe qui cuisine dans un endroit sale, non conforme. Louis accepte, il en touchera deux mots à Nadine.

Sam se rend plusieurs fois à Labory avec Pompon pour nettoyer au mieux. Elle prend soin de ne pas incriminer Nadine et lui explique que cuisiner pour autrui demande du soin, de la rigueur et une hygiène maximale or, dans l'état actuel des lieux, l'hygiène est absente et elle ne saurait travailler dans de telles conditions. Nadine accepte de l'aider un peu. L'évier, d'abord, est lavé, les taches noires et brunes sont frottées et le blanc retrouvé brille, comme la robinetterie. Le grand placard est vidé et c'est à grands coups de marteau sur un tournevis que quelques bocaux de méconnaissables préparations sont décollés des étagères en bois. Les aliments stockés sont tous périmés, certains depuis six ans. Sam et Pompon passeront une bonne journée à frotter les réfrigérateurs dont les joints noirs de moisissure trahissent le manque de soin et de nettoyage régulier. À la fin de la semaine, tout est propre.

Louis lui adresse un nouveau courriel, il sera à Labory pour dix jours et il souhaite l'inviter à un dîner auquel il a invité une quinzaine de personnes. Sam refuse le dîner, trop de convives qu'elle n'a pas envie de voir hors cadre obligatoire et elle se remet doucement de la dernière opération. Elle lui propose d'aller le voir le lendemain pour boire un café, Louis accepte, il comprend.

Sam se prépare, elle rencontre Louis aujourd'hui. Bien sûr, elle l'a déjà rencontré mais c'était très rapide et c'était avant de travailler pour lui. Elle a hâte de découvrir l'homme qu'il est. Elle le pense sensible, doux et droit. Le manque de brusquerie et de rapidité dans ses mouvements révèle de cet homme, un cœur meurtri par les misères du monde, la générosité, une grande tolérance et l'expression du respect de tout organisme vivant. Elle l'aime bien. Elle se prépare rapidement et file retrouver la bande de joyeux drilles au bar, treize pas à gauche, ils sont tous là.

Pas de charcuterie aujourd'hui, Ahmed a fermé l'épicerie pour quelques jours et Bruno en reste nostalgique. Jean-Marie s'en régalerait encore si elle pouvait accompagner son chinon.

— Je savais que je vous trouverais tous affectés par la pénurie de terrine, j'avais vu l'affiche d'Ahmed avant-hier alors voici, Messieurs, c'est du chevreuil !

Au moment où elle sort de son sac une terrine appétissante, les sourires accompagnent les rires et les joyeux commentaires des trois amis, ils vont se régaler.

— Du chevreuil ! s'étonne Bruno avec plaisir. Tu as fait des folies, Sam.

— Pas le moins du monde et c'est votre faute ! Je ne peux jamais payer une tournée ni un repas quand nous allons déjeuner au restaurant alors c'est ma manière à moi de vous dire que je vous aime.

— Ben, nous aussi, on t'aime et ça nous fait vachement plaisir à nous aussi. On rigole bien, tous les quatre, non ?

— Carrément, oui et… Franck ! Tu peux remettre ça ?

— J'arrive, j'arrive…

Une fois rentrée, Sam plonge les légumes coupés dans la casserole de soupe et laisse cuire, elle arrêtera la cuisson en partant. Elle lave et range les ustensiles utilisés et profite des trois quarts d'heure restants pour lire un peu. Elle regarde par la fenêtre, on ne voit rien. Ce village est le plus pollué qu'elle connaisse. Même lavées le matin, les fenêtres sont recouvertes d'une poussière noire dès 15 heures. Sur cette route qui traverse le village, les camions qui viennent du sud croisent ceux qui y retournent, plus de cinq mille camions par jour. De l'autre côté de la rue, les murs de l'église sont de la même grisaille terne, comme le sont toutes les façades. Mais il est l'heure de partir, elle voit Louis se garer, il est 14 heures.

Arrivés à Labory, ils entrent dans la grande pièce à vivre de la maison du régisseur. Les épais murs de pierre sont habillés, à l'intérieur, de plaques de plâtre peintes d'un blanc chaud, en parfaite harmonie avec le sol de larges dalles de pierre. Un canapé brun de rotin de Manille accueillant somnole, près du fauteuil de même allure. À gauche, un cabinet de toilette puis la cuisine avec un îlot central, équipé de deux sièges hauts invitent à s'y installer. À droite, une grande table ovoïde, au bois d'acajou lisse et brillant, flanquée de six chaises. Louis prend l'une d'elles et tirant sur une autre, il invite Sam à s'asseoir.

Louis la questionne mais Sam l'invite à se raconter, elle a travaillé pour lui sans même savoir ce qu'il attend vraiment d'elle, de ce site. Il lui explique ses quatre premières années à rénover et à équiper l'ensemble de la propriété, à élaborer la méthode d'exploitation du site, recruter le personnel, toutes ses réflexions, ses rencontres avec les artisans, les devis, les coûts importants, le démarrage de la maison d'hôtes et les merveilleuses personnes qu'il a rencontrées. Il termine son récit concis par les commentaires élogieux exprimés par Philippe et Maryam.

Alors qu'ils boivent un deuxième café, Sam lui raconte sa passion pour la cuisine et les ruptures violentes avec ce métier de passion. Sa santé ne lui permettrait plus d'assumer parfaitement son rôle qui lui plaisait tant. Elle avait vendu ses restaurants pour se concentrer sur elle-même puis il y avait eu les traitements, les interventions. Louis est triste, il supporte mal les malheurs des autres. Mais il la rassure, ses parents sont probablement très présents et veillent sur elle. Non, ses parents sont inexistants. Ils ne sont pas morts mais elle en a fait le deuil depuis des années, ils étaient nocifs. Comment était-ce possible ? demande Louis, il aimerait qu'elle lui raconte. Alors Sam raconte ses parents qui, après l'avoir confiée dès la sortie de la maternité, à un oncle et une tante pendant des années, avaient été contraints de la récupérer et l'avaient maltraitée. Sam raconte la dernière dispute, violente, une semaine après avoir fêté ses dix-huit ans, elle n'avait pas réussi. La lame n'était entrée que de quelques millimètres dans la peau de la poitrine de son père. Sam raconte sa fugue pour les Pays-Bas avec un Néerlandais dont elle ne connaissait que le surnom; elle devait fuir, même avec un inconnu, rien ne pouvait être pire que de rester chez son bourreau. Ses luttes contre la maladie et les silences de Sam. Ces silences qui font comprendre à Louis, l'horreur de ce que, faute de mots, elle ne peut raconter.

Louis est touché et il sent cette bonté en elle. Louis s'est toujours fié à son intuition. Il sent combien la vie lui a apporté de tristesse et il a envie de lui apporter un peu de joie. Il ne veut pas la voir partir si tôt, elle restera dîner. Louis et Sam parlent, parlent, et le moment venu, Louis lui prépare des pommes de terre au four qu'il accompagnera d'une belle pièce de bœuf, poêlée. Le saint-émilion 2005 est parfait et c'est comme si Sam et Louis se connaissaient depuis toujours. Le premier point commun qu'ils se découvrent est leur sensibilité face aux injustices, celles qui rendent les gens malheureux, celles qui les rendent impuissants, celles qui leur font préférer la nuit, la mort.

Louis lui raconte son projet. Il lui raconte l'orphelinat au Népal, les deux écoles au Sri Lanka et son souhait d'aller encore plus loin avec le nouveau concept de location du château entier avec la piscine et le parc. Il lui répète qu'il est l'homme le plus chanceux du monde. Et Sam lui répond qu'elle est son anti alter ego en étant la femme la plus malchanceuse du monde. Ils rient, trinquent, parlent et élaborent ensemble de nouveaux projets, discutent de certaines idées et après deux bouteilles de saint-émilion, Sam se dit qu'il est temps pour elle de rentrer. Louis la raccompagne chez elle mais ils se revoient demain. Sam l'accompagne dans le Limousin où il est attendu chez un couple d'amis anglais qui possède un ensemble de trois gîtes typiques, Sam pourra se détendre. Elle avait immédiatement accepté et ils partent pour quatre jours.

Sam rencontre quatre charmantes personnes. Andy et June sont les propriétaires de l'ensemble, Peter et Diana sont arrivés il y a près d'une semaine. Le site est magnifique et Sam savoure du regard les vignes langoureuses qui courent le long des murets de pierre sous les arcades de glycine. Dans ce coin de paradis, les trois maisons sont protégées de la modernité et du stress permanent du quotidien. L'ensemble sera vendu dans quelques semaines et puisque les cinq amis sont en France ce week-end, ils ont décidé de se retrouver pour profiter de ce lieu sublime et passer de bons moments ensemble.

Diana est infirmière et elle connaît bien les contraintes liées à l'opération qu'a subie Sam. Elle l'emmène à la pharmacie la plus proche pour lui acheter des pansements spécifiques qui lui permettront de profiter de la piscine. Ils parlent anglais et Sam se délecte des récits d'histoires dont Louis est le héros, ils se connaissent tous depuis plus de trente ans. La veille du départ, elle propose de s'occuper du déjeuner. Andy est diabétique et elle devra adapter son menu. Pour Sam, c'est davantage un challenge qu'une contrainte car c'est l'occasion d'expérimenter de nouvelles choses et élargir ses connaissances. Ce séjour est une belle parenthèse et comme Louis et Sam l'avaient prévu, ils s'apprécient très sincèrement.

Le soir venu, le verre de vin est l'occasion de se rassembler au bord de la piscine et Louis a une annonce à faire. Il invite June, Diana et Sam pour une journée de détente au Centre de Spa Champneys, à une heure de Londres. Diana et June s'y rendront directement de chez elles. Quant à Sam, Louis l'invite chez lui, en Angleterre et ils resteront trois jours sur le site. Il s'occupera des billets, il tient à ce que ce séjour soit une escapade apaisante, il veut mettre de la joie dans sa vie douloureuse.

Les trois heures de route qui les ramènent en Touraine sont ensoleillées et Louis aborde une question qui le taraude depuis quelques mois.

— *Listen*, si tu veux bien, il y a encore une chose que je voudrais que tu fais pour moi. Je voudrais que tu ailles voir une dame que j'aime beaucoup. Elle est très gentille, c'est une dame formidable qui habite à côté le château. Elle s'appeler Louise. Je veux tu la connais, elle est une dame formidable, comme toi.

— Louise ? Je ne la connais pas mais j'irai la voir.

— Je vais te raconter sa vie, tu vas pleurer.

Louis lui raconte la guerre, sa rencontre avec Zena et Alexandre puis Charlie. À l'écoute de l'histoire si cruelle de son amour perdu, Sam l'interrompt.

— N'as-tu jamais pensé à retrouver ce Charlie ? Peut-être vit-il encore ?

— Oui, j'ai regardé mais je sais pas où chercher. J'ai interrogé sur Internet mais j'ai rien trouvé.

— Comme c'est triste. Et il est toujours vivant ?

— Je sais pas, je sais rien de ce monsieur et je sais pas si il vit ou si il est plus là.

— On devrait faire des recherches, non ?

— Oui, c'est mon projet mais je peux pas faire ça tout seul, il faut tu trouves des informations chez Louise ou en discutant avec elle.

— Mais je ne la connais pas, il faudrait déjà que je la rencontre si je dois lui soutirer des infos.

— Justement, j'ai parlé avec elle pour Internet parce que elle a des problèmes pour faire des choses et je lui ai dit que j'avais un bon amie qui pouvait l'aider. Quand j'ai dit ça, je pensé à Grietje mais maintenant que je te connais plus, je sais tu es la personne que il faut pour ça.

— Pour Internet ?

— Non, oui mais surtout pour notre enquête. Tu ressembles à Louise sur plein des choses alors tu vas t'entendre super avec elle.

— Bonne idée, j'irai la voir dans la semaine.

— Et je va appeler Louise quand je sera rentré chez moi, en Angleterre, je va lui dire que tu vas venir.

— Excellent, Louis. C'est une chouette idée, j'adore jouer les détectives alors si en plus c'est pour rendre quelqu'un heureux, c'est encore plus chouette.

Légers et satisfaits de leur complot, Louis détaille tout ce qu'il sait sur Charlie. Sam note tout ce que Louise a confié ainsi que les questions à poser et les points à élucider. Après avoir déposé Sam chez elle, Louis file rassembler ses affaires, il rentre en Angleterre demain.

Comme la nuit précédente, Sam a encore vu les heures défiler, fascinée par l'investigation qu'elle doit mener. Elle dormira mieux ce soir puisqu'aujourd'hui, elle rend visite à Louise. Elle gare sa voiture devant la maison et frappe à la porte, une dame l'accueille avec le sourire.

— Vous êtes Sam, l'amie de Louis.

— Oui et vous êtes Louise.

— Je vous attendais, Louis m'a téléphoné hier pour me dire que vous passeriez me voir.

— Oui, je suis ravie de faire votre connaissance, Louis m'a beaucoup parlé de vous.

— Ma foi, il m'a beaucoup parlé de vous également. Entrez, je vous en prie.

— Louis m'a expliqué que vous aviez des soucis avec votre connexion Internet et il pense que je peux vous aider. Je me débrouille plutôt bien pour les bricoles mais je ne suis pas une championne non plus.

— Oh, ne vous inquiétez pas, je n'ai pas besoin d'un crack, j'ai seulement un peu de mal à comprendre comment faire pour entrer en contact avec mon arrière-petite-fille, elle est en Italie en ce moment et elle me dit qu'avec ça, on peut se parler, et même se voir !

— Elle a tout à fait raison, on va voir ça. C'est cet ordinateur ?

— Oui. Mettez-vous d'abord à l'aise et installez-vous à mon bureau.

Sam clique, clique et clique encore, ouvre les fenêtres et explique en notant les différentes étapes à suivre pour établir la communication virtuelle. Sur la demande de Louise, Sam recommence la procédure et lance l'appel, faisant apparaître en plein écran, le visage souriant d'une jeune fille. Surprise de se trouver face à une inconnue, la petite Louise s'étonne mais très vite, Sam explique.

— Je suis une amie de ton arrière-grand-mère et je l'aide pour sa connexion. Elle est à côté de moi, ici. Vous voulez bien vous approcher, Louise ?

— Bonjour ma Nonnette. Comment vas-tu ?

— Bonjour ma *Nonna*. Je vais très bien ! Je suis heureuse que tu aies enfin pris le temps de t'occuper de ça, c'est trop génial de te voir.

— Oui, en effet, tu as raison. Tu m'excuseras, mais je dois te laisser, c'était seulement un test, j'ai demandé à Sam de me montrer comment procéder mais je te rappellerai plus tard.

— Ça marche, ma *Nonna*, de toute façon, je dois partir d'ici un quart d'heure mais je serai de retour dans trois heures.

— C'est parfait, je te rappelle tout à l'heure. De gros bisous ma grande.

— Des gros bisous, ma *Nonna*. Je t'aime très fort.

Sam commente chaque étape alors qu'elle referme les fenêtres puis reprend tout avec Louise. La procédure est notée, Louise essaiera à nouveau et Sam inscrit son numéro de téléphone sur le cahier.

— Voilà, chère Louise, c'est mon numéro. Si ça ne fonctionne pas tout à l'heure, appelez-moi et je viendrai, j'habite à trois minutes. Je vous mettrai en communication et je rentrerai.

— Vous êtes adorable mais je ne vais pas vous déranger.

— Vous ne me dérangerez pas, ce n'est pas grand-chose et je sais que Louis veut vous aider, il m'a dit tellement de bien de vous.

— J'en ai autant à son service, Louis cherche toujours à me gâter.

— Louis aime gâter les personnes qu'il aime et il a raison. On passe plus de temps à ne penser qu'aux mauvaises choses plutôt qu'à donner de l'amour et des cadeaux aux gens qu'on aime.

— Vous me plaisez, ma petite. Voulez-vous un café ?

— Hum, pourquoi pas !

— Je ne vous sens pas emballée par le café, est-ce que je me trompe ?

— Eh bien, en réalité, je ne bois du café que depuis quelques années. Je n'ai jamais aimé ça, ni l'odeur ni le goût mais c'est tellement facile ! Partout on vous propose un café alors j'ai décidé d'en boire.

— Et alors, vous avez apprécié ?

— Pas vraiment, non. Mais je sais reconnaître du bon café et je n'arrive pas à boire le mauvais. C'est comme le vin ou le Whisky. J'adore les deux mais que du bon !

— Vous me faites rire. Et puisque vous en parlez, j'ai une bouteille de saumur-champigny qui devrait faire votre bonheur. Partante ?

— Allez ! Partante. Et vous pouvez me tutoyer, c'est plus sympa.

— Tu as raison, ma petite. Alors tutoie-moi aussi, ça me plaît !

Louise et Sam se racontent leurs parcours en alternant les rires, les trémolos provoqués par leurs tragédies, les colères face aux injustices et les questions restées sans réponses. Sam et Louise se promènent dans le salon et devant chaque cadre, Louise présente les amours de sa vie à son invitée. Sam la questionne sur toutes les photos, toutes les personnes qui ont compté dans sa vie. Elle aimerait surtout la questionner sur Charlie mais elle doit rester discrète. Si Charlie n'est plus de ce monde, il serait trop cruel de lui donner des espoirs qui se mueraient en une torture inutile. Louise s'absente quelques instants pour aller chercher un album et Sam sort son téléphone. Elle en profite pour photographier les cadres dans lesquels Charlie apparaît. Les heures passées à parler leur sèchent la bouche et en même temps qu'elles regardent les photos que Louise commente, elles s'hydratent.

— Devine donc pourquoi j'aime particulièrement le saumur-champigny.

— Eh bien, il est extra, j'avoue, mais c'est sûrement un peu léger comme réponse…

— Un peu, oui. C'est parce que Charlie riait à la vue d'une bouteille de saumur-champigny, il disait : « Chez nous, les armoiries sont portées par les vestes des élèves bien élevés de nos grandes écoles ! Chez vous les Français, c'est les bouteilles de vin qui les portent ! ». Ça m'avait fait rire. Et avec son accent, surtout sur le mot *bouteilles* qu'il écorchait bien plus encore alors qu'il forçait sur sa prononciation. Qu'il était drôle. Depuis ça, je ne peux pas m'empêcher de sourire quand je vois un de ces blasons sur les bouteilles de vin.

Sam repart et Louise l'accompagne sur la petite terrasse.

— J'ai passé un excellent moment, Louise. Et encore merci pour ce délicieux cigare.

— Moi aussi, j'ai passé une très bonne soirée et je te remercie pour ton aide avec mon ordinateur.

— Je t'en prie, c'était un plaisir alors n'hésite pas à m'appeler si tu as besoin.

— J'en prends bonne note et maintenant que tu connais ma maison, viens quand tu veux. Et regarde, un peu plus loin là-bas, c'est la maison de Paulette. Si tu continues, tu verras une longère perpendiculaire à la route ; c'est là que vivent Pierre, Jibril et Camille. Les parents de Pierre, Maryvonne et Paul-Hermann, vivent juste derrière.

— Paul-Hermann, c'est bien le fils de Paulette et Hermann ?

— Parfaitement. Nous habitons tous tout près les uns des autres si bien que lorsque l'un de nous est dans le besoin, les autres accourent.

— C'est amusant et c'est bien commode…

— Paulette et moi avons eu, chacune de son côté, maintes occasions de partir, de quitter Labory mais nous nous sommes juré de ne déménager que si nous pouvions rester vivre l'une près de l'autre. C'est un moyen comme un autre de contrer les conséquences de nos traumatismes.

— Je vous comprends et vous avez eu raison de rester voisines. On est souvent trop éloignés de ceux qu'on aime.

— Oui, j'en sais quelque chose, parfois on ne les revoit jamais.

Au bout de trois minutes, Sam gare sa voiture sur le parking de l'église. Les mains toujours sur le volant, elle pense à l'histoire tragique de Louise, le regard dans le vide. Cette femme est si forte. Sam est bien décidée : si Charlie vit toujours, Louis et elle le trouveront.

غ

Sam est dans le train pour Paris où elle prendra l'Eurostar pour se rendre à la gare de Saint-Pancras à Londres. Un taxi l'emmènera ensuite jusqu'à la gare de Waterloo où elle prendra le train pour se rapprocher du village où vit Louis, il viendra la chercher en voiture. Sam découvre ce coin de l'Angleterre qu'elle ne connaît pas. Ils traversent une petite ville et après deux ou trois kilomètres, ils entrent dans un parc aux allées propres bordées d'arbres feuillus et au gazon discipliné. Au bout de l'allée trône une immense bâtisse de briques rouges, typique, entretenue. Le hall est spacieux et l'escalier est jonché ci et là de statuettes et de vases fleuris. Le parfum des roses se répand dès le rez-de-chaussée puis embaume l'escalier tout entier. Louis habite au troisième étage et chargés des bagages, ils prennent l'ascenseur.

— D'habitude je prends l'escalier mais tu as voyagé pendant des heures alors j'imagine tu préférer reposer un peu et boire quelque chose, la prochaine fois, on prendra l'escalier.

— C'est trop gentil à toi mais ça va, tu sais. Je ne suis pas si fatiguée que ça mais j'avoue qu'avec ma valise et mon sac, l'ascenseur, c'est bien commode !

— On va boire un tasse de thé et manger un toast, tu veux ?
— Oui, c'est parfait pour moi.
— Mais d'abord, je va te montrer ta chambre. Entre.
— Quel long couloir !
— Ta chambre est au bout et le mien est en haut. Tu peux poser ton veste ici.
— Cet escalier mène à ta chambre ?
— Oui, j'ai ma chambre, mon bureau et ma salle de bains. Je te montrerai après mais d'abord, on va à ton chambre.
— Wow ! C'est vraiment très joli. Et j'ai aussi ma salle de bains.
— Oui, baignoire, w.-c. et lavabo. Tu peux utiliser le placard si tu veux.
— La vue est magnifique. Ce bâtiment était donc un monastère ?
— Oui, et il y a seulement trois moines encore vivants.
— Ils vivent ici ?
— Oui, au rez-de-chaussée. Ils ont vendu les trois autres appartements et ont gardé le bas pour eux. On pourra aller se promener dans le parc un peu plus tard si tu veux.
— Oui, chouette !
— Installe-toi bien et je vais faire le thé.
— Parfait.
Sam s'installe et rejoint Louis dans la cuisine, juste en face de sa chambre.
— Oh ! Cette porte mène à une terrasse ?
— Oui, c'est comme un grand balcon, tu peux ouvrir et aller voir, on voit bien le parc de là-haut. Et ici à droite, c'est le salon.
— Que c'est beau, quel bon goût, le charme anglais !
— Oui ? Ça te plaît ?
— Beaucoup ! Et cette plante, elle est magnifique.
— C'est un plante qu'on appelle ici « money plant » parce que ça veut dire que quand tu as cette plante, tu manques jamais de l'argent. Je t'en donnera un petit branche que tu peux planter chez toi, c'est très facile et ça pousse vite.

Louis a retrouvé son bureau, il doit terminer quelques bricoles pendant que Sam consulte une carte pour se repérer. Londres est à une bonne heure et elle découvre qu'un vignoble se trouve à une demi-heure à peine de chez Louis. Jamais elle n'aurait imaginé que les Anglais savaient faire du vin. Elle prend le temps de découvrir ce bel espace et profite de l'air doux pour aller fumer une cigarette sur le balcon. Louis redescend et lui propose de sortir pour aller dîner.

— Comme je t'ai disais, mon ami Paul a trouvé un monsieur avec les choses qu'on sait de Charlie. Il sait pas si c'est le Charlie de Louise mais il a le même âge et a fait la guerre en France. Il habite à une heure d'ici alors après-demain, on va déjeuner avec Paul et après, on va voir si c'est le bon Charlie.

— Comme c'est drôle de dire ça, le « bon Charlie ». Et cet ami, Paul, comment a-t-il trouvé cette info ?

— Il est un monsieur extraordinaire. Il te trouve un appartement de mille mètres carrés avec terrasse et jacuzzi en plein centre de Londres si tu veux. Il peut te trouver un chose qui n'existe pas beaucoup dans tout le monde, il est un homme d'affaires très spécial. Il traite même quelquefois avec des Russes qui sont du mafia.

— Wow, son CV doit être impressionnant. Il a d'excellentes relations, j'imagine.

— Oui, il va même parfois visiter la Reine d'Angleterre. Nous se connaissons depuis au moins trente ans.

— J'ai hâte de le rencontrer. Et j'ai hâte d'aller voir ce Charles.

— J'espère ce sera le bon parce que Louise attendait tellement longtemps ! Et il y a des bonnes chances que c'est lui parce que il avait pas de frères et de sœurs non plus et il était pas marié quand il est venu en France pour la guerre.

— Comme c'est excitant ! J'espère vraiment que nous allons le trouver. Je lève mon verre à Charlie !

— À Charlie !

Le lendemain, ils découvrent ensemble ce vignoble, confortablement installés dans un petit train qui sillonne tranquillement au beau milieu des vignes et se régalent en dégustant les vins qu'ils proposent. Entre les promenades dans le parc et les visites de la région, Sam et Louis profitent de chaque journée pour se connaître davantage. Ils savourent une soupe de légumes qu'accompagnent deux toasts grillés et, chargés d'espoir, ils préparent leur virée.

— Cool ! C'est vraiment excitant, tout ça. J'ai hâte de le rencontrer.

— Maintenant, il faut trouver si ce monsieur est notre Charlie et nous verrons ça après notre rendez-vous avec Paul. Il s'appelle Mac Hallen et nous savons qu'il est un très vieux monsieur. Il ressemble à lui, je trouve.

— Oui, je trouve aussi mais après tant d'années, difficile de savoir.

— On va d'abord rencontrer Paul et après on va chez le monsieur.

— C'est génial, Louis. Je me réjouis d'avance. J'espère que ce sera le Charlie de Louise.

— Moi aussi, ce serait super bon.

Louis et Sam prennent la route et retrouvent Paul dans un pub. Ses précieuses relations lui ont permis de localiser l'homme qu'ils vont rencontrer. Tout en déjeunant, Paul leur montre la carte et indique la route à suivre. Il ne leur faudra pas plus de vingt minutes pour être chez Charles Mac Hallen. Il habite à quelques miles du pub. Arrivés sur place, un trentenaire ouvre la porte. Sa jeunesse surprend les deux détectives improvisés qui s'attendaient à voir un vieil homme. Il vient d'acheter la maison, le propriétaire est mort en début d'année. C'est un coup dur pour Sam et Louis qui se rendent subitement compte que ce Charlie qu'ils cherchent depuis quelques années n'est peut-être plus de ce monde.

— Je suis tellement déçue.

— Oui, moi aussi.

— Je pensais vraiment que c'était notre Charlie. J'ai très peu dormi cette nuit, trop excitée à l'idée de faire la connaissance de ce Charlie qui a pris tellement de place dans ma tête ces derniers mois. Je m'étais bien dit que je devais rester prudente, rien ne nous permettait d'affirmer que c'était notre homme et au-delà de ça, rien ne nous permettait d'affirmer qu'il était en vie.

— Même chose pour moi. Je savais bien tout que tu dis et j'ai pensé pareil de toi tout le temps. Et si ce monsieur était notre Charlie, alors ça veut dire que Louise ne reverra jamais l'amour de sa vie.

Les arbres défilent, l'horizon s'assombrit, les nuages se gonflent puis saupoudrent le pare-brise que les bras articulés s'acharnent à balayer, à grande vitesse. Perdu dans ses pensées, Louis pense à toutes ces heures passées à réfléchir au moyen de trouver cet homme. Perdue dans ses pensées, Sam pense au plaisir qu'elle n'aura pas, à voir son amie Louise savourer un moment de bonheur tant attendu. Des panneaux signalent un rétrécissement de la voie, des travaux obligent Louis à suivre une déviation et cette rupture d'itinéraire le ramène à leur présent.

— On doit pas abandonner, Sam, tu dis toi-même qu'on n'est pas sûr que c'était notre Charlie et on doit pas laisser de chercher ce monsieur.

— Tu as raison, Louis. Tu as carrément raison. Rien ne dit que c'était le bon Charlie. Et de toute façon, on n'a rien à perdre, seulement tout à gagner. Après tout, les seuls points communs avérés entre ce monsieur et Charlie, c'est qu'il s'appelait Charles, qu'il avait fait la guerre en France, qu'il avait environ le même âge et qu'il était fils unique, il nous faut plus que ça. Je vais reprendre l'enquête depuis le départ. Je dois absolument trouver des informations.

Louis et Sam devisent sur les différentes méthodes qui leur permettront de trouver des informations et peu à peu, l'énergie qu'ils consacrent à cette suite d'enquête leur redonne espoir. Et puis, demain, ils retrouvent June et Diana pour des heures de détente. Toujours ravi de faire plaisir, Louis est heureux de constater combien les trois femmes sont heureuses de partager cette journée avec lui. Chacune choisit ses soins et le soir venu, June et Diana regagnent leurs demeures respectives, Sam et Louis restent encore deux journées.

غ

La pluie a cessé de tomber et il est presque 18 heures quand Louis ouvre la porte de son appartement. Après avoir rangé ses affaires, Louis consulte sa messagerie et il découvre un courriel de Nadine. Cette dernière l'informe qu'elle ne sera pas présente ce samedi pour accueillir les vacanciers qui ont réservé le château. Et comme un malheur n'arrive jamais seul, le jardiner, Fred, ne sera pas disponible non plus. Il descend de son bureau et retrouve Sam dans sa chambre.

— C'est un catastrophe !

— Qu'est-ce qui t'arrive, Louis ?

— C'est Nadine, elle ne sera pas là pour accueillir les Hammon samedi et Fred non plus. C'est lui qui a le clef du grange où est rangé les fauteuils de piscine et tout le chose pour la terrasse.

— Comment ça ? Pourquoi ?

— Je ne sais pas mais Nadine me dit que tu dois pouvoir faire mieux puisque tu critiques son travail, elle pense que tu veux prendre sa place. Je pense elle croit tu es mon maîtresse.

— Mais c'est stupide ! Et je ne cherche pas à faire mieux qu'elle ni à prendre sa place. Je lui ai montré l'état de la cuisine, l'évier, le placard, les produits périmés, les toilettes sales et tout le reste, je t'ai envoyé les photos.

— Je sais, Sam, je sais et c'est pas juste, oui. Je crois que beaucoup de gens sont jaloux et deviennent méchants quand quelqu'un fait des remarques sur ce qu'ils font, même si ils savent qu'ils font des choses pas bien du tout.

— Ça me blesse d'entendre ça, je ne fais que mon travail.

— C'est dommage, elle ne comprend pas ça. Et c'est très embêtant.

— En effet, les Hammon arrivent samedi, après-demain donc, et personne ne sera présent pour les accueillir, ce n'est pas possible !

— Je sais mais je sais pas comment faire. Mon Dieu, comment je vais faire, c'est un catastrophe véritable. Et Fred ne veut pas donner la clef de la grange, comment on va faire pour donner les fauteuils et ouvrir le rideau de la piscine pour les gens ?

Louis est contrarié. La location est payée et il doit absolument trouver une solution pour que cette situation n'impacte en rien les vacances réservées de la famille Hammon et de leurs amis. Sam réfléchit, une annulation moins de deux jours avant la date de début de la location serait un problème qui engendrerait d'autres soucis.

— Écoute, Louis, j'ai peut-être une idée mais d'abord, est-ce que tu me fais confiance ?

— Oui, j'ai un total confiance en toi.

— Alors je vais te demander trois choses.

— Qu'est-ce que tu veux je te donnerai.

— Dans ce cas, si tu veux bien me donner un téléphone, un délai d'une heure et un bon verre de vin, je vais essayer d'arranger ça.

— J'obéis tout suite, Lady Sam.

Louis s'exécute, il lui apporte le téléphone, débouche un saint-estèphe et l'abandonne pour regagner son bureau. Sam s'installe sur la terrasse, téléphone en main.

Au bout de trois quarts d'heure, elle rejoint Louis dans la cuisine.

— Voilà, il ne reste plus que quelques bricoles à régler mais je pense que la situation est sauvée.

— Wow ! Tu es géniale, Madame Sam. Comment as-tu fait ?

— Eh bien, pour commencer, j'ai téléphoné à Bob, mon fils. Sa compagne et lui-même parlent anglais et puisqu'ils sont chez moi, tout près de Labory, ils pourront accueillir les gens. Je leur ai demandé de se rendre sur place puisque j'ai encore la clef du château et dans une heure, je les rappellerai pour passer en revue chaque pièce du château. Ils feront le tour de manière à être certains que tout sera prêt pour samedi, 16 heures. J'aimerais que tu sois là pour répondre aux questions auxquelles je ne saurai répondre ; je me souviens des interrupteurs du hall par exemple, très compliqués à utiliser. Et en attendant cet appel, essaie de te souvenir des directives à leur donner.

— C'est formidable, Sam, mais on fait comment pour la clef du grange ?

— Justement, j'ai envoyé un message à un ami ferronnier d'art, il saura refaire cette clef et mes enfants s'occuperont de tout préparer. Quant à moi, je vais écourter mon séjour, je rentrerai ce samedi et je passerai les voir dimanche.

— Mais tu devais rester encore un peu.

— Je sais mais ce n'est pas grave, je reviendrai. Ce qui compte aujourd'hui, c'est de trouver le moyen d'accueillir ces gens et de faire en sorte qu'ils ne s'aperçoivent de rien. Il n'y a pas de problème, que des solutions.

— Tu me sauves la vie, Sam, tu es vraiment merveilleux, Madame le top des Chefs !

— Non, j'essaie seulement de faire pour le mieux.

— Si, si, tu me sauves la vie. Sinon je devra rendre l'argent et surtout, la réputation de Château Labory serait affreux. Et c'est une perte d'argent à donner pour les gens qui ont beaucoup besoin.

— Justement. Tout ça vaut bien que je rentre un peu plus tôt de mes vacances. Et puis, tu me donnes beaucoup, à moi de te donner ce que je peux.

— C'est super, viens là je veux te baiser.

Sam éclate de rire sous le regard interrogatif de Louis.

— M'embrasser, tu veux dire ?

— Oui, c'est bien baiser, en français, non ?

— À l'origine, oui, mais maintenant, c'est autre chose. Ce n'est pas la première fois que tu fais l'erreur. Dans un mail déjà, tu m'avais écrit : *je te baise très fort*, ça m'avait bien fait rire. Je voulais te le faire remarquer mais j'ai oublié.

— Pourtant on dit bien *donner un baiser* ?

— Oui. Et embrasser, c'est prendre dans les bras, les mots sont restés mais leur sens a changé.

— Intéressant…

Sam lui explique rapidement, quand elle reçoit un message de Bob, Égée et lui sont sur place. Sam l'appelle puis, en pensée, elle se promène dans le château en questionnant son fils et Égée qui se promènent, physiquement, dans la grande demeure. Ils passent en revue les équipements présents, le linge de toilette à disposer, les lits à faire, etc. Il faut mettre en route les réfrigérateurs, le congélateur, les chauffe-eau et préparer une orangeade pour leur arrivée, il fait très chaud en France. Tout est disséqué, réfléchi et au bout de quarante minutes, tout semble en ordre. Le ferronnier accepte l'ouvrage, il passera demain matin pour prendre une empreinte et promet la clef pour samedi en début d'après-midi. Louis est soulagé. Il invite Sam au restaurant pour la remercier pour son efficacité.

— C'est incroyable, que tu fais pour moi et je suis très reconnaissant vers toi. Je voyais pas comment faire.

— Je sais mais les amis sont là pour ça et tu vois, tout est de nouveau sous contrôle. On va y arriver !

— Oui, tu as raison.

— Et je n'habite qu'à trois minutes du château alors ce sera pratique ; si tes compatriotes ont besoin de quelque chose, je pourrai être sur place en peu de temps.

— C'est vrai que tu es pas loin. Mais la route est toujours plein de camions et voitures, c'est pas bien pour ton santé.

— C'est amusant que tu dises ça parce que l'hématologue m'en a parlé. Il connaît mon village et il me dit qu'après mes traitements et opérations, c'est vraiment dommage d'aller m'enfermer dans un endroit aussi pollué. Mais voilà, c'est chez moi.

— Et pourquoi tu vas pas habiter à la maison du régisseur ? Il y a personne dedans et tu pourrais t'installer là, non ?

— Oh ! Tu es vraiment adorable mais ne t'inquiète pas, tout va bien.

— Je sais, je sais, c'est toujours que tu dis mais j'aime pas savoir que tu es pas bien alors que ma maison est vide depuis que Maryam est partie habiter chez Anne-Marie. Et vraiment, ça me dérange pas et ça me fera plaisir. J'aurai l'impression de t'aider aussi comme tu vas faire pour moi. C'est un échange.

— Vu comme ça, c'est peut-être une bonne idée.

— Oui, c'est une très bon idée. J'ai ici les clefs de la maison.

— Et si les vacanciers ont besoin de moi, je serai sur place, c'est intéressant…

— Après cette famille, il y aura personne pendant trois semaines, tu pourras profiter du château et de la piscine avec tes enfants.

— Ça, ça devrait leur plaire !

غ

Sam envoie un courriel pour prévenir Jesse et Kita Hammon qu'elle passera les voir demain à 14 heures et elle reprend le train, quelques jours avant la date initialement prévue. La musique de Yanni emplit ses oreilles et Sam savoure le paysage agrémenté de sa reprise des quatre saisons de Vivaldi. Il fait beau et les rails la bercent. Observer les gens est un de ses passe-temps privilégiés. À l'aide des images et des gestes de chacun, elle imagine leurs vies, leurs tourments, l'objet de leurs conversations. Quand elle pense à la vie des autres, elle n'a plus à supporter la sienne. Elle pense à Louis, il avait encaissé bon nombre de revers à Labory mais mis bout à bout, les événements de sa vie avaient été heureux. Il avait vécu dans un foyer chaleureux, il avait eu des parents aimants et attentionnés et il n'avait aucun souci d'argent. Aussi avait-il le mérite d'être conscient de sa chance. Ses déboires à Labory n'étaient que financiers et matériels, il avait tout le reste.

غ

— Je ne connaissais pas cette partie de l'histoire mais je me souviens très bien de Bob et Égée, ils sont très cool aussi, je me souviens qu'ils venaient aider Sam chaque samedi et parfois même en pleine semaine.

— Après notre première rencontre, Sam venait presque tous les jours et me faisait des courses ou les bricoles que je ne pouvais pas faire. C'est elle qui m'a initiée à Internet et surtout, nous aimons cuisiner ensemble.

— Et moi, j'adore quand vous cuisinez ensemble parce que je m'en mets plein le gosier et on s'amuse bien. Et Janet alors, elle vit en Angleterre avec son époux maintenant ?

— Pas vraiment. En réalité, elle a quitté Labory en pensant vivre une vie merveilleuse avec son jeune époux mais quelques semaines plus tard, elle devait se rendre à l'évidence, il n'avait souhaité l'épouser que pour obtenir des papiers en règle pour quitter son pays.

— Comme c'est affreux, pauvre Janet. Et d'ailleurs, tu savais que Sam arrivait demain ?

— Oui et elle séjournera à la maison.

— Chouette, on va bien s'amuser !!!

— Elle m'a laissé le menu la dernière fois qu'elle est passée me voir, tu étais à Paris avec Camille.

— Je peux regarder ?

— Évidemment, tout est dans le dossier rouge, sur mon bureau.

— J'ai hâte ! On avait passé un super moment, elle et moi, à l'établir, ce menu ! Et on s'est super bien marrées. J'irai avec elle chercher les casse-museau commandés, je suis sûre que ça va lui plaire !

غ

Chapitre XII
À la Recherche de Charlie

Sam et son équipe sont occupés à préparer le repas convenu. Le service est soigné, les hôtes sont joyeux et comme les fois précédentes, ils sont satisfaits de l'ensemble des prestations. Un matin, Fred arrive pour l'entretien du parc et après avoir passé quatre heures sur place, il va la trouver pour être réglé.

— J'ai tondu le truc devant et je reviens demain pour faire derrière.

— L'avant du château seulement ? En quatre heures ?

— Oui, il faut dix à douze heures pour tout tondre.

— Et vous ne pouvez vraiment pas faire plus vite ?

— Nan, pas possible.

— Je suis désolée mais ça m'étonne vraiment.

— Vous avez qu'à le faire et vous verrez, c'est du boulot !

— Je sais que c'est du travail mais voyez-vous, j'ai habité dans un château avec un parc de dix-huit hectares il y a quelques années. Il y avait beaucoup de bois mais il fallait au jardinier, qui s'occupait du parc, cinq à six heures pour tondre une parcelle comme celle-ci alors oui, je suis étonnée.

— Ben, il a qu'à le faire vot' jardinier.

— Très juste, c'est une bonne idée, je vais lui demander.

— Mais je veux mes sous d'abord, je suis resté quatre heures.

— Je vous ai vu arriver en effet, mais je sais que vous n'avez pas travaillé quatre heures, j'ai entendu le tracteur pendant moins de deux heures.

— Oui parce que je regardais le matériel dans la grange en buvant une bière quand vous êtes passée.

— Écoutez, ce n'est pas mon argent, c'est Louis qui paie mais il me fait confiance et je ne vous paierai pas quatre heures quand vous en avez fait à peine trois.

— Mais j'étais là !

— Oui, mais vous n'avez pas travaillé. Vous faisiez quoi, d'ailleurs ?

— Ben, ouais, j'ai bu quelques bières et fumé quelques clopes mais je regardais le matériel.

— Ça, vous me l'avez dit mais pourquoi regardiez-vous ce matériel ?

— Ben, pour voir si c'était en ordre.

— Pendant deux heures ? Je ne veux pas me fâcher avec vous alors voilà l'argent pour trois heures.

— Ben c'est du vol.

— Réclamer le salaire d'un travail qu'on n'a pas fait, oui, c'est du vol.

Fred repart, fâché, mais Sam ne s'en soucie pas et elle gère les finances et la propriété de Louis comme si c'était la sienne. Elle contacte son fidèle Pompon. Heureux de travailler ici, il vient l'après-midi même et lui confirme qu'en cinq à six heures de temps, tout sera tondu. Il taille les haies, les arbustes et remet en état tout ce qui doit l'être. C'est son fidèle ami et elle sait qu'elle peut compter sur lui.

Sam s'occupe ainsi du château et le poste lui convient. Certains vacanciers sont plus attachants que d'autres et sur la demande de beaucoup d'entre eux, elle organise des ateliers cuisine. L'ambiance est chaleureuse, tous s'amusent et ce soir, elle participe à un jeu de rôle ; des Anglais ont prévu une soirée costumée où chacun jouera le rôle d'un personnage français, anglais ou allemand pour résoudre une énigme dans le désordre historique de la Seconde Guerre mondiale. L'humour est le maître-mot de la soirée et le saumur-champigny enveloppe les accents, c'est une réussite.

Ils repartent dans quatre jours et ensuite, il n'y aura personne avant trois semaines, ce sera le moment idéal pour partir à la recherche de Charlie. Sam ne sait par où commencer. Les seules informations qu'elle possède sont qu'il s'appelle Charles, qu'il est né trois ans plus tôt que sa fiancée, en 1914 et qu'il est anglais. Elle agrandit les photos et observe chaque détail. Louise est si jeune ! C'est si émouvant de se dire que cette vieille dame a été cette jeune fille dynamique. La photo de Charlie et de son cousin attire son attention. Charlie porte une tenue de cavalier et son cousin, l'uniforme de son collège. Mais Sam doit se coucher, elle se lève tôt pour emmener Louise et Paulette à Tours, au marché.

غ

Sam trie les photos et les vidéos prises deux jours plus tôt. Elle a promis d'en porter une copie à ses compagnons de scène, jouant sous la tonnelle de vigne vierge près du large barbecue.

Le saumur-champigny a fait sensation et elle le retrouve sur de nombreux clichés. En recadrant l'image où elle aperçoit un détail de la veste du jeune homme, le déclic se fait. L'adolescent joue le rôle d'un élève anglais portant l'uniforme de son école. Elle se souvient des mots de Louise : « Chez nous, les armoiries sont portées par les vestes des élèves bien élevés de nos grandes écoles ! Chez vous les Français, c'est les bouteilles de vin qui les portent ! » elle en riait aussi à l'idée. Et ce blason sur la bouteille lui rappelle celui de la veste du jeune homme, celui de la veste du cousin de Charlie.

Elle reprend alors les photos de Charlie, distingue clairement les armoiries du collège en question et prend l'écu en photo. Assise devant son ordinateur, elle recherche les visuels de blasons des écoles anglaises. Elle est si excitée d'avoir trouvé un détail sur lequel s'appuyer ! Louise lui a confié, en montrant cette photo, que Charlie et son cousin étaient inséparables et se voyaient très régulièrement. Elle sait aussi qu'ils n'allaient pas dans la même école mais qu'elles se trouvaient dans la même ville, à quelques kilomètres de chez Charlie. Si elle découvre à quelle école ces armoiries appartiennent, elle saura dans quelle région axer les recherches.

Le soir même, Sam retrouve la fine équipe pour l'apéritif et grâce aux photos qu'ils regardent en commentant joyeusement, elle ramène le thème de la guerre dans la conversation et leur explique qu'elle cherche justement à retrouver un soldat qui a séjourné tout près d'ici il y a plus de soixante-dix ans. Intrigués par l'histoire que Sam résume, ils observent la photo des armoiries. Aucun ne reconnaît ces armes mais quand Peter revient avec une nouvelle bouteille de sancerre blanc, l'espoir renaît. Il pense reconnaître et demande à Sam s'il peut envoyer cette photo à sa petite-fille. Elle étudie à Cambridge et il pense reconnaître les armoiries qu'elle-même porte sur son uniforme.

Peter a envoyé la photo mais, lors de leur départ, il ne peut lui donner de réponse. Sa petite-fille est en vacances avec ses amis et elle ne consulte pas souvent son téléphone. Il ne peut pas lui en vouloir, il est le premier à l'encourager à oublier son téléphone quand elle est en bonne compagnie. Toutefois, deux jours après son départ, Peter envoie un message à Sam : il s'agit bien de l'école de Cambridge. Carla a été si bouleversée par l'histoire de cette vieille dame française qu'elle propose d'aller consulter les albums de l'école aux dates correspondant à l'époque à laquelle le cousin de Charlie fréquentait son collège.

Quelques jours plus tard, Sam reçoit plusieurs courriels de Carla avec, en pièces jointes, des dizaines de photos. Elle met ses enfants à contribution et tous cherchent ce cousin de Charlie. Entre les rires, les verres et les hors-d'œuvre que Sam leur a préparés, les photos imprimées sont observées, disséquées et chacune passe dans plusieurs mains de manière à ne rien louper. L'affaire est trop importante.

Soudain la correspondance fonctionne et Sam fixe une photo de l'album de 1929. Il s'agit de Douglas Skeller. Tous les yeux se concentrent sur cette image et à l'unanimité, ils reconnaissent le charmant jeune homme aux côtés de Charlie. Sam sent l'émotion l'envahir et elle chasse la rosée qui commence à emplir ses yeux. Elle en est maintenant persuadée, Louis et elle vont retrouver Charlie. Ils arrosent leur découverte avec grand bonheur et Sam prend le temps d'écrire un courriel à Louis pour l'informer de leur bonne fortune.

غ

La saison terminée, le château est mis en sommeil. Pendant ces deux mois, dès que les vacanciers quittaient le château, Sam et son équipe organisée se rendaient sur les lieux pour tout remettre en ordre : chacun a sa place et des tâches précises à accomplir. Chaque pièce est nettoyée et rangée, les sanitaires sont lavés et désinfectés. Les lave-linge tournent et tout sera lavé l'après-midi même. Quand le linge sera sec, les lits seront faits, etc. Cette période a été un ravissement pour Sam mais elle ne souhaite pas recommencer dans ces conditions. Pour rentabiliser l'affaire et attirer un public dix mois sur douze, des travaux sont indispensables. Louis est bien d'accord mais il ne veut pas investir à nouveau dans ce site et décide de le mettre en vente. Sam profite de l'endroit pendant deux ans. Les anniversaires de ses proches, les fêtes d'Halloween, de Noël et les envies de moments en bonne compagnie sont de parfaites occasions pour s'y retrouver. Elle organise des soirées déguisées avec des meurtres à élucider, des chasses au trésor et des repas qui laisseront leurs parfums et leurs saveurs dans ses souvenirs colorés.

Quelques acheteurs potentiels visitent le site mais la vente ne suit pas. Sam est peinée pour Louis, elle voit combien cette propriété lui coûte. Cet après-midi, ils se parlent en vidéo sur la toile.

— Quarante mille euros partent chaque année en frais fixes alors j'espère que tu vas vendre au plus vite.

— Je ne vendrai pas tant que tu habiteras là-bas, je veux pas, tu as plus de maison. Et puis, tu aimes habiter au château.

— Justement, le médecin m'a confirmé que j'étais guérie. Tout va bien et je vais enfin reprendre ma vie en mains. Et pour commencer, je vais déménager.

— Ah ? Tu veux plus habiter à Labory ?

— Ce n'est pas le souci mais tu vois, je veux habiter chez moi. Je sais que tu ne me mettras jamais dehors et c'est vraiment généreux de ta part mais j'ai vraiment besoin de savoir que je suis chez moi. Ici je ne paie que la nourriture puisque tu te charges de tout le reste et je sais que j'aurai un budget bien réduit quand je devrai payer pour tout moi-même mais c'est aussi ce qui fait que je me sentirai réellement bien et indépendante.

— Je comprends mais tu dois pas être pressée.

— Je sais, je sais. Mais tu vois, lors du diagnostic de départ, les médecins m'avaient dit que je n'allais peut-être pas vivre dix-huit mois alors comme je suis en sursis depuis deux ans et que le corps médical s'accorde à dire que je suis sortie d'affaire, je veux aller vivre en montagne. J'en rêve depuis près de quarante ans.

— C’est vrai ? Et quelles montagnes ?

— Oh, ce n’est pas la haute montagne mais j’aimerais aller vivre en Auvergne. En Creuse ou dans le Puy de Dôme, en fonction de ce que je trouverai.

— Wow ! C’est très bien. Tu connais ?

— J’y suis allée souvent, seule ou avec mes enfants en vacances. J’ai choisi cette région pour deux raisons. La première est que je ne serai pas loin de mes enfants et la seconde est que, lorsque j’avais neuf ans, j’ai découvert, lors de la sortie pédagogique de la fin de l’année scolaire, la chaîne des volcans d’Auvergne, le Viaduc des Fades et le Plateau de Millevaches. J’en suis tombée amoureuse et je me suis promis, ce jour de juin, d’y vivre « quand je serais grande ».

— Ha ! C’est un rêve de quand tu étais un enfant ?

— Oui, complètement.

— J’espère tu vas trouver vite et je te souhaite bonne chance.

غ

— Non ? C’est quand même fou que Louis lui ait tout donné comme ça, sans la connaître davantage. Il lui a confié les clefs du château, enfin, de la propriété entière, son argent ! Quelle confiance. Certains appelleraient ça de la naïveté.

— Je sais mais ce n’est pas du tout son avis. Ni le mien d’ailleurs. Louis suit son intuition et je regrette que les gens oublient ce que c’est.

— Tu as raison. Et Louis a eu raison de lui faire confiance.

— Tu sais, quand Sam est arrivée à la propriété, les gens mal intentionnés l’appelaient « la traînée de Louis ».

— Non ! C’est moche.

— Mais après avoir chassé les médisants et les profiteurs, son surnom est devenu « le Pitbull de Louis ».

— Ha ! Ça, c’est plutôt drôle !

— Oui et ça lui plaisait beaucoup parce qu'en effet, elle ne se laisse pas marcher sur les pieds et elle a toujours géré les affaires de Louis comme si c'étaient les siennes.

— C'est dommage qu'elle ne soit pas restée.

— Oui mais Sam est contente d'avoir quitté l'endroit car si ce lieu est idyllique, ça n'était pas « son nid ». Par la suite, Nadine l'a dénigrée auprès de Grietje, prétendant qu'elle manipulait Louis pour son argent. Grietje a ensuite fait courir le bruit que Sam n'avait jamais été malade et que tout ce cinéma ne visait qu'à attendrir Louis pour mieux profiter de sa générosité.

— Alors ça, c'est franchement moche.

— Ce qui est encore plus moche, c'est que Sam a eu la surprise de recevoir un jour un méchant courriel d'un ami. Ils étaient très proches, de très bons amis et ils avaient passé un millier de bonnes soirées ensemble. Il lui avait même confié qu'elle était ce qui lui était arrivé de mieux l'année où il l'a connue. Mais il était aussi le frère de Nadine.

— Je vois, il a cru sa sœur. Mais Sam ne s'est pas défendue auprès de lui ?

— Non, je lui ai posé la même question et elle m'a répondu qu'elle pensait qu'il valait mieux qu'il se fâche avec une amie plutôt qu'avec sa sœur. Tu sais, elle a deux sœurs qu'elle ne côtoie pas et elle ne voulait pas que son ami vive la même chose.

غ

En février l'année suivante, Sam trouve une maison en Creuse, dans un petit village. C'est l'ancien presbytère, une haute maison de pierre de granite. Le maire du village est surpris de voir cette femme seule arriver dans un coin perdu où elle ne connaît personne. Mais Sam a besoin de se retrouver. Sa vie n'a pas été facile et les dernières années ont été épuisantes. En mai, elle prend le train et file en Angleterre pour un nouveau séjour chez Louis. Un agent immobilier a fait visiter la propriété et la vente est bien engagée.

— Je garderai toujours de merveilleux souvenirs de Château Labory, tu sais.

— Oui et c'est un bonne chose. Les gens qui reprend veulent faire un site musical, ils sont tous deux musiciens.

— Bonne idée, je leur souhaite bonne chance.

— Rien est fait encore mais je crois la vente est bien partie.

— Ce serait chouette pour toi parce que c'est dommage de payer pour un bien qui ne te sert à rien, surtout un bien de cet ordre.

— Oui, tu as raison, ça me coûte trop cher. Mais je veux surtout te parler de notre affaire pour Louise. C'est formidable que tu as pu découvert qu'il habitait près de Cambridge.

— Je pensais que la chose allait être facile mais j'ai bien galéré pendant des jours jusqu'à ce que Peter, un Anglais qui séjournait à Château Labory, ait reconnu le blason. C'était une chance prodigieuse ! Louise m'avait montré des photos de Charlie. Sur certaines, il posait avec son cousin. Charlie lui avait dit qu'ils n'avaient jamais été séparés aussi longtemps l'un de l'autre que depuis qu'il était devenu soldat et qu'ils ne vivaient pas très loin l'un de l'autre et sur une photo, son cousin porte un uniforme avec les armoiries d'une école. Pendant que Louise était dans sa cuisine, j'ai pris cette image en photo. J'ai ensuite cherché sur Internet et tu connais la suite. Merci Internet !!! J'ai ensuite consulté, toujours sur le Net, les albums des autres écoles de Cambridge et un élève ressemble à Charlie, enfin, je trouve. Il s'appelle Charles Hampton.

— Bien joué, Madame.

— Paul dit ce monsieur était dans une école de Cambridge mais pas avec le cousin de Charlie. Nous verrons demain. C'est dans le Comté d'Essex, sur la route de Cambridge. Et si on a du temps, on peut faire un tour dans la ville, l'église « Harlow Baptist Church » est magnifique et c'est très connu.

Le lendemain, Louis démarre de bonne heure et les deux enquêteurs restent silencieux. Ils se souviennent de leur première visite, ils avaient tant espéré, ils avaient fait tellement de projets pour Louise. Pas question de trop se réjouir cette fois.

— Tu te souviens la première fois qu'on a rendu un visite à le premier Charlie ? On était beaucoup excités d'avoir trouvé le nom de Charles et on pensait on allait le voir bientôt.

— Oui, pas près d'oublier ça. Mais cette fois, on ne doit pas s'emballer, il nous a peut-être déjà quittés, lui aussi.

Ils suivent la direction de Harlow où vit Charles Hampton. Tous deux étaient enthousiasmés par cette quête depuis des mois mais aujourd'hui, s'approchant de leur but, ils réalisent que l'homme est peut-être six pieds sous terre depuis un moment et que leur rêve grandiose pourrait être anéanti en quelques secondes seulement. Ils arrivent devant une maison de briques, Louis se gare et ils sortent de la voiture.

— Regarde, Louis, des jacinthes, c'est bon signe, non ?

— Oui, Sam, tu as raison, ça peut pas être une hasarde.

Sam sonne et une femme ouvre la porte.

— Bonjour Madame, nous cherchons Monsieur Charles Hampton.

— Oui, c'est bien ici. Mon père vous attendait ?

À l'écoute de ce mot, Sam et Louis se regardent, surpris.

— Non, pas vraiment. Je viens de France et je séjourne chez mon ami Louis, il est anglais…

— Vous venez donc de France ? Vous venez de loin.

— Avec les moyens d'aujourd'hui, ce n'est plus un si long voyage. Nous sommes à la recherche d'une personne qui pourrait être Charlie Hampton, enfin, votre père.

— Ah ? Ce n'est pas banal. Mon père aime recevoir et il voue une affection toute particulière à la France alors entrez, je suis certaine qu'il sera heureux de recevoir une Française ! Suivez-moi, il est dans le salon. Papa, ces gens viennent de France pour te voir.

Sam et Louis se regardent, soulagés. Ce Charlie est bien vivant. Ils entrent et trouvent un monsieur assis dans un fauteuil de velours grenat. La charmante maison n'est pas vaste mais fort accueillante et le regard de Sam est attiré par un portrait posé sur un petit guéridon, dans un cadre doré. Les coins sont élimés et à la croix blanche qui la divise en quatre, Sam comprend qu'elle est restée longtemps pliée, cette photo a traversé ses propres guerres. On y voit un homme, jeune, vêtu d'un uniforme militaire, au bras d'une jeune fille souriante. Les mines immortalisées, ton sépia, respirent le bonheur au milieu des roses, devant le mur d'une maison de pierre. Cette maison lui rappelle les murs des maisons françaises mais Sam refuse de se réjouir trop tôt, elle ne peut reconnaître l'endroit.

— Bonjour et bienvenue les Français !

— Bonjour Monsieur. Je suis Sam.

— Je suis Louis et je suis seulement anglais.

— Enchanté. Je suis Charlie et vous, Monsieur « seulement anglais », vous portez un magnifique prénom. Vous savez, j'aime beaucoup la France.

— Vous connaissez ?

— J'y ai séjourné mais ce n'étaient pas des vacances, c'était pendant la Seconde Guerre mondiale.

— Je n'ai évidemment pas connu cette période mais j'imagine que vous en gardez de douloureux souvenirs.

— Oui et non. J'y ai aussi les plus beaux souvenirs de ma vie. Mais je vous embête avec mes vieilles histoires. Je vois peu de monde alors quand je reçois de la visite, je parle trop.

— Pas du tout, Monsieur Hampton, pas du tout.

— Appelez-moi Charlie. Asseyez-vous, vous prendrez bien une tasse de thé pour m'accompagner ?

— Avec plaisir mais nous ne voulons pas vous déranger.

— Je vous l'ai dit, je reçois peu et je ne sors jamais… sauf pour des check-up !

L'ambiance se détend, ce Charlie est fort sympathique.

— Maggy, veux-tu bien apporter deux tasses pour nos invités ? Ha ! Tu étais déjà allée en chercher. Elle est formidable, ma Maggy. Alors vous êtes des amis de Maggy ?

— Non, pas du tout, mais vous avez raison, Maggy est adorable. J'aimerais bien avoir une Maggy pour moi tout seul, vous pouvez venir chez moi, faire le thé et me tenir compagnie…

— Vous êtes drôle, Louis.

— Dites-moi, c'est vous sur cette photo ? demande Sam, ne sachant comment entamer le sujet.

Charlie acquiesce en souriant. Il attrape le cadre et regarde la photo en silence. Puis, se souvenant qu'il n'est pas seul, il la repose et s'adresse à nouveau à ses invités.

— Cette femme, ici, à mes côtés, c'est une Française. Une femme formidable. C'est une Louise, presque comme vous, Louis.

— Ha ! Je crois deviner pourquoi vous aimez mon prénom.

— Vous avez raison. Cette femme était ma fiancée et elle s'appelait Louise.

— Pardonnez-moi, Charlie mais, vous dites « elle était » votre fiancée, qu'est-il arrivé ?

Charlie semble réfléchir à cette question de Louis. Il regarde à nouveau la photo et son visage s'assombrit. Sam et Louis se regardent, ils sont peut-être allés un peu vite.

— En vérité, j'aimerais qu'elle soit encore en vie mais je ne l'ai pas revue depuis des siècles. La guerre nous a séparés. Je l'ai rencontrée en France et nous nous sommes fiancés. Nous devions nous marier mais j'ai dû repartir pour l'Angleterre.

Charlie se tait, les yeux accrochés à la photo, le cœur suspendu.

— Elle sentait si bon la jacinthe…

Sam et Louis n'osent plus parler et attendent son explication mais le silence se faisant pesant, Sam tente quelque chose.

— Mais vous n'avez pas pu retourner en France.

— Pas exactement. Je n'ai pas voulu y retourner.

Sam et Louis sont désarçonnés. Ils avaient imaginé des milliers de scénarios qui auraient expliqué son silence, mais pas une seconde ils ne s'étaient imaginés qu'il avait pu décider de lui-même de ne plus jamais revoir Louise. Le silence se fait un peu plus pesant encore et Charlie semble plongé dans ses souvenirs.

— Prenez des gâteaux, allez-y, ils sont tout frais, de ce matin.

— Merci Maggy.

— Ils sont délicieux, en effet. Vous avez de la chance, Charlie, Maggy vous bichonne comme ça tous les jours ?

— Oh ! Oui. C'est à cause d'elle que mon médecin me gronde, je mange trop de gâteaux.

L'ambiance se détend un peu et comme Sam, Louis n'ose repartir sur le sujet qui les amène. Il le faudra pourtant bien mais, ayant compris l'émotion qui submerge le vieil homme, aucun d'eux ne veut avoir l'indélicatesse de relancer ce sujet éprouvant.

— Mais vous ne veniez pas pour parler gâteaux, je me trompe ?

— Vas-y, Sam, explique.

— Alors voilà. Louis et moi avons une amie qui va bientôt fêter son anniversaire.

Charlie porte une main à sa bouche et Sam, qui ne le quitte pas des yeux, remarque que cette phrase anime quelque chose en lui. Il semble aussi surpris que rempli d'espoir et d'effroi. Son dos s'est redressé et il semble figé, concentré sur ce qui va être dit. Elle fait une courte pause puis reprend.

— Notre amie s'appelle Louise. Nous sommes voisines, je vis à Labory, près de Tours, une grande…

Sam s'interrompt, Charlie respire trop fort et péniblement mais déjà Maggy revient dans le salon avec l'appareillage et Charlie respire dans son masque.

Sam et Louis ne savent plus quoi faire. Ils sont presque sûrs que c'est « le bon Charlie », et ils doivent le ménager.

— Vous préférez peut-être que nous vous laissions ?

— Attendez quelques secondes, dit Maggy. Vous pouvez faire un petit tour dehors si vous voulez, le jardin est très agréable.

— Bien sûr, viens Sam.

— C'est forcément lui, Louis, c'est forcément notre Charlie ! Tu as vu comme il a commencé à vaciller quand j'ai parlé de Labory ?

— Oui, mais c'est étrange parce que Louise ne vivait pas là-bas.

— Tu as raison, comment peut-il connaître Labory ? Ou alors, c'est quand j'ai donné son prénom.

— C'est peut-être les deux.

— Il a l'air si accablé, comment pouvons-nous espérer lui raconter le reste ? Et pourquoi a-t-il dit qu'il n'a pas voulu retourner voir Louise ? Qu'est-ce que ça veut dire ? Tu crois que Maggy était déjà née ? Ou tu crois que Charlie ne savait pas qu'il était le papa d'une petite fille quand il a rencontré Louise ?

— Je ne comprends pas non plus mais il a sûrement une bonne raison.

— Pour sûr, il faut qu'il en ait une ! Et elle doit être valable parce que je ne nous imagine pas racontant à Louise que son Charlie était déjà père de famille quand il lui a promis de l'épouser. Mais restons positifs !

— Oui, restons positifs. On doit absolument rester positifs.

— En tout cas, on peut voir très clairement qu'il l'aime toujours. J'espère qu'on ne l'a pas trop fait souffrir.

Maggy les rejoint dehors.

— Comment va-t-il, Maggy ? Nous sommes si gênés…

— Ne le soyez pas, vous n'êtes pas responsables. Vous savez, sa Louise, c'est sa vie.

— Vous voulez dire que c'est bien le fiancé de notre Louise ?

— C'est bien possible, papa sait qu'elle habite Labory depuis près de cinquante ans.

— En effet, Louise habite à Labory depuis 1970. Mais comment le savez-vous ?

— Papa ne s'est jamais bien remis de la guerre et il a suivi la vie de sa fiancée jusqu'à il y a une vingtaine d'années. Il a arrêté, sur le conseil de son psychologue.

— Mais je ne comprends pas. Pourquoi ne l'a-t-il jamais contactée ?

— Ça, je lui laisse le soin de vous le dire, ma petite.

— Oui, pardonnez-moi, je, je suis bouleversée par toute cette histoire et je ne comprends rien.

— Laissez-lui quelques minutes encore et je vous ferai signe, il va déjà mieux.

Maggy retourne auprès de son père, Sam et Louis n'ont plus de mots. Ils savent qu'ils se posent tous les deux les mêmes questions. Il l'a toujours aimée et il a l'air en bonne forme alors pourquoi avoir gardé le silence ? Maggy les sort de leur torpeur en les prévenant qu'un thé tout chaud est servi et ils rentrent d'un pas lent, la mine gênée quand Charlie les encourage.

— Je vous demande de m'excuser mais tout ça me fait remonter tellement de souvenirs. Des souvenirs merveilleux et d'autres, très douloureux.

— Nous comprenons, Charlie et prenez votre temps, rien ne nous presse.

— Moi si ! Je vais avoir cent ans dans un mois.

Sam et Louis se regardent, émus et nerveux.

— Je vais vous raconter si vous le voulez bien. Mais pas maintenant, j'ai besoin d'un peu de temps. Prenez un gâteau.

Sam et Louis se jettent presque sur les gâteaux. Rassurés autant qu'inquiets, ces gâteaux sont une parfaite pause et Maggy questionne Louis sur la ville où il vit, son métier, tout ce qui peut dévier la conversation. Louis répond avec son calme habituel pendant que Sam enfourne les gâteaux de manière à ne pas pouvoir prendre la parole. Comme Charlie, elle a besoin d'un peu de temps. Comprenant après une demi-heure que Charlie aura du mal à répondre aux questions, Sam intervient.

— Nous pouvons peut-être revenir demain, n'est-ce pas, Louis ?

— Oui, évidemment. Nous allons chercher un hôtel.

Le corps frêle de Charlie reste figé sur le fauteuil, les mains jointes et les yeux rivés sur cette photo. Ses hôtes se retirent dans le hall, guidés par Maggy.

— Je suis désolée, Maggy, votre père semble si ému.

— Ne soyez pas désolée, ma fille, je sais qu'il aimerait en savoir davantage.

— Eh bien, nous allons tâcher de trouver un hôtel en ville pour pouvoir revenir demain.

— Écoutez, si vous n'exigez pas de *room* service, j'habite tout près avec ma sœur et nous louons des chambres, elles étaient encore libres ce matin.

— Ce serait parfait. Quelle est l'adresse ?

— C'est au bout de la rue. Dites à Rosy que vous venez de ma part, je la préviens de votre arrivée. Je vous donne mon numéro, appelez-moi si vous avez besoin.

— Merci beaucoup, Maggy, voici le mien.

— Merci Sam et reposez-vous bien.

Maggy retourne à l'intérieur. Elle débarrasse les tasses et file en cuisine pour les laver et les ranger. Rien ne presse mais elle préfère laisser à son père le temps de reprendre ses esprits. Et puis, le moment est très intime. Elle se dit qu'il a probablement toujours espéré qu'il la retrouverait un jour. Et voilà que par le biais d'inconnus, d'étrangers à leur histoire, c'est Louise qui le retrouve. Elle-même ne sait donc pas encore qu'il est vivant. D'ailleurs, sait-elle que ses amis le cherchaient ? Mais son téléphone sonne, numéro inconnu. Elle décroche.

— C'est encore moi, Maggy.

— Oh, les chambres sont prises ?

— Non, non, tout va bien et votre sœur est aussi adorable que vous l'êtes.

— Ah ! Je suis rassurée.

— Je voulais seulement m'assurer que tout allait bien chez vous. J'ai été si bouleversée par le petit malaise de votre père tout à l'heure, il va bien, j'espère ?

— Il va très bien, rassurez-vous. Il attendait ça depuis toujours, je crois. Et justement, j'ai une question à vous poser. Louise, sa Louise sait-elle que vous l'avez retrouvé ?

— Eh bien, pour tout vous dire, elle ne sait pas que nous le cherchions. Louis et moi avons été si troublés par son histoire que nous nous sommes mis en quête de réunir ces deux amants séparés par cette affreuse guerre. Et comme nous participons à l'organisation de sa fête d'anniversaire le 14 août prochain – elle aura cent ans – nous nous sommes dit que des retrouvailles avec son Charlie seraient le cadeau idéal.

— Oh ! Comme Louise a de la chance d'avoir des amis tels que vous. Papa a du mal à se déplacer mais il ira, j'en suis convaincue. Il lui faut seulement un peu de temps pour s'habituer à cette heureuse nouvelle. Je suis son infirmière car papa a besoin de soins et je peux vous confirmer qu'il peut voyager mais seulement si certaines conditions sont respectées.

— Et moi, je peux d'ores et déjà vous dire que vous pourrez l'accompagner. Si vous êtes disponible, évidemment.

— Je le suis ! Et je serai ravie de l'accompagner. Vous savez, je n'exerce plus que pour lui parce que je suis à la retraite depuis plus de dix ans. Je ne le quitterai pas et ce soir, je reste dormir ici.

— C'est vraiment génial ! Je suis si impatiente !

— Et moi donc !

— Mais je vous laisse, vous avez sûrement beaucoup à faire.

— Je suis dans la cuisine, je voulais laisser papa seul un moment, histoire de digérer tout ça.

— Je comprends, vous êtes si attentionnée. Je suis ravie d'avoir fait votre connaissance.

— Moi aussi Sam. Pouvez-vous être ici pour 9 heures demain ?

— 9 heures, c'est parfait pour nous.

— Bonne soirée à vous et à demain. Je préparerai des scones.

— Hum ! Des scones, j'adore !!!

Maggy retrouve son père en pleurs, dans le salon. Elle l'enlace et ne peut s'empêcher de l'accompagner en sanglots.

— Ne t'inquiète pas, Maggie, je pleure de joie. J'ai toujours voulu retrouver ma Louise mais dans mon état…

— Je trouve ça formidable ! Et penser que ta Louise pense toujours à toi, quel amour fort !

— Oui, mais que va-t-elle penser de moi ? Tu sais, toi, ce que je suis.

— Chut, papa. Ne pense plus à ça. Sam et Louis reviennent demain et tu pourras leur expliquer, tu sauras alors…

— Leur expliquer, oui. Mais est-ce qu'ils comprendront ?

— Écoute, est-ce que je t'ai déjà menti ?

— Non ! Bien sûr que non.

— Alors fais-moi confiance. Patiente jusqu'à demain et tu verras, ils comprendront. Mais il est l'heure, je vais chercher ta moto…

Sam et Louis parlent peu mais dès qu'ils ouvrent la bouche, c'est uniquement pour deviser sur la manière de tout raconter à Charlie, ils se posent mille questions. Il a deux filles, doivent-ils parler de Charlotte, sa fille ? Sait-il qu'il est son père ? Sait-il pour Edgar ? Acceptera-t-il de venir en France pour les cent ans de Louise ? Et surtout, pourquoi n'est-il pas revenu ? Il semble si amoureux. Sam et Louis ne comprennent pas pourquoi il a décidé de ne pas revenir, de ne pas l'épouser et pourquoi il n'a jamais donné aucune nouvelle. Tout cela est si étrange. Rosy ressemble beaucoup à sa sœur. Très aimable, souriante, le même visage avenant, les mêmes rondeurs rassurantes.

— Alors, vous êtes des amis de ma sœur ?

— Pas vraiment, Louis et moi venons seulement de faire sa connaissance.

— Ha ! Alors c'est papa que vous connaissez ?

— Pas davantage mais nous connaissons quelqu'un qui le connaît, précise Louis. Elle l'a rencontré il y a près de quatre-vingts ans.

— Je vois, c'était pendant la guerre. Papa n'a plus jamais été le même après, semble-t-il. Il a tellement souffert, et il en souffre toujours tellement !

— Que voulez-vous dire ?

— Eh bien, je veux parler de la bataille, l'embuscade dans l'Orne. Oh ! Je ne raconterais pas très bien la chose mais ce que je peux vous dire, c'est que les séquelles sont profondes.

— Nous comprenons, Rosy. Votre père nous racontera tout ça demain. Et si je peux me permettre une question, Maggy et vous êtes jumelles ?

— Exactement mais je suis l'aînée !

Au rire lancé par Rosy, Sam et Louis comprennent la complicité entre les deux sœurs mais déjà, elle les salue.

— Vous avez besoin de vous reposer alors je vous laisse et je vous verrai demain matin. Je serai dans la cuisine ou dans le salon dès 6 heures.

— Merci pour tout Rosy.

— Oui, merci encore, Rosy, tout est parfait ici. Votre maison est un endroit charmant, et si anglais.

— Je vous remercie, Sam. J'espère que vous passerez une très bonne nuit.

À 7 heures, comme convenu la veille, Louis et Sam se retrouvent dans le salon pour le petit-déjeuner. Ils pensent, repensent, pensent encore et parlent peu. Seule Rosy reste loquace et enchaîne les nouvelles du pays, la météo, le prix des aliments et la césarienne subie par sa petite chienne. Quelque peu incommodés d'abord puis, légèrement agacés ensuite, par la frivolité de ses propos, Sam et Louis trouvent finalement un confort certain à l'entendre parler de sujets si légers. La vie tranquille de Rosy les enlève peu à peu à la tragédie qui les habite depuis des mois mais qui, depuis hier, les engloutit avec inquiétude, peur et hésitation. Sa prose n'en finit pas et les hôtes lui sont secrètement reconnaissants pour cette pause bienvenue. Ils quittent Rosy et montent dans la voiture.

Louis conduit et même si ce n'est pas loin, Sam ne veut pas essayer la conduite à gauche, aujourd'hui encore moins que les autres fois. Elle remet ses phrases en ordre, dans le silence, Louis en fait autant. Ils ont au moins décidé une chose : aucun n'entamera le sujet, Charlie donnera le rythme à la symphonie qui se joue dans sa tête. C'est à lui de donner le La, il en est le chef d'orchestre. Il est le Graal, il est Le soldat anglais, il est Le Charlie de Louise.

غ

Maggy les accueille avec le sourire et les guide jusqu'au salon.

— Bonjour Charlie.

— Bonjour Louis, bonjour Sam. Avez-vous passé une bonne nuit ?

— Oui, c'était parfait. Et le petit-déjeuner de Rosy, à la fois délicieux et copieux, je ne pourrais plus rien avaler.

— Oh ! Si ! Maggy a préparé des scones pour vous, Sam.

— Ô oui ! Je ne pourrais plus rien avaler, c'est certain, sauf les scones de Maggy ! Elle m'en a parlé hier alors je les attends !

— Voici, Sam, Louis. Des scones tout frais, ils ont moins d'une heure et vous prendrez du thé ou du café ?

— Du thé pour moi et un café pour Sam, merci Maggy.

Dans une fine porcelaine rose et fleurie, ils savourent les délicieux produits servis. Sam étale un peu de confiture de fraise pendant que Louis étire quelques sujets d'actualité. Il prend position sur le devoir de chacun d'être plus altruiste pendant qu'elle reprend de la crème. Charlie raconte la météo clémente de l'hiver passé, Maggy relate les inondations de l'été dernier et Sam a le sentiment qu'elle va exploser. Mais elle ne peut pas le laisser et prend le dernier scone. Elle sait qu'elle ne regrettera jamais autant d'avoir trop mangé que de n'avoir pas mangé quelque chose qui lui fait envie et qui ne se représentera jamais plus. Elle l'avait appris dans la douleur en ayant décidé, pour être raisonnable, de refuser cette magnifique part de bûche – la troisième – de Noël de la Maison Butard, biscuit Dacquoise aux amandes et mousse au chocolat intense, ce nouvel an 1988 à Vaucresson. Et alors qu'elle mord dans le gâteau, Charlie attaque tout doucement, par surprise.

— J'ai rencontré Louise en 1941. À l'époque, elle était Mousquetaire et nous avons passé beaucoup de temps à nous battre tous ensemble. C'était la guerre et pourtant, c'était la plus belle époque de ma vie. Nous passions du temps à trouver des solutions pour déjouer les plans de nos ennemis, et à organiser notre avenir. Avec nos rêves, nos impératifs, c'était à la fois une période passionnante et joyeuse. C'est après, quand j'ai perdu ce bonheur, que j'ai réalisé que durant presque un an, j'avais été le plus heureux des hommes, j'avais trouvé l'amour et le bonheur. Dites-moi, est-elle toujours de notre monde ?

— Oui, Charlie.

Sam et Louis parlent en même temps et les yeux de Charlie vont et viennent, de l'un à l'autre, savourant cette confirmation avec bonheur.

Il sourit. Il fait une pause et prend sa tasse. Les yeux dans le vague, il pense puis boit. Sam et Louis ne bougent plus et restent pendus aux lèvres du vieil homme, pressurisés par l'impatience de tout savoir, meurtris à l'idée que ses raisons pourraient les inciter à garder ce lourd secret pour éviter d'inutiles et insupportables souffrances à leur amie. Louis se décide à boire son thé et Sam l'imite, Charlie reprend.

— Mais je devais rentrer en Angleterre. Je devais rentrer mais j'ai menti à Louise. Quelques semaines avant mon départ, j'avais reçu des ordres, je devais rentrer pour mettre mes papiers en ordre. Je devais rejoindre ma compagnie dans l'Orne. J'avais déjà eu beaucoup de chance d'être resté tout ce temps en convalescence.

— Vous ne lui avez pas menti, elle nous a dit la même chose, exactement.

Charlie se réfugie dans sa mémoire.

Chapitre XIII
Le Secret

Charlie raconte. Sam et Louis sont bouleversés mais ils savent qu'il a survécu. Tous deux se concentrent sur cette idée pour ne pas craquer face à celui qui a vécu les horreurs qu'ils entendent. Charlie prend quelques secondes pour s'extraire de sa tête et revient d'entre les morts pour reprendre l'histoire un peu plus loin. Il saute quelques chapitres de sa vie pour revenir au présent et s'adresse à ses hôtes.

— Alors comme ça, vous connaissez « ma Loulou ». Pouvez-vous me raconter ?

Charlie affiche un sourire rempli de mélancolie. Il semble à la fois terriblement heureux et terriblement triste.

— Il parle tout le temps de sa Louise, vous savez.

— Eh bien, j'ai acheté le Château de Labory il y a dix ans et j'ai rencontré cette charmante dame peu de temps après m'y être installé. C'était une drôle de période pour moi, riche en connaissances et en aventures avec les soucis qui en dépendent.

Charlie écoute, attentif, la rencontre de Louis et Louise et au fil des images, des mots, il les imagine, il les voit, il sourit, il la reconnaît. Sam agrémente de sa rencontre avec Louis, de son travail au château et sa rencontre avec Louise. Elle raconte ensuite la fête qu'ils sont en train d'organiser pour ses cent ans. Charlie semble joyeux mais il est difficile de savoir si cette joie vient du présent ou du passé.

— Louis et moi avons été terriblement touchés par l'histoire de Louise. Nous aimons cette femme qui mérite bien plus que ce que nous avons à offrir. Alors nous nous sommes mis en quête de son Charlie. Nous pensons que vous êtes le plus beau cadeau que la vie peut lui donner.

Charlie reste coi. Il baisse les yeux, il ne sait plus quoi faire. Il s'était résigné, il ne reverrait jamais sa Loulou et voilà qu'aujourd'hui, sans prévenir, elle s'immisce à pas feutrés dans son salon et revient à grands fracas dans son cœur.

— Nous comprenons qu'il soit difficile pour vous de remuer tout ça mais ce que je peux vous promettre, c'est que sur cette Terre, je ne connais pas d'êtres plus méritants de se retrouver, que vous et Louise. Et ce, quelles qu'aient pu être les raisons qui vous ont retenu loin d'elle.

À ces mots, Charlie plonge la tête dans ses mains. Maggy invite Sam et Louis à l'aider à débarrasser la table afin que Charlie prenne le temps de se rassembler.

— Vous avez touché son point sensible. Il a pris des décisions parce qu'il savait que c'était la seule chose à faire. Il savait qu'il n'avait pas le choix, retourner voir Louise parce qu'il l'aimait n'était pas une option justifiée. Mais depuis quelques années, le doute le tenaille. Certaines questions restées refoulées ont commencé à le harceler et il n'est plus certain de rien.

— Je comprends, nous devons parfois faire des choix qui nous coûtent.

— C'est tout à fait ça et ce choix lui a apporté beaucoup de peine et de souffrances. Depuis ce jour qu'il vous a raconté, il n'est plus le même homme. Et il ne voulait pas imposer à la femme qu'il aimait de vivre avec cet homme-là.

— Mais Louise aurait accepté. Elle aurait tout accepté, vous savez. C'est vraiment une femme bien et depuis toutes ces années, elle n'a toujours aimé que lui.

— Je n'en doute pas, Sam. Mais attendez que mon père termine son récit, vous comprendrez que l'enjeu va bien plus loin.

Sam et Louis se retrouvent dehors, Sam a besoin de sa cigarette. Ils sont bien d'accord, Charlie aurait dû rentrer, les sentiments profonds de Louise l'auraient aidée à tout supporter et ils auraient pu être heureux. Charlie devait avoir une excellente raison de sacrifier un si bel amour, pensent-ils. Et comme ils sont pressés d'écouter la suite, Sam écrase sa cigarette après quelques bouffées seulement.

غ

— Je vous ai sorti un vin de France, un saumur-champigny, papa ne boit que ça.

— C'est Louise qui m'a fait découvrir ce vin. Nous en avons bu des litres pour nos fiançailles. Quelle belle soirée. Parfois je me demande si tout cela n'était pas qu'un rêve.

— C'était bien réel, Charlie. Louise nous a raconté, c'était un fabuleux festin. Tout comme vous, elle se demande parfois si tout cela n'était pas un rêve, elle s'est posé tellement de questions.

— Je sais, elle n'a probablement pas compris.

Sam et Louis concèdent en silence.

— Je ne suis plus le Charlie qu'elle a connu.

— L'âge fait son œuvre sur chacun de nous, vous savez.

— Oui, je sais. Mais moi, je ne suis plus du tout le même et je ne pouvais désormais plus tenir notre promesse.

— Une promesse, quelle promesse ?

Les douze coups retentissent, il est déjà midi et Maggy se redresse, comme si l'alarme l'avait appelée. Elle essuie ses yeux aussi discrètement qu'elle le peut et marche d'un pas lent jusqu'à la cuisine. Elle connaît trop bien l'histoire, et comme le chevreuil qui s'éloigne pour échapper au chasseur, Maggy espère rendre la douleur plus légère en s'éloignant des mots de son père et elle doit éviter de croiser son regard pour rester solide. Les bruits de vaisselle et casseroles emplissent à présent le salon et, comme les fleuves se jettent dans la mer, les flots de larmes légers de Maggy ramènent tout ce petit monde au regard de Charlie et à l'image de Louise. Il raconte. Sam et Louis écoutent, attentifs et muets. Le temps n'existe plus et ils se sentent minuscules face à cet homme si brave et pourtant si torturé par le passé. À cet instant précis, tous ont en tête le gâchis de ces deux cœurs que la guerre a empêché de vivre heureux. Charlie est vraiment fort, pense Sam, elle qui a tant de mal à parler, à l'écoute de toute cette souffrance, cet homme qui a plus du double de son âge, cet homme qui a vécu tout ça, et qui a survécu à tout ça. Cet homme qui a sacrifié son désir le plus absolu pour éviter d'infliger à l'amour de sa vie, ses propres souffrances. Maggy revient.

— Vous déjeunez avec nous ?

L'atmosphère se fait plus légère et Sam est ravie de déguster à nouveau ce Roast-beef servi avec son Yorkshire pudding. Le saumur-champigny est divin, Sam a le sentiment que tout est parfait. La mélancolie se fait plus mince et le soleil est réapparu dans la conversation.

— Il faut quand même que vous sachiez, Charlie. Notre visite n'est pas une visite de curiosité, nous avons une requête à vous faire.

— Ah ? Eh bien, je vous écoute, Sam.

— Voilà. Nous organisons une fête pour Louise, pour ses cent ans et nous sommes en quête d'un cadeau très spécial. Ce cadeau, c'est vous.

Charlie relève la tête et fixe Sam puis Louis puis Maggy qui hoche la sienne en souriant.

— Vous voulez dire que vous voulez que j'aille en France pour, pour…

— Pour retrouver Louise, oui, Charlie.

— Je, je ne sais pas, je, je ne peux pas…

— Écoute, vieux grincheux. Qui me répète sans arrêt qu'il ne faut jamais baisser les bras, qu'il faut accepter chaque cadeau de la vie, hein ?

— Oui, Maggy, mais là, moi, enfin tu sais, toi. Je suis…

— Ha ! Assez, papa, essaie d'être plus optimiste et regarde ce que Dieu t'offre. Louise comprendra et puis, vous avez passé l'âge des disputes pour le choix du programme télé !

Maggy se sent libérée du poids de la tristesse et riant de tout son corps, elle est bientôt imitée par tous, profitant de cette soupape arrivée à point nommé.

— Et vous êtes certains qu'elle sera contente de me revoir ?

— Vous en doutez ? Nous savons que nous ne la verrons jamais aussi heureuse que lorsqu'elle saura que vous êtes en vie. Car si elle hante votre esprit, il en va de même pour elle. Et même si je comprends les raisons qui ont fait que vous n'avez pas voulu retourner auprès d'elle, ce n'est plus d'actualité aujourd'hui. La guerre est derrière vous, alors tout ce que vous avez à faire, c'est profiter l'un de l'autre, c'est vous employer à vivre des moments heureux, durant tout le temps libre dont vous disposez, comme lorsque vous étiez ensemble.

— Sam a raison, Charlie. Vous pouvez être heureux ensemble à présent. Ce serait vraiment trop bête de rester chacun dans son coin.

— Ils ont raison, papa et je ne vais pas passer mon temps à te le répéter, je sais que tu le sais. Alors maintenant, je propose qu'on réfléchisse à la manière d'organiser tout ça. Sam et Louis m'ont déjà confirmé que je pourrai venir pour m'occuper de toi.

— Pas pour vous occuper de votre père, Maggy. Bien sûr, vous l'aiderez mais ce n'est pas pour ça que vous venez. Vous venez parce que nous voulons vous avoir auprès de nous, vous, et votre sœur Rosy.

— Louis dit vrai. Vous faites partie de la famille et Louise sera ravie de partager des moments avec les deux femmes qui ont vécu auprès de l'homme qu'elle attend depuis tant d'années.

— Je n'arrive pas à y croire. Je vais revoir ma Loulou. Je vais revoir ma Louise. Est-ce que vous savez si elle cuisine toujours un peu ?

— Oh, oui ! Louise et moi parlons beaucoup cuisine et parfois, nous cuisinons ensemble.

— Vous savez, quand nous étions dans l'attente de ces renforts, dans le campement, les gars aimaient que je leur raconte des plats de Louise. Nous choisissions un plat puis j'égrainais la liste des ingrédients, la liste des ustensiles et je précisais le temps dont elle avait besoin pour le préparer. Puis je décrivais tout. C'était facile pour moi, je n'avais qu'à fermer les yeux et l'imaginer. J'avais passé tellement de temps à la « seconder », comme elle disait. Je ne faisais que les petites bricoles, jamais les tâches importantes. Mais je connaissais ses gestes par cœur, je m'en souviens encore, comme si c'était hier. Ensuite, je décrivais ce qui se passait à l'extérieur : les couleurs et les formes du plat, les parfums qui s'en dégageaient puis ce qui se passait à l'intérieur : les sensations sur la langue, les textures, les reliefs, l'équilibre parfait ou le déséquilibre total, mais volontaire. Un jour qu'un de nos camarades avait réussi à attraper une poule, une comédie s'est improvisée, une comédie dans laquelle chacun jouait un rôle. Jack a cueilli des herbes imaginaires, Fitz et Don ont plumé l'animal et Jan et Chester étaient mes commis. J'expliquais la préparation de cette viande et mes commis mimaient avec exagération chacun des gestes. Ils versaient trop de poivre et éternuaient, ils goûtaient consciencieusement le vin si bien qu'ils étaient ivres, titubaient, et qu'il ne restait pas assez de vin pour la sauce. Nous n'avions pas de vin, nous n'avions rien. Nous n'avions qu'un petit fond de gros sel dans une chaussette et de l'eau mais nous avions tous tellement besoin de nous extirper de cette fange, nous avions tellement besoin d'espoir, nous avions tellement besoin de croire que nous étions encore des humains, pour nous aider à ne pas nous conduire comme des bêtes. Les gars adoraient ça et le soir, pour nous aider à trouver le sommeil, je racontais, je récitais des recettes et des anecdotes passées. Voyez-vous, Louise et moi n'avons connu que la guerre ensemble et nous devions nous contenter de ce que nous avions. Mais Louise avait cette faculté de faire apparaître les choses en donnant des détails qui donnaient à ses mots une vie, une couleur, une saveur. Elle me racontait si bien certains coins de France que je pouvais les admirer. Elle donnait de si précieux détails sur certains plats que dans ma tête, je les dévorais ; je sentais la texture, le parfum, le goût. Louise m'avait appris à *voir avec mes oreilles*, comme elle disait. J'ai transmis à mes camarades cette faculté, et nous étions parfois si plongés dans ces sensations que nous avions presque le sentiment d'avoir mâché et avalé des images qui dans nos estomacs, devenaient matière. Nous étions nombreux au château en 1941, vous savez ? Elle cuisinait beaucoup et j'ai passé beaucoup de temps à la regarder cuisiner.

— Et vous la reverrez cuisiner. Cuisiner pour vous, Charlie, comme avant, vous imaginez ?

— J'ai tant de mal à y croire. Et pouvez-vous me parler d'elle, de sa vie, sa famille ?

— Eh bien, nous préférons laisser à Louise le soin de vous raconter tout ça car bientôt, vous aurez tout le loisir de papoter.

— Oh, papa ! N'est-ce pas formidable ? Tu as toujours rêvé de la retrouver et Rosy et moi avons toujours rêvé d'aller en France, nous voilà tous les trois comblés. Je propose de fêter ça, attendez-moi, je reviens.

L'exubérance de Maggy intervient de manière opportune, permettant ainsi de dissiper la gêne de Sam et de Louis et, chaque pied ayant retrouvé sa botte, Maggy sort du salon à petits pas rapides, excitée comme jamais, et sort de la maison. Elle revient essoufflée, une bouteille de champagne dans une main, celle de Rosy dans l'autre.

— Mes amis et collègues m'ont offert cette bouteille de champagne quand j'ai quitté l'entreprise. C'est un champagne français millésimé de 2004, un millésime exceptionnel, il avait obtenu la note de 19/20, c'est vous dire !

— Mais, vous voulez l'ouvrir aujourd'hui ?

— Quoi de plus idéal qu'un jour pareil ? Papa va retrouver sa Louise et nous, nous allons en France !

— J'ai toujours promis de faire découvrir ce magnifique pays à mes filles mais les années ont passé et nous n'en avons plus reparlé. Mais, cette bouteille est bien fraîche ! Tu l'avais dans ton réfrigérateur depuis tout ce temps ?

— Penses-tu, non ! Mais après avoir parlé rapidement avec Sam par téléphone hier, je suis allée la chercher dans ta cave, je l'avais entreposée chez papa, il a une belle cave à vins, vous savez, et je l'ai placée dans mon réfrigérateur, au cas où. Je sentais bien que nous la boirions ensemble aujourd'hui.

— Je suis dans un état indescriptible, Maggy. Charlie et vous nous avez fait vivre des moments que nous ne sommes pas près d'oublier. Louis et moi sommes à la fois si bouleversés et si joyeux, c'est difficile d'exprimer ce que nous ressentons.

— C'est vrai, Charlie, depuis des années, vous faites partie de notre vie. Et vous rencontrer, vous voir, vous écouter, c'est un miracle. J'ai tellement prié, Dieu m'a entendu.

— Vous êtes croyant, Louis ?

— Oui, très. Ma mère l'était aussi et tous les jours, je prie pour elle, et pour mon père. Et pour tous ceux que j'aime.

— Vous aussi, Sam ?

— Eh bien, je l'ai été. Mais depuis trente-cinq ans, j'ai compris que s'il existait un Dieu, il n'a pas remarqué que j'existais. Aujourd'hui, j'essaie de croire en l'homme, ce qui est de plus en plus difficile et après tout ce que vous m'avez raconté, ça me semble impossible.

— Et pourtant, depuis hier, tu devrais retrouver la foi, Sam. Regarde comme nous avons galéré tous ces mois, toutes ces années, pour trouver Charlie, imaginant qu'on ne le retrouverait peut-être jamais, qu'il serait peut-être mort ou refuserait de nous voir et nous sommes là tous les deux, avec Charlie, Maggy, Rosy et nous allons trinquer aux amours qui vont bientôt se retrouver.

— Et avec un excellent champagne !

— Oui, et justement, j'aimerais porter un toast, plusieurs même. À Maggy et Rosy d'abord, pour vous être occupées de notre Charlie tout ce temps, pour avoir su nous tempérer et nous faire confiance en nous ouvrant votre porte, merci Maggy de nous faire l'honneur d'ouvrir cette bouteille extraordinaire et surtout, merci de rendre la visite de Charlie possible en le soutenant et en prenant soin de lui. Je voudrais également porter un toast en votre honneur, Charlie. Merci de nous permettre de faire du rêve d'une amie chère, une réalité. Merci d'aimer autant notre Louise, merci de vous être battu, et d'avoir donné une partie de votre vie et de vous-même pour la paix. Et un grand merci pour être l'homme que vous êtes. Enfin, je tiens à porter un toast en ton honneur, Louis, sans qui rien n'aurait été possible. Grâce à toi et ton acquisition de Château Labory, tu nous as permis de rencontrer Louise, une personne exceptionnelle. Grâce à toi, nous avons pu consacrer du temps et des moyens à nos investigations, nous avons pu voyager et nous retrouver ici, nous avons pu mettre en place le plan d'une fête qui s'annonce inoubliable et nous aurons les moyens de réaliser le rêve de notre amie. Je te remercie aussi pour tout ce que tu as fait pour moi, personnellement. Je te dois beaucoup et tu as ta place bien au chaud, dans mon cœur. Trinquons !

Louis et Sam dressent un tableau succinct du déroulement des festivités. Ils racontent le menu, les invités, le lieu et les cadeaux prévus. Ils discutent ensuite tous les cinq pour définir le meilleur moyen de mettre en place la promenade à venir de Charlie, Maggy et Rosy. Louis prendra le voyage en charge et Maggy commence déjà à noter les impératifs auxquels il faudra penser. Louis la rassure, la place ne sera pas un problème, il réservera quatre billets en première. Ils bénéficieront d'une suite à bord où ils auront l'intimité nécessaire au repos physique et mental que demandent de telles retrouvailles. Louis fera le voyage avec eux, il promet.

Le cœur lourd, Louis et Sam prennent congé de Maggy, Rosy et Charlie. Le silence inonde le salon et les cœurs serrés s'accordent, ils se retrouvent dans trois mois. Il y aura beaucoup à faire et nul ne verra le temps passer. Louis reprend le volant et ils traversent les villages, les villes, savourant le paysage et les émotions qui ont assiégé leurs cerveaux depuis la veille. Ce trajet les ramène petit à petit dans le réel, dans le présent. Chaque kilomètre qui les éloigne de Charlie les rapproche de leurs propres vies, de leur retour chez eux, de la fête de Louise. Plus ils avancent, plus ils retrouvent la parole. Après s'être encore étonnés de la réussite de leur entreprise, ils se félicitent de leur idée initiale, de leur témérité, de leur pugnacité.

— Tu te souviens de toutes ces fois où on s'est dit qu'il valait peut-être mieux laisser tomber, Sam ?

— Oh ! Oui. Chaque fois que tu avais des doutes, je te rassurais et quand je m'inquiétais, tu trouvais les mots pour me redonner espoir.

— On peut dire aujourd'hui qu'on a bien eu raison de se soutenir, de se pousser, l'un l'autre. Je crois que je ne me rends pas encore bien compte de ce qui vient de nous arriver. De la rareté de ces derniers événements. L'issue de notre enquête aurait pu mener à une triste vérité, à un néant, Charlie aurait pu être mort et nous serions arrivés trop tard.

— Et il est pas passé loin voilà soixante-dix ans !

— Justement, nous avons une chance incroyable.

La nuit est tranquille, Sam et Louis passent beaucoup de temps à imaginer, deviser, réfléchir à tous les aspects de l'organisation de la fête d'anniversaire de Louise. Alors qu'elle comptera ses cent automnes, elle retrouvera Charlie. Chacun tente de savoir ce que l'un et l'autre pourrait ressentir pour gérer la situation au plus juste. Ils réfléchissent aux choses dont ils pourraient avoir besoin. Quand prévenir Louise, pendant la fête ? Non, ce genre d'émotion se vit loin des regards, même les plus bienveillants. Des retrouvailles d'une telle qualité, ça se vit dans la confiance, dans l'intimité et la liberté de se laisser aller. Alors, avant la fête ? Non, ce genre d'émotion peut déclencher des réactions, parfois en chaîne, nécessitant un temps de repos mental et affectif, dans l'intimité et la liberté de se laisser aller. La veille, peut-être ? La veille, peut-être, ils sont d'accord avec l'idée. Ils se découvriront la veille, peut-être même l'avant-veille s'ils peuvent organiser la venue de Charlie un jour plus tôt.

غ

— J'aimais bien quand elle habitait ici, Sam. J'ai passé des super moments avec elle et ses enfants au château.

— Oui, nous avons tous passé d'excellents moments chez Louis. Sam en parle toujours comme d'un homme qui lui a permis de vivre une vie qu'elle n'aurait pas pu s'offrir. Elle était au plus mal et Louis a fait ce qu'il pouvait pour soulager ses maux. Et il est doué pour ça.

— C'est dommage qu'il ait vendu. Tu sais qu'il sera là pour ton anniversaire ?

— Oui et je sens bien qu'il me prépare quelque chose. D'ailleurs Sam en pense autant.

— Tu l’as vue ?

— Non, sur l’écran seulement. Je lui ai dit que j’avais le sentiment que Louis cherchait à me préparer un cadeau spécial. Je lui avais demandé s’il voulait me parler d’autre chose, il semblait préoccupé – mais il m’avait affirmé que non. Tu connais Louis, il aime faire des surprises.

— Et elles sont toujours réussies. Et Sam n’est pas au courant ?

— Non. Je pensais qu’elle aussi, me préparait quelque chose en cachette mais elle m’a tout avoué. Elle m’a expliqué tout ce qu’elle imaginait et réglait avec Louis et c’était très clair. Elle m’a conseillé de ne plus penser à cette surprise de Louis. Elle m’a convaincue quand elle m’a fait prendre conscience que je connaissais Louis, et que je savais que ce serait agréable. J’ai suivi ses conseils et j’ai arrêté de me poser des questions ou d’imaginer ce qu’il tramait. De toute façon, je n’ai plus bien longtemps à attendre pour le découvrir !

غ

Prévenu de la venue en France de Louis, Édouard l’invite au restaurant.

— Tu as bien fait de vendre, Louis.

— Oui, et ces gens sont charmants, j’espère ils arriveront et auront du bonheur pour eux et à donner aussi à leurs clients.

— Tu sais, Louis, je t’admire, je ne comprends pas comment tu peux rester aussi positif après tous ces ennuis, surtout en sachant que tu as beaucoup perdu dans cette opération !

— Non, Édouard, je peux pas te laisser dire ça. J’ai rien perdu parce que chaque argent que je donné à des ouvriers polonais, ça faisait vivre des commerçants ici et les familles des Polonais et en même temps, mon projet se construisait. Et avec chaque argent que les clients donné, j’arrivé à faire une école au Sri Lanka, à soigner des personnes malades ou qui souffrent d’un blessure ou un maladie très grave. Tu me connais et tu es mon ami, toi tu sais que tout l'argent a servi à des choses bien alors c'est moins grave de savoir qu'il est plus dans mon portefeuille si il est dans des poches des gens qui ont plus besoin que moi.

— Tes phrases forcent mon plus profond respect, Louis. Je suis ravi de te connaître, et honoré de pouvoir me compter parmi tes amis.

Après avoir salué Édouard, Louis retourne à son hôtel, il veut se coucher tôt. Sam le retrouve demain matin et ils devront être en forme. À 8 heures, ils sont fin prêts et quittent l'hôtel, ils sont attendus chez Paulette.

غ

Assise à son petit salon de jardin sous le clair-obscur d'un tilleul ami, Paulette attend ses hôtes, sans connaître tout à fait la raison de leur visite. Elle se doute bien qu'il est question d'une surprise pour Louise mais elle évite d'essayer d'en trouver la nature. Paulette aime penser, rêver sous ce tilleul. Les bruits du vent, des branches, des feuilles, les chants des oiseaux, les bruissements des petits rongeurs, la température et tant d'autres trivialités confèrent à chaque moment, une atmosphère impalpable qui enveloppe chaque souvenir d'une teinte lumineuse ou ténébreuse. Mais aujourd'hui, Paulette est en joie. Elle est curieuse de connaître la surprise que Sam et Louis préparent, elle est enjouée comme jamais ! Ces préparatifs l'enchantent, les fêtes avec les Mousquetaires lui manquent.

Elle prépare deux fauteuils supplémentaires et les place autour de la petite table ronde. Le soleil brille énergiquement et elle s'évapore dans le rai de lumière qui a avalé la porte d'entrée de la maison avant de réapparaître avec de jolies petites brioches fumantes. Après une vérification consciencieuse de l'ensemble, elle s'administre à voix haute, quelques félicitations puis s'installe à nouveau, ils ne vont pas tarder. Ils arrivent en effet avant qu'elle n'ait le temps de s'asseoir et elle se redresse pour les accueillir.

Le café et le thé sont servis, les informations qui n'informent en rien sur la santé suivent, les quelques actualités locales parabolent le « bonjour civilisé » et la météo n'aurait pas tardé à pérenniser l'affaire si Louis et Sam n'étaient pas si excités. Paulette est à présent certaine qu'ils mijotent du lourd. Il se trame quelque chose, quelque chose de grand et Sam et Louis avaient besoin de s'imprégner de l'atmosphère, de remettre chaque idée à sa place pour retrouver les choses dans l'ordre qu'ils ont déterminé, et ils doivent boire ce café pendant qu'il est encore chaud, ils allaient avoir du mal à s'arrêter de raconter pour en prendre une gorgée une fois qu'ils auraient commencé à croquer le sujet. L'ambiance est douce et Sam entame.

— Alors voilà, Paulette. Tu penses bien que si nous avons demandé à te voir à deux jours de la fête de Louise, c'est que c'est en rapport ?

— Évidemment, je vous vois tous les deux conspirer, vous m'avez appelée souvent ces derniers temps et pour des détails sur mon passé. Oh, c'était toujours habile mais j'avais deviné, dit-elle, rieuse.

— Écoute, on a une surprise d'enfer et tu n'imagines pas comme je suis contente de pouvoir en parler parce que ça fait des mois que Louis et moi gardons tout ça secret. Et ça devient lourd à porter. C'est tellement chouette, c'est tellement beau et tellement unique !

— Bon, d'accord, je comprends mais vous m'intriguez tous les deux, là, à me narguer, je veux savoir aussi, allez, allez, racontez-moi tout.

— Alors tu veux la manière douce ou la manière forte ?

— Mais, qu'est-ce que…

— T'inquiète, Louis, c'est un jeu entre Paulette, Louise et moi. Chaque fois que nous avons quelque chose à annoncer aux autres, on se pose cette question. Selon les jours, ça varie. Alors, ma Paulette ?

— La manière forte !

— Tu en es sûre ?

— Bah, comme vous êtes radieux et éblouis par ce secret, je pense que c'est du bon. Je veux être frappée par ce bon secret moi aussi. Alors oui, la manière forte.

— Alors, reste bien assise : cet après-midi, Charlie sera ici.

Paulette se laisse retomber en arrière, oubliant qu'elle déteste ces traces que gravent les motifs des dossiers de chaise dans le dos, et porte une main à sa bouche. Elle ravale un cri de joie mêlé d'effroi qui résonne dans sa tête, dès que le nom de Charlie arrive à son cerveau. Depuis des années, ce nom avait le goût de ces délicieux cépages disparus. La nouvelle était merveilleuse mais la gravité qui entoure ce nom plombe l'âme. Un instant seulement.

— Oui, Paulette, tu as bien entendu, nous avons retrouvé Charlie. Il est bien vivant et nous avons besoin que tu nous aides. Et aussi que tu aides Charlie, il ne connaîtra personne à part toi et Louise. Et je crois que tu les aideras mieux que quiconque à savourer la puissance de cette rencontre rêvée mille fois.

— Bien sûr, Sam, la question ne se pose même pas et Charlie était notre ami à tous alors je suis vraiment heureuse de le revoir !

— Nous pensé que comme tu as retrouvé Hermann dans le passé, peut-être tu es bien, même le mieux pour rester avec Charlie.

— Et aussi préparer Louise. Ce sera un grand moment pour elle aussi alors qui de mieux que toi, Paulette ?

— Mais évidemment, les enfants, je suis tellement heureuse ! Mille questions me viennent ; pourquoi il n'est pas rentré, a-t-il une famille, et comment l'avez-vous retrouvé ?

Sam et Louis lui racontent leur enquête, les aides obtenues, les conclusions et les visites en Angleterre. Puis ils lui racontent Charlie, les raisons de son départ, son nom, son histoire. Ils pleurent, ils rient, ils parlent beaucoup, Paulette écoute, attentive, puis Louis expose leur plan, ils souhaitent bénéficier de ses commentaires, ses idées, ses solutions. Sam obéit aux ordres de Paulette et descend chercher une bouteille de bourgueil, il est temps d'enfiler quelques rasades comme dit Louis, qui boit peu mais aime l'expression.

Ainsi les choses commencent à se mettre en place. Sam et la petite Louise ont verrouillé les derniers détails avec le traiteur et chaque vin est à la place assignée. Chez Paulette, la salle de bal est magnifiquement décorée et les tables sont prêtes à accueillir les invités qui seront auprès de Louise. Dans deux jours, ils célébreront le dernier jour de son premier siècle d'existence et la naissance du premier jour des siècles à venir. L'orchestre est déjà présent, il révise la liste des nouvelles chansons apportée par la petite Louise la veille, très engagée dans la préparation des festivités. Les trois complotistes s'affairent autour de la bouteille de bourgueil totalement désarmée et sa jumelle, fière de tout son contenu, commence à se soustraire sous les papilles des trois intrigants. À la manière d'un messie, la terrine de pigeon de Paulette redresse l'équilibre sanguin sur le pain tiède. Les paroles se font plus rares, mais toujours plus présentes. Les mots, envoyés d'abord pêle-mêle par l'élan du cœur, cèdent désormais à la discipline de la raison. Et à mesure que les estomacs se remplissent, l'ambiance se vide des premières inquiétudes, ils gèrent. Vers 15 heures, Égée et Bob ramèneront Charlie, Maggy et Rosy de l'aéroport ici, chez Paulette, il leur reste donc deux heures avant de commencer le décompte. Le silence se fait et chaque visage reflète la même image : les retrouvailles.

Sam pense aux retrouvailles de Louise et Charlie. Puis elle pense à ses retrouvailles avec Charlie. Cet homme l'avait émue et elle aimerait le connaître davantage, c'est une belle personne. Puis elle revient aux retrouvailles de Louise et Charlie. Louis pense aux retrouvailles de Louise et Charlie. Puis il pense à ses retrouvailles avec Charlie. Il avait revu cet homme plusieurs fois mais aujourd'hui, Louis et Charlie se retrouvent pour des retrouvailles très spéciales. Il est ravi de le connaître, c'est une belle personne. Puis il revient aux retrouvailles de Louise et Charlie. Paulette pense aux retrouvailles de Louise et Charlie. Puis elle pense à ses retrouvailles avec Charlie. Elle ne savait même pas qu'il était en vie. Puis elle pense à ses propres retrouvailles avec Hermann, ses émotions, ses peurs, toute sa peine, toute sa souffrance, elle trouvera les mots justes pour parler à son amie et la préparer à la secousse du bonheur qui s'annonce.

— C'est trop, trop chouette, ma Paulette. Mais je pense que Louise ne va pas tarder à arriver alors ne parlons de rien pour l'instant, nous allons d'abord la sonder un peu. Elle m'a dit que Louise, celle qui nous occupe bien depuis des semaines, elle m'a dit, donc, que Louise lui racontait sa vie, depuis dimanche. Elles ont donc passé quatre jours à égrainer les âges. Alors si Louise s'est confiée à elle comme je le pense, elle nous confirmera que notre idée est extra super géniale !

— Je pense comme toi, Sam. Et toi, Louis ?

— Je pense comme vous, Mesdames. Mais pour mon part, je dis que ça sera un grand bien pour moi d'entendre petite Louise dire que nous avons faire le bon choix avec nos affaires de rechercher son Charlie. Je vous laisse, Mesdames, je vais me reposer.

— Repose-toi bien, Louis.

Paulette et Sam le regardent entrer et allument leurs cigarettes. Sam se lève pour déposer les verres dans l'évier et Paulette la suit avec le reste. Elle prend ensuite le thermos et rejoint Sam dehors, tasses en mains. Elles s'installent et sirotent paisiblement.

— Ce doit être dur pour toi, Paulette. Tout ça te rappelle de bien tristes moments. Vous avez vécu tellement de choses, Louise et toi.

— C'est sûrement ce qui fait qu'on aime tant la vie !

— Sûrement ! Je vous admire toutes les deux. Vous avez géré vos vies comme des cheffes. Et souvent seules. Tu n'as jamais pensé à te remarier après la mort d'Hermann ?

— Je n'ai jamais été capable d'apprécier suffisamment un autre homme pour l'avoir sur le dos tous les jours. Et si tu veux mon avis, c'est bien dommage que les femmes ne remarquent pas qu'elles ont autant besoin d'un homme qu'un homme a besoin d'un soutien-gorge.

— C'est très drôle, je tâcherai de m'en rappeler. Et tu as bien raison. Loin de moi l'idée de les réduire à ça, ce serait malhonnête et tellement stupide ! Mais je comprends très bien ce que tu veux dire. Moi-même, je ne me suis jamais sentie aussi bien que dans la pleine solitude chez moi. Pas l'isolement, non, la solitude. Celle que j'ai choisie. J'aime me retrouver seule chez moi, m'installer dans un bon fauteuil, prendre un livre génial et une cigarette qui fait rire, comme tu dis, et m'évader en sachant que je ne serai ni observée, ni vue, ni dérangée.

— C'est ce que j'aime aussi. Et moi, je ne suis pas tout à fait seule, je suis entourée de mes proches, à quelques pas seulement.

— Et ça, c'est chouette.

— Oui ! Sam ! C'est super chouette ! C'est top, hyper cool même.

— Louise ! Nous ne t'avions pas entendue.

— J'arrive juste mais je t'ai entendue dire *chouette* alors j'ai compris que vous parliez de la fête. Je trouve ça tellement excitant, c'est trop, trop génial.

Devant la confusion, que Louise ignore, les deux femmes éclatent de rire. La fête commence ici. La fête commence maintenant.

Emplie d'une énergie semblable à celle qui propulse la balle d'un calibre douze, Nonnette a quitté Sam et Paulette en riant, en sautant et en criant de joie, les poings levés. Les trois femmes ont pleuré des mêmes chaudes larmes, versées pourtant par chacune, pour des émotions reconnues dans des situations et des époques très différentes.

Un fourgon passe le portail et les deux hommes vêtus de blanc viennent ouvrir les larges portes arrière. Ils descendent un bloc blanc sous un plastique qu'ils portent à l'intérieur. Sam et Louis les guident, et ils posent le tout au sol. Ils repartent vers le fourgon et en sortent un long sac de barres métalliques qu'ils portent au même endroit. Par des gestes habiles qui marquent leur habitude, ils transforment la pile de barres en une espèce d'échafaudage électrique qu'une télécommande fait descendre et monter. L'ensemble est chevauché d'un matelas avec couette et le tout trône à l'emplacement juste. Paulette rapproche la table de nuit et la tablette à roulettes de chaque côté du lit, tout semble parfait, si bien que Louis lance :

— La Suite de Monsieur Charlie est prête ! Une bonne tasse de thé pour fêter ça, mes amies ?

Sam invite Paulette à la laisser préparer le thé, Louis l'aidera. Ensemble, ils s'exécutent, sans bruit, la tête en fusion. Paulette retourne s'asseoir sur la terrasse. Elle a besoin de son ami et Tilleul amadoue le cyclone qui traverse sa tête. Son trouble s'atténue, ses amis reviennent.

Une voiture s'approche, se gare et tous se lèvent. La portière avant-droite s'ouvre et Bob sort puis ouvre la portière arrière. Égée en fait autant de son côté et Maggy descend. Rosy sort à son tour et après un regard rapide vers leurs hôtes, elles reconnaissent Sam et Louis qu'elles saluent avec des gestes amples et des sourires francs. Puis voyant le regard de la vieille dame souriante se figer, elles tournent les yeux, suivent ce regard et frôlent celui de Charlie. Le temps est suspendu et pareil aux spectacles de tennis, tous regardent les yeux de l'un, puis ceux de l'autre. Charlie et Paulette se regardent, se sourient, se souviennent. Bob ferme la portière et le coffre de la voiture avant d'accompagner Charlie mais déjà Paulette et Charlie s'enlacent. Personne n'ose bouger ni parler, le moment est si envoûtant qu'ils sont tous absorbés, happés, rendus insignifiants face à ce qui est en train de se jouer devant leurs yeux.

Pour éviter une gêne à l'intimité de l'étreinte, Sam et Louis vont à la rencontre de Maggy et Rosy, et après avoir invité Bob et Égée à les suivre, ils entrent dans la maison. Rosy raconte leur arrivée sur le sol français, Maggy câline Paris, réprouve la conduite à droite et ses frayeurs pendant que Sam prépare le thé. Louis les installe et ils s'organisent. Sam les guide vers la chambre que Paulette a réservée pour Charlie, il ne rencontrera Louise que demain. Il va se reposer ce soir et rencontrera la petite Louise ici même. Cette chambre est parfaite et elle est en face de celle de Paulette, ils pourront se préparer pour ce grand jour.

Paulette et Charlie entrent et s'installent à la table. L'émotion est joyeuse et Paulette rayonne. Elle avait connu cet instant magique, celui qui recolle deux morceaux d'un même désir. Elle se souvient combien Louise l'avait soutenue en l'absence d'Hermann, elle avait toujours montré beaucoup de joie quant à leurs retrouvailles sans jamais rien ternir avec des allusions à son propre malheur. Paulette était ravie à l'idée de pouvoir assister au même spectacle heureux, quelques décennies plus tard. Seul un cœur qui avait brûlé de ce même feu pouvait en saisir les couleurs, l'épaisseur, l'harmonie. Sam et Louis emmènent les sœurs Malone afin qu'elles s'installent confortablement, tous se retrouveront chez Jibril et Pierre pour le dîner.

Paulette propose à Charlie de se reposer pendant qu'elle termine quelques bricoles. À l'aide de l'équipement que Louis et Sam ont installé, Charlie n'a aucun mal à s'allonger.

— Avec tous ces gadgets, j'oublie presque que je suis un vieillard !

— Ça tombe très bien, c'est fait pour ça ! Mais tu parles bien mieux français qu'à l'époque !

— Oui, j'ai pris des cours. J'ai été hospitalisé pendant des mois alors j'ai dû trouver des occupations. Je me suis souvent dit que j'avais appris le français pour rien.

— Si Louise était là, elle te dirait qu'on n'apprend jamais rien pour rien.

— Tu as raison.

Ce vide de mots laisse planer des pensées qu'aucun n'ose verbaliser. Charlie se lance le premier.

— Comment devons-nous procéder, Paulette ? Si Marcel était là, avec ses idées parfois loufoques mais toujours terriblement efficaces, il nous aiderait bien !

— Ô que oui ! Il nous concocterait un plan super précis, avec des rôles détaillés. Il serait même capable de nous déguiser, comme quand nous nous sommes infiltrés parmi ce groupe de voyageurs américains, tu te souviens ?

— Si je me souviens ? Je n'ai rien oublié, rien, Paulette. Pendant les premières semaines de ma convalescence, tout a été très difficile et tout me paraissait insipide. Mais j'ai fini par me ressaisir et m'occuper de Maggy et Rosy m'a beaucoup aidé.

— Oui, Sam et Louis m'ont raconté tout ça. Je vais t'expliquer comment je compte faire et tu me diras ce que tu en penses. Par le passé, on a déjà devisé, toi et moi, sur des projets dangereux alors pour un si beau moment, on va tout déchirer comme diraient Camille et Louise.

L'air interrogateur, Charlie va parler mais Paulette le stoppe.

— Je ne te dirai rien, Charlie. Tu vas les rencontrer ce soir et elles te raconteront elles-mêmes quelques-unes des surprises qui t'attendent.

Sam et Louis retrouvent Louise et Camille chez Maryvonne et Paul-Hermann, tout le monde est arrivé. Jibril et Pierre ont laissé la maison aux deux sœurs anglaises qui se prélassent paisiblement. Louis et Sam guident la discussion vers la surprise qu'ils réservent à Louise : elle va revoir un être cher. Ils ont besoin de l'assistance de chacun et plus les détails défilent, plus chacun comprend sans oser imaginer la personne qu'elle va retrouver. Mais la petite Louise ne peut attendre.

— C'est Charlie, hein ? Vous l'avez retrouvé, hein ? Je ne pense qu'à ça depuis ce matin. C'était pour ça, toutes ces questions, toutes ces circonvolutions pour vous donner mon assentiment. Chanmé ! C'est trop, trop bien !

Tous y pensaient, tous l'espéraient surtout, car ces sept lettres, ce nom, Charlie, brûle toutes les lèvres, mais l'idée paraît si folle qu'aucun n'ose allumer le brasier en expulsant les lettres rassemblées.

— Oui, Louise, nous avons retrouvé Charlie.

— Je m'en doutais ! Je suis si heureuse, ma *Nonna* va être si contente, enfin !

— Nous le pensons aussi.

— Moi, j'en suis sûre. Depuis des jours, *Nonna* me raconte sa vie et nous avons beaucoup parlé de Charlie. Je peux vous assurer qu'elle sera vraiment contente de le revoir. Et donc, quand pourrons-nous faire sa connaissance ? Il arrive quand ? Et j'ai des idées pour des chansons précises. Des trucs d'enfer ! Des sons dont vous n'avez même pas idée. Sauf toi, peut-être, ma p'tite Paulette !

Louise saute, tourne, met ses mains sur sa bouche, elle n'en revient pas.

— Oh ! Quel bonheur, je suis si excitée, vous n'avez pas idée !

— Je crois que si, au contraire et justement, tu dois redescendre, on a besoin de toi.

— Oui, oui, Sam. Tu as raison. Alors quel est le plan d'attaque ? Où est-il ?

Louise cherche du regard puis inspecte toutes les pièces.

— Alors, il est où, mon arrière-grand-père, il est où ? Il est comment ? Est-ce que je lui ressemble ?

— Louise, Louise, Louise. Ma petite Louise, arrête de parler quelques secondes et viens t'asseoir près de moi.

— Oui, Paulette.

— Écoute. Nous attendons quelque chose de précieux de ta part. Ta *Nonna* t'a raconté sa vie alors tu peux imaginer ce qu'elle a vécu avec Charlie.

— Oui, et ça m'a tellement retournée. Alors d'imaginer quand elle va le revoir… Bon sang, Paulette, ça va être une explosion dans son cœur. Ça va être comme ces essais qu'on a vus l'autre jour dans le reportage, cette navette qui décollait du sol avec une telle puissance. Je n'arrive même pas à imaginer ce que ça va lui faire mais ce que je peux vous dire, c'est que ça va être énorme !

— Justement, Louise. Je les ai vus, moi, tous les deux. J'ai vu comme ils étaient bien ensemble, il y a très longtemps. Alors oui, ça va être énorme, comme tu dis. Et si je ne suis pas d'accord avec la théorie selon laquelle nous ne serions qu'une moitié d'un tout, je serais capable de défendre mon point de vue devant n'importe quel jury mais pas devant ces deux-là. Parce que je dois avouer que quand on les regardait, on avait bien ce sentiment qu'il peut exister des êtres qui ne réussissent à être un tout entier qu'une fois qu'ils sont deux. Alors oui, ça va être énorme. Si énorme qu'on a besoin que tu gardes ton sang-froid et que tu prennes du recul. Tu dois d'abord nous aider pour ta grand-mère.

— Ma grand-mère ne sait rien ?

— Pas encore.

— Je sais que ça va aller, *Mamicha* est au courant pour Charlie... et Edgar.

— Je sais, je sais, j'étais là quand *Nonna* le lui a appris. Elle est au courant mais elle ne sait pas qu'il est en vie. Mais surtout, si pour toi, c'est seulement une très vieille histoire, c'est très différent pour ta grand-mère. Elle a manqué d'un père et elle a vu sa mère souffrir. Et partir pour Bordeaux est probablement le plus beau cadeau qu'Edgar ait offert à *Nonna* et Chacha. Ta grand-mère n'a connu qu'Edgar, qu'elle a aimé comme un père et il le lui rendait bien mais elle n'a jamais oublié tout ce qu'elle a vécu, avant qu'Edgar n'entre dans leur vie. Elle lui en veut un peu et elle a toujours du mal à entendre de bonnes choses sur ce père qui les avait abandonnées, elle et sa mère.

— Je comprends, Paulette. Excuse-moi. Je m'emballe mais tu as raison. Et qu'est-ce que tu attends de moi ?

— Rien de plus que ce que tu viens de faire, ma Louise. Comprendre et être là. Pour ta grand-mère. Tu dois te rappeler que lorsque tu as perdu ta mère, ta *Mamicha* a perdu son enfant. Par bonheur, tu es son enfant de la même manière. Sois près d'elle et soutiens-la. Donne-lui ta force. Tu as cette même façon qu'avait ta mère, de tourner les mots quand elle souhaitait que l'autre se range à son avis. Tu sauras trouver les mots, et Chacha les entendra.

Sam, Louis et Paulette racontent tour à tour leurs péripéties, leur plan et lorsque la nouvelle est totalement digérée, chacun émet ses propositions. Louise propose de seconder Paulette une fois qu'elle aura entamé la préparation et déjà, elles travaillent à élaborer leur plan. Jibril et Pierre resteront avec les sœurs Malone jusqu'à ce que Sam leur demande de les rejoindre chez Louise. Maryvonne et Paul-Hermann suivront. Et pour colorer encore ce fabuleux moment, Charlotte rejoindra sa mère, et son père. Elle ne devrait pas tarder à arriver et Louise, surexcitée, propose d'annoncer elle-même cette belle surprise à sa grand-mère : elle va connaître son père. Personne ne mérite davantage cette place que la petite Louise. Elle qui, à seulement dix-sept ans, a déjà vécu sa part de tragédies, mérite un beau rôle dans l'œuvre magistrale qui est en train de se jouer.

Le premier acte commencera par la surprise que Louise offrira à sa grand-mère, Charlotte. Mais ensuite ? Les avis sont partagés ; il faut préparer Louise avant de lui annoncer la grande nouvelle mais Paulette la connaît bien et elle estime qu'il faut le lui dire au plus vite, arguant qu'elle n'attend que ça depuis près de quatre-vingts ans et que compte tenu du grand âge des deux principaux concernés, ils ne peuvent perdre une seconde de bonheur. Leurs dramatiques passés les ont privés de l'avenir qu'ils chérissaient mais la chance leur permet désormais de vivre leur conditionnel au présent. Les âmes présentes ne sont pas aussi certaines mais ils s'en remettent, confiants, à la perspicacité de Paulette et de ses neuf décennies d'amitié profonde avec Louise. Mais Charlotte entre.

غ

Chapitre XIV
Je vous dirai Tout

— Eh bien dites donc, quelle réunion ici ! C'est génial, je suis tout excitée depuis ton appel, ma Nonnette.

— Super ! Alors assieds-toi et écoute. Nous réservons une très grande surprise à *Nonna* mais en réalité, c'est également une très grande surprise pour toi, grand-mère.

— Oh, je n'aime pas quand tu m'appelles grand-mère…

— Non, ne t'inquiète pas, *Mamicha*, c'est une fabuleuse surprise et si je prends un ton sérieux, c'est que, même si je n'ai que d'excellentes choses à t'apprendre, l'affaire est sérieuse. Tu sais que *Nonna* m'a raconté sa vie, et même celle de sa mère ?

— Oui, vous en parlez tellement que je pense que tu en connais plus que moi sur ma mère et…

— Et sur ton père.

À l'écoute de cette phrase, Charlotte se retourne vers sa petite-fille, dubitative.

— Tu parles de mon père Edgar, je suppose.

— Oui, nous avons beaucoup parlé de ton père, Edgar, celui qui t'a élevée comme sa fille, celui qui a toujours été à tes côtés et t'a donné tout ce qu'un père peut donner à ses enfants.

— Oui, mon père. Edgar a toujours tenu la place de père, dans ma vie comme dans mon cœur.

— Personne autour de cette table ne dira le contraire mais tu sais que ton père est un autre.

— Oui, je sais que c'est un homme qui a fichu le camp pour ne jamais revenir et qui a abandonné ma mère il y a très longtemps. Elle était enceinte et a dû se débrouiller, dans une époque qui n'était déjà pas facile, et tu peux remercier Paulette, en particulier. Tu peux la remercier d'avoir toujours veillé sur maman et moi. Sans toi, sans ma grand-mère et sans Zena et Alexandre, notre vie aurait été encore plus rude.

— Je te comprends, *Mamicha*, nous te comprenons tous, et loin de nous l'idée de retirer à Edgar son statut de père mais tout de même, rien ne prouve que Charlie ne mérite pas ta tolérance.

— Comme tu es sage, ma Loulou, comme tu ressembles à ta mère. Comme toi, Sophie aimait le consensus, elle passait son temps à réfléchir aux raisons qui pouvaient excuser les autres pour leurs mauvais agissements.

— Eh bien pense à maman, *Mamicha* et demande-toi ce qu'elle te dirait au sujet de ton père. Je veux dire, si par exemple tu avais la possibilité d'écouter les raisons qui ont poussé ton père à ne jamais te rencontrer, que ferais-tu ?

— Oh, eh bien, j'hésiterais. Si je n'écoutais que ma raison, je me boucherais les oreilles. Mais je crois que je le giflerais d'abord…

— Écoute-moi, ma petite Chacha, tu as bien hérité du cœur de guimauve de ton père et de la détermination de ta mère et je les vois s'affronter dans ta tête. Alors s'il te plaît, pour une fois, laisse ton père gagner et écoute ton cœur.

— Et puis, tu sais, *Mamicha*. Maman t'aurait supplié de l'écouter avant de le juger.

— Chacha. Ton père, Edgar, nous a quittés et il sait que tu l'aimes. Mais il ne s'agit pas de tes traumatismes quant à ton père. Je ne minimise rien mais ce soir, on parle du cadeau pour ta mère, on parle de l'homme de sa vie, qu'elle n'a jamais revu et qui rêve de la retrouver.

— Il RÊVE de la retrouver? Il est donc vivant? Mon père est vivant? Et comment le sais-tu? Et que veux-tu que ça change, à présent?

— Écoute, ma Charlotte. J'ai veillé sur toi depuis ta naissance et ta mère et moi sommes si proches que je t'ai toujours traitée et aimée comme ma fille alors dis-moi, penses-tu que je pourrais te faire du mal sciemment?

— Non! Bien sûr que non, ma Paulette mais…

— Alors écoute-moi. Ton père est vivant. C'est un homme que j'ai très bien connu. C'est un homme bien. Et aujourd'hui, tu as le choix et tu peux le rencontrer et écouter ses explications pour décider si oui ou non, il mérite ton pardon…

— Et je peux aussi l'ignorer, comme il l'a fait toutes ces années. Et je continuerai à vivre comme avant, comme s'il n'avait jamais existé.

— Ne dis pas de sottises, Chacha. Tu oublies un détail: tu te mentirais, à toi-même, parce que tu sais qu'il existe.

— *Mamicha*, je ne veux pas te dire ce que tu dois faire mais je sais que si maman était là, elle ne te lâcherait pas sans que tu lui promettes d'écouter au moins sa version des choses. Et tu sais que maman gagnait toujours à ce jeu, elle ne lâchait rien!

D'un regard doux et souriant, Charlotte caresse sa petite-fille et sa fille disparue. À travers Louise, Sophie vit toujours quand soudain, le regard de Charlotte s'assombrit. Ils sont là, pendus à ses lèvres, attendant qu'elle fasse preuve de magnanimité envers ce père démissionnaire, espérant qu'elle promette de lui donner une chance mais, pourquoi font-ils ça ce soir ? Qu'est-ce qui peut justifier que, alors qu'ils se retrouvent pour terminer la répartition des tâches liées à l'organisation des cent ans de sa mère, ils ne font que ressasser le passé ? Comment ce parfait inconnu avait-il pu prendre toute la place dans la discussion ? Son regard s'ouvre, la bouche suit, très vite cachée par une main tremblante, elle a compris.

— Vous savez où est Charlie.

— Oui, grand-mère, nous l'avons retrouvé. Sam et Louis l'ont retrouvé.

Si jusqu'à présent, Sam et Louis avaient toujours souri très grand en annonçant leur triomphe, ce soir, ils restaient perplexes et ne savaient s'ils devaient s'attendre à des foudres plutôt qu'à des cris de joie. Un silence bruyant de doute plane au-dessus de leurs têtes quand Charlotte se décide.

— Je n'étais pas préparée à ça. Toute ma vie j'ai imaginé le moment où je retrouverais mon père sans penser que cela arriverait et ce soir, vous me dites que je peux le rencontrer, je ne rêve pas.

— Oui, *Mamicha*, tu peux le rencontrer et il te dira ce qui s'est passé.

— Tu sais, il n'a jamais oublié ta mère. Abandonner l'idée de la revoir n'a pas été un choix facile pour lui.

— Tu lui as parlé, Paulette ?

— Oui. Sam et Louis lui ont parlé également.

— Pourquoi pensez-vous que je doive absolument lui parler, moi ?

— Écoute, grand-mère. Tu sais comme tu es importante pour moi. Tu sais combien je te suis reconnaissante pour tout ce que tu as fait pour moi ?

— Je n'ai rien fait d'extraordinaire, mon ange, j'ai fait ce que je devais faire, c'est tout.

— Eh bien, continue et sois généreuse avec Charlie parce que je sais que tu te sentiras mieux quand il t'aura parlé. Tu te sentiras enfin bien.

Charlotte prend une grande inspiration, elle lui en a tellement voulu. Elle se retire pour fumer une cigarette et Sam l'accompagne.

— J'ai besoin d'une cigarette, moi aussi.

— Alors toi, tu m'as bien eue. Tu ne m'as jamais dit que tu cherchais mon père.

— Je suis désolée, Charlotte, Louis et moi nous sommes mis à la recherche de cet homme parce que l'histoire de ta mère nous a profondément bouleversés. Mais jamais nous n'avons voulu te blesser, ni que tu prennes cela comme une trahison.

— Ne t'inquiète pas, ce n'est pas le cas. Mais, je ne comprends pas pourquoi vous m'encouragez tous tellement à le voir, à lui parler. Ce n'est pas que je le refuse mais je ne vois pas à quoi cela pourrait bien servir.

— Eh bien, cela pourrait au moins servir à apporter des réponses aux questions que tu te poses depuis toujours. Mais ça pourrait surtout servir à remplir le vide que tu as dans ton cœur, et à combler celui que ta mère a dans le sien depuis trop longtemps…

Le regard de Charlotte plonge brusquement dans celui de Sam, dubitatif puis pensif. Dans la salle à manger, on devise à voix basse. Faut-il lui donner davantage de précisions ? Faut-il laisser Charlotte découvrir la vérité ? Doivent-ils tenter de la persuader ? Charlotte a hérité du tempérament des femmes de la lignée et si elle a décidé de ne pas le rencontrer, leurs mots n'atteindront même pas ses tympans. Louise les rassure.

— Je connais bien ma grand-mère et là, je crois qu'on a réussi à la retourner. Si elle est absolument sûre de quelque chose, rien ne la fera changer d'avis mais là, justement, elle n'est sûre de rien. Alors je reste positive !

— Charlotte. Je ne suis pas de votre famille. Je ne suis pas une voisine et je ne suis dans votre vie que depuis quelques années mais tu sais, j'ai l'impression de faire partie de votre histoire tant j'ai été émue par les tragédies que vous avez vécues. Et Louise est mon amie alors, ce qui la touche me touche. Louis et moi voulions seulement réunir ces deux amants qui s'étaient tant aimés et que la guerre a séparés.

— Je sais qu'il a été obligé de quitter maman. Mais il n'est jamais revenu !

— Nous avons pensé la même chose, Louis et moi. Exactement la même chose. Mais un détail ne collait pas. Il était si amoureux de ta mère que son abandon devait avoir une raison.

— Et tu la connais, cette raison ?

— Eh bien, à vrai dire, il y en a plusieurs mais je sais que si tu l'écoutais t'exposer les faits, tu comprendrais tout.

— Et qu'est-ce…

— Je ne te dirai rien, Charlotte. Je te respecte profondément mais ce n'est pas à moi de te raconter tout ça et tu le sais.

Charlotte fait quelques pas pour s'éloigner de ses proches, espérant ainsi se rapprocher de la réponse à ses questions et lorsqu'elle revient, elle sourit et remercie Sam qu'elle embrasse sur le front avant de rentrer. Elle se dirige à pas lents, pensive, vers sa chaise, en empoigne le dossier mais ne s'assoit pas. Hésitante, les deux mains sur l'arc de bois, elle regarde le sol et rassemble ses forces. Le verdict va tomber, tous le sentent bien.

— Je veux rencontrer Charlie.

Louise saute au cou de sa grand-mère, tous se félicitent, tous sont si excités qu'ils s'affairent et discutent de la suite des événements. Depuis vingt minutes, seules Louise, Charlotte et Paulette avaient parlé et le silence avait pesé de tout son poids sur leurs échanges. Mais à cet instant, chaque posture s'était détendue, comme si les fils ténus qui figeaient les corps des hôtes silencieux avaient été maintenus fermement dans les doigts d'un marionnettiste qui leur redonnait subitement vie. Ce soulagement palpable n'échappait pas à Charlotte dont les yeux incrédules firent un rapide tour de table. Il se passait quelque chose, elle le sentait. C'était comme si tous retenaient leur souffle jusqu'à ses dernières paroles. C'est comme si ces mots qui donnaient une chance à ce père absent, les avaient soulagés, comme à l'écoute du verdict d'acquittement qu'un juge suprême rendrait envers un innocent.

Louis entre dans la salle à manger où tous sont attablés, suivi des sœurs Malone. Comme Charlotte, Maggy et Rosy sont nées en 1941. Comme elle, la guerre les a privées d'un père. Comme elle, un grand vide les habitait. Jusqu'à l'arrivée de Charlie, il a comblé ce vide. Maggy ne tarit pas d'éloges au sujet de Charlie et Rosy l'encense. Elles sont drôles et leur jovialité séduit Charlotte. Le portrait occulte de l'homme qui l'a abandonnée s'éclaircit peu à peu, prenant des teintes plus douces. Jamais Charlotte ne s'était préparée à ce bouleversement. Elle avait passé sa vie à en vouloir à cet homme et voilà qu'aujourd'hui, les seuls discours de ses proches, les précisions sur la personnalité de ce père lâche transforment l'image de l'homme nocif en icône de la bonté. Jamais elle n'aurait cru pouvoir se laisser prendre dans ce piège sentimental. Jamais elle n'aurait pensé pouvoir ressentir tant de tendresse pour cet homme. Jamais elle n'aurait imaginé avoir tant envie de le rencontrer. Elle se tourne vers Paulette, elle réalise subitement : elle a attendu ce moment toute sa vie, elle veut le voir maintenant.

Paulette retrouve Charlie chez elle.

— Tu vas vivre des instants pleins de surprises, tu sais ?

— Oh oui, je sais.

— Tu sais, oui, mais ce dont je peux t'assurer, c'est que tu n'as aucune idée de ce qui t'attend.

— J'en ai bien une petite idée, quand même. C'est surtout ma Louise qui va être surprise.

— Mais Louise aussi, a une surprise pour toi.

— Je croyais qu'elle ne savait pas que j'étais ici ?

— Elle ne le sait pas, en effet, mais elle a une surprise pour toi. Et une surprise de taille. Et si tu ne vois pas de quoi je parle, tu ne vas pas tarder à le savoir.

Elle se lève et téléphone à Maryvonne, c'est le moment de venir. Charlie est ravi de rencontrer le fils d'Hermann, le meilleur ami qu'il ait jamais eu. Lorsqu'ils arrivent, ils trouvent Paulette assise à gauche de Charlie, installé en bout de table. Chacun prend place. Maggie et Rosy, rayonnantes de joie, le saluent de manière presque frénétique et suivant les injonctions affectueuses de Paulette, filent s'installer à la droite du vieil homme. Charlie regarde les visages, il ne les reconnaît pas tous. Paulette prend la parole et présente chaque personne en commençant par Paul-Hermann et Maryvonne, son fils et sa fille – dans son cœur, elle est bien plus qu'une belle-fille.

— Si tu veux bien, Charlie, je vais te présenter nos hôtes.

— Si tu veux, ma bonne Paulette mais je sais que j'ai déjà reconnu Paul-Hermann.

L'assemblée ose un rire chaud et vif.

— Tu es le fils d'Herman, je le sais, tu ressembles trait pour trait à ton père.

— Mon père m'a beaucoup parlé de vous, vous savez ? Je vous présente mon épouse, Maryvonne, ainsi que notre fils, Pierre et son compagnon, Jibril. Et à côté de Jibril, c'est leur fille, Camille, notre petite-fille.

— Quelle belle famille ! Mais vous devez tous me tutoyer, OK ? Hermann a eu de la chance de vous avoir tous près de lui et il le méritait bien, vous savez, il a fait beaucoup pour nous tous.

— Oui, *Nonna* m'a tout raconté ! Tout ce qu'il a fait ! Je connais toute l'histoire et je sais tout ! Et j'suis carrément excitée ! Elle va être si contente, ma *Nonna* ! Elle va trop, trop kiffer, c'est trop chanmé !

Paulette regarde Louise à la manière d'une maîtresse qui impose sa discipline aux enfants bavards à qui elle n'a pas offert la parole et après un mouvement de recul, la tête de Louise se calme et elle ferme la bouche en guise de soumission à l'ordre que Paulette n'a pas donné.

— Alors toi, je parie que tu es la petite-fille de Louise, je me trompe ?

Louise sourit et s'apprête à répondre mais à peine ouvre-t-elle la bouche qu'elle regarde Paulette et se tait. Obtenant son autorisation par un hochement de tête approbatif et un sourire invitant, Louise se lance :

— Oui ! Enfin non, Louise est mon arrière-grand-mère. Mais pourquoi dites-vous ça ?

— Parce que je connais très bien ton arrière-grand-mère et que tu as cette même force et cette détermination qui caractérisent les femmes de la famille.

Décidément, cet homme a toutes les qualités du monde, pense Charlotte mais Paulette prend la parole.

— Si tu veux bien, Charlie, certaines choses restent floues. J'ai aidé Louise à te chercher, en vain, avec le nom que tu nous avais donné et je crois que tous ici, nous aimerions avoir quelques réponses là-dessus.

— Bien sûr, Paulette, je comprends et vous avez bien raison. Pour commencer, il faut que je vous dise que, lorsque nous nous sommes connus, toi, Louise et moi, je vous ai donné une fausse identité, pour me protéger mais aussi pour protéger les personnes autour de moi. Je me suis présenté mais j'ai montré le carnet militaire d'un autre homme, un soldat mort qui m'était inconnu mais dont le visage me donnait l'impression de me regarder dans un miroir posé au sol. C'était comme l'apparition d'un jumeau et ça m'a fasciné, à tel point que pendant ces quelques minutes, j'ignorais les dangers de ma position. Cette curiosité me happait tellement que j'avais besoin d'en savoir davantage. Et en fouillant ses poches, j'ai trouvé ses papiers militaires. Il s'appelait Charles Malone et il était né trois ans plus tôt que moi à Harlow. À la lecture du prénom, j'ai vu un signe. C'était le moyen de me protéger mais aussi le moyen de protéger tous ceux qui croiseraient ma route, parce qu'ils ne mentiraient pas en affirmant qu'ils ne connaissaient pas Charles Hampton.

Pour la suite, je suis d'abord resté entre la vie et la mort puis au bout de deux longues années de convalescence, plusieurs opérations et une profonde dépression, j'ai senti le courage me revenir. Je suis sorti de ce néant abyssal et j'ai décidé qu'il était temps pour moi de vivre. Je ne suis pas retourné voir Louise pour ne pas gâcher sa vie ; je refusais de la transformer en infirmière pour le restant de ses jours. Une fois sorti de l'hôpital, je suis resté en Angleterre, chez mes parents.

En 1945, comme pour rendre hommage à ce frère, ce Charles qui pendant quelques années, m'avait prêté sa vie, j'avais emménagé dans son village, à Harlow, après avoir rencontré sa famille. Je suis allé rendre visite à Jane, son épouse, je lui avais raconté la vérité et remis les affaires que j'avais conservées de son mari. Nous sommes devenus les meilleurs amis du monde, comme un frère et une sœur qui venaient de se retrouver. Je lui ai fait part de mon hésitation, de mon irrésistible envie de retrouver Louise, ma Louise ; et alors que j'étais certain d'avoir opté pour la bonne décision en ne revenant pas en France, Jane a fait naître le doute en moi, petit à petit et elle a fini par me convaincre.

— Alors pourquoi avez-vous changé d'avis ?

— Eh bien, pour commencer il vous faut savoir que Maggy et Rosy sont les filles de Jane et Charles Malone ; elles avaient un peu plus de cinq ans quand je les ai rencontrées, la première fois. En 1948, Jane a épousé Tom et j'étais le témoin de Jane. Elle m'a également désigné parrain civil de ses deux filles, mes jumelles chéries. Leur père m'avait aidé, il m'avait sauvé, il m'avait permis de protéger ma famille et mes amis, anglais et français, alors j'avais promis à Jane de faire tout ce que Charles aurait fait pour ses filles.

— Vous vous êtes senti coupable alors vous avez préféré rester près des filles de Jane et Charles, c'est ça ?

— Non, petite Louise, non, pas du tout. Ce n'était pas de la culpabilité. Je ressentais ça comme un devoir mais j'étais quand même décidé à revoir ma Louise, mon petit pot de miel.

La petite Louise veut réagir mais Charlotte a déjà saisi sa main avec fermeté, Louise se tait. Charlie sourit et le silence se fait; les hôtes l'observent. Impatients, ils guettent l'arrivée des mots qu'ils ne peuvent deviner et qui expliqueront tout. Leurs oreilles s'ouvrent plus grand alors que le visage de Charlie s'assombrit, il va parler.

— J'ai commencé à réfléchir à mon voyage, je me suis occupé de trouver les solutions qui allaient me permettre de retrouver mon éternelle fiancée, j'ai acheté une valise rouge – quand j'ai vu cette valise, j'ai éclaté de rire, c'était un signe, il fallait que je parte. J'avais raconté à Louise que mon bagage s'était perdu quand je suis arrivé en France. C'était la guerre et il y avait tellement de gens qui arrivaient, qui fuyaient, des valises, des sacs dans tous les coins. Louise m'avait alors fait remarquer que choisir un bagage gris anthracite n'était pas très astucieux ; il y avait des centaines de valises sombres dans les gares, dans les trains. « Si tu avais choisi une valise rouge, bien rouge, disait-elle, tu l'aurais vue entre mille ! » – j'avais donc ma valise rouge, mais deux semaines avant de réserver mes billets pour le ferry, pour le train, la nouvelle est tombée. J'ai appris que Louise s'était mariée à l'automne. L'automne. Vous savez, de toutes les couleurs, celles de l'automne sont les plus douces et les plus chaudes que la nature nous offre. Je l'imaginais, je la voyais, dans sa robe, sous ces couleurs chaudes. Les hêtres flamboyants, les chênes ocre, le ciel bleu et le soleil doux, caressant. J'en ai d'abord été profondément attristé mais très vite je me suis senti heureux pour elle, même si je ne pouvais m'empêcher de pleurer sur moi-même, je l'avais tout à fait perdue.

À ces mots, tous commencent à mesurer le dramatique de la situation, il ignorait qu'il avait une famille en France. Charlotte s'était d'abord retenue. Mais elle comprenait à présent qu'elle avait toujours refusé de croire que son père avait survécu. Elle refusait de croire qu'il pouvait être un homme bien et avoir de solides raisons pour n'avoir pu rentrer auprès de sa famille ; croire en de telles utopies l'aurait torturée. Elle n'aurait pas pu s'épanouir dans l'idée d'un père bon et contraint à l'exil. Haïr un père qu'elle n'avait jamais vu lui avait paru plus supportable. Mais tout de lui ressentait la bonté, le velours.

— Louise est ma petite-fille. Je m'appelle Charlotte et je vais bientôt fêter mes soixante-seize ans.

Le trouble se fait autour de la table. Charlie n'arrive pas à en comprendre l'origine mais quelque chose d'important se trame. Il regarde Louise, puis Charlotte, puis lance à la volée deux yeux éberlués aux autres hôtes et revient sur le visage de Louise, puis celui de Charlotte. Il reconnaît cette bouche, et ce nez, le bas du visage, il croit voir sa Louise. Puis il regarde ses yeux. Il connaît ces yeux. Il fixe ces yeux mais ce regard ne lui rappelle pas Louise. Ce regard ne lui rappelle pas les yeux de Louise mais le reflet des siens dans son regard.

Tel un métier de basse-lisse sur lequel la flûte serpente puis tourbillonne insérant ainsi les premières nuances, à mesure que le peigne coiffe les fils libres que la lissière façonne, à mesure que la flûte serpente à nouveau, les ondulations avancent, dévoilant sans pudeur les couleurs, coiffées et recoiffées par le peigne. Les doigts agiles de l'artiste multiplient les gestes gracieux et délicats, avec la solidarité de ses outils pour créer sa belle tapisserie, l'œuvre magnifique de son cœur.

À la manière de ce métier, Charlie forme, avec la solidarité de ses sens, de ses souvenirs, de ses observations et de toutes ses émotions, ses outils à lui, l'œuvre magnifique de tout son être. Il saisit que ces yeux ont quelque chose de familier et son trouble n'échappe à personne. Il compte. Il préfère compter à nouveau. Il recompte. Les yeux dans les yeux, ceux de Charlotte d'abord, commencent à briller un peu plus. Le blanc rosit peu à peu et Charlie perçoit la fine vague qui annonce la déferlante de larmes qu'il ne va pas pouvoir éviter, il comprend. Il a jadis pu voir ces yeux familiers dans le regard de Louise.

Charlotte n'est pas crédule, les secrets de famille ont influencé son esprit à l'analyse permanente de tout. Qu'est-ce qui a fait que ce matin, le radiateur a fait un bruit qu'il ne fait pas d'habitude ? Est-ce dû à la température extérieure ? Est-ce un problème mécanique ? Est-ce que je ne perds pas mon temps à me poser des questions inutiles sur ce fichu radiateur ? C'était son quotidien et elle comprend qu'elle va enfin pouvoir vivre dans la sérénité, parce qu'elle aura ses réponses. Les réponses à toutes ces questions qu'elle n'a jamais voulu se poser. Elle refusait de se l'avouer mais elle devinait qu'elle aimait son père. La déferlante arrive et Charlotte se lève pour enlacer son père. La petite Louise est en pleurs. La joie qu'elle ressent lui prouve combien les moments de bonheur vrai sont plus puissants que les malheurs. Sa mère avait vécu en lui laissant ça, *la joie est le plus puissant des sentiments. La joie l'emporte toujours sur le malheur.*

La confusion se lit sur les visages des deux Anglaises, très vite rattrapée par leur entrain immanent. Louise a rejoint Charlotte et comprenant l'impudeur dont ils font involontairement preuve par leur simple présence, les hôtes migrent vers le salon. On s'y installe dans un fracas presque orchestré. Dans ce séisme joyeux, les éruptions sont pleines d'allégresse, faisant jaillir, hors du volcan de verre, le bouchon de liège. Le tintement du cristal apaise déjà les langues sèchent qui se délient après un mutisme sous-tendu. Tout de même, on trinque en chuchotant. Mais on rit, on se félicite de l'unisson des sentiments partagés, en cet instant. Pas très longuement puisque Paulette reprend l'affaire avant de la glisser aux autres. Louise. Il faut penser à Louise. Doit-on lui présenter Charlie maintenant, demain ?

Les avis étaient partagés et toutes les options validées sont bienveillantes. Cependant, ils allaient devoir en choisir une. Louis proposa de tenir compte de deux facteurs : devaient-ils se fier aux avis les plus objectifs, donnés par les membres extérieurs au noyau ? Ou devaient-ils écouter les opinions de ceux qui la côtoyaient depuis toujours, ceux qui avaient toujours – ou presque – fait partie de sa vie la plus intime ? Il avait une idée derrière la tête : il savait qu'ils n'allaient pas non plus pouvoir trancher et il dit :

— Vous voyez, quand on parle d'amour, c'est toujours plus difficile que quand on parler affaires. Les affaires, c'est facile parce que on pense seulement en chiffres, en profit, parce que ça, c'est logique, c'est mathématique. Mais quand c'est l'amour, c'est très compliqué, parce que ça touche le cœur et pas toujours la tête.

— C'est vrai, Louis.

— Oui, et je suis d'accord avec Paulette, dit Sam, Charlie est le seul à pouvoir comprendre la souffrance de Louise.

— Peut-être que c'est à lui de décider, non ?

— Je suis d'accord avec toi, dit Louis.

Quand ils se retournent, ils voient Charlotte. Louise la suit, poussant son arrière-grand-père consciencieusement. Tous acquiescent, tous sont d'accord, Charlie va une nouvelle fois se retrouver en première ligne.

Charlotte et Louise ont mille questions à lui poser mais Paulette les tire toutes les deux par les poignets.

— Écoutez, mes filles, il faut qu'on lui demande de trancher. Et s'il préfère rencontrer Louise ce soir, on doit mettre ça au point.

— Tu as raison, Paulette. Parlons-en.

— Louise, installe Charlie ici, s'il te plaît.

— Tu peux dire papa, tu sais ?

Charlotte regarde sa petite-fille avec une moue de surprise mais cette moue est davantage muée par la surprise de son propre étonnement que par les mots de Louise. Bien sûr, elle pouvait l'appeler papa, elle le savait, elle l'a toujours su. Elle avait d'abord essayé en certaines occasions avec Edgar puis elle avait fini par le faire naturellement. Elle le fera peut-être avec Charlie mais pour l'instant, elle en doutait.

Charlie décide d'aller retrouver Louise et ses arguments convainquent tout le monde.

— Louise et moi sommes un peu âgés. Nos plus belles heures sont cachées dans des albums, nos projets ne dépassent pas le choix du menu du lendemain et nous sommes plus proches du réveil de la lune que du lever du soleil alors oui, j'aimerais la revoir le plus tôt possible. Ça peut vous sembler bien cavalier de ma part mais j'attends ce moment depuis une éternité alors, savoir qu'elle est là, tout près, sans pouvoir la voir, la toucher, c'est trop douloureux.

Ils ne vont pas tous accompagner Charlie. Paulette, Charlotte et Louise seront présentes. Louis et Sam les accompagneront et ils reviendront quand ils auront rempli leur mission. Charlie apprécie la présence de Louis. En plus d'être anglais, c'est la personne qu'il connaît le mieux, après Paulette. Sam a une idée pour débuter le jeu. Louis, Charlotte et Charlie restent dehors, sur la terrasse tandis que Paulette entre. La petite Louise se tient sur le pas de la porte avec Sam. Paulette explique.

— Louise et Sam vont arriver, elles veulent faire un jeu avec toi, ma Louise. C'est pour symboliser le début de tes trois jours de fête. Alors tu vas les écouter et tu auras ta première grande surprise.

— Ouh ! Comme c'est excitant, tout ça, ma Paulette ! Tu te rends compte ? On va fêter mes cent ans ! Tu te souviens combien de fois on a pensé à notre vie, quelles bizarreries on pouvait imaginer ?

— Tu penses ! Comme si c'était ce matin. Quelle chance nous avons eue toutes les deux, de survivre à tout ça !

— Oui, surtout toi, ma Paulette, tu as été si forte.

— Toi aussi, Louise. Tu as élevé ton enfant seule. Je m'en suis presque voulu d'avoir retrouvé Hermann parfois, tu sais ?

— Je sais, Paulette. Tu m'as déjà dit tout ça et tu sais que je comprends. Mais tu as toujours bien agi et te voir malheureuse n'aurait pas rendu mon malheur plus supportable, tu sais ? M'occuper de Paul-Hermann et Charlotte, être avec toi, Hermann et maman, ça m'a aidée à vivre. Et je garde un merveilleux souvenir du retour d'Hermann. Qu'est-ce qu'on a fait la fête !

— Pour sûr, on a même vidé pas mal de bouteilles, même ta mère ! Cette bonne Louison chancelait…

— Je t'avoue qu'après vos retrouvailles, je me suis mise à imaginer que c'était possible, je me suis mise à penser qu'un jour peut-être, Charlie viendrait. Qu'il me reviendrait.

Paulette est déstabilisée. Elle avait beaucoup réfléchi à la meilleure manière d'amener son amie à lui parler de Charlie et voilà que Louise lui apporte la transition parfaite en toute naïveté.

— Comment ça, qu'est-ce que tu sais ? Je veux dire, quelle idée ! Tu penses qu'il pourrait encore revenir un jour ?

— Oh, ne t'inquiète pas, Paulette, je ne suis pas stupide. Il a repoussé l'échéance avant d'avoir eu trente ans, ce n'est pas à plus de cent ans qu'il fera le voyage, non, je sais tout ça. Mais je t'avoue qu'il m'arrive souvent de m'imaginer qu'il arrive, là, comme ça…

Paulette ne sait pas si elle doit lui dire sur-le-champ que Charlie est là, tout près ou si elle doit la laisser parler. Elle tente une question.

— Tu imagines le voir, là ? C'est plutôt saugrenu mais puisque tu me racontes ça, dis-moi donc. Qu'est-ce que tu ferais s'il arrivait, là, maintenant ?

— Eh bien, figure-toi que cette question aussi, j'y pense souvent : qu'est-ce que je ferais s'il revenait aujourd'hui, comme ça, sans prévenir. Alors que je l'ai attendu toute ma vie et que je vais avoir cent ans dans deux jours. Bien sûr que j'aurais envie de le frapper. Le frapper fort pour toute l'inquiétude qui ne s'en ira jamais. Le frapper aussi pour nous avoir privés du bonheur qui nous attendait.

— Ne te fâche pas, ma Louise, c'était une question.

— Je te charrie, ma Paulette. Rassure-toi, je me suis habituée à cette idée et j'ai fini par l'accepter. Si Charlie était revenu dans ma vie après la guerre, mes attentes auraient été très différentes mais aujourd'hui, je n'attends pas que Charlie revienne pour me dire qu'il m'aime. Encore moins pour s'excuser. Je ne suis même pas curieuse des raisons qui l'ont maintenu à distance. Je ne sais pas pourquoi mais j'ai cette conviction en moi, cette force, qui me dit que s'il n'est pas revenu près de moi, c'est parce que quelque chose d'important l'y a forcé. Bien sûr j'ai eu des moments de doute, et dans ces périodes de grand désarroi, de désespoir même, j'ai parfois pensé qu'il avait peut-être simplement cessé de m'aimer. Mais ce n'étaient que des pensées très fugaces qui ne duraient pas. Tu sais, toi, Paulette, ce que nous avons vécu, Charlie et moi, tu as senti ce qu'il y avait entre nous.

— Je sais, Louise, je sais mais personne ne t'en aurait voulu pour ces mauvaises pensées, tu sais. C'est bien naturel.

— Je le sais bien mais quand j'y pense, j'ai honte de moi. C'est comme si chaque nouvelle ride me rapprochait de mon passé. Et plus je vieillis, plus je prends la mesure des sentiments qui nous unissaient quand nous étions tout près, l'un de l'autre. Alors oui, dans quelques jours je vais fêter mes cent ans et je ne sais pas combien de temps je vivrai encore mais je n'emporterai qu'un seul regret dans ma tombe, c'est celui de ne pas être certaine qu'il n'est pas mort dans la souffrance, c'est de ne pas savoir si la vie lui a quand même réservé, au moins la même part de bonheur à laquelle moi-même, j'ai eu droit. J'aurais tellement aimé partir avec la certitude que mon Charlie est heureux, où qu'il soit, avec ou sans moi. Je ne voulais pas te faire pleurer, ma Paulette, viens là, dans mes bras.

Louise console son amie. Elle ignore pourquoi l'émotion l'envahit à ce point. Elle culpabilise ensuite d'avoir rappelé à Paulette des souvenirs éprouvants. Ces hypothétiques retrouvailles lui rappelaient sans doute ses retrouvailles avec Hermann. Bien réelles. Et ce dernier soir. Hermann la faisait tant rire que Paulette ne pouvait pas parler tant elle manquait d'air, en pleurs et secouée par des éclats vifs. Elle n'avait plus jamais ri de la sorte depuis qu'on avait répandu ses cendres au-dessus d'une sinueuse rivière d'Autriche il y a deux ans. Mais Paulette pense surtout à Louise. Elle sait ce qu'elle avait éprouvé, elle connaît ce sentiment et elle sait l'éruption que ce glissement de réalité va provoquer en elle. Le bonheur que Louise va ressentir va être, comme le dit Nonnette « énorme » et Paulette peine à étouffer son bonheur à l'idée de ce qui est sur le point de se passer, elle craque.

— Je suis désolée, Louise, je suis tellement excitée par tout ce qui se passe en ce moment ici, avec ta fête, et je suis à fleur de peau. Ne t'inquiète pas, tout va bien, ce sont des larmes de joie.

— Comme je préfère ça, c'est rassurant, je m'en voulais. Et vraiment, Paulette, ne t'inquiète pas pour moi. Je sais que je ne dois pas rester dans l'attente de revoir Charlie un jour mais je t'assure qu'il n'y a rien de grave dans le fait que je pense à lui. C'est même sain, j'ai encore toute ma tête !

— Tu as raison, Louise, je sais.

— Mais dis-moi, que font les filles ? Tu m'as parlé d'un jeu. Louise et Sam devaient venir, non ?

Ayant écouté *Nonna* parler ainsi, Sam et Louise avaient hésité à mener Charlie jusqu'à elle. Cependant, aucune n'avait osé déranger ses paroles.

— Je vais voir, elles ne devraient pas tarder à arriver.

Paulette leur fait signe, Sam et Nonnette entrent.

— Bonjour *Nonna*.

— Bonjour Louise.

— Bonjour les filles. Alors, c'est quoi ce nouveau jeu ?

— Louise et moi t'avons préparé un jeu un peu comme le jeu du goût. Comme ceux qu'on a déjà faits toutes les deux en cuisinant, tu vois ? dit Sam.

— Ce genre de jeu, d'accord. J'adore. Commençons alors.

— D'abord, choisis ta place et installe-toi. Je vais te mettre un bandeau sur les yeux. Tu me dis s'il est trop serré.

— C'est parfait. Je ne vois rien mais ce n'est pas trop serré.

— D'accord. Maintenant que tu es prête, nous allons te faire deviner quelque chose et…

— Oh ! Il doit y avoir un paquet de choses à goûter !

— Qu'est-ce qui te fait dire ça, Louise? demande Sam en approchant le fauteuil de Charlie.

— Eh bien, j'entends les roues du chariot.

Ils étouffent au mieux leurs rires et Charlie approche de Louise. Il sent ce délicat parfum de jacinthe et ferme les yeux un instant; il savoure la fragrance de ces fleurs, sublimée par celle de cette peau qui lui a tant manqué. Il inspire aussi profondément qu'il le peut puis rouvre les yeux, il ne voit plus qu'elle. Il ne voit pas ses yeux mais dévore son sourire. Il est figé, absent. Il ne bouge pas.

Louise ne perçoit pas le trouble, trop curieuse de découvrir les mets à tester. Profitant de la drôlerie des hypothèses que Louise émet, les esprits émus qui s'affairent autour d'elle se libèrent allègrement. Sam et Louis se dirigent vers la porte et s'arrêtent. Charlie avait demandé à Charlotte et Louise de rester avec lui, il serait plus confortable pour sa Louise de les voir près d'elle. Charlotte en avait été touchée mais elle savait qu'elle ne resterait pas longtemps.

À la demande de Charlie, Sam prend des photos, il voulait conserver une preuve que ce n'était pas seulement un rêve.

— Comme tu es dissipée, ce soir, Louise!

— Évidemment! Et c'est votre faute, à vous tous! Vous n'arrêtez pas de faire des cachotteries depuis des semaines et vous semblez tous si étranges que je me demande bien ce que vous avez manigancé.

Louise s'amuse, Charlie succombe, une deuxième fois. Il ne voit pas la vieille dame, il voit la pépite qu'il avait dénichée en Touraine il y a des siècles. En la regardant, il se rend compte que ses sentiments n'ont pas pris une ride. Paulette pousse Nonnette à droite de Charlie, Charlotte est à sa gauche, avant de s'écarter de la scène pour rejoindre Sam et Louis jusqu'à l'entrée du salon. Nonnette s'avance vers Louise, à pas mesurés, délicats.

— Maintenant, je vais ôter ton ruban, *Nonna*.

— Mais je n'ai encore rien goûté! J'ai gagné un petit bisou au moins, Nonnette, dis-moi.

— Mieux que ça, *Nonna*. Tu as tout raflé et tu vas découvrir le clou de ton cadeau ! répond-elle, en l'embrassant.

— Chic, chic, chic…

Charlie est assis et en face de lui dans un confortable fauteuil de bureau, Louise est assise, les yeux bandés. Il la regarde et tandis que Louise serre les poings en guise de réjouissance à l'idée de découvrir son trophée. Il commence à tendre la main pour la toucher ; elle est là, accessible, juste devant lui. Il prend conscience de tout ce qu'il a loupé, la vie qu'ils auraient pu avoir, les joies. Une larme coule sur sa joue. Sam devine l'objet de son désarroi.
- Je vous envie de pouvoir enfin tenir votre promesse, vous allez vivre avec votre éternelle fiancée.

Elle serre fort sa main, bise sa joue, lui sourit, les yeux dans les yeux avant de s'écarter. Le regard baissé, Charlie consent, sourit puis avance à nouveau sa main mais cette fois, il la prend en glissant chacun de ses doigts entre ceux de Louise. Au contact de cette main, de ces doigts qui s'entremêlent, Louise perd son sourire et à la place, ses lèvres tremblent, un seul homme lui prenait ainsi la main. Cette peau douce, cette cicatrice sur le pouce, la sensation de ces doigts la renvoie huit décennies plus tôt. Sa main, restée immobile sur sa cuisse, se lève subitement pour étouffer le sanglot mais elle ne parvient pas à dissimuler son trouble et tous en devinent la cause ; les perspectives écimées, les joies sacrifiées, l'axiome qui envahissait tous les esprits. Louise pince ses lèvres et ravale les gouttes d'amertume qui perlent, absorbées par le bandeau. Puis Charlie revient dans le présent. « Sam a raison » pense-t-il et il sourit. Il regarde Louise pendant que son arrière-petite-fille dénoue la bande de tissu qui glisse sur son menton. Nonnette tire le tout vers elle et Louise ouvre les yeux. Lorsqu'elle voit Charlie, ses yeux s'ouvrent plus grand et elle laisse tomber ses épaules. L'effet de surprise ne s'attarde qu'un instant, ils cèdent à leur complicité et se regardent ainsi sans mot dire. Les deux mains jointes, doigts entrecroisés, leurs lèvres se questionnent et se répondent, en silence. Les regards épicent le tout et les mimiques rapportent les mots du cœur. Palpée par les deux amants, la sérénité les enveloppe, ils s'apaisent. La désillusion se dissipe, Louise sourit, Charlie la regarde, elle a toujours vingt ans. Il attrape une guiche qu'il enroule autour de ses doigts et Louise éclate de rire. Charlie l'enlace et les quatre mains serrent si fort le corps de l'autre qu'il semble l'absorber, le dévorer sans limite, comme si les doigts voulaient pénétrer les corps, les traverser pour retrouver les mains de l'autre côté. Les larmes s'invitent puis se rétractent à l'écoute d'un mot, d'une anecdote relatée ; les sourires s'imposent et la respiration se décrispe. Ils se détendent et quand les sourires éloquents apparaissent, Sam et Louis se retirent dans la cuisine, on n'a plus besoin d'eux.

— Maman, je suis là, je… murmure Charlotte.

— Oui, à tout à l'heure, ma *Nonna*, on reste juste…

Charlotte tire sa petite-fille par le bras, ils n'ont plus besoin d'elles. Paulette contacte Maryvonne, qu'elle prévienne les autres, tout se passe à merveille et ils sont attendus. À l'écoute du message, l'agitation gagne Pierre qui saisit la main de Camille et celle de Jibril et c'est comme s'ils étaient pris d'une effervescence incontrôlée. Après des sauts et des cris de victoire, la soupape retombe et toute l'assemblée saute de joie. Puis la caravane file et chacun se faufile à pas de velours dans l'histoire feutrée de Charlie. Les sourires se croisent, les regards se caressent et les yeux de Charlie pénètrent à nouveau ceux de Louise.

غ

Dans la cuisine, on parle bas. On parle suffisamment fort pour ne pas écouter ce qui se dit juste à côté mais pas trop non plus, ils doivent rester discrets pour ne rien troubler. Ensemble, ils se remémorent les questions, les inquiétudes passées et se félicitent d'avoir pu assister et participer à un événement de cette ampleur. Au bout de trois quarts d'heure, une voix appelle Nonnette, elle accourt. Puis elle revient dans la cuisine et invite tout le monde à se rendre au salon, *Nonna* et Charlie veulent les voir. Chacun prend un siège, *Nonna* les remercie pour ce merveilleux cadeau et tous lui témoignent de leur affection. Un flot de gentillesses s'échange et Charlie prend la main de Louise.

— Tu te souviens, ma Louise, nous nous étions promis de nous marier et de fonder notre famille. Tu voulais deux enfants, j'en voulais quatre alors on a coupé la poire en deux, comme vous dites en français. On a fait le deal pour trois.

L'anecdote soulage quelques secondes l'atmosphère puis la conversation prend un tournant délicat. Charlie se lance.

— Puis je t'ai dit que je devais partir pour des papiers et je suis reparti. La vérité, c'est que je ne devais pas seulement rentrer pour des raisons administratives. J'étais considéré comme déserteur et on m'avait retrouvé. Je n'ai pas voulu t'inquiéter. Je savais que tu serais inquiète et ça, je ne le voulais pas. Je refusais que tu passes ton temps à me pleurer, à me plaindre ou avoir peur pour moi. Tu travaillais tellement, avec Paulette, Hermann, Zena et Alex, et je ne pouvais pas m'ajouter à tes soucis.

Un silence pesant assombrit le visage de Charlie. Comme toute l'assemblée, Louise ne le quitte pas du regard. Les yeux de Charlie sont comme l'écran de son âme et ils retranscrivent les sentiments qui envahissent son cœur, provoquant les émotions qui resserrent son corps et pincent sa gorge. Sa voix se fait plus fine.

— Comme mon oncle avait tiré certaines ficelles, on me promettait d'annuler le châtiment si je réintégrais mon bataillon, tombé dans l'Orne, dans une embuscade.

Tous sont attentifs, ces révélations sont tristes mais elles n'expliquent pas tout. Ils se regardent et sont d'accord, il aurait pu rentrer après la bataille. La réponse ne tarde pas. Regardant le verre qu'il tient entre ses mains, sur la table sans le voir, il revit le moment.

— J'ai retrouvé mon bataillon. C'était horrible. Tant de corps étendus. Tant de morceaux de corps étalés. Des vêtements déchirés.

Des cris et de la fumée. J'ai rejoint l'abri de fortune et nous nous sommes battus pendant plus de onze jours. Nous étions affamés, nous avions froid et nous étions totalement démunis. Toutes nos munitions avaient été tirées et c'est là qu'ils nous ont eus.

Tous sentent le malaise de Charlie et certains hésitent même à respirer pour ne pas gêner son récit. Puis il se réfugie dans sa mémoire et raconte une nouvelle fois. Mais cette fois il est auprès de sa Louise, de sa fille, de son arrière-petite-fille. Maggy et Rosy sont là aussi comme sa grande amie Paulette et autour d'eux, des proches dont hier encore, il ignorait jusqu'à l'existence.

Il raconte. Il regarde ses amis mourir, il voit ses compagnons d'armes tomber, les uns après les autres avant de voir le Panzer. Fier et assoiffé de sang, il avance, écrasant les décombres, les obstacles, les corps, vivants ou morts, rien ne le stoppe. Des ombres gigotent à l'arrière et le grondement de la bête lance la poussée d'adrénaline qui sort Charlie de son trou. La peur l'a abandonné, la haine l'a récupéré. En hurlant, il court défier le monstre qui avait déjà commencé à lui répondre. La gueule ronde et fumante expulse sans relâche, dans un bruit tonitruant répété, une chape qui réduit les quelques survivants à néant.

Il est à terre, immobile, il ne peut que regarder le bras qui passe au-dessus de lui, le pied arraché à sa gauche, les corps ou ce qui en reste, tout autour de lui. De tous côtés, les morceaux de ses compagnons sont égrainés. Il va mourir, il le sait. Suivi de ses apprentis bouchers, le Panzer traverse et disparaît, laissant derrière lui, morts ou bientôt morts, trente-deux jeunes soldats britanniques affamés, effrayés et désarmés. Des hommes qui n'ont cessé de se battre pour des causes qu'ils ne comprenaient pas vraiment et qui, mués par l'instinct de survie, tuaient leurs frères en humanité dans l'urgence et le doute.

Dave ouvre les yeux dans un silence qui perce ses tympans. Il souffre et regarde, il ne sent plus son pied qu'il ne voit pas. Des débris de pierre, de chair, de métal pèsent. Il essaie de se dégager et au moment où il réussit l'exploit de tout faire voler, un hurlement transperce le calme et le plonge à nouveau au sol, inconscient. Fendu par ce cri, Charlie se tourne et voit son ami, il doit aller l'aider. Et même s'il ne peut rien faire, il refuse de n'avoir pour dernier souvenir, que celui de son corps enveloppé des corps de ses compagnons éparpillés au gré des foudres de cette guerre injuste.

Il arrive à se redresser. Il relève péniblement sa tête, lourde, il s'appuie à grand-peine sur ses coudes pour comprendre l'origine de ces vives douleurs et il regarde. C'est alors que ses yeux et sa bouche s'ouvrent grand. La tête de Chester pèse sur ses jambes mais, plus lourd encore, son regard tétanise Charlie quelques secondes ; ses yeux emplis de cauchemars et vidés de leur étincelle l'effraient. Chester n'est plus qu'une masse douloureuse. Les yeux de Charlie parviennent à se séparer de ceux de son ami pour redescendre, lentement, jusqu'à l'abdomen écrasé. Une longue branche qui, ce matin encore tenait une partie de la tente du Capitaine, s'est écroulée sur l'abdomen de son ami.

Pour eux, qui se sont battus côte à côte pendant des années, pour eux, qui se sont épaulés, en toutes occasions, pour eux, qui se sont parlé vrai, de cœur à cœur, cette image, cette plaie si détaillée et cette odeur de sang, trop appuyée, le renvoient à des pensées ironiques quant à la situation : les deux corps sont tête-bêche. Charlie doit d'abord se débarrasser de la branche avant de retirer le corps de son ami défunt. Il se souvient des branches qu'il a soulevées pour dégager l'entrée d'une *cachette secrète*, quand il était enfant d'abord, puis quand, avec les autres Mousquetaires, ils avaient besoin de récupérer des objets cachés ci et là dans les forêts de la propriété de Zena et Alexandre.

C'était parfois très dur et parfois bien plus lourd mais chacun pouvait user de sa force en respectant seulement les vivants autour d'eux. Là, il était question d'autre chose. Les deux objets de pression sur ses jambes étaient une branche et le cadavre d'un ami. S'il pouvait bouger et traiter le premier avec tout le respect qu'il estimait devoir à la nature sans trop se soucier de la moralité de ses mouvements, il ne pouvait pas traiter le corps de son ami comme une branche morte. Même si ce corps était sans vie. Chester et lui s'étaient battus, l'un à côté de l'autre, pendant des années et Charlie redouble d'effort pour ménager l'enveloppe puissamment impuissante de son ami, le vide la rendait si dense. Et alors qu'il réussit à soulever un peu la branche, il se rappelle que la veille même, c'étaient des éclats de rire qui secouaient Chester de tout son corps. Il parvient à hisser son buste pour atteindre la distance qui permettrait à ses mains de saisir les épaules de son camarade. Et dans un effort intense, il empoigne le haut de ce corps inerte pour le reposer une trentaine de centimètres plus loin sur sa gauche. Il repousse ensuite la hanche de son ami pour se dégager tout à fait du poids.

Il se laisse tomber quelques secondes, épuisé par l'intensité des efforts fournis, et pour réfléchir à la suite. Il tend l'oreille et semble reconnaître un bruit récurrent. Le vent souffle tout doucement et bientôt, Charlie reconnaît les bruits d'une respiration. Il se souvient, c'est son ami, il est là, tout près. Il doit s'en approcher mais avant, il doit regarder ses plaies et en mesurer l'étendue. Il avait vu un soldat se trancher une main pour éviter de rester attaché dans une zone à la vue dégagée, bombardée sans répit. Il ne savait pas s'il serait prêt à tout mais il devait calmer ses craintes pour avoir la force d'affronter le réel. Il se redresse, tête en arrière puis lentement, il ramène sa tête et ajuste son regard vers ses mollets. Son regard est stoppé par l'absence de ses genoux. Ils sont pourtant bien là mais il ne les voit plus. Il regarde plus haut, encore plus haut ; il veut crier mais aucun son ne parvient à sortir de sa bouche. Ses bras lâchent, son buste tombe, il perd connaissance.

Dave se réveille à son tour. Au moment où ses yeux s'ouvrent, les images le pénètrent à nouveau mais il est prêt. Il ne s'est jamais senti aussi prêt. Il se souvient d'un temps meilleur, d'un temps où les morceaux de chair ne lui inspiraient que festins et plaisirs. Il se souvient des fêtes qui célébraient l'abattage des bœufs avec ses oncles. Les fermiers et leurs équipes étaient là avec leurs familles et ensemble, ils savouraient le fruit de leur travail quotidien. « C'est que de la viande, tiens bon, c'est que de la viande ! » se persuade-t-il. Il a besoin de convoquer toute sa force.

Son pied, douloureux et assombri par le sang séché, est probablement cassé, plusieurs fractures sûrement, il tente de l'immobiliser à l'aide d'une attelle faite de bric et de broc. Il le barde comme il bardait les rôtis avec des bouts de tissus glanés sous ces piles de bric et de broc. « C'est comme un rôti. C'est qu'un rôti. » Et espérant trouver une âme vivante, il observe le sol jonché de débris de machines, de morceaux de véhicules et de bouts de chair méconnaissables dans un silence tu par la mort. Il voit son ami Charlie. Il rampe vers lui. Il respire et Dave tente de le réveiller. Ils ne sont plus que tous les deux, Dave veut qu'il se réveille. Il a besoin qu'il se réveille. Il ne survivra pas, tout seul, ici. Il pleure et secoue son ami qui, peu à peu, revient à lui.

Charlie ne sent plus ses jambes mais Dave va s'occuper de lui. Il rampe jusqu'à l'abri, il a besoin d'une trousse de secours. Les trois dernières années, il avait accompagné le médecin du camp, il en avait appris beaucoup sur l'anatomie et davantage encore sur les façons de soigner dans l'urgence. Dave revient et le soigne du mieux qu'il peut en déchirant des lambeaux de pantalon attrapés à bout de bras. Il fait deux garrots puis Charlie aide son ami à décoller l'épave qu'ils placent sur le brancard improvisé. Ce morceau de la tente du capitaine devient l'ambulance de Charlie. Il se réveille, à l'abri, son ami Dave endormi à ses côtés. Ce silence est rassérénant. Ce silence est bruyant de vie ; chaque homme sent le corps vivant et chaud de l'autre, ils savent que la vie est là, juste à côté. Ils reprennent espoir, ils se galvanisent de ce silence vivant.

Charlie se tait et fixe à nouveau son verre. Louise baisse les yeux puis ferme les paupières un instant, quand Charlie lui prend la main.

— Je t'avais fait une promesse, ma Loulou, mais je n'allais jamais pouvoir la tenir. Je ne pouvais pas te donner d'enfants… Ni ça ni le reste.

Charlie soulève le bas de ses jambières de pantalon et recule subitement jusqu'à près d'un mètre de la table. Sam, Louis et Paulette savaient, Louise l'avait découvert quelques minutes auparavant. Elle n'avait pas eu l'air surprise. Pendant toutes ces années de questionnement, elle avait presque tout imaginé. Mais les autres découvraient avec stupeur les deux tiges de métal brillant, habillées, en bout, de chaussettes qui disparaissent dans les chaussures. Puis il tend sa main vers la mèche qui lutte pour s'échapper du chignon de Louise, la ramène sur sa joue qu'il caresse de ses doigts légers.

— Tu sais que j'aurais tout accepté, Charlie. Je ne connais pas encore toute ton histoire, je ne connais pas toutes tes raisons et je t'ai parfois maudit, mais j'ai toujours su, quelque part au fond de moi, que si tu avais eu le choix, tu serais revenu. Et, en réalité, tu ne m'as jamais vraiment quittée. Tu m'as guidée pour chaque décision, je t'ai présenté les êtres qui m'étaient chers, je te racontais tout et tu es resté là, toutes ces années, en moi.

— Je sais que tu m'aurais accepté, Louise, même dans mon état et c'est justement pour cette raison que j'ai dû me forcer à ne plus te revoir. Jamais plus. Il le fallait, je ne voulais pas faire de toi une martyre. J'ignorais que nous avions une fille, j'étais convaincu que nous n'aurions jamais pu fonder notre famille et je n'aurais jamais pu t'apporter l'intimité que tu méritais. J'y ai réfléchi des heures, des jours, des mois et plus je réfléchissais, plus je refusais d'imaginer notre quotidien, moi en coupable et toi en victime. Ce n'était pas un scénario envisageable pour moi. Notre amour ne méritait pas une fin si lugubre et égoïste. Je préférais te savoir heureuse sans moi plutôt que malheureuse avec moi.

Après être restées discrètes un long moment, leurs mains s'éveillent peu à peu. Les émotions qui les traversent animent leurs doigts qui s'entrecroisent puis pianotent la mélodie qui se joue en eux, ce doux avenir qui les attend. Les percussions de leurs cœurs flamboyants rythment les silences de leur passé quand la symphonie qui émane de leurs regards, langoureux comme un tango bien qu'aussi vifs et solides qu'un rock, fait écho à la douceur de ce précieux présent.

Parfois la vie est injuste, rude et brutale, parfois la vie sépare ceux qui s'aiment. Mais parfois, la vie réserve de merveilleuses surprises, des moments de pure magie, des réalités plus folles que les rêves, qui rassemblent ceux qui s'aiment.

غ

Biographie de l'artiste
couverture et illustrations

Diplômée de l'École Nationale Supérieure d'Arts, Émé Gilson est aujourd'hui installée à Aubusson où sa curiosité naturelle et son ouverture d'esprit l'appelaient. Depuis plus d'un an, elle complète sa vaste gamme de connaissances en se formant aux célèbres techniques et savoir-faire historiques de la tapisserie.

Émé Gilson travaille sur des supports variés, et à travers la peinture, le dessin, la couture, la tapisserie, la sculpture, la photographie, le son et la vidéo, elle mêle l'artisanat pratiqué depuis des millénaires, aux nouvelles technologies. Elle développe dans ses créations, un univers de mythologies personnelles. Ses réalisations et installations vont des récits de science-fiction aux écrits éthérés du passé, passant même par la recherche scientifique, et sont autant d'expériences immersives.

Ce travail d'illustration lui a offert une nouvelle aventure de création et d'expression, un challenge fascinant dans lequel Émé Gilson a su employer sa sensibilité pour rehausser les propos de l'autrice en symbolisant, à travers ces quinze compositions allégoriques, les univers, les pensées et les émotions véhiculées dans le présent ouvrage.

Site web : emegilson.carbonmade.com

Table des matières

Imprimé en France
ISBN 979-10-284-3009-2
Dépôt légal : 3e trimestre 2023